KB000231

인생 한 방! 달콤하게! 2

인생 한 방! 달콤하게!, 2

초판 1쇄 찍은 날 | 2018년 10월 5일
초판 1쇄 펴낸 날 | 2018년 10월 22일

지은이 | 성희주
펴낸이 | 예경원

편집 | 박수희 · 주승아

펴낸곳 | 예원북스
등록번호 | 제396-2012-000132호
등록일자 | 2012. 7. 25
YRN | 제1-0230호

주소 | 경기도 고양시 일산동구 호수로 646-24 위너스 21-Ⅱ 206A호 (우) 10401
전화 | 031-819-9431 팩스 | 031-817-9432
http://cafe.naver.com/yewonromance
E-mail | yewonbooks@naver.com

ISBN 979-11-89450-52-6 04810
ISBN 979-11-89450-50-2 (세트)

※ 이 도서의 국립중앙도서관 출판시도서목록(CIP)은 서지정보유통지원시스템 홈페이지(http://seoji.nl.go.kr)와 국가자료공동목록시스템(http://www.nl.go.kr/kolisnet)에서 이용하실 수 있습니다.

Goldline Romance Story

인생 한 방! 달콤하게!

2

성희주 장편 소설

LINE GOLD

C•O•N•T•E•N•T•S

1장

⚜

커피숍의 기본적인 인테리어 공사가 끝나 가고 각종 집기와 머신들을 하나씩 들여놓을 때가 되었다. 냉장고나 머신들은 재하의 호텔 바리스타의 도움을 받아 구입하였고, 테이블과 의자 그리고 가구 소품들은 세영과 의논하여 제작에 들어갔다.

바쁜 시간을 보낸 후 오랜만에 나리와 세영이 마주 앉아 차를 마셨다.

"우리 나리, 진짜로 커피숍 CEO가 되는구나."

"CEO는 무슨?"

"윤 대표하고 둘이 CEO 커플인 건가? 와우! 멋있는데!"

세영에게서 재하 이야기가 나오자 나리에게서는 한숨이 흘러나왔다.

"웬 한숨? 설마 둘이 싸웠어?"

둘 사이에 무슨 문제가 생긴 것 같은 예감에 세영이 다시 한 번 무슨 일이 있는 거냐고 물어보려는데 나리의 휴대폰 벨이 울렸다.

"여보세요? ……아, 네 맞습니다."

커피숍 매니저를 구한다는 채용공고를 보고 면접을 오겠다는 면접자의 전화였다. 나리는 면접자와 약속을 잡았다.

"세영아, 내가 면접 같은 걸 볼 수 있는 그런 안목도 없고, 경험도 없잖아. 네가 대신 봐 줘라. 그리고 사장이 어리면 저쪽에서 불편할 거 아니야."

"그렇기는 하지. 그런데 미용사라면 딱 보면 답이 나와서 좋은 사람 쉽게 뽑아 줄 수 있는데, 바리스타는 영……. 차라리 윤 대표한테 부탁하지, 그래? 수많은 직원들을 데리고 있는 대표인데 바리스타 면접 하나 못 봐주겠니? 더구나 어리고 예쁜 여자 친구의 커피숍에서 일할 매니저 면접인데."

"그게……."

나리가 우물쭈물하며 대답하지 못하고 한숨을 내쉬었다.

"진짜로 뭐 있구나? 뭔데? 뭐야?"

"내가…… 윤 대표를 피하고 있어."

"왜?"

나리가 대답하지 못하고 머뭇거리며 시간만 끌자 세영이 그녀의 고민이 무엇인지 눈치를 챘다.

"너! ……실패했구나?"

화들짝 놀라며 눈동자를 그냥 두지 못하는 나리를 보며 세영은 그 답을 확실히 찾았다.

"아니지. 윤 대표가 실패한 거겠구나? 분명 네가 깻박 쳤겠지. 안 그래?"

"무섭더라."

"숫처녀도 아니면서 뭐가 무서워? 혹시 남편 두고 바람이라도 피우는 것 같아 양심에 찔리고, 그 찔린 양심으로 벌 받을 것 같아서 무섭디?"

"그런 것도 있고."

"야! 이현구는 여봐란듯이 매일매일을 마누라 두고 바람피우고 다니거든! 그리고 넌 유민정이 아니라고! 신나리라고! 바람이 아니라 연애라고! 불륜이 아니라 로맨스고!"

세영이 흥분하며 나리를 타박할 때 또다시 나리의 휴대폰이 울렸다. 세영은 또 다른 면접자의 전화인 줄 알고 나리의 휴대폰을 자신이 받아 들었다.

중요한 이야기를 하는 시점에서 흐름이 끊기는 걸 막기 위해 거절 버튼을 누르려는데 화면에 뜬 발신인은 '윤 대표'라고 되어 있었다.

"오늘이 기회야. 피하지 말고 부딪쳐."

"신세영!"

나리가 세영에게서 휴대폰을 빼앗으려 했지만 전화를 받는 세영의 행동이 더 빨랐다.

"여……."

— 신나리, 어디야? 오늘은 얼굴 좀 봐야겠는데! 나 커피숍 앞에 있는데 오늘도 바쁘다고 피하면 커피숍 폭파시킬 수도 있어.

"어머, 안 되죠! 나리가 피하는 것도 안 되고, 커피숍이 폭파돼서도 안 되고. 저하고 지금 미용실에 있는데 내려보낼게요. 아, 그리고 매니저 면접 보러 올 거예요. 윤 대표님이 좀 봐 주세요. 나리가 뭘 모르잖아요. 부탁드릴게요."

통화를 끝낸 세영이 웃으며 나리에게 휴대폰을 건넸다.

"야! 너 왜 내 전화기를……."

"빨리 내려가 봐. 커피숍 폭파시키기 전에. 윤 대표, 은근 박력 있고 성깔 있네. 오늘도 피하면 커피숍 폭파하신단다, 윤 대표님께서."

세영의 말에 나리가 긴 한숨을 내쉬며 일어섰다. 축 처진 어깨와 고민

가득한 얼굴로 원장실에서 나가려는 나리에게 세영이 큰 소리로 말했다.

"나리야! 자신 없고 두려울 게 뭐 있어? 얼마 남지 않은 나리 인생, 하고 싶은 거 하고, 해 보지 못할 것들을 해야 하지 않겠니?"

세영의 말이 나리의 가슴에 와서 박혔다. 팽팽하던 용기와 자신감이 평안한 일상으로 인해 느슨해졌다는 걸 알았다.

'그래, 난 신나리야. 뭐든 할 수 있는…….'

나리는 다시 한 번 마음을 다지며 재하가 있는 커피숍으로 내려갔다. 바지 주머니에 손을 꽂고 서 있는 재하의 모습을 나리가 먼저 보았다. 무엇 하나 빠지지 않고 완벽한 남자가 그녀를 기다리고 있다고 생각하니 새삼스레 설레었다.

어쩌면 윤재하야말로 나리의 인생에 있어 가장 큰 선물인 것 같다. 나리가 떠나고 혼자 남을 그에게 있어서는 그녀가 아픈 기억이 될 테지만.

'당신은 앞으로 다른 기회가 올 테지만, 나리는…… 아니, 난…… 기회가 없어요. 그러니 이기적이어도 용서해 줘요.'

그를 보며 생각에 빠져 있는데 고개를 돌린 재하와 눈이 마주쳤다. 재하가 그녀에게 다가왔다. 느린 발걸음이었지만 키 때문인지 몇 걸음도 안 돼서 나리 앞에 섰다.

"밀당인 건가?"

괘씸하다는 듯 바라보고 있지만 그녀를 바라보는 시선은 따뜻했다. 목소리 역시 농담 같은 말을 건넸지만 무척 단단했다.

"밀당치고 너무 확실하게 밀어낸 느낌이라 다음부터는 신나리가 밀당이란 거 못하게 아예 안 밀리려고."

"밀려나지도 않았으면서."

"그만큼 내가 당겼거든."

재하가 그녀의 머리를 쓰다듬었고 그 손이 아래로 내려와 뺨을 쓸어내렸다. 마치 당장이라도 키스를 할 것 같은 진지한 눈빛과 손길이었다. 건물 안쪽이었지만 상가를 오가는 몇 안 되는 사람들의 시선이 의식되어 나리가 한 걸음 뒤로 물러섰다.

"커피숍 인테리어 못 봤죠?"

그녀가 서둘러 커피숍 문을 열고 안으로 들어가 조명을 켰다.

"어때요?"

키스를 할까 봐 부끄러워하며 피하는, 순진한 나리의 모습에 재하의 마음이 녹아내렸다.

룸에서 그녀의 티셔츠 속으로 손을 넣었다가 침대 위로 함께 곤두박질쳤던 그날 이후부터 그녀가 그를 피했다. 정확하게 말하자면 그의 전화를 잘 받지 않고, 받더라도 만나자는 말에 요리조리 핑계를 대며 빠져나갔다.

그날 그녀에게 말했던 것처럼 그저 조금 더 짙은 스킨십을 했을 뿐인데 그걸 오해하고 피하고 있는 게 느껴졌다. 귀엽기도 하고 괘씸하기도 해서 언제까지 피할지 두고 보려 했지만 먼저 손을 든 건 재하, 그 자신이었다.

지금도 분위기가 조금 묘해지자 얼른 피하는 그녀를 보니 깜찍하기만 하다.

"어떠냐고요."

다시 한 번 묻는 나리의 질문을 받은 재하가 매장 안을 휘둘러보았다.

화이트와 그레이, 블랙의 컬러로만 꾸며져 모던하면서도 깔끔한 분위기였다. 재하 자신이 선택해 준 콘셉트지만 생각 이상으로 괜찮았다.

"테이블하고 의자는 이걸로 했어요."

나리가 재하에게 휴대폰에 있는 사진을 보여 주고 있을 때, 커피숍 안으로 누군가 들어왔다.

"안녕하십니까? 좀 전에 매니저 면접 때문에 전화드린 송시현입니다."

키가 훤칠하고 20대 후반으로 보이는 깔끔한 인상의 남자였다.

'여자 손님들이 좋아하겠다.'

나리는 그의 첫인상이 맘에 들었고 면접도 보기 전에 채용하고픈 마음이 들었다.

"어서 와요. 인테리어가 끝나지 않아 좀 그렇지만, 일단 여기 앉읍시다. 작업하던 의자지만 괜찮죠?"

"네."

재하가 나리보다 먼저 나서서 남자를 데리고 한쪽 구석에 작업 부자재가 놓인 곳으로 갔다. 면접을 어떻게 보는 것인지 궁금한 나리는 재하 옆으로 앉았다. 그러자 재하가 면접자에게 나리를 소개했다.

"이분이 사장님이세요."

"아, 안녕하십니까? 송시현입니다."

나리는 간단한 묵례로 인사했다. 이력서를 확인한 재하가 시현에게 물었다.

"자격증이 많네요? 원래부터 바리스타가 꿈이었습니까?"

"네, 그렇습니다."

"그런데 자격증 따고 일한 경력은 없습니까? 이력서에 일부러 쓰지 않은 겁니까? 아니면 일을 안 한 겁니까?"

묵직한 카리스마를 내뿜으며 면접을 보는 그의 모습이 새삼 멋있어 보였다. 자신을 바라볼 때와 다른 시선으로 면접자를 보는 눈빛은 날카로웠다. 그러면서도 적당한 무게감의 목소리에는 상대를 편하게 하는 부드러움이 배어 있었다.

늘 보던 연인 윤재하가 아닌 완벽한 CEO 윤재하의 모습이 그대로 보였다.

'멋있다. 회사에서 일하는 모습은 더 멋있겠지?'

나리가 재하에게 넋을 빼고 빠져 있는 동안 면접은 끝났다.

"가 봐요."

"네, 안녕히 계십시오."

인사성도 바르고 깍듯하기까지 한 송시현이 나리의 맘에 딱 들었다. 그래서 그가 밖으로 나가자마자 재하에게 가까이 다가가 방긋 웃으며 말했다.

"되게 괜찮죠? 바리스타, 라테아트, 핸드드립 자격증도 있다고 하고, 훈남에다가 성실하게 생겼고……."

"잘못 봤어."

"네?"

"신나리한테 면접 맡겼다가는 큰일 나겠네. 지금부터 면접에 관련된 전화는 나한테 돌려. 내가 알아서 괜찮은 직원으로 뽑아 줄게."

"아까 그 남자는…… 별로인 거예요?"

"당연하지! 절대 네가 보고 혼자서 결정하지 마."

"……네."

"저녁 안 먹었지? 나가자."

"네."

재하를 따라나설 때 그의 등이 보였다. 그 넓은 등이 든든해 보였다. 자신의 눈에 괜찮아 보이는 사람을 아니라고 했을 때, 조금은 섭섭했다. 하지만 현구를 제대로 파악하지 못해 그를 선택한 자신의 안목을 보면 그의 결정이 맞을 수 있다.

사람이란 보이는 게 다가 아님을 당해 봤으면서도 인상에 넘어가려 했으니, 재하가 아니면 어떤 결과가 나왔을지 모를 일이다. 하지만 다음 날, 그의 결정이 객관적인 기준이 아니었음을 알게 되는 일이 벌어지고 말았다.

직원면접에 관한 권한을 그에게 넘기기로 한 나리는 모든 면접 약속 시간을 저녁으로 잡았다. 그리고 면접용 테이블과 의자까지 준비해 두었다.

퇴근해서도 편하게 쉬지 못하고 그녀를 위해 일부러 와 준 재하가 고마워 약국에서 피로회복제를 사 가지고 오는데, 그는 이미 누군가와 인터뷰를 하는 중이었다.

'지금 들어가면 방해가 되려나?'

살며시 매장 안을 엿보며 분위기를 살폈다. 그런데 20대 후반으로 보이는 여자가 재하를 보며 방긋방긋 웃는 것이 아닌가.

여자가 여자를 볼 때 느껴지는 정확한 육감상, 그건 면접관에게 잘 보이기 위한 미소가 아니었다. 요샛말로 끼 부리고 있는 미소였다.

'저 여자가 지금 면접을 보러 온 게 아니고 선을 보러 온 줄 아나? 화장은 왜 저렇게 진한 거지? 손님을 상대하는 서비스 일을 할 건데 저러면 안 되지!'

이것저것 따지지 않고 매장으로 들어갔다. 재하는 물론이고 면접을 보던 여자가 놀라며 동시에 나리를 쳐다보았지만 여자의 시선은 이내 그녀를 무시하고 재하에게로 향했다.

[시간 끌지 마요. 앞에 있는 여자는 아니에요.]

재하에게 메시지를 보냈지만, 그는 확인하지 않고 여자와 계속 얘기 중이었다.

'뭐지? 내가 보기에는 어제 남자보다 저 여자가 한참 미달인데 왜 저렇게 오래 붙잡고 있는 거야?'

다시 한 번 여자가 맘에 들지 않는다는 메시지를 보낸 후에야 그가 확인했고 그런 다음에야 면접이 끝났다.

"그럼 연락 기다리겠습니다."

나리는 안중에도 없는 듯 재하에게만 상냥하게 인사를 건네고 여자는 매장을 나갔다.

그를 바라보는 나리의 시선이 뭔가 심상치 않아 보이자 재하가 물었다.

"왜, 맘에 안 들어?"

"윤 대표님은요?"

"나쁘지 않은데? 프랜차이즈 커피숍 매니저 경력도 있고, 개인 카페 경력도 있으면서 메뉴 개발도 해 봤다니 고객응대나 알바생들 관리에 순발력도 있을 테고."

매니저로서 완벽한 조건을 갖췄다고 해도 나리는 맘에 들지 않았다. 하지만 무엇보다 거슬리는 건 그녀를 맘에 들어 하는 재하다.

재하가 수시로 매장을 들락거릴 텐데, 괜히 그에게 딴맘 먹고서 작정하고 달려들면 그걸 어떻게 넘길 수 있을까. 이현구에게 여자가 달려드는 건 참아 낼 수 있지만 윤재하에게 여자가 들러붙는 꼴은 두고 보지 못한다.

"내가 싫어요. 저 여자를 뽑느니 어제 그 남자 송시현 씨를 뽑겠어요."

나리의 말에 재하의 표정이 순식간에 일그러졌다.

"자격증이 여러 개 있어도 경험과 경력에서 만들어진 노하우를 따라잡을 수는 없는 거야. 그런 부분에서 어제 그 남자는 경력이 약해. 그리고…… 그 남자 이름을 아직도 기억하고 있는 거야?"

"경험이야 여기에서 쌓으면 되는 거죠. 그렇다고 아주 무경력자도 아니었잖아요! 그리고 이름 기억하는 게 뭐 잘못된 거예요?"

"어제 그 녀석은 널 보는 눈빛이 음흉했어. 일하러 오는 게 아니라 신나리한테 작업 걸러 올 게 빤했거든. 그래서 안 된다고 내가 잘랐어."

"아까 그 여자도 여기 와서 열심히 일하겠다는 의지는 보이지 않고 윤 대표님 눈에 들어 보려고 애를 쓰던데요? 그 여자의 가식적인 미소는 안 보였나 봐요?"

나리가 씩씩거리며 따지고 들자 잔뜩 인상을 쓰고 있던 재하의 표정이 갑자기 풀리더니 미소까지 짓는 게 아닌가. 그가 자신의 말을 우습게 여기는 것 같은 불쾌감이 드는데.

"질투하는 건가?"

"질투요?"

"난 질투해서 그 남자 거절한 건데."

너무나 솔직한 재하의 표현에 나리도 몰랐던 자신의 마음이 질투라는 걸 알았다. 아니라고 부정할 수 없을 만큼 확실했고 솔직한 그에게 다른 대답을 할 수가 없었다.

"그런가⋯⋯ 보네요."

현구가 수없이 많은 바람을 피우고 다녀도 질투라는 걸 느껴 본 적이 없다. 그런데 재하를 바라보는 여자의 눈빛에 그런 감정을 느꼈다는 게 신기했다.

"나리가 질투라는 걸 할 줄 몰랐는데. 은근 기분 좋은데?"

정말 기분 좋은 것처럼 그의 얼굴에는 미소가 만개했다. 나리 역시 그녀를 향해 느꼈다는 그의 질투가 기분 좋았다.

"그럼 우리 어떡하지? 젊고 어린 남자는 내가 안 되고, 여자는 나리 맘에 안 들고."

고민에 빠진 두 사람은 기혼자로 채용하는 것으로 결론을 내렸다.

"극적인 합의가 이루어졌으니 축하주 한잔했으면 좋겠는데, 어쩌지? 1시간 후에 호텔에서 중요한 문화행사가 있는데 얼굴 비치고 인사해야 해서."

"어쩔 수 없죠. 축하주는 내일로 미루고, 이거."

나리가 재하에게 검정 비닐봉투를 내밀었다.

"이게 뭔데?"

재하가 봉투 안에서 피로회복제를 꺼냈다.

"약소하지만 받아 줘요."

"약소한 거 알면 뭣 좀 더 주지?"

"이것밖에 안 사서……."

재하가 나리 가까이 다가갔다.

"꼭 사서 주는 거 말고."

그가 허리 숙여 그녀 얼굴에 가까이 자신을 얼굴을 들이댔다. 나리가 흠칫 놀라며 뒤로 빼려 했지만 이미 그의 입술이 그녀의 입술에 포개져 왔다.

유리로 된 텅 빈 카페 안을 밖에서 보면 다 보일 것 같았지만 불안한 마음을 감추고 나리는 재하에게 맞추어 진한 키스를 나누었다.

"가자, 집에 데려다줄 수 있는 시간은 되니까."

좀 더 같이 있지 못함을 아쉬워하며 재하의 차를 타고 레지던스로 향했다. 그의 차 뒤로 누군가의 차가 따라오는 줄 모른 채 입구에 주차를 했다. 그리고 시작된 연인들이 집 앞에서 헤어질 때, 아쉬움에 하는 의식인 키스를 빼먹지 않았다.

재하와 나리는 차 안에서 계속 함께 있지 못하는 마음을 키스로 달랬다. 하지만 그 달달한 키스로도 마음이 채워지지 않았는지 재하가 그녀에게 늦은 밤에 다시 만날 것을 제안했다.

"11시에 다시 만나서 축하주를 마시는 건 어떨까?"

어떻긴? 절대 안 되지!

나리가 재하의 제안에 고개를 힘차게 저으며 거절했다.

"들어가서 일찍 잘 거예요. 피곤해요. 오픈 앞두고 너무 신경 쓸 일이 많아서."

서운해하는 재하의 표정이 눈에 들어왔지만 어쩔 수 없는 일이었다.

"그래, 그럼. 일찍 자. 대신 내일은 피곤하다는 핑계 안 돼."

"알았어요. 조심해서 가요."

그녀가 출입문으로 향하다가 뒤돌아보며 아직도 있는 재하에게 출발하라는 손짓을 보이자 그때서야 그가 손을 흔들어 주고 떠났다. 그의 차가 보이지 않을 때까지 서 있다가 다시 몸을 돌려 들어가려는데 갑자기 누군가 그녀 앞을 가로막았다.

"신나리."

너무 놀란 나머지 다리에 힘이 풀려 주저앉으려 하자 현구가 그녀의 팔을 잡았다.

"왜? 너무 반가워서?"

"어, 어떻게…… 여길?"

"저 자식 때문이었어? 우리 엄마 핑계 대고 쌀쌀맞게 돌아선 게? 전화도 안 받고, 문자도 씹고. 어디 가서 얘기 좀 해."

"싫어요. 그리고 내가 쌀쌀맞게 돌아선 건 이현구 씨 어머니뿐 아니라 당신한테도 마음이 떠났기 때문이에요. 그러니 더 이상 할 얘기도 없어요. 끝났어요, 이현구 씨와 나의 관계는."

"내가 끝낼 마음이 없는데 누구 맘대로 끝나? 절대 못 끝내."

이기적인 현구의 말을 더 듣고 싶지도 않았고, 얼굴은 더욱 마주하고 싶지도 않았다. 그의 팔을 뿌리치며 무시하고 안으로 들어가려는데 그가 더 거칠게 그녀를 잡아 세웠다.

"혹시 돈 때문이야? 돈 필요해? 저 자식한테 받은 게 얼만데? 설마 나한테 갚은 5천도 저 자식한테 나온 돈이야? 그래서 그렇게 입술로 막 내주고 그러는 거니? 나는 손 한 번 잡아 주지도 않았으면서."

기가 막힌 얘기에 화가 난 나리가 그를 노려보며 말했다.

“적당히 하세요, 이현구 씨. 당신은 나한테 이러면 안 되는 거잖아? 이러는 거, 하늘 보기 무섭지 않아?”

나리의 반말 때문이었는지, 아니면 이글거리는 눈동자 때문이었는지, 그것도 아니면 지은 죄로 인하여 양심에 찔렸기 때문인지 현구가 흠칫했다. 하지만 이현구는 누군가의 말에 자신을 되돌아볼 만큼 양심적인 인간이 아니었다. 그는 오히려 더 뻔뻔스럽게 나왔다.

“스폰 필요해? 원하는 대로 줄게. 나리야, 우리 같이 살자.”

현구가 그녀에게 바짝 다가와 허리를 끌어안으려 할 때, 나리가 비명을 질렀다.

“꺼져! 이 저질! 이 악질!”

로비에 있던 경비 직원이 그녀의 소리를 듣고 달려 나왔다.

“무슨 일이십니까?”

“남녀 사이의 문제니까, 빠져.”

“아니에요. 경찰에 연락해 주세요.”

“신나리!”

“빨리요!”

“나리야, 왜 이렇게 내 맘을 몰라주는 거야? 네가 처음이야. 모든 걸 다 주고서라도 같이 살고 싶은 사람은 네가 처음이라고! 너 포기 안 해! 내가 찍어서 안 넘어온 여자는 없어! 너도 곧 나한테 오게 되어 있어! 너 내가 무슨 수를 써서라도 내 여자로 만들 테니까, 두고 봐!”

경비원이 휴대폰을 들고 버튼을 누르려 하자 현구는 마지막 발악을 하듯 큰 소리를 내고 사라졌다.

“괜찮으세요?”

“네. 고맙습니다.”

로비에서 룸까지 어떻게 올라왔는지 기억도 없다. 휴대폰 벨소리에 정신을 차려 보니 소파에 앉아 덜덜 떨고 있었다. 혹시 현구에게 온 전화는 아닐까 걱정되었지만 다행히 재하에게 걸려 온 것이었다.

"여보세요."

— 자고 있었나 봐? 목소리가 이상하네?

"네. 막 잠들려고 했어요."

— 미안. 끊을게. 잘 자.

"네."

재하와 통화를 끝내자 메시지가 들어왔다.

[내일 디.시티 호텔 2007호로 와. 오지 않으면 사는 게 많이 피곤해지고 후회하게 될 거야.]

미친놈!

화가 나고 기가 막혔지만 어이가 없어 오히려 웃음이 흘러나왔다.

'이현구, 너 사람 잘못 봤어. 절대 네 맘대로 쉽게 되지 않을 거야. 너 기겁해서 절대 신나리를 못 찾게 해 줄게. 기대해.'

나리는 정신을 차리고 자신의 마음을 단단하게 붙들었다.

테이블과 의자 그리고 그 외의 집기들이 들어오는 날이라 나리는 서둘러 커피숍으로 향했다. 커피숍으로 출근한 것 같은 기분은 그녀를 활기차게 만들었다.

꽃집 알바를 하며 얻었던 경제활동에 대한 자신감이, 이제는 커피숍 사장으로 하나의 매장을 운영하게 되었다. 꿈에 가까웠던 것들이 이루어지고 있는 지금 나리는 무척이나 설레고 행복했다.

테이블과 인테리어 소품들을 배치하면서 텅 빈 공간이 제대로 된 커피숍 모양으로 갖춰지자 그 설렘은 행복한 흥분으로 변해 갔다. 재하의 도움이 있었지만 자신이 무언가를 이루고 해낸 것에 뿌듯해할 때, 그 벅찬 감정을 와장창 깨뜨리는 현구의 메시지가 들어왔다.

[오늘 약속 잊지 않았지? 2007호. 이따 봐.]

문자 뒤에 붙은 윙크하는 캐릭터 이모티콘에 구토가 나올 뻔했다. 부글거리는 속을 달래며 나리는 그에게 메시지를 찍어 보냈다.

[12시쯤 갈게요.]

[그래, 신나리. 우리 오해 풀고 잘해 보자. 나 너 없이는 아무것도 못해. 사랑해.]

얼씨구! 사랑?!

치밀어 오르는 욕을 꾹꾹 눌러 담기 힘들 정도로 화가 끓어오르려 할 때, 이번에는 재하의 메시지가 들어왔다.

[보고 싶다.]

현구로 인해 엉망이었던 마음이 금세 사그라졌다.

'이 아저씨, 점점 느끼해지는 것 같네?'

하지만 그런 그의 표현이 싫지 않았다. 너무 솔직해 오글거릴 정도지만 그 느낌이 연애를 한다는 증거로 다가왔고, 재하를 생각하는 자신의 마음도 확인할 수 있게 만들었다.

나리는 자신의 마음을 재하에게 문자 메시지로 보냈다.

[나도요.]

드림시티는 웬만한 문화와 레저, 쇼핑에 숙박 시설까지 완벽하게 갖추

어진 복합 공간이다. 그곳에 재하는 도시에서 즐기는 캠핑이라는 주제로 글램핑장을 추가로 만들 계획이다. 놀이 공간인 드림월드 옆으로 부지도 확보해 놓은 상태다.

구체적인 시공에 대한 미팅을 하며 전체적인 디자인은 주제별, 공간별로 공모전 형식에 의해 진행하는 것으로 결정을 내렸다.

긴 회의를 마치고 집무실로 돌아오자마자 그는 휴대폰으로 나리에게 메시지를 보냈다.

[보고 싶다.]

지치고 힘든 몸과 마음이 그녀를 보면 나아질 것 같은 마음에 보낸 것이었다. 애교 없는 그녀에게 어떤 답이 올지 알 수 없었지만, 위로가 되어 주는 답이 오길 바랐다.

[나도요.]

수줍은 듯 얼굴 붉히는 그녀의 얼굴과 속삭이는 것 같은 그녀의 목소리가 생생하게 그려졌다. 단순한 위로에서 그녀를 보고 싶은 마음이 더욱 더 커져 갔고 퇴근도 앞당기고 싶어졌다.

"최 비서님, 마지막 스케줄이 몇 시에 끝나죠?"

— 5시에 아트센터장님하고 미팅이 마지막 일정입니다.

"알겠습니다."

늦게 퇴근할 일은 없을 것 같아 재하의 얼굴에 미소가 번졌다. 하지만 사람 일이라는 것이 모든 게 맘먹은 대로 되는 법은 없다. 아트센터장과 미팅 들어가기 바로 전에 형우에게서 전화가 걸려 왔다.

최 회장에게 나리의 이야기를 전해 자신을 곤란하게 만든 괘씸죄가 있어 거절을 눌렀다. 하지만 이내 들어온 메시지에 한숨이 튀어나왔다.

[오늘 아버지 생신인 거 알지? 희락에 6시에 예약해 놨어. 이따 보자.]

치훈 대신 아버지처럼 그의 생일을 챙겨 준 최 회장이다. 반대로 재하 역시 최 회장을 아버지로 생각하고 형우의 가족들과 함께 생일 모임에 늘 참석해 왔다.

굳이 스케줄러에 표시를 하거나 비서에게 따로 말해 두지 않아도 저절로 기억되는 날이었는데 올해는 까맣게 잊고 있었다. 그 이유가 나리 때문인지, 예린이나 현진과의 결혼을 밀어붙이려는 최 회장 때문인지 알 수는 없다. 하지만 최 회장의 생일을 기억 못한 것이 처음이듯, 그 자리에 가고 싶지 않은 마음도 처음이었다.

그렇다고 가지 않을 수 없다.

최 회장이 예린이나 현진을 그에게 내밀며 결혼을 언급했지만 아직 결정된 건 없다. 이런 상태에서 생일 모임에 가지 않는다는 것은 재하에게 치명적인 실수가 될 수 있어 형우에게 문자를 보냈다.

[알았다. 시간 맞춰 갈게.]

식사 시간이 일러 서두르기만 하면 나리를 만나는 데 지장은 없을 것 같아 다행이라 여길 때, 문득 더 좋은 생각이 떠올랐다.

'더는 결혼 얘기를 꺼내지 않겠지.'

최 회장이 좋아하는 술 한 병을 사 들고 호텔 로비에서 나리를 기다렸다.

재하는 최 회장의 가족이 모인 자리에서 나리를 소개시킬 마음이었다. 그만큼 나리와의 관계가 깊다는 것을 알려 주고, 예린이나 현진은 마음에 없다는 것을 확실하게 못 박아 두기 위함이었다.

멀리서 그녀가 사뿐사뿐 걸어오고 있었다. 예쁘게 하고 오라는 주문을 해서일까, 화사한 원피스에 긴 머리를 풀고 오는 그녀의 모습은 여신처럼 보였다.

"예쁘다."

나리가 그녀 특유의 수줍은 미소를 보이며 그에게 물었다.

"무슨 일인데 예쁘게 입고 오라고 했어요?"

"나를 구해 줘야 해서."

그를 구해 줘야 한다는 말이 무슨 뜻인지 몰라 그를 빤히 보기만 하자, 그가 설명했다.

"친구 가족하고 식사해야 하는데, 아버님이 나를 원하지 않는 여자와 억지로 결혼을 성사시키려고 해서. 그럴 수 없는 이유를 알려 드리려고."

"그렇다면……."

"내가 좋아하고, 사랑하는 여자가 있다는 걸 확인시켜 드리려고."

나리의 표정이 굳어지고 눈동자가 불안하게 흔들렸다. 그런 그녀의 손을 재하가 잡으며 안심시켜 주었다.

"떨 거 없어. 그냥 내 옆에 있으면 돼."

"하지만……."

"도와줘."

생각 끝에 용기를 낸 것 같은 얼굴로 나리가 고개를 끄덕거렸다. 그리고 자신도 재하를 위해 할 수 있다는 것이 좋았다.

"가자."

손을 잡은 두 사람은 '희락'으로 향했다.

직원이 안내해 준 룸 앞에 도착하자 나리는 호흡을 가다듬었다. 재하는 그런 그녀의 손을 더욱 꼭 잡아 주는 것으로 그녀를 안심시킨 후 안으로 들어갔다.

최 회장 부부와 세 남매 그리고 형우의 예비 신부로 보이는 여자가 대화 중이었다.

"어서 오너……라."

그를 맞이해 주던 최 회장이 재하의 옆에 서 있는 나리를 보며 표정을 관리했다. 최 회장뿐 아니라 가족들 모두도 그를 보며 웃던 얼굴이 굳어졌다.

"너, 너는?"

그 와중에 나리와 악연으로 엮였던 예린이 그녀를 알아보고 인상을 쓰며 흥분했다.

"뭐야? 오빠, 왜 얘하고 같이 있어? 설마 오빠……?"

"아버님, 제가 말씀드린 그 여자입니다. 제가 사랑하고, 아끼고, 마음에 두고 있는 여자."

"오빠, 미쳤어? 여자가 없어서 뭐 저런 계집애를……."

"예린이, 말조심해야겠다. 내가 네 친오빠는 아니지만 그동안의 관계를 생각해서도, 또 오빠 친구로서도 그렇고, 예의는 지켜 줬으면 좋겠어."

"예의를 지킬 수준의 여자를 데리고 왔어야지!"

"최예린! 조용히 해."

"그래, 예린아. 그건 재하 오빠 말이 맞다. 얼른 사과해라."

형우와 최 회장까지 나섰지만 예린은 사과의 말을 하지 않고 구시렁거렸다.

"미안하다. 저 녀석 철없는 거 잘 알잖아. 이해해. 어서 오십시오, 재하의 오랜 친구이자 절친인 최형우입니다."

형우가 일어나서 나리에게 인사를 건넸다.

"안녕하세요."

형우에게 인사를 한 나리는 최 회장 부부를 향해서도 허릴 굽혀 공손하게 인사했다.

"미리 알았으면 이렇게 어수선하게 인사할 필요도 없어 좋았을걸. 어쨌든 어서 와요."

웃으며 말하지만 최 회장의 눈빛에는 못마땅함이 가득했다. 재하는 그런 최 회장을 비롯해서 형우의 가족 모두가 타인으로 느껴졌다.

이전처럼 순수하지 않아 보이는 최 회장의 미소, 최 회장 눈치만 살피며 어쩔 줄 몰라 하는 형우 모친, 나리를 보는 시선이 곱지 않은 형우, 아직도 골 난 얼굴로 구시렁거리는 예린, 눈을 내리깔고 새침하게 앉아 있는 현진. 그리고 낯설어 인사조차 나누지 못하는 형우의 약혼자.

누구 하나 그와 나리를 향해 따뜻한 시선이나 말 한 마디 건네는 사람이 없었다. 그 사람들 속에 힘들게 버티고 있는 나리에게 미안했다.

"아버님, 생신 축하드립니다."

재하가 최 회장에게 곱게 포장되어 있는 술병 상자를 건넸다.

"허허, 뭘 이런 걸."

"그럼 좋은 시간 보내십시오. 나중에 나리하고 같이 불러 주십시오, 아버님. 예린이가 많이 불편해 보여서 함께 자리는 못할 것 같습니다. 예린아, 나중에 만나서 오해 풀자. 그럼 가 보겠습니다."

재하는 서둘러 인사를 끝내고 나리를 데리고 나왔다.

"많이 불편했지? 미안."

"싸가지…… 없던 그 여자만 아니었어도 괜찮다고, 미안해하지 말라고 했을 텐데. 다시 보고 싶지 않은 얼굴을 보게 해 줬으니 미안해하세요. 그리고…… 억지 결혼 상대가 혹시 그 싸가지 없는 그 애예요?"

"진짜 미안하게도 그 애 맞아. 어떻게 해야 그 마음이 풀려서 괜찮다는 말을 들을까? 일단, 가자."

재하가 데리고 온 곳은 캠핑장을 온 것 같은 글램핑 레스토랑이었다.

"별을 봐야 하니까, 야외가 좋겠지?"

한쪽에 캠프파이어처럼 장작불까지 타고 있었다.

"와! 이런 데를 어떻게 알았어요?"

"요새 내 모든 의식이 글램핑에 꽂혀 있거든."

"글램핑?"

캠핑의 일종으로 느껴졌지만 나리는 글램핑이 정확히 뭔지 알지를 못했다. 그러자 재하가 글램핑에 대해 자세하게 설명해 주고 곧 글램핑 사업부가 생길 거라 말해 주었다.

"혹시 주위에 인테리어나 조경, 건축디자인하는 지인이나 친구가 있으면 드림시티 글램핑 디자인 공모전에 응모들 하라고 해. 인턴사원으로 채용되는 특전이 있어."

나리의 머릿속에 떠오르는 한 명이 있었다. 미국에서 인테리어 디자인 공부를 하고 있으며 성적이나 실력이 좋아 장학금을 받고 있는 세영의 동생, 진짜 신나리.

하지만 진짜 나리는 미국에서 아직 공부 중이어서 굳이 이 공모전에 참여할 필요가 없을 것 같았다.

그러는 사이 그들 앞에 바비큐 장비와 함께 고기, 각종 채소 그리고 맥주가 준비되었다. 슈트와 원피스를 입고 있는 두 사람의 드레스코드만 아니었다면 실제로 캠핑을 온 것이 아닐까 착각할 만큼 모든 게 완벽한 세팅이었다.

재킷을 벗고 와이셔츠 소매를 접어 올린 재하가 본격적으로 고기를 굽기 시작했다. 고기 굽는 일은 한 번도 해 보지 않았을 것 같은 그는 의외로 능숙하게 잘 구웠다.

"잘하네요."

"유학 시절, 친구들하고 주말에 자주 캠핑을 갔었거든."

"그랬구나."

문득 나리는 그에 대해 별로 아는 게 없다는 걸 알았다. 그의 이름, 나이, 직업, 거주지는 알지만 그의 가족 관계와 그동안 어떻게 살았는지 아는 것이 없었다. 그에 대해 많은 것을 알고 싶어졌다.

하지만 궁금한 것을 다 물을 수가 없었다. 그녀가 질문을 던지면 그녀도 그에게 같은 대답을 해 줘야 할 것 같다. 그렇다면 그에게 많은 거짓을 말해야 한다. 그게 싫어 나리는 그에 대한 궁금증을 덮기로 했다.

"자, 먹어 봐."

재하가 갓 구워진 고기 한 점을 그녀의 입에 가져다주었다.

입을 벌려 그가 넣어 주는 고기를 먹었다. 입에서 살살 녹는다는 게 어떤 것인지 알 수 있을 만큼 그 맛은 환상이었다. 그뿐 아니라 별이 보이는 야외에서 그와 함께 캠핑을 하고 있는 것 같은 지금 순간도 환상이었다.

민정으로 돌아가지 않고 나리인 채로 밤을 새우고 싶을 만큼, 아름다운 밤하늘과 그와 함께 있는 시간을 놓치고 싶지 않은 욕심이 나는 그런 시간이었다.

11시 20분.

대리운전으로 나리의 집 앞까지 데려다준 재하는 다음에는 진짜 캠핑을 가자는 약속을 하고 돌아갔다. 그의 차가 보이지 않게 되자 나리는 급하게 택시를 잡아타고 디.시티 호텔로 향했다. 시간이 아주 촉박한 관계로 호텔 로비에 도착해서 빠르게 2007호로 올라왔다.

문 앞에 선 나리는 깊은 호흡을 한 번 하고 벨을 눌렀다.

"우리 나리, 시간약속 잘 지키네."

느끼하고 음흉한 미소를 지으며 그가 문을 열었다. 그리고 급하게 그녀를 안으로 끌어당겼다.

"안 오면 진짜 무슨 짓을 저질렀을지 몰라."

그가 나리를 벽 쪽으로 밀어붙이고는 입술을 부딪쳐 왔다. 뱀의 혀가 그녀의 입술을 핥는 것 같은 느낌에 나리가 그를 힘껏 밀어냈다.

"신나리. 나 좀 봐줘. 네가 원하는 거 다 해 주겠다고. 그만큼 내가 널 사랑해. 그러니까……."

그가 다시 나리에게 가까이 다가왔다.

"나 잘못 건드리면 안 돼요."

"왜 이래? 장난하지 말고. 내가 널 얼마나 사랑하는지 알려 줄게. 너도 날 사랑할 수 있게, 내가 그렇게 만들어 줄게."

현구가 그녀를 거칠게 침대로 넘어뜨렸다.

"앞으로 2분 뒤에 당신 앞에서 믿을 수 없는 일이 벌어질 거야. 날 잘못 건드리면 안 된다는 내 경고를 무시해서 생긴 일이라는 걸 명심해. 그리고 또 한 번 날 건드리면 더 무서운 일이 벌어질 거고."

"반말하니까 섹시하다. 미치도록."

현구가 나리의 말을 무시하고 그녀의 가슴을 움켜잡았다. 나리는 그 끔찍한 손길을 쳐 냈다.

'1분만…… 1분만…….'

하지만 현구는 또다시 그녀의 가슴에 손을 올렸고 그것도 성에 차지 않는지 그녀의 목을 입술로 훑어 내렸다.

"하지 마!"

몸을 버둥거리며 그를 밀어내려 했지만 역부족이었다. 그러는 사이 끔찍한 1분이 흘렀고, 현구의 품에서 블랙홀로 빨려 들어가는 느낌이 들었다. 그리고 그녀가 눈을 떴을 때 침대 위에서 TV를 보고 있는 민정으로 돌아왔다.

아직도 그녀의 목과 가슴과 입술에 현구의 손과 입술이 들러붙어 있는 것 같은 불쾌하고 더러운 기분에 욕실로 들어가 샤워기 아래에 섰다. 그 지저분하고 끈적거리는 느낌을 지우기 위해 뜨거운 물줄기를 맞으며 온몸을 박박 닦아 내던 민정이 갑자기 웃음을 터뜨렸다.

"지금쯤 황당하고 두려워서 멍해 있겠지? 그 얼굴을 보지 못하는 게 아쉽네."

샤워를 끝내고 나와 침대에서 잠이 들기 전까지 그녀에게서 미소가 떠나지 않았다. 하지만 잠결에 침실문 열리는 소리가 들렸다.

민정이 눈을 뜨기도 전에 현구가 그녀 옆으로 털썩하고 누웠다. 나리로 있을 때는 물론이고, 민정으로 존재할 때도 현구의 그 모든 건 끔찍하고 싫었다.

"뭐예요? 왜 여기에 누워요?"

민정이 벌떡 일어나 그에게서 떨어지며 물었다.

"왜? 내가 못 누울 때 누웠어? 나 오늘 여기서 잘 거니까 입 다물고 너도 조용히 자."

그리고는 입고 있던 슈트 재킷부터 하나씩 벗어 침대 밖으로 던졌다. 그걸 보고 있던 민정이 침대에서 빠져나와 아예 침실을 벗어나려는데 현구가 그녀의 손을 잡았다.

"어디 가? 옆에 있어."

자신의 옆으로 민정을 끌어다 눕히고는 그가 천정을 보며 한숨을 내쉬었다. 나리가 그의 눈앞에서 사라진 걸로 인해 겁에 질린 모습으로 보였다.

그 모습이 우스워 웃음이 나오려 했지만 그보다 그가 옆에 있다는 게 몸서리치도록 싫었다.

"당신이 안 나가면 내가 나갈 거예요."

민정이 다시 일어나자 현구는 그녀를 눕히고는 그 위로 올라탔다.

"하늘 같은 서방님이 오랜만에 옆에 있어 주면 고마운 줄 알고 얌전히 있어야지, 뭐 하는 짓이야?"

"비켜요."

"어쭈? 왜? 너무 오래 안아 주지 않아서 삐쳤나? 그래, 오늘 기분도 더럽게 찜찜하지만 내가 널 위해서 한 번 해 줄게."

좀 전에 나리에게 한 것과 같이 그녀의 목에 입술을 대고 가슴을 잡았다.

"미쳤어요?"

민정이 그를 힘껏 떠밀었다. 극도의 혐오감으로 인해서인지 그녀의 힘에 의해 그가 침대 밖으로 떨어졌다.

"억! 이게 정신이 나갔나? 죽을래?"

그가 더 무서운 기세로 그녀를 덮쳤다. 민정의 잠옷을 찢어 버릴 듯 억지로 옷을 벗기는 현구를 민정이 다시 한 번 밀어냈지만 이번에는 그의 힘을 이길 수가 없었다. 하지만 끝까지 반항을 하는 민정의 발길질에 그가 다시 한 번 그녀에게서 떨어졌다.

"야! 유민정! 네가 감히 나를 거부해? 어디서 감히……."

"미친 새끼!"

민정의 거친 욕설에 제대로 놀란 현구가 잠시 움찔했다.

"너, 너…… 지금 뭐라고 했어?"

자신이 잘못 들었다고 생각한 그가 물었지만 민정의 입에서는 같은 욕이 튀어나왔다.

"미친 새끼라고."

"너 죽고 싶냐?"

열받은 현구가 손을 들어 올려 그녀를 때리려는 시늉을 했지만 민정은 눈 하나 깜빡하지 않고 현구를 노려보았다.

차마 손찌검까지는 할 수 없었는지 현구가 벌떡 일어나 제 화를 풀기 위해 방 안에 있는 물건들을 마구 깨부수기 시작했다.

"네가 남편 무서운 줄 모르지? 이게 겁도 없이 남편한테 뭐? 미친 새끼? 야, 이 미친년아! 너야말로 곱게 미쳐!"

"가정 폭력으로 경찰 부르기 전에 그만해!"

꼿꼿하게 서서 냉정하게 말하는 그녀가 평소와 다른 것이 이상했는지 현구가 격한 행동을 멈추고 그녀에게 조용히 물었다.

"너 오늘 왜 이래, 진짜? 약했냐? 네가 제정신이면 이럴 수 없어. 정신 차려, 유민정! 맨몸으로 쫓겨나기 전에!"

"걱정 마, 이현구. 네가 내쫓기 전에 내가 맨몸으로, 지금 이 순간 이 집을 나갈 테니까."

민정이 휴대폰 하나 달랑 챙겨 들고 침실을 나왔다.

"야!"

현구가 길길이 뛰며 그녀를 따라 나왔지만 민정은 뒤도 돌아보지 않고 현관을 나왔다. 빌라 전체가 시끄러워질 것이 두려웠는지 현구는 현관 밖에까지 따라 나오지는 못했다.

찢어진 잠옷, 헝클어진 머리, 무작정 신고 나온 고급 하이힐.

초라하다 못해 괴기스러운 모습이었지만 민정은 그동안의 체증이 내려간 것처럼 속이 시원했다. 늦은 밤만 아니라면 신나서 소리를 지르며 춤을 췄을지도 모른다.

세영에게 전화를 하려는데 현구에게 전화가 걸려 왔다. 받지 않자 이번에는 메시지가 들어왔다.

[경찰에 미친 여자로 신고하기 전에 당장 들어와! 정신병원에 입원하고 싶지 않으면 당장 들어오라고!]

민정은 피식 웃으며 현구에게 답을 보냈다.

[가정 폭력범으로 철창에 갇힌 신세 되고 싶다면 신고해 봐.]

또다시 걸려 오는 현구의 전화를 무시하고 세영에게 전화를 걸었다.

— 여보세요?

자다 받은 목소리였다.

"세영아, 나."

— 민정이니? 이 밤중에 무슨 일이야?

"미안하지만 오늘 밤 신세 좀 지자. 나 좀 데리러 와 줘."

— 설마 이현구가 너한테 손찌검이라도 했니?

"아니. 내가…… 그 인간한테 미친 새끼라고 욕을 했어."

믿을 수 없었는지 휴대폰 너머 세영에게 어떤 말도 들려오지 않았다.

"휴대폰만 들고나와서 돈도 없고, 몰골도 말이 아니어서 어디 갈 수도 없어. 얼른 와 줘. 자세한 건 만나서 이야기해 줄게."

— 알았어. 금방 갈게.

나리에 이어 그녀까지 연타로 충격을 주었으니 현구야말로 정신병원에 입원해야 할지도 모른다는 생각이 들었다.

'그러게, 있을 때 잘했어야지.'

나리로 돌아와 깨어난 곳은 어젯밤 현구와 함께 있던 디.시티 호텔 2007호다.

어젯밤 그녀를 탐하려 했던 현구가 떠올라 나리는 후다닥 룸을 나왔다. 그리고 연화를 만나기 위해 호텔을 나와 세영의 집으로 왔다.

굳이 세영이 말하지 않았어도 어젯밤 무슨 일이 벌어졌는지 알고 있는 연화는 계속 재미있다는 듯이 웃고만 있었다.

"할머니 저하고 같이 지내요. 이제 그 집으로 들어가지 않으셔도 돼요."

나리의 말에 연화가 고개를 가로저었다.

"빈손으로 이러고 나오면 억울하지. 네가 그 집에서 고생한 만큼 보상을 받아야 하지 않겠니? 퇴직금에 연금은 물론이고, 위로금까지 다 받아 가지고 나와야지!"

"그거 필요 없어요. 차고 넘칠 만큼의 돈도 있고, 이제는 커피숍 하면서 수입도 생길 거고……. 그리고 이현구가 할머니 그냥 안 놔둘 거예요."

"걱정 마라. 네 시모가 그놈을 그냥 두고만 보지 않을 거다. 이번에는 내 편을 들고 제 아들을 호되게 혼낼 거야."

"네?"

그런 일은 하늘이 두 쪽 나도 있을 수 없는 일이다. 그런데 연화는 웃으며 확신했다. 민정과 같은 생각을 가지고 옆에서 듣고만 있던 세영이 연화에게 물었다.

"진짜요, 할머니? 그걸 어떻게 아세요?"

"민정이 네 시모가 맹신하는 점쟁이가 나한테 꼼짝 못하거든. 그래서 그 점쟁이를 통해서 요래조래 장난 좀 치고 있는 중이다. 조만간 네 시모 큰 굿판 벌여야 해서 예금 하나 깰 거다. 그 굿값 치르려고."

세영은 믿을 수 없다는 눈빛이었지만 나리는 거금의 굿값을 치르며 무당굿을 하는 시모를 잘 알기에 놀라지도 않았다. 그저 그 돈이 아깝고 그런 행동이 한심할 뿐이었다.

"그 굿값의 절반은 내 몫으로 올 거다. 결국 나리 너한테 갈 거고. 1억 5천."

"헉! 굿에 3억을 쓴단 말이에요? 노망나셨나 봐?"

놀라며 묻는 세영을 향해 연화는 대답을 해 주는 대신 웃기만 했다.

나리 역시 놀라기는 마찬가지였다. 민정에게, 아니 현구에게 아들 하나 점지해 달라고 빌던 1억짜리 굿판을 벌인 게 제일 큰 굿이었는데, 3억이라니.

"뭘 비는데 3억이에요?"

"뭐겠니? 대를 잇게 해 달라는 거지. 여하튼, 저 집구석은 내가 알아서 할 테니까, 넌 그 윤 대표하고 알콩달콩 깨나 볶으면 된다, 아가."

"걱정 마세요, 할머니. 둘이 알아서 알콩달콩 깨도 볶고 햄도 볶아요."

짓궂은 세영의 말에 나리는 쑥스러워했고, 연화는 활짝 웃었다.

웃음으로 하루를 시작한다는 것, 이 일상 또한 재하와 함께 놓치고 싶지 않은 순간이었다.

세영의 집에서 연화와 함께 아침밥을 챙겨 먹고 출근하는 기분으로 커피숍에 나왔다.

생각할수록 뿌듯했다. 무능력하고 무기력했던 자신이 무언가 해내고 있는 게 스스로 대견해서 가슴이 벅찼다.

Trrrr—

재하에게 전화가 걸려 왔다.

"여보세요."

— 어디?

"출근했어요."

— 직원도 없이 사장 혼자 뭐 하려고?

"할 거 많아요. 청소해야 하고, 오늘 오는 물품들 정리해야 하고. 오픈식 날 상가에 돌릴 떡도 맞춰야 하고, 유니폼도 주문해야 하고."

— 혼자 다 할 수 있겠어? 도와줄 수 있는 지원군 좀 보내 줄까?

"싫어요. 혼자 할 수 있어요. 혼자 하고 싶어요."

— 똥고집. 그럼 어떤 일부터 처리해야 하는지 정리하고 메모해서 진행해. 힘들면 지원 요청하고.

"네."

— 저녁에 퇴근하고 갈게. 물건 정리는 그때 같이 하자.

"알았어요."

통화를 끝낸 후 청소 용품을 사기 위해 밖으로 나가려는데 밖에서 안을 살피고 있던 현구와 딱 마주쳤다.

"나, 나리야……. 어제……."

"어제 내가 그랬잖아, 날 건드리면 믿을 수 없는 일이 일어난다고. 더 무서운 일이 일어나길 바라는 게 아니면 다시는 내 앞에 나타나지 마."

그럼에도 나리에 대한 미련이 남았는지 가지 못하고, 그녀에게 어떤 말도 하지 못한 채 우물쭈물 머뭇거리기만 했다.

"당신 유부남인 거 알고 있어."

예상치 못한 펀치를 맞은 것처럼 현구가 깜짝 놀라며 한 걸음 물러섰다.

"신나리, 너 정체가……?"

"내가 누군지 알면 당신 제 명에 못 살 거야. 그러니 나한테 관심 끄고 양심껏 살아. 양심껏!"

나리가 제 할 말만 하고 현구를 비껴가 그 자리를 벗어났다.

다가와 잡지 않는 걸 보니, 겁을 단단히 집어먹은 게 틀림없다. 그렇다고 그의 바람기나 못된 양심이 사라질 거라는 기대는 없었다. 사라진다고 해도 이젠 그녀와 상관없는 일이지만.

'더 많은 걸 잃고 더 망가지기 전에 정신 차려, 이현구.'

나리로서도, 민정으로서도 그녀의 인생에서 현구를 완벽하게 떼어 낸 것 같아 마음이 홀가분했다.

2장

⚜

나리의 커피숍에 납품되는 원두는 호텔 커피숍과 계약되어 있는 업체와 동일한 곳이다. 커피 맛을 우선으로 해야 하는 것이 영업 성공의 포인트기에, 원두에 대한 원가 부담에도 불구하고 재하가 그곳의 원두를 사용하라고 권했다. 그 말에 나리는 두말없이 받아들였고 나머지 소모품들도 그가 알려 주는 곳으로 거래처를 잡았다.

오늘 원두 및 소모품이 납품된다는 연락을 받은 터라 재하는 퇴근을 서둘렀다. 함께 정리하자고 했지만 나리 성격에 혼자서 다 해내려 할 것 같아 마음이 급했다.

슈트 재킷을 챙겨 입고 집무실을 나서려는데 휴대폰 벨이 울렸다. 당연히 나리인 줄 알고 받으려다 '예린' 이라고 떠 있는 발신인을 확인하고 곧바로 거절을 눌렀다.

평소라도 그녀의 전화는 별로 반갑지 않았다. 그런데 어제 나리를 향해 함부로 입을 놀린 것에 괘씸함이 들어 수신 자체를 거절해 버렸다.

"한시가 급한데……."

급한 와중에 전화를 걸어 오니 예린에 대한 마음은 더욱 안 좋아졌다.

집무실을 나와 주차장에 있는 그의 차로 다가가는데 그곳에 예린이 있었다.

"오빠."

"너? 여기서 뭐 해?"

"왜 전화 안 받아? 퇴근할 시간은 아닌데 전화는 받지 않고 해서…… 내려와서 오빠 차 확인해 봤지. 오빠, 나하고 얘기 좀 해."

"바빠. 시간 없어. 물론 할 얘기도 없고. 혹시 어제 우리 나리한테 심하게 말한 거 사과하겠다고 하면 만나게 해 줄 테니까, 직접 사과하고."

재하가 예린을 무시한 채 제 할 말만 하고 차에 올라타려는데, 예린도 그와 상관없이 제 할 말을 꺼냈다.

"아빠한테 얘기 들었어. 우리 둘이 결혼시키고 싶어 하시더라?"

"그 얘기라면 더더욱 할 말 없어. 너하고 결혼할 생각 없어. 어제 봤잖아, 내 여자."

재하가 차에 올라타 시동을 걸었다. 하지만 예린은 그대로 그 자리에서 있었다.

"잘 가라."

"난 할 거야. 오빠하고…… 결혼할 거라고."

재하는 그녀의 말을 듣지 못한 것처럼 차를 몰아 그 자리를 빠져나왔다. 그리고는 헛웃음을 내뱉었다.

'이제 동생으로도 안 보이는데, 결혼? 정신 차려, 최예린. 회장님 믿고 까불지 말고.'

최 회장을 비롯해 형우까지, 지금껏 그랬던 것처럼 좋은 관계를 유지하고 싶다. 그가 유일하게 마음을 나누던 가족 같은 존재니까. 하지만 하루하루 갈수록 실망스러운 일만 생겨 마음이 안 좋다. 여기에서 결혼문제로 인해 그의 마음이 조금이라도 더 꼬인다면 그때는 돌이킬 수 없을 것 같다. 그렇게 형우와 그 가족을 잃고 싶지는 않았다.

좋지 않은 마음과 표정으로 출발했지만 나리의 커피숍에 가까워질수록 표정이 풀리고 마음까지 편안해졌다.

커피숍 앞에 도착하자 'Le Cadeaux' 라고 고급스러운 문체로 쓰인 간판이 달려 있었다. 당장 오픈해도 될 것처럼 완벽해 보였다. 그리고 예상대로 커피숍 안에서 나리가 혼자 바쁘게 움직이고 있었다.

"간판이 예쁘게 잘 나왔네? 불어라서 그런가? 뭔가 있어 보여."

"거봐요, 한글 안 넣기를 잘했죠? '르 꺄도' 라고 써 놨으면 영문과 한글 글씨체가 조화롭지 못해서 저렇게 예쁘게 안 나왔을 거예요."

"맞아. 저건 나리 말 듣기 잘한 거 같아. 대신 들어오는 손님들 향해 정확한 발음으로 인사하라고 교육시켜. 어서 오십시오, 르 꺄도입니다. 이렇게."

"네."

Le Cadeaux. 프랑스어로 선물이라는 뜻이다. 나리는 그녀의 삶은 물론이고 재하까지 그 모든 걸 연화에게 받은 선물이라는 의미로 카페 이름을 지었다. 간판까지 예쁘게 나와서 더욱 맘에 드는 가게 이름이었다.

"뭘 도와줄까?"

재하가 슈트 재킷을 벗고 셔츠를 걷어 올리며 물었다. 나리가 그런 재하의 등을 밀어 테이블에 앉혔다.

"도와줄 건 없어요. 대신 부탁이 있어요."

"혼자 하지 말라고 했을 텐데."

"혼자 한 거 별로 없어요. 어차피 청소 업체에서 와서 마무리해 줄 거라 대충 정리만 했어요. 그리고 지금 그게 중요한 게 아니에요. 부탁할 거 있는데 들어줄 거죠?”

혼자 일한 나리가 맘에 들지 않았지만 그녀가 부탁할 게 무엇인지 궁금함이 앞섰다.

“그게 뭔데?”

“3일 뒤 오픈할 때…… 우리 르 까도의 첫 손님이 되어 주세요.”

재하는 당연히 그녀의 커피숍 첫 손님이 되어 개시를 해 주려고 마음먹고 있었다. 하지만 그녀가 눈을 초롱초롱하게 빛내며 부탁한다고 하자 짓궂은 마음이 생겼다.

“음…… 그날 좀 바쁠 것 같지만 나리의 부탁이니까, 오전에 잡힌 모든 스케줄 취소하고 와서 첫 손님 되어 줄게.”

“그날…… 많이 바빠요? 그럼 일부러 오지 않아도…….”

“아니, 와야지. 나리의 중요한 날인데, 그리고 나한테 하는 첫 부탁을 거절할 수 없잖아.”

재하의 말에 생글거리던 나리의 표정이 조금 시무룩해졌다. 그녀의 마음이 그의 예상대로 된 것 같아 재하가 물었다.

“표정이 왜 그럴까? 되게 미안해하는 것 같은데? 나한테 미안해서 그런 얼굴 하는 건가?”

“네. 난 괜찮으니까 그날 일정대로…….”

“미안하면 나리도 내 부탁 들어주면 되잖아.”

“부탁이요?”

“응.”

딱 걸려든 나리로 인해 웃음이 나오려 했지만 재하는 입가가 올라가는 것을 힘들게 참았다.

“무슨 부탁인데요? 내가 들어줄 수 있는 거면 들어줄게요.”

“충분히 해 줄 수 있는 거야.”

"그렇다면, 뭐. 뭔데요?"

"가게 오픈하고 직원들까지 자리 잡으면 나하고 여행 가자."

"여, 여행이요?"

설마 그 여행이 박을 하고 와야 하는 그런 여행은 아니겠지?

카페 '르 꺄도'의 개업 날이 되었다.

나리로 돌아온 6시부터 분주하게 움직여 모든 준비를 끝냈다. 화이트 셔츠에 블랙 에이프런을 똑같이 차려입은 나리와 직원들이 한자리에 모였다. 재하와 합의한 대로 기혼자이면서 경력과 자격증까지 갖춰진 매니저, 정하와 그 외 알바생들은 오픈인 오늘 잘해 보자며 파이팅을 외쳤다.

나리가 카페 문을 잡았다. 문을 여는 순간 그녀의 손이 마음과 같이 미세하게 떨렸다. 카페를 오픈하는 의미도 있겠지만 그녀의 인생을 새로 여는 의미도 있었다.

'잘할 수 있을 거야. 겁내지 말고 신나게.'

나리가 심호흡을 하고 문을 열었다. 백화점과 다르게 오픈 시간에 맞춰 밖에서 기다리는 손님은 없었다. 하지만 그 문이 열리길 기다리고 있던 것처럼 재하가 갑자기 그녀 앞으로 나타났다.

"개업 축하합니다. 신나리 사장님."

그리고 그녀 앞으로 화사한 꽃다발을 내밀었다. 그녀와의 약속을 지키기 위해 이 시간에 찾아와 준 것도, 처음으로 남자에게 꽃을 받아 본 것도, 그리고 '사장님'이라는 그 호칭도. 그 모두가 나리에게 감동으로 다가왔다.

"첫 손님한테는 사장님이 직접 주문받고 커피 내려 주시는 거죠?"

"네. 어서 오십시오. 주문 도와 드리겠습니다."

나리가 카운터 포스 앞에 가서 그가 주문하기 전에 커피를 먼저 권했다.

"카푸치노나 카페라테 어떠십니까? 오늘 제가 첫 손님께 추천해 드리고 싶은 커피입니다."

재하는 우유 들어간 커피를 좋아하지 않는다. 하지만 나리가 추천해 준 커피인데 우유가 들어갔으면 어떠랴. 소금이나 물엿을 넣어 줘도 행복하게 마실 수 있는데.

"두 잔 다 주십시오. 그리고 치즈 조각케이크는 먹고 갈 수 있게 하나 주시고, 세 조각하고 따뜻한 아메리카노 세 잔은 갈 때 가져갈 수 있도록 테이크아웃 부탁드립니다."

재하는 자신이 마시고 먹을 음료와 케이크 외에 포장해 갈 것도 주문했다. 그리고는 딱 그만큼의 가격을 현금으로 지불했다. 그것도 일부러 은행서 바꿔 온 빳빳한 신권 지폐로.

"준비되면 가져다 드리겠습니다."

"넵."

재하가 테라스에 있는 테이블에 자리를 잡고 앉아 주방 쪽을 바라보았다. 커피 샷을 내리고 우유를 데워 거품을 내는 그녀의 모습을 찬찬히 살폈다.

초보라는 것을 알아챌 정도로 행동이나 손놀림이 느리고 어색했다. 하지만 입가에 잔잔하게 퍼진 미소와 똘망똘망한 눈매는 그녀가 마음을 다해 즐겁게 일하고 있다는 것을 보여 주었다.

그 모습이 기특해서 그녀의 머리를 쓰다듬어 주고 싶고 뺨에 입을 맞추고 싶어졌다. 직원들 없이 단둘만 있었으면 행동으로 옮겼을 텐데, 그러지 못해 입술과 손이 간지러울 뿐이다.

"주문하신 음료와 조각 치즈케이크 나왔습니다."

나리가 나무 트레이를 조심스럽게 테이블 위에 올려놓았다.

"고마워요."

재하가 미소를 보여 주고 머그잔에 손을 뻗는데 하얗고 고운 우유 거품 위에 글씨가 써져 있었다.

[오빠야 맛있게 마셔 줘용.]

우유 거품 위에 초코 소스로 쓴 글씨가 신기하고 글씨체가 예쁘긴 하지만, 지금 재하의 눈에는 '오빠'만 보였다. 그런데 또 하나의 머그잔에도 라테아트로 만들어 놓은 어설픈 하트와 함께 글씨가 써 있었다.

[매일 마시러 와용.]

오빠라니!

이게 이렇게 심장에 무리를 줄 만큼 설레고 뜨거운 호칭이었나?

그를 향해 '윤 대표님'이라 부르던 그녀의 호칭에 별 불만이 없었다. 그런데 이제부터 그 호칭이 상당히 거슬릴 것 같다. 예린이나 현진이가 그를 향해 불렀던 '오빠'와는 차원이 다른 '오빠'를 이제는 그녀에게서만 듣고 싶다.

귀여워서 미칠 것 같은 그녀를 당장 끌어안고 싶지만 그렇게 할 수 없어 더 미칠 노릇이다. 참기 어려운 자신의 마음을 간신히 누르며 그녀에게 물었다.

"커피에 글씨 쓸 생각을 어떻게 했어? 의외로 영업에 대한 감각이 있는데."

"사실은…… 유명한 커피숍 따라 한 거예요. 그리고 이건 윤 대표님한테만 해 드리는 거고, 다른 손님들한테는 이렇게 나가지 않을 거예요."

"음…… 그런데 왜 오빠라고 쓰고 윤 대표라고 말을 하지?"

"네?"

"여기 그렇게 썼잖아."

나리가 재하 앞에서 아무 말도 하지 못하고 머뭇거렸다. 그런 그녀를 좀 더 놀리고 몰아붙여 오빠라고 부르는 것으로 합의를 보려 했다. 그런데 그때, 세영이 카페로 들어왔다.

"어머, 윤 대표님 와 계셨네요? 개시까지 해 주시고. 내가 거하게 개시해 주려고 했는데."

테이블로 다가온 세영과 재하가 인사를 나누었고 그 틈을 타 나리는 재하를 피해 포스 앞으로 가 버렸다.

"어머, 설마 이거 나리가 쓴 거예요?"

세영이 재하의 커피를 보며 묻고는 까르르 웃어 댔다.

"쟤가 언제부터 윤 대표님을 오빠라고 불렀대요? 그리고 '와용'? 신나리가 연애를 하더니 이런 애교를 부리고. 재미있네."

"오해 마십시오. 신나리 애교는 오늘 처음 커피에서 봤습니다."

재하의 말이 무슨 뜻인지 알아챈 세영이 고개를 끄덕거렸다.

"어쩐지. 그래도 나리 입장에서 이 정도 표현이면 많이 발전한 거예요. 아시죠?"

"물론입니다."

"드시고 가세요. 저도 커피 주문해야 해서……."

세영이 재하와 인사를 나누고 나리에게 다가와 주문을 했다.

"여기 주문서. 총 서른두 잔. 한 가지로 통일하면 좋은데 스태프들 빼고 디자이너들은 제각각이더라. 난 계산만 하고 올라갈게. 다 되면 전화 줘. 애들 내려보낼게."

"그래."

세영이 나리의 얼굴 가까이 다가와 속삭였다.

"저 오빠는 오늘 휴가 낸 건가?"

짓궂게 놀리는 것 같은 세영을 향해 나리가 인상을 찌푸렸다.

"언니한테 까불면 안 되는 거 알지?"

카페에 있는 한 세영을 언니로 깍듯하게 대해야 한다는 사실이 떠올랐다. 그러니 세영의 놀림은 더욱 강해졌다.

"신나리는 좋겠다. 오빠도 생기고. 그런데 오빠 너무 믿으면 안 되는 거 알지?"

"언……니! 그만 좀 해요!"

"우리 나리, 오늘 수고해. 개시 첫날이니까 대박 나고! 오빠가 아닌 이 언니는 올라갈게."

실컷 나리를 놀린 세영은 재하에게 인사를 하고 카페를 나갔다.

서른 잔이 넘는 주문에 매니저와 알바생은 물론 나리까지 바빠졌다. 함께 일하는 첫날인 만큼 손발이 맞지 않아 우왕좌왕하고 이리저리 부딪치며 겨우 다 만들어 갈 때쯤 카페 안으로 손님들이 들어왔다. 그 뒤로 손님들은 연이어 들어왔고, 결국 금방 테이블이 꽉 찼다.

겨우 한숨 돌리고 나니 재하가 앉았던 자리에 다른 사람들이 앉아 있었다.

'간 건가?'

나리가 휴대폰을 꺼내 보니 그에게 메시지가 와 있었다.

[바쁘니까 인사는 생략하고 갈게. 출발이 좋으니 앞으로 잘될 거야. 저녁에 전화할게. -재하 오빠-]

굳이 재하 오빠라고 손수 찍어 보낸 문자를 보며 그녀 자신이 괜한 짓을 했다는 후회가 밀려왔다.

'그냥 웃음만 주려고 했을 뿐인데…….'

아무래도 재하가 오빠에 꽂힌 것 같아 걱정이다. 그를 절대로 오빠라고 부를 수 없을 것 같다. 아무리 좋아하는 마음이 있어도 나리에게는 윤 대표고, 민정에게는 동생이기에 익숙하지 않은 오빠라는 호칭은 절대 불가능한 일이다.

'다음에는 뭐라고 써 줘야 오빠 소리가 쏙 들어갈까?'

개업 첫날, 오전부터 손님들로 북적거리는 나리의 카페를 보고 오자 마음이 놓였다.

열심히 준비한 것에 비해 결과가 좋지 않을 경우, 나리가 실망할까 걱정이 되었었다. 하지만 간다는 인사도 못하고 나올 만큼 손님이 많아 다행이었다. 무엇보다 아직도 눈에 아른거리는 '오빠' 로 인해 집무실 의자에 앉는 기분이 좋았다.

즐거운 마음으로 책상 위에 놓인 서류 파일을 확인하려는데 나리에게서 메시지가 들어왔다.

[테이크아웃으로 주문하신 커피와 케이크를 가지고 가지 않으셨네요. 내일도 오픈 시에 들러 주시면 꼭 챙겨 드리겠습니다. 서비스로 커피 한 잔 더해서. 좋은 하루 보내십시오^^]

[커피 맛이 너무 좋고 사장님도 예쁘시니 앞으로 매일 들르겠습니다.]

답을 보내고 업무를 시작한 지 얼마 되지 않아서였다. 형우에게 전화가 걸려 왔다. 그러고 보니 형우의 결혼식이 다음 주라는 걸 알게 되었다. 최 회장과 예린으로 인해 친구의 전화를 받는 것이 껄끄러웠지만 그렇다고 형우의 전화를 피하는 것도 우스웠다.

"여보세요."

— 한가하지 않겠지만 커피 한잔하자. 로비에 있는 커피숍에 와 있는데.

"집무실로 올라와. 네 말처럼 한가하지도 않지만 대표가 친구하고 커피숍에 앉아 있는 거 직원들 눈에 안 좋게 보여."

— 왜 이렇게 까칠해? 바로 올라갈게.

통화가 끝나고 형우가 왜 찾아온 것인지 답을 찾지도 못했는데 그가 집무실로 들어왔다.

"예복 마지막 피팅하느라 숍에 왔다가 들렀다. 그런데 너…… 우리 아버지가 사위 자리 제안한 거 때문에 나한테 감정 생겼냐? 그날 쳐다보는 눈빛, 되게 살벌하더라."

"살벌하게 쳐다본 걸 알았으면 이유도 알 텐데?"

"맞구만. 그거 내 생각 아니야. 아무리 내 동생들이지만 걔네들 성격을 알고 네 성격을 아는데, 내가 설마 그러자고 했겠냐? 그냥…… 너한테 어울릴 만한 양가집 규수 하나 알아봐 달라고 했는데 그렇게 나오실 줄은 나도 몰랐다. 기분 나빴다면 미안하다."

껄렁거리며 성의 없이 말하는 것 같아도 형우의 성격에 얼굴 맞대고 사과의 말을 전하는 건 그가 진심으로 미안해하는 것이다. 그렇다고 가볍게 입을 놀린 형우에 대한 재하의 화가 풀리는 건 아니었다.

"그날 네가 그 자리에 여자 데리고 온 거 보고 나도 마음 바꿨다. 네 말대로 사랑하고, 아끼고, 마음에 두고 있는 여자를 만난 너를 축복해 줘야겠다고. 그러니 너도 마음 풀고 와서 축하해 줘라."

자신의 결혼을 축하받기 위해 그냥 던지는 말이 아닌 걸 안다. 서로의 성격을 잘 아는 오랜 친구 사이기에 나리와의 사랑을 축복해 주겠다는 말도 형우의 진심임을 알 수 있었다.

"결혼식 불참은 없을 테니까, 걱정 마."

"당일 시간 맞춰 오기 힘들면 근처 별장이나 펜션 잡아 줄 테니까 말만 해. 여자 친구하고 와서 1박 하고 결혼식에 같이 오면 좋잖아."

"알아서 갈게."

"그래, 그럼. 가 볼게."

형우가 돌아가고 재하는 최 비서를 불러들였다.

"제가 미국 가 있는 동안 할아버지께서 청평 어디에 별장을 지으셨다고 들었는데, 맞습니까?"

"네."

"다음 주말에 제가 하루 지내고 올까 합니다."

"알겠습니다. 관리인에게 연락해 놓겠습니다."

"그래 주십시오. 그리고 정확한 위치도 좀 알려 주시고요."

최 비서가 나가자마자 재하의 입가에 환한 미소가 만개했다. 나리와 함께 청평 별장에서 하룻밤을 보낼 생각에 벌써부터 즐겁고 행복하다.

'내가 원래 이렇게 음흉한 인간이 아닌데…….'

신성한 노동의 대가로 생긴 하루 매출금을 정산하며 나리는 눈물을 흘릴 뻔했다. 많이 번 돈 때문이 아니라 자신이 무언가를 해내고 얻은 결과에 가슴이 벅차 왔기 때문이다.

하루 종일 이보다 더한 마음고생으로 시모와 남편을 봉양하고 내조해도 돈 만 원 받기도 힘들었다. 그들에게 그녀는 아무것도 할 줄 모르고, 아는 것에도 없는 쓸모없는 존재였다. 그리고 그녀도 그곳에서 벗어나지 못하는 자신을 그렇게 여겼었다.

그러나 지금은 자신이 그렇게 쓸모없는 존재가 아니고, 남들 하는 것만큼 할 수 있는 당당한 존재라는 걸 확인했으니 그 감동은 이루 말할 수 없는 것이었다.

마감 정산서와 카드 전표, 현금 등을 정리한 나리는 재하에게 전화를 걸었다.

— 와, 전화 연결이 이렇게 어려워서야. 그래서 오늘 첫 매출은 잘 나왔어?

"오늘 대박 났어요."

— 그래? 축하해. 앞으로 대박집 사장님으로 잘 모셔야겠군. 그런데 밥은 잘 챙겨 먹은 거야? 일하느라 거른 거 아니고?

"겨우 챙겨 먹었어요."

사실 나리는 점심, 저녁을 모두 걸렀다. 매니저와 알바생들 식사 시간을 챙겨 주다 보니 정작 그녀는 식사 시간을 놓쳐 버렸다. 하지만 재하가 걱정할 것 같아 거짓으로 둘러댔다.

— 많이 피곤하고 힘들지? 데리러 가서 퇴근까지 완벽하게 시켜 주고 싶은데 빠지면 안 되는 협력업체 창립 기념행사가 있어서.

"괜찮아요. 세영…… 언니하고 같이 퇴근하면 돼요."

— 그래, 조심해서 들어가고, 도착하면 전화하고.

"네. 대표님도 잘 다녀오세요."

— 어허! 틀렸어.

"네? 뭐가요?"

— 대표님이 아니잖아.

오빠라 불리길 원하는 그의 의도를 알아챘다. 그가 원하는 대로 해 주고 싶지만 차마 입에서 떨어지지 않는 호칭이었다. 그런데 그가 재촉을 한다.

— 대표님 아니고 다르게 불러야 하는 그거 있잖아. 나의 커피에 써 줬던 그거.

두 눈을 질끈 감고 겨우 '오' 라는 말을 꺼내려고 할 때.

"퇴근하자."

세영이 커피숍으로 내려왔다.

"언니가 내려왔어요. 끊을게요."

세영을 핑계로 나리는 얼른 전화를 끊었다. 순간은 넘겼지만 앞으로 이 문제로 재하에게 시달릴 것 같아 한숨이 새어 나왔다.

"웬 한숨? 엄청나게 바빴다며? 장사 잘됐을 텐데 왜 한숨이야? 얼마 벌었어?"

"너 알면 깜짝 놀랄걸? 4백2십만 원 넘었어."

"오홀! 대박! 축하해. 그러면서 괜히 한숨은. 일단 한턱 쏴라. 거하게."

"그럼. 먹고 싶은 거 다 말해. 뭐든 다 사 줄게."

"비싸고 맛있는 게 뭐가 있을까?"

"회? 고기? 로브스터?"

"그래, 아주 최고급 횟집에 가서 비싼 자연산 활어로 먹자."

두 사람은 세영이 알고 있는 강남의 일식집으로 향했다. 그곳으로 가면서 나리는 오늘 일어난 소소한 에피소드를 쏟아 냈다.

모든 손님들이 자신을 알바생으로 봤다는 것과 아직은 모든 게 어색하고 손에 익지 않아 거의 설거지밖에 한 일이 없었다는 것, 등등. 그러다 오픈 때 재하의 카푸치노에 오빠라고 써 줬다가 낭패만 당했다고 털어놨다.

"뭐 좋은 수가 없을까? 그 오빠라는 말이 쏙 들어가게 해 줄 말."

"그런 거라면 또 우리 막내 스태프 애들한테 맡기면 바로바로 해결해 주지. 요새 애들 순발력이나 센스가 장난 아니잖니?"

일식집에 도착하기도 전에 세영은 미용실 스태프에게서 좋은 아이디어를 받아 냈다.

"이렇게 써 주라는데?"

세영이 스태프에게서 온 메시지를 나리에게 보여 주었다. 그걸 본 나리는 고민에 빠졌다. 그렇게 써 줘도 재하가 화를 내지 않고 그냥 넘길지 의문이다.

"좀 심한 거 아닐까?"

"심한 만큼 효과는 확실하지. 해 봐. 화내면…… 오빠라고 한번 불러 주고. 그런데 이현구도 그렇게 오빠 타령을 하더니, 윤 대표까지 오빠 타령이니?"

'그 오빠 타령을 듣고 싶지 않다면 이걸 써 줘야 하는데…….'

나리의 고민이 깊어 갔다.

다음 날, 재하는 어제보다 이른 카페 오픈 시간에 맞춰 나리를 찾아왔다.

"좋은 아침입니다. 어제 챙기지 못한 커피하고 케이크 받으러 왔습니다. 그리고 카푸치노 한 잔 주십시오."

재하가 나리에게 현금을 내밀었다.

"서비스 커피 드리기로 했으니까 계산은 하지 않으셔도……."

"서비스 커피는 테이크아웃 해 주시고 카푸치노 주십시오."

"네."

"결제는 수수료 없는 현금으로 해 드리죠."

"감사합니다."

"별말씀을."

재하가 자리로 돌아가자 나리는 커피 샷을 내린 뒤 스팀으로 우유를 데우고 거품을 만들었다.

'어떡하지? 어제 세영이 알려 준 그걸 써? 화낼 것 같은데……. 에라, 모르겠다.'

머그잔 위에 거품을 올릴 때까지 고민에 빠졌던 나리는 초코 소스를 손에 들고 과감하게 써 내려갔다.

마음이 떨려서일까, 글씨를 망쳤다. 결국 세 번의 실패 끝에 겨우 성공했다. 그리고 그가 앉은 테이블 앞으로 가져가 완성된 카푸치노를 올려놓았다.

기분 좋은 미소를 보이던 그가 머그잔을 보더니 고개를 갸웃거리고는 잔뜩 굳은 얼굴로 나리를 쳐다보았다.

"이거……."

나리의 눈이 질끈 감겼다. 재하가 그녀가 가져다준 커피잔을 뚫어지게 바라보았다.

[로리콤 쩌는 오빠 사절]

이 로리콤이 통신사 명칭은 아닐 테고, 그 로리콤인 거지?

재하는 새하얀 우유 위에 쓰인 로리콤이란 단어를 노려보다 나리에게 시선을 돌렸다.

"맛있게 드십시오."

눈을 질끈 감고 말한 나리가 그에게서 후다닥 멀어졌다. 단순한 장난과 농담이 아닌 그녀의 마음이 담긴 날카로운 지적질로 느껴졌다. 그런데 그녀의 마음이 무엇인지 정확하게 감이 오지 않았다.

'끝내자는 건가?'

커피를 마시지도 못하고 그저 그 검은 글자만 멍하니 바라보고 있을 때, 나리에게서 메시지가 들어왔다.

[예능을 다큐로 받아들이지 마세요. 오빠보다는 대표님이 좋다는 말이니까, 오해 마시길.]

이해하기 쉽게 표현하면 될 것을, 섬뜩한 표현으로 심장을 쫄깃하게 만들어 놓고는 뭐라고? 예능을 다큐로 받아들이지 말라고? 나리에게 이렇게 깜찍하고 앙큼한 면이 있었던가?

여러 가지로 얼떨떨했지만 그녀의 장난이 괘씸하다는 생각이 들었다.

[이미 오해해서 예능처럼 웃고 넘기기 어려울 것 같습니다.]

메시지를 보낸 재하는 바로 일어나 테이크아웃 된 커피와 케이크를 들었다.

"수고하십시오."

짧고 굵게 그리고 냉정하게 인사를 건넨 뒤 매장을 나섰다.

"대표님!"

나리가 그를 따라 나왔지만 재하는 뒤를 돌아보지 않고 자신의 차로 향했다. 하지만 차 앞에 섰을 때, 나리는 그의 뒤에 없었다. 출발할 때까지 그녀는 오지 않았고 전화도 없었다.

'그래도 로리콤 찐다는 건 너무한 거 아니니, 신나리.'

한숨을 내쉬며 재하는 출근을 서둘렀다.

재하를 잡지 못한 나리는 카페가 아닌 세영에게 향했다.

'거봐, 화낼 것 같았다니까. 어떡하지? 카톡도 안 통한 것 같은데.'

커피에 써 준 문구를 봤을 때의 반응이 별로 좋지 않을 경우에 보내라는 메시지까지 코치를 받은 나리는 그대로 재하에게 메시지를 보냈었다. 하지만 그 무엇에도 재하의 마음을 돌리는 것에 실패했다.

화가 난 그가 그녀에게 만나지 말자는 선언을 할까 봐 겁이 난 나리가 세영에게 SOS를 청했다.

"실패했어. 너무 무서운 표정으로 나갔어. 다시는 안 보겠다고 하면 어떡해?"

심각하다 못해 울상으로 앉아 있는 나리와 달리 세영은 느긋하게 그녀를 달랬다.

"그럴 리 없으니까, 걱정 마. 겨우 그거 가지고 안 보겠다고 하면 관두라고 해. 마음보가 그것밖에 안 되면 차라리 끝내는 게 낫지 않겠니?"

"그렇기는 하지만……."

그와 끝내고 싶지 않다. 그와 함께 있을 때의 기쁘고 설레고 행복한 감정을 이대로 잃어버리고 싶지 않다. 짧은 시간이었지만 그에게 받은 것, 그로 인해 알게 된 것들이 너무 많다. 그걸 버리고 싶지 않다.

"싫구만? 끝내기 싫어?"

"……응."

"그럼 가서 솔직하게 털어놓고 오해 풀어. 그래도 계속 골내면…… 그때는 다시 생각해. 그리고 시간 끌지 말고 빨리 해결해. 카페 바쁘면 내가 가서 설거지라도 해 줄 테니까, 윤 대표한테 다녀와."

세영의 말에 잠깐 생각에 빠진 나리가 두르고 있던 에이프런을 풀었다.

"알았어. 다녀올게."

급하게 나가는 나리를 세영이 불러 세운 후 그녀에게 다가왔다.

"아무리 급해도 택시비는 가지고 가야지."

세영이 지갑에서 지폐를 꺼내 나리의 손에 쥐여 주었다.

"고마워. 다녀올게."

나리는 곧바로 드림시티로 향했다.

자신의 진심을 알아주지 않으면 어쩌나, 화를 쉽게 풀지 않는다면 어떻게 해야 하나, 많은 고민과 걱정 속에 도착해 그에게 전화를 걸었다.

— 윤재하입니다.

'여보세요.' 나 '신나리.' 라는 이름으로 그녀의 전화를 받던 평소 때와 달랐다. 그녀가 아닌 비즈니스 상대의 전화를 받는 것처럼 그 목소리가 사무적이었다. 분명 그녀인 줄 알 텐데도.

"나리예요. 저 지금 로비 커피숍에 와 있어요. 잠깐만 내려와 주세요."

— ……올라와.

"네? 어디로……요?"

— 32층 대표실로.

"……네."

만나 주지 않고 그냥 돌아가라는 말을 하지 않아 다행이라 여기며 32층에 있는 대표실을 찾아왔다. 시안을 들고 들어왔던 때도 그랬지만, 나리는 삼면이 통유리로 되어 있는 집무실의 전경에 시선이 고정되었다. 드림시티 전체를 한눈에 내려다볼 수 있는 전망대에 올라온 기분이었다.

"창밖 보고 서서 얘기할까?"

그녀의 시선을 받지 못한 재하에게서 불만의 목소리가 튀어나왔다. 정신을 차린 나리가 그때서야 재하를 바라보았다. 다행히 카페에서보다는 좀 더 부드러워진 것 같은 표정이었다.

"서서 얘기할 거 아니면 이리 와 앉아."

TV에서 많이 본, 사장실의 시커멓게 번들거리는 가죽 소파가 아닌 그레이색의 깔끔한 패브릭 소파에 먼저 앉은 재하가 그의 맞은편 자리를 가리켰다. 자리에 앉은 나리는 그와 시선을 맞추고 그의 오해와 마음을 풀기 위해 그녀의 마음과 생각을 솔직하게 털어놓았다.

"커피 거품에 오빠라고 쓴 건 고마운 마음에 대표님 기분 좋으라고 써 준 일종의 이벤트 같은 거였어요. 오빠라는 호칭에 대표님 반응이 그렇게 나올 줄 알았다면 그냥 대표님이라고 썼을 거예요."

재하는 그렇게 시작하는 나리의 말에 귀를 기울였다. 오빠라는 호칭을 피하기 위해 조언을 얻은 게 잘못이라면 잘못이었다는 그녀는 처음부터 솔직하지 못했던 걸 사과했다. 그리고 이제부터 장난이라도 그런 심한 말은 하지 않겠다며 미안한 표정을 지었다.

나리가 그렇게 나오니 더는 화를 낼 수 없었다. 오히려 어린 나리가 먼저 사과하는 말을 건네고 있으니, 그녀가 보냈던 메시지처럼 예능을 다큐로 받아들인 옹졸하고 속 좁은 아재가 된 기분이다.

하지만 재하는 이런 기회가 쉽게 오지 않을 것을 알고 일부러 포커페이스를 유지했다. 그리고 결국 그녀에게 들어야 할 말을 듣고 말았다.

"그래도 화가 안 풀려요? 그럼 내가 어떡할까요? 오빠라고 부르라는 거 빼고…… 말해 봐요. 어떡하면 화를 풀지."

원했던 말이 나리에게서 나왔지만 재하는 흥분하거나 기뻐하는 티를 내지 않고 무표정 그대로 물었다.

"하라는 대로 다 할 건가? 오빠라고 부르라는 거 빼고?"

"네."

"진짜?"

나리가 힘차게 고개를 끄덕거렸다.

"이번 주말에 카페 출근하지 마. 나하고 1박 2일 여행 가자. 저번에 약속한 것도 있으니까."

1박 2일? 박이라고?

거절할 수도 없고, 그렇다고 덥석 그러자고 할 수도 없다. 난감해서 대답을 하지 못하고 있는데, 대답을 재촉하는 것 같은 그의 따가운 시선이 느껴졌다. 그러자 나리에게 엉뚱한 말이 튀어나왔다.

"각방 쓰는 거죠?"

묻는 그녀 자신도, 그 말을 들은 재하도 멀뚱거리며 서로를 쳐다볼 뿐이었다. 나리는 물론이고 재하마저도 수습하기 어려울 것 같은 이 난감한 상황에서 먼저 입을 연 건 재하였다.

"따로 자길 원해?"

"그게…… 제가…… 옆에 누가 있으면 잠을 못 자서……. 그리고 잠을 자더라도 옆에 있는 사람이 잠을 못 잘 정도로…… 잠버릇이 너무 고약해서. 그래서…… 대표님 보기 너무 창피할 것 같아서."

겨우겨우 핑계랍시고 둘러대고 있었지만 이마저도 어설프고 우스운 것 같아 나리는 그 앞에서 고개를 들지 못했다.

"좋아. 대신, 누구 한 사람이 먼저 잠들 때까지 옆에 같이 있어 주기."

12시 안에만 재하를 재우면 된다는 생각에 나리가 고개를 끄덕거렸다.

"네. 대신……."

"대신 뭐?"

"아니에요."

대신 잠든 틈을 타서 방을 침범하지 말라는 다짐을 받으려 했지만 오히려 수상하게 생각할 것 같아 나리는 입을 다물었다.

"그럼 주말 아침에 일찍 출발하는 걸로 하자."

"네. 그리고 대표님도 화 푸는 거예요?"

재하가 나리의 말에 이미 다 풀렸다는 듯 자상하게 웃어 주었다. 나리는 그 웃음을 계속 볼 수 있어 다행이라 여겼다. 그리고 제한된 시간이 아닌 그 이후에도 보고 싶다는 욕심이 또 한 번 그녀의 마음을 스쳤다.

"첫날밤 속옷은 청순과 순수지. 그렇게 보면 이게 딱이야!"

재하와의 여행 전날, 세영이 백화점 속옷 매장에서 골라 준 속옷은 순수한 화이트에 레이스 장식이 있는 속옷이었다. 제대로 된 첫날밤 속옷이라며 감탄에 감탄을 하는 세영과 달리 정작 나리의 얼굴은 넋이 나간 듯 멍한 얼굴이다.

"청순은 한 번이면 돼. 그러니까 다음 날은 이걸로 갈아입고 있어. 섹시 작렬하게."

세영이 나리에게 또 하나의 속옷을 권했다. 화이트와 정반대인 블랙 컬러에 온통 망사로만 되어 있는, 손바닥보다도 작은 브라와 팬티 세트.

계산하는 세영의 모습을 나리가 체념한 듯 바라봤다.

사실 지금 나리는 속옷이 문제가 아니었다. 내일 12시가 신경 쓰일 뿐이었다. 하지만 세영은 그런 나리의 마음은 아랑곳하지 않고 화장품 매장으로 향했다.

"속옷만큼이나 중요한 건 향기지. 달달한 향보다 은은한 꽃향기나 산뜻한 비누 향 같은 게 좋겠지?"

세영은 신중하게 고른 바디미스트를 구입하고 나리를 데리고 커피숍으로 향했다. 쇼핑하는 내내 잔뜩 굳은 얼굴을 하고 있던 나리에게 세영이 물었다.

"야, 신나리. 뭐가 문제야? 너 유부녀 아니라니까! 10년 넘게 과부로 수절한 것하고 뭐가 달라? 그리고 모름지기 사람은 정기적으로 음양의 조화를 이뤄 줘야 몸도 건강해지는 거라고. 그러니까……."

"자신 없어. 그리고 무엇보다 12시가 걱정돼."

"너 언제까지 자신 없어 할 건데? 그리고 언제까지 피할 수 있을 거 같아? 윤 대표가 미성년자가 아닌 이상, 그리고 몸에 하자가 있는 게 아닌 이상, 언제까지 널 두고만 볼 수 있을 것 같아?"

세영은 나리가 자신을 민정으로 인식하고 재하와의 잠자리를 두려워하는 것이 안타까웠다. 남녀의 사랑이 마음으로만 해결되는 게 아니지 않은가.

세영이 안타까운 마음에 나리를 몰아붙였다.

"잔말 말고 내 말대로 해. 네가 윤 대표하고 계속 문제없이 행복하고 싶다면. 일단 거사는 치러. 좀 일찍…… 한 8시쯤? 같이 간 첫 여행이라 윤 대표가 급할 수 있어. 그래서 그건 어렵지 않을 거야. 혹시 더 빠르게 사고가 터지더라도 당황하지 말고. 중요한 건 첫날밤 축하주를 9시쯤 마셔야 한다는 거지."

"축하주?"

"독한 술을 마구 마시게 해서 기절시켜. 그리고 넌 문 잠그고 자."

여전히 나리는 자신 없어 괴롭기만 한 얼굴이었다.

"술에 떡이 돼서 잠들면 중간에 깨어도 제정신이 아니니까, 아무 걱정 말고."

세영의 설득에도 불구하고 나리의 마음은 움직이지 않았다.

그를 받아들일 수는 없을 것 같다. 그건 세영의 말처럼 유부녀라는 의식 때문은 아니었다. 그와 완벽하게 하나가 되면 그를 향한 욕심이 더욱 커질 테고, 결국엔 나리의 소멸이 두 사람 모두에게 상처가 될 것 같은 두려움 때문인지도 모른다.

그런 나리의 마음을 모르는 세영은 끝까지 분위기를 몰아갔다.

"고민하지 말고, 내 말대로만 해."

"알아서 할게. 일어나자."

"그래. 알아서 잘! 해! 그리고 잠깐 남성복 매장에 들러 우리 애인 넥타이 좀 사고 가자."

세영의 말에 두 사람이 남성복 매장으로 이동해 넥타이를 보러 가는데 매장 한쪽이 시끄러웠다.

"뭐야? 싸움 났나?"

세영의 시선을 따라 나리의 시선도 소란스러운 곳으로 향했다.

"닥쳐! 이게 어디서 충고질이야? 너, 내가 누군지 알아? 내 한마디면 너 여기서 잘리는 것도 모자라서 영원히 밥벌이 못하게 할 수 있어!"

"고객님, 오해를 하신 것 같은데요, 저희는 그런 뜻으로……."

"야, 너! 닥치라고 했지!"

진상 고객이 난동을 피우고 있었다.

"꼭 저런 것들 있더라. 재수 없게 갑질하는 것들."

세영이 눈살을 찌푸렸다. 그리고 나리를 슬쩍 밀었다.

“신나리, 출동해서 예전처럼 한 방 먹여 줘라. 꼴을 보고 있을 수가 없다.”

사실 나리도 그렇게 하고 싶었다. 하지만 그럴 수가 없었다.

“나, 쟤 알아.”

“응? 네가 저 여자를 어떻게 알아?”

“내가 말한 적 있었을 텐데. 예전에 호텔 로비에서 화장품 주우라고 했던 싸가지.”

“아! 기억나. 쟤가 걔야? 그럼 더 혼내 줘야지.”

“응. 그런데 쟤, 윤 대표하고도 잘 아는 사이야.”

세영은 백화점에서 제대로 진상 짓을 하는 막돼먹은 여자와 재하가 아는 사이라는 게 의아했다.

“엥? 저런 싸가지하고? 어떻게 아는 사인데?”

“친구 동생.”

나리가 나서지 못하는 것은 재하 때문이었다. 친구의 집안에서 재하의 입장이 곤란해지지 않을까 싶어서 나설 수가 없었다. 더욱이 그날 재하의 여자로서 재하 친구와 그 부모님에게 인사까지 했으니 괜히 나섰다가는 재하만 곤란해질 게 빤했다.

하지만 그동안 봤던 진상 중에 최고 진상이라 할 만큼 하는 짓이 너무 뻔뻔스럽고, 도를 지나치자 세영이 나서려 했다.

“아니, 뭐 저런 게 다 있어? 저거 완전 또라인데? 고객이면 고객이지, 왜 남의 귀한 딸 인격을 짓밟으면서 인격 모독이야? 저걸 확 그냥!”

세영이 예린이 난동을 피우고 있는 곳을 향해 가려는데.

“어? 저기…… 윤 대표 아니야?”

재하가 성큼성큼 소동이 일어난 곳으로 걸어가고 있었다.

“오빠!”

예린이 구겨진 인상을 펴고 그의 팔에 매달렸다.

“윤 대표한테 저 꼬리 치는 것 좀 봐? 저거 윤 대표 백 써서 직원 자르거나 사과받아 내려는 거 아니니?”

세영의 말은 틀리지 않았다. 예린은 여직원의 불친절에 대해 고자질하듯 구구절절 사연을 쏟아 냈다.

“이리 와.”

재하가 예린의 팔을 잡고 여직원 앞으로 데리고 갔다.

“최예린, 사과해!”

“응? 오빠, 뭘 잘못…….”

“우리 회사 직원한테 무례하고 거만하게 굴어서 미안하다고 사과하라고!”

“오빠…….”

“네가 지금 사과하지 않으면 최 회장님이나 형우가 너 때문에 부끄러워서 고개 못 들고 다닐 수 있어. 그러니 기회 줄 때 진심으로 고개 숙여 사과해.”

무섭게 몰아붙이는 재하를 나리가 넋을 빼고 바라보는데 세영이 그녀의 옆구리를 쿡 찔렀다.

“야, 신나리.”

“……?”

“저렇게 멋있는 남자…… 몸에서 사리 나오게 할래?”

예린은 자신을 향해 무섭게 화를 내는 재하 앞에서 눈물을 보였다. 그렇다고 재하의 화가 누그러진 건 아니었다. 그는 예린의 눈물에 꼼짝도 하지 않고 계속 진심으로 사과하기를 재촉했다.

하지만 예린은 사과를 하지 않고 그대로 그 자리를 벗어나 버렸다. 재하는 직원을 위로하고 집무실로 올라왔다. 그리고 형우에게 전화를 걸었다.

"결혼식 앞두고 이런 전화 미안한데, 예린이 예절 교육 좀 시켜. 천지분간 못하고 그렇게 망아지같이 날뛰다가 아버님은 물론이고, 회사 이미지에 먹칠할 날 올 테니까."

— 그 녀석이 너한테 가서 꼬장 부렸니? 너한테 거절당한 결혼 포기하라고 했더니 제 성질 못 이기고 길길이 뛰면서 분해하더니, 결국 너한테 가서 민폐를 끼쳤구나. 미안하다. 내가 대신 사과할게.

"사과는 나한테 하지 말고 우리 직원한테 해라. 그리고 예린이 매장에서 아버지가 HJ 회장이라 자기 잘못 건드리면 니들 밥줄 다 끊긴다고 제 입으로 떠벌리면서 난동까지 피웠어. 누군가의 SNS에 올라가면 사태가 커질 수 있으니 알아서 단속하고 처리해."

— 하, 미쳐 버리겠네. 안하무인 최예린 때문에! 내가 갈게.

"잘 생각했다."

— 이틀 후에 결혼식만 아니었으면 예린이 그거 끌어다가 해결할 텐데……. 괜히 새 인생 첫출발부터 구설에 오를 수는 없으니까. 1시간 안에 갈게.

형우와의 통화를 끝낸 후에야 안 좋았던 재하의 마음 조금 풀렸다. 다시 생각해도 예린의 행동은 용서가 안 되는 것이었다. 형우의 동생만 아니었으면 그녀의 몰상식한 행동이 세상에 알려지도록 놔뒀을지 모른다. 하지만 형우의 말대로 친구의 결혼식을 구설 속에 올리게 할 수는 없었다.

'최예린. 너 한 번만 더 이런 식으로 까불면 그냥 안 둬. 다음엔 아버님도, 형우도 너의 방패가 될 수 없을 거다.'

예린의 사태로 인해 나리가 그에게 홀딱 반해 돌아갔다는 사실을 모르는 재하의 불쾌감은 쉽게 사그라지지 않았다.

3장

⚜

미끈하게 잘빠진 긴 다리가 짧은 청바지 아래 곧게 서 있었다. 위에 입은 오프숄더 블라우스는 어린 나리의 얼굴과 날씬한 몸매에 잘 어울렸다. 한 번도 입어 보지 못한 반바지와 어깨를 드러낸 블라우스가 어색했지만 거울 속에 비친 모습이 예뻐 나리는 자아도취에 빠져 계속 바라보았다.

세영의 미용실 스태프에게서 배운 당고머리까지 올리니 훨씬 더 어려 보였다.

"예쁘다."

거울 속 나리의 모습이 이제는 익숙하지만 그래도 자신이 아닌 다른 사람을 칭찬하듯 말했다. 그때 도착했다는 재하의 전화가 걸려 왔고, 나리는 허겁지겁 짐을 챙겨 들고 레지던스 입구로 내려갔다.

차에서 내린 재하가 그녀의 짐을 받아 들고 차에 실었다.

"가든파티에 입고 갈 옷도 챙겼지?"

"네. 그런데 진짜 내가 가도 되는 파티예요?"

"당연하지. 실 가는 데 바늘 가는 거."

재하는 나리에게 형우의 결혼식을 정확하게 알리지 않고 격식 있는 가든파티에 참석해야 한다고만 말했다.

"자, 출발하자."

함께하는 첫 여행에 설레고 떨리는 마음은 똑같았지만 나리는 오늘 밤이 아직도 걱정되고 긴장되었다.

'세영이 짜 준 플랜대로 잘 흘러가야 하는데…….'

그러기 위해서 그 첫 단계를 실행해야 했다.

1단계, 저녁을 해 먹자며 장을 본다.

"대표님, 우리 저녁 해 먹어요."

"해 먹자고? 나 요리 못하는데?"

"내가 좀 해요."

재하는 귀찮고 번거로울 것 같으니 그냥 사 먹자고 했으나 나리의 고집을 이길 수는 없었다.

"그럼 해 먹지, 뭐."

1단계 성공에 나리는 조용한 미소를 흘리며 안도의 한숨을 삼켰다. 재하는 가는 길에 보이는 마트에 차를 세웠다.

"가서 마트 찾고 헤매는 것보다 여기에서 사 가지고 가는 게 나을 것 같아서."

"그래요."

마트 안에 들어서 재하가 카트를 밀었고, 나리가 함께 걸으며 김치 한 봉지를 카트에 담았다.

"뭐 할 줄은 알아?"

시모에게 하루 세 끼를 꼬박 바쳐 온 식모살이 16년인데 못할 게 뭐가 있을까?

그러나 현재는 나리의 모습으로 재하와 함께 있으니 밝게 웃으며 대답했다.

"되게 잘해요. 보기와는 달리."

음식을 잘하는 것하고는 먼 모습에 재하가 믿지 못하는 것 같은 시선을 보냈다.

"김치찜 할 건데 어때요?"

그녀의 요리 솜씨가 어떨지 모르겠지만 뭔가를 해 보려는 그 노력이 가상해 보였는지 재하가 기특하다는 듯 나리의 머리를 쓰다듬었다.

"해 주면 고맙게 잘 먹을게."

"대표님 먹고 싶은 거 있어요? 해 드릴게요."

"나리가 해 주는 건 다 먹고 싶으니까 나 신경 쓰지 말고 나리 네가 자신 있는 요리로 해 줘."

"아침에는 김치찜이 속에 부담될 수 있으니까 콩나물국으로 끓일게요. 콩나물국 괜찮아요, 대표님?"

"좋다니까."

나리는 식재료를 카트에 담으며 일일이 재하에게 물었다. 그리고 시식코너의 음식을 재하의 입에 넣어 주기도 했다. 그런데 그렇게 장을 보고 나올 때 재하의 표정은 좋지 않았다.

"대표님, 그런데 표정이 안 좋아요. 어디 불편해요?"

"기분이 안 좋다."

뭔가를 눈치챈 건 아닌지 가슴이 철렁한 나리가 조심스럽게 이유를 물었다.

"왜요? 내가 뭐 실수했어요?"

"음…… 대표님이라고 안 부르면 안 될까? 오빠라고 부는 게 싫으면 그냥 이름 부르자."

"갑자기 왜……?"

"나리는 못 느꼈어?"

"뭘요?"

재하는 바로 대답하지 못하고 한숨을 먼저 내쉬었다. 무엇이 문제인지 알 수 없는 나리가 그저 오늘 밤 계획과 관련 없는 것이길 바라며 재차 물으려 할 때 재하가 입을 열었다.

"나리가 나한테 대표님, 대표님 하니까, 사람들이 나를 어린 여직원 꾀어낸 바람둥이 악덕 대표로 바라보더라."

"진짜요? 말도 안 돼요. 대표님은 그런 인상 아니에요. 오히려 여직원이 대표님을 꾀어냈다고 볼 만한 외모인데……."

"나리하고 있을 때는 내가 나리를 꾀어낸 악덕 대표로 보일 수 있어. 내 친구도 나리가 너무 어린 거 보고 나한테 양심 없는 도둑놈이라고 했으니 말 다 한 거지."

나리는 그의 말을 대수롭지 않게 생각했지만, 재하는 심각했다.

그녀에게 그냥 하는 말이 아니었다. 오늘따라 유난히 어려 보이게 하고 나온 나리가 그를 대표님이라고 부를 때마다 두 사람을 보는 사람들의 시선이 이상했다. 쑥덕이는 몇몇 사람들도 있었다. 사람들의 시선은 무시할 수 있었지만, 그때부터 나리가 그를 부르는 '대표님' 이란 호칭이 거슬렸다.

어쩌면 오늘 밤, 두 사람의 역사가 이루어질지 모른다. 이제 더 이상 그녀에게 '대표님' 이고 싶지 않았다.

"신나리. 나 이제 너한테 대표님 소리 듣고 싶지 않은데."

"그럼……."

"마음에서 나오지 않는데 억지로 오빠라고 불러 달라는 거 아니야. 그냥 이름 부르자. 재하 씨. 그것도 어색하고 불편하고 어려운 건가?"

나리는 그의 표정을 보며 그가 진심으로 대표님이라는 불리는 걸 원하지 않는다는 걸 알았다.

재하 씨라고 부는 건 익숙하지 않아 처음엔 어색하겠지만 오빠만큼이나 거부감 들고 어려울 것 같지 않았다. 그리고 그가 싫어하는 호칭으로 계속 부르고 싶지 않아 나리가 웃으며 대답해 주었다.

“어렵지 않아요. ……재하 씨.”

그러자 먹구름 낀 것처럼 어두워 보였던 그의 얼굴이 환해졌다. 그걸 본 나리는 재하가 과자 하나로 마음이 풀리는 어린아이 같아 귀엽게 느껴졌다.

“좋다. 너한테 내 이름 듣는 거.”

씩 웃으며 재하가 시동을 걸었다.

그는 인식하지 못했지만 나리는 그에게서 나오는 콧노래를 들었다. 순간 그가 순진하게 느껴졌고, 어쩌면 오늘 밤을 쉽게 넘길 수 있을 거라는 생각이 들었다.

서울을 떠나 2시간을 달려 재하가 나리를 데리고 온 곳은 그야말로 수려한 풍광 속에 지어진 그림 같은 집이었다.

시모의 별장도 어디 내놔도 뒤지지 않을 만큼 잘 지어졌다. 하지만 재하의 별장을 보니 그냥 부자와 재벌과의 클래스 차이를 볼 수 있었다.

“너무 좋아요.”

“나도 처음 오는 건데, 좋다. 이 정도일 줄을 몰랐는데…….”

관리인이 짐을 옮겨 주는 동안 재하는 나리의 손을 잡고 산책하듯 천천히 걸으며 곳곳을 둘러보았다.

“수영할까?”

건물 뒤쪽에 있는 풀장을 본 재하가 물었다.

“물이 없는데요? 그리고 아직은 좀 추워요. 수영복도 없고.”

“관리인한테 온수로 채워 달라고 하면 되는 거고, 여기 우리 둘뿐이 없는데 굳이 수영복을 입을 필요가 있나?”

재하의 말을 나리는 나체로 수영하자는 말로 해석되어 얼굴이 붉어졌다. 그런데 이어지는 재하의 말을 듣고는 자신의 오해로 인한 부끄러움에 더욱더 붉게 달아올랐다.

“속옷하고 수영복하고 다를 게 없잖아.”

“아, 네. 그렇기는 하지만……. 물 낭비인 거 같으니까 하지 마요.”

“혹시라도 마음 바뀌어서 수영하고 싶으면 말해.”

정원을 한 바퀴 돌고 별장 안채로 들어갔다. 인테리어 잡지에서 봤던 외국의 최고급 저택의 내부를 그대로 옮겨 놓은 것 같은 느낌이다. 통유리를 통해 강을 내려다볼 수 있을 만큼 전망마저도 완벽했다. 하룻밤만 지내고 가기 아까울 만큼 멋있는 곳이었다.

“저녁을 여기에서 해 먹자는 나리 말 듣기 잘한 거 같아. 나가고 싶지가 않다.”

“그러게요. 너무 멋있어요.”

장 봐 온 것을 정리하고 두 사람의 짐까지 모두 옮겨 준 관리인은 재하에게 더 필요한 게 없는지를 물었다.

“없습니다. 혹시라도 있으면 전화드리겠습니다.”

“네. 그럼 편히 쉬십시오.”

관리인이 나가자 재하가 나리의 뒤에서 그녀의 어깨를 끌어안았다. 갑작스러운 백허그에 놀란 나리의 심장이 철렁했다. 설레거나 떨리기보다는 몸이 굳어 버린 느낌이다.

나리는 이러지도 못하고 저러지도 못한 채 얼어붙은 듯 숨조차 크게 내쉬지 못했다.

"며칠 더 있다가 갔으면 좋겠다."

속삭이는 그의 목소리, 귓가에서 느껴지는 그의 숨결, 그녀의 어깨에서 허리로 내려온 그의 손길, 그리고 단둘만이 있는 공간. 모든 것이 완벽하게 에로틱한 그 순간, 재하가 그녀의 목에 입술을 내렸다.

"흡."

놀란 나리가 숨을 들이쉰 후 내뱉지를 못하고 그대로 얼어 버렸다.

"내가 예전에 한 말 기억해?"

그가 그녀의 귓가에 대고 낮게 속삭였다. 나리가 움찔했지만 재하는 그런 그녀의 반응에 아랑곳하지 않고 계속 속삭이며 그녀의 목에 입을 맞추어 갔다.

"다음에도 다른 뜻은 없을 테니까 밀지 말라고 했던 말."

말이 끝남과 동시에 그녀의 블라우스 속으로 그의 손이 들어왔다. 이대로 그를 말리지 않으면 안 될 것 같았다. 이번에는 진짜로 위험한 위기 상황이라는 생각이 들었다.

"미안하지만 지금 이러는 거, 다른 뜻이 있어."

그가 말을 끝내자마자 그녀를 돌려세워 입술을 부딪쳐 왔다. 그를 밀어내고 말 사이도 없이 그의 품에 옴짝달싹하지 못하게 갇혀 키스에 응하고 말았다. 그리고 그의 몸에 밀려 어느새 소파로 쓰러졌다.

"대표님……."

"그 소리 듣기 싫지만, 지금은 봐줄게. 네가 너무 예쁘고 사랑스러워서…… 봐주는 거야."

밀어내야 한다고, 아직은 이르다고 생각하면서도 나리는 그를 밀어낼 수가 없었다. 가볍게 입맞춤을 한 그의 뜨겁고 부드러운 입술이 목선을 따라 아래로 내려갔다. 간지러운 것 같으면서도 짜릿한 느낌에 눈이 절로 감겼다.

그는 성급하거나 거칠지 않았다. 블라우스와 브래지어를 벗기면서고 그녀를 사랑스러운 시선으로 바라보며 가벼운 키스를 했다.

"예쁘다."

봉긋한 가슴 끝에 핑크빛 유두가 수줍은 듯 솟아 있는 모습에 감탄한 듯 말하자 나리가 손으로 얼굴을 가렸다. 그러자 그가 그녀의 가슴을 덥석 물었다.

"으으음."

한 번도 느껴 보지 못한 느낌이 나리의 온몸으로 퍼져 갔다. 아랫배가 간지럽고 발가락이 오그라드는 것 같았다. 게다가 그의 손이 가슴을 주무르자 자신도 모르게 신음이 새어 나갔다.

그는 입술과 손을 그녀의 가슴에서 떼지 않고 번갈아 가며 조심스럽게 이로 물고 혀로 간지럽혔다.

나리는 정신을 차릴 수가 없었다. 거부할 수 없을 만큼 짜릿하고 황홀한 그 느낌에 온몸을 바르르 떨 뿐이었다. 하지만 그건 전초전에 불과했다. 그의 손이 은밀한 곳에 와 닿자 움찔 놀란 나리가 그의 손은 덥석 잡았다. 나리의 몸이 남자 경험이 없는 순수한 처녀의 몸이라서 그런지 갑자기 두려워졌다.

"괜찮아."

귓가에 달래듯 속삭이는 그의 목소리. 여전히 은밀한 곳을 어루만지는 그의 손길. 그리고 안심하라는 듯 그녀를 바라보는 다정한 시선.

나리의 호흡은 더욱 거칠어지고 빨라졌지만 두려움은 사라졌다. 오히려 그의 손길이 빨라지면서 몸과 마음이 모두 젖어 갔다.

그를 받아들일 준비가 되었다는 걸 알아챈 재하가 옷을 벗었다. 그리고 그녀의 손을 끌어다가 자신의 남성을 만지게 했다.

처음 만져 본 것도 아니고, 처음 보는 것도 아닌데 재하 앞에서는 왜 이렇게 부끄러운지, 나리는 손을 빼고 눈을 감았다.

"해도 되지?"

나리가 고개를 끄덕였다. 그러자 기다렸다는 듯이 재하가 그녀 안으로 제 남성을 들이밀었다.

"아아읏!"

나리의 몸은 민정의 몸이 아니었기에 처음 남성을 맞이하는 고통이 심하게 밀려왔다.

재하도 괴롭기는 마찬가지였다. 경험이 없는 나리의 몸은 그를 받아들이기에 너무 좁고 빡빡했다. 하지만 그 괴로움은 순간이었고 온전하게 그녀 안으로 들어갔을 때 느껴지는 희열에 탄성이 터져 나왔다.

"신나리, 너한테 미안하지만…… 미치게 좋다."

"나도…… 좋아요."

그녀의 말은 거짓이 아니었다. 아프고 괴로운데 이상하게 기분이 좋았다. 그녀를 향해 밀어붙이는 그의 힘과 속도가 빠르고 거세질수록, 아픈 만큼 그 황홀함도 커져 갔다.

"하아!"

"으으응!"

두 사람의 거친 호흡과 뜨거운 신음, 그리고 몸이 부딪치는 음란한 소리가 별장의 거실을 채워 갔다.

민정으로 있을 때는 몰랐던 성적인 쾌락을 나리로 있는 지금 처음으로 느꼈다. 절정을 느끼는 순간 나리는 남녀가 하나가 된다는 것이 이렇게 흥분되고 아름답고 황홀한 것이었는지 처음 알았다. 재하의 말처럼 미치게 좋은 그 순간, 그의 목소리가 들렸다.

"사랑해."

단순한 정욕이 아닌 사랑으로 안았다는 걸 알게 되니, 그녀를 소중하게 생각하는 그의 마음이 느껴져 눈물이 나려 했다. 사랑하는 남녀가 하나 될 때의 행복감과 만족감을 알았고, 존중과 사랑이 가득했던 그 짜릿한 순간 나리 역시 그에게 고백했다.

"사랑해요, 윤재하 씨."

재하가 급할 수 있다는 세영의 말에 나리는 어느 정도 각오는 하고 있었다. 하지만 별장에 들어오자마자 이렇게 빨리 달려들 줄은 몰랐다. 그로 인해 계획에도 없던 낮잠을 자게 되었다.

침대에서 알몸으로 눈을 뜬 나리는 재하가 깨기 전에 침대를 벗어나 옷부터 챙겨 입었다. 환한 대낮에 부끄러운 줄 모르고 그의 품에 안겨 신음을 흘리고 허리를 들썩였다는 게 이제 와서 새삼 창피했다.

'밝히는 애라고 생각하면 어쩌지? 그동안 내숭이었다고 오해하는 건 아닐까?'

하지만 지금은 그게 문제가 아니었다. 세영과 함께 세운 계획은 무조건 그를 피곤하게 하는 것이었다. 그래야 취기도 빨리 오르고 숙면을 취할 수 있어, 나리가 민정으로 돌아간 밤새 그가 그녀를 찾는 불상사가 발생하지 않을 수 있기 때문이다.

그런데 이렇게 낮잠을 자면 오히려 피로를 풀게 되니 밤에 더 곤란한 상황이 이어질 수도 있다.

'깨워야 하는데…….'

그의 얼굴을 보면 부끄러워질 것 같아 쉽게 깨울 수가 없었다.

'처음도 아니면서, 내가 왜 이러지?'

하지만 재하 앞에서 나리는 몸도 마음도 숫처녀나 다름없으니 서툴고 부끄럽고 어색할 따름이다. 그래도 오늘 밤 더한 곤란함을 막기 위해서는 지금 재하를 깨우지 않으면 안 된다. 나리는 그의 허리에 아슬아슬하게 걸려 있는 시트를 목까지 덮어 주고 그를 깨웠다.

"대표……. 아니, 재하 씨!"

옆에서 그의 이름을 불러 보지만 그는 꿈쩍도 하지 않는다.

"재하 씨! 일어나요!"

깊은 잠에 빠진 것인지 역시나 반응이 없다.

"윤재하 씨!"

나리가 그의 가슴 부분에 손을 대고 흔들어 깨워 봤다. 그러자 그가 슬며시 움직이더니 그녀의 손목을 잡아채 자신의 가슴 위로 쓰러뜨렸다. 그리고 그녀의 입술에 가볍게 입맞춤을 했다.

"좋다. 이렇게 잠에서 깨는 거."

나리가 그에게서 일어나려고 애썼지만 품으로 꼭 가둔 그의 힘을 이길 수가 없었다.

"일어나요. 이렇게 잠자는 거 시간 아까워요."

"침대 밖에서 보내는 시간이 더 아까운 건데."

분위기 있고 젠틀한 윤재하는 어디로 사라진 것일까?

짓궂은 농담이 그답지 않다고 생각하는 순간 그녀의 몸이 그와 함께 한 바퀴 굴러 어느새 위치가 반대로 되어 있었다. 이러다 또 일이 벌어질지 몰라 벗어나야 한다는 급한 생각에 나리가 소리쳤다.

"수영하고 싶어요!"

얼떨결에 튀어나온 말이었지만 수영만큼 몸을 피곤하게 하는 운동도 없다. 낮잠으로 푼 피로를 수영으로 다시 채워야겠다는 생각에 나리가 보챘다.

"수영해요, 우리."

뜬금없는 수영 타령이 지금의 분위기를 벗어나려는 나리의 잔꾀라는 걸 안다. 부끄러워 자신과 눈도 마주치지 못하는 그녀가 귀여워 좀 더 짓궂고 야하게 굴어 보려 했지만, 그는 살며시 웃는 그녀의 미소에 지고 말았다.

자고 일어나 곧바로 수영하는 것은 귀찮고 성가신 일이었지만 재하는 나리를 위해 기꺼이 자리에서 일어섰다. 그러자 그녀가 화들짝 놀라며 시트를 머리끝까지 뒤집어썼다.

다 벗고 있는 자신의 나체를 본 그녀의 반응에 재하의 장난기가 도졌다.

“신나리. 수영복이 없지만, 여기 우리 둘밖에 없으니까 다 벗고 하자. 이미 볼 것 다 봤잖아.”

“안 돼요! 속옷 입고 하면 돼요.”

나리가 시트 속에서 큰 소리로 외쳤지만 재하는 들은 척도 하지 않고 제 할 말만 했다.

“물 받아 놓을 테니까 천천히 나와. 뭐 하나라도 걸치고 나오면 내일 집에 안 데려다줄 거야.”

재하가 쿡쿡 웃으며 침실을 벗어났다. 그가 나가는 기척을 느끼고 시트에서 머리를 빼꼼 내민 나리가 재하가 없음을 확인하고 시트 밖으로 나왔다.

“저 남자가 갑자기 왜 저렇게 음란해졌지? 남자들 다 거기서 거기라더니…….”

그러나 그가 음란해졌다는 사실보다 풀장에 어떻게 하고 나가야 할지가 고민이었다.

“어떡하지?”

한참 동안 안절부절못하고 있는데 재하의 목소리가 밖에서 들려왔다.

“물 다 받았어. 빨리 나와!”

결국 나리는 욕실에 있는 배스 타월을 꺼내 하나는 허리에 두르고, 하나는 망토처럼 어깨에 둘러 속옷만 입은 몸을 꽁꽁 숨겼다.

"설마 진짜로 집에 안 데리고 가겠어? 말만 그런 거겠지."

그렇게 풀장이 있는 건물 뒤쪽으로 나가려다 문득.

"설마……."

나리는 자신의 차림만 신경 쓰면 안 되는 것이었음을 깨달았다. 풀장에 있을 재하가 벗고 있다면 그녀가 아무리 차려입었어도 풀장에 함께 있을 수 없다. 아무렇지 않게 그의 나체를 보는 건 아직 무리고, 불가능한 일이다.

"괜히 수영하자고 해서……."

제 꾀에 제가 넘어간 것에 후회를 하고 있을 때, 풀장으로 통하는 문이 벌컥 열렸다. 무의식적으로 나리가 눈을 질끈 감았다.

"저기, 그러니까…… 지금 다 벗고 있는 거 아니죠?"

"글쎄? 눈 떠 보면 알 거 아니야? 눈 떠 봐."

나리가 고개를 도리질했다. 그 와중에 그녀 가까이 다가오는 기척이 느껴져 그녀의 몸이 움츠러들었다.

"눈 떠."

꼼작도 하지 않는 그녀에게 재하가 다시 한 번 눈을 뜨라고 했고, 어쩔 수 없이 나리가 한쪽 눈만 살며시 떴다. 살색이 아닌 흰색이 눈에 들어왔다. 뭔가 안심할 수 있는 상황이라 생각한 그녀가 천천히 양쪽 눈을 떴다.

다행히 그는 흰 면 티를 입고 있었다. 그런 재하의 차림을 보자 그처럼 속옷 위에 티셔츠를 챙겨 입지 못한 자신이 어리석게 느껴졌다. 비키니 빰칠 정도의 속옷만 입고 수영하는 것도 자신이 없어 나리는 재하처럼 티셔츠를 입기 위해 후다닥 다시 침실로 들어가려 했다.

하지만 몸을 돌리는 순간 재하에게 잡히고 말았다.

"어딜 가?"

"이건 불공평하니까, 나도……."

"그럼 공평하게 나도……."

재하가 티셔츠를 벗으려 했고 나리가 말렸다.

"아니에요, 아니에요. 지금이 보기 좋아요."

티셔츠를 벗으려는 재하를 말리는 사이 방심한 나리의 타월을 재하가 재빠르게 벗겼다.

"꺄악!"

"어? 이게 뭐야? 내일 집에 안 가고 싶나?"

놀란 나리가 재하의 손에 있는 타월을 낚아채 어깨에 둘렀다.

"어차피 못 갈 건데 내 맘대로 할 거니까, 잡지 마요!"

나리가 안으로 침실로 뛰어 들어갔다. 그런 그녀를 보며 재하가 피식 웃었다.

"순진해서는……."

재하는 부끄러움 많은 그녀가 속옷 차림으로 나올 줄 몰랐다. 당연히 자신처럼, 아니 그보다 더 챙겨 입고 나올 줄 알았다. 그런데 그녀는 타월을 감고 나왔다. 그 모습에 정말로 아무것도 입지 않고 나왔다고 생각한 재하의 심장이 쿵쾅거렸다.

수영은 물 건너갔다고 생각했다. 그녀의 나체를 확인하는 순간 침대로 옮겨 가 또 한 번 사랑을 나눌 것이라 생각했다. 그러나 그게 아니었다. 그의 예상에서 조금 벗어나긴 했지만 나리는 타월 안에 속옷을 챙겨 입고 있었다.

과감한 건지, 아니면 진짜로 순진한 건지 순간 헷갈렸다. 하지만 예상을 빗나가지 않게 그녀는 순진한 거였다.

"널 어떡하지. 신나리?"

수영은 5분. 그리고 나머지 1시간은 내내 물속에서 '나 잡아 봐라—' 로 장난을 치고 논 후 재하와 나리는 소파에 널브러져 영화를 보고 있는 중이다.

낮잠 방지용으로 나리가 영화 감상을 제안했다. 하지만 물놀이로 너무 많은 에너지를 소비한 탓에 영화에 집중할 수가 없었다. 그건 재하도 마찬가지였는지 재하가 뜬금없이 물었다.

"저녁은 나가서 먹어야겠지?"

"아니요. 장까지 봐 왔는데 왜 나가요?"

"힘든데 굳이 할 필요 없어."

"아니에요. 안 힘들어요. 조금 쉬었다가 저녁 준비할게요."

힘들지 않은 게 아니다. 나리는 이대로 잠들고만 싶었다. 하지만 오늘 밤을 안전하게 보내기 위해서는 지금의 이 피로를 밤까지 이어 가야 한다.

영화가 끝날 때까지 재하가 잠들지 않게 그의 상태를 살피던 나리가 자리에서 일어섰다.

세영이 짜 준 플랜 2단계. 저녁을 해 먹기 위해 장을 봤던 1단계에 이어 솜씨를 발휘하여 음주를 부르는 기가 막힌 안주를 준비하기 위해서였다. 주방으로 들어가 쌀을 먼저 씻었다.

"뭐 도와줄까?"

재하가 옆에 와 물었다.

"할 줄 아는 게 있기나 해요? 곱게 자란 도련님이."

"저번에 고기 굽는 거 봐서 알 텐데? 자취나 다름없던 유학 시절에 갈고 닦아 놓은 것들이 많아."

"아, 맞다. 그랬지. 그럼…… 이거 쌀 씻어 줘요. 난 김치찜 준비할게요."

재하가 쌀을 씻는 동안 나리는 김치찜뿐 아니라 안주로 딱 좋은 꼬막 무침과 계란찜을 준비했다. 재료와 양념, 그리고 조리 기구들이 완벽하게 갖춰져 있지 않아 평소 민정의 손맛이 나오지 않았지만 그래도 만족할 만한 맛이었다.

"와! 되게 잘한다는 말이 진짜였네. 프로 주부의 솜씨인데."

맛은 보지도 않은 채 만들어진 비주얼만 보고 재하가 감탄했다.

부엌데기로 살아온 시간이 얼마인데, 이쯤이야 우스운 일이지.

그럴듯하게 한 상 차림을 차려 낸 나리가 재하를 오늘 밤 기절시킬 수 있는 비장의 무기(?)를 꺼내 왔다. 세영이 추천하며 건네준 45도의 알코올 도수를 가진 안동 소주.

그리하여 2단계를 넘어 3단계로 넘어왔다.

"마셔 봐요. 도수는 높아도 맛이 깔끔하고 숙취도 없대요."

나리가 재하의 컵에 술을 가득 따라 주었다.

"안동 소주 유명한 건 알았는데 맛은 처음 본다."

재하가 천천히 잔을 비웠다. 나리는 김치찜의 돼지고기와 김치를 한 젓가락 집어 그의 입에 넣어 주는 서비스를 발휘했다.

"어? 이런 것도 할 줄 아네?"

선천적 애교 결핍증인 것처럼 건조한 나리에게 너무 길들여져 있었나 보다. 예상치 못한 나리의 애교 어린 행동에 기분이 좋기보다 당황스러웠다.

"이런 게 뭔데요?"

"이런 거."

재하가 그녀와 똑같이 그녀의 입으로 음식을 넣어 주었다. 나리의 얼굴이 붉어졌다.

기절할 만큼 과음을 하게 만들어 깊은 잠에 빠뜨려야 한다는 생각에 자신이 어떤 행동을 했는지 몰랐다. 재하가 똑같이 음식을 먹여 줌으로 그녀가 어떤 행동을 했는지 확인시켜 주니 남사스러워 부끄럽기만 했다.

"나리가 안주를 먹여 주니까 술이 맛있게 당긴다."

재하는 제 손으로 술을 채워 또 한 잔을 비웠다. 그런 그를 보며 나리는 잠시 고민에 빠졌다. 완벽을 위해 부끄러움을 무릅쓰고 그의 입으로 계속 안주를 넣어 줄 것이냐, 부끄럽지 않게 평소 하던 대로 할 것이냐.

그런데 그가 그녀가 계속 그렇게 해 주길 바라는 것처럼 술잔을 내려 놓고 물끄러미 나리를 바라보았다.

'그래, 완벽하고 확실한 게 좋겠지.'

이번에는 김치찜이 아닌 꼬막무침을 입에 넣어 주었다. 그리고 그의 잔을 채웠다. 아무것도 모르는 재하는 그렇게 취해 갔다.

"나리야, 같이 자자."

결국 취기와 피로로 수면욕구를 이기지 못한 재하가 일어섰다.

"우리 각방 쓰기로……."

"그런 게 어디 있어? 걱정 마. 지금 내 상태로 봐서는 네 잠버릇이 심해도 세상모르고 잘 것 같으니까. 가자."

재하가 나리의 손을 잡고 비틀거리며 침실로 향했다. 나리는 일단 그를 따라 들어갔다. 그가 잠든 후 침실을 빠져나가면 되기에, 재하를 재우는 게 먼저였다.

그런데 침실 문 앞에서 재하가 눈을 부릅뜨고 그녀를 뚫어지게 쳐다보았다.

"신나리, 너…… 설마 꼬리 아홉 개 달린 여우는 아니지?"

"네?"

"밤 되면 여우로 변해야 해서 각방 쓰자고 한 거 아니지?"

비슷한 맥락이라고 해야 하나? 12시가 되면 유민정으로 변해야 해서 각방 쓰자고 한 것이었으니까.

"진짜 술 취했나 보네요? 어떻게 그런 생각을……."

나리는 어이없다는 듯 웃어 주었다. 재하도 피식 웃으며 침실로 들어와 나리의 손을 잡은 채 침대로 쓰러졌다. 그리고 그녀의 얼굴을 쓰다듬었다.

"괜찮아. 여우로 변하든, 귀신으로 변하든 상관없어. 떠나지만 마. 오늘 밤도…… 그리고 1년 후에도…… 떠나지만……."

그의 눈이 감기고 그녀의 얼굴을 더듬던 손도 옆으로 툭 떨어졌다. 기절한 것처럼 잠든 그를 보며 계획에 성공했음을 기뻐해야 하는데, 마지막 그의 중얼거림으로 인해 나리는 오히려 맘이 아팠다.

'나도 떠나고 싶지 않아요. 오늘 밤도 그리고 1년 후에도…….'

이번에는 나리의 손이 재하의 얼굴을 쓰다듬었다. 여자만큼이나 부드러운 피부, 조각해 놓은 것보다 더 조각 같은 콧날과 보기 좋은 색과 선의 입술.

'진짜 많이 사랑해요. 윤재하 씨.'

나리가 그의 입술에 가볍게 키스했다. 그의 얼굴을 계속 보고 있으면 눈물이 나올 것 같아 나리는 서둘러 침대에서 빠져나왔다.

"내일 아침에 봐요. 중간에 절대 깨면 안 돼요."

심한 갈증에 괴로운 재하가 잠에서 깨어났다. 커튼이 쳐져 있어 시간이나 공간에 대한 감각을 전혀 느낄 수 없을 만큼 어둡기만 했다. 재하가 옆을 더듬어 보았다. 어젯밤 같이 자자며 그녀의 손을 잡고 침실로 들어온 기억이 있다. 그런데 옆자리에 아무도 없었다.

"끝내 다른 방에서 잔 건가?"

서운함과 실망감 그리고 허전함이 밀려왔다. 한숨을 내쉰 재하가 침실을 빠져나왔다. 통유리로 들어오는 햇빛으로 인해 침실과 달리 거실은 환했다. 그리고 주방에서 뚝딱거리는 소리가 들려왔다.

나리가 등을 보이고 서서 설거지를 하고 있었다. 재하는 그녀에게 다가가 허리를 감싸 안았다. 그녀가 화들짝 놀라며 얼굴을 돌릴 때 재하가 그녀에게 입을 맞추었다.

"미안."

갑작스러운 재하의 사과에 나리가 물었다.

"뭐가요?"

"어젯밤 나 혼자 취해서 먼저 쓰러져 잔 것도 그렇고, 오늘 아침 옆에 없다고 안 좋은 감정 가졌던 것도 미안하고."

"뭐 그런 거 가지고 미안해해요? 괜찮아요."

그녀의 허리를 껴안고 있는 그는 팔에 힘을 주며 나리에게 몸을 더욱 밀착시켰다.

"좋다. 아침에 눈떴을 때 너하고 함께 있는 거."

서로 말은 하지 않았지만 두 사람은 매일을 이렇게 함께하고 싶은 마음이었다. 하지만 그럴 수 없음을 아는 두 사람은 함께 있는 아침이 행복하면서도 아팠다.

격식 있는 가든파티라는 것이 친구의 결혼식이라는 사실도 부담스러운데 그 친구가 하필, 얼마 전에 봤던 싸가지 예린의 오빠라니.

이 날을 위해 원피스와 그에 맞춰 핸드백에서 샌들까지 풀세트로 구입했다. 기분 좋게 참석해서 즐길 줄 알았는데 그러지 못한 나리의 마음은 불편했다.

"축하만 해 주고 가자. 피로연까지 자리 지킬 필요 없으니까."

하지만 나리는 자신으로 인해 친한 친구의 결혼식에 끝까지 참석하지 못하는, 재하에게 불편한 존재가 되고 싶지 않았다. 그리고 그에게 더 미안해하고 싶지 않았다. 나리는 재하에게 애써 웃어 주며 괜찮다고 했다. 재하는 그저 고개를 끄덕였고, 그도 정장으로 차려입은 후 결혼식 장소인 형우의 별장으로 향했다.

입구부터 고가의 외제차량들이 즐비했고, 정원에 장식된 생화의 비용이 상상도 안 될 만큼 꽃 천지였다. 하객은 많지 않지만 그들의 사회적인 위치를 알 수 있을 만큼 겉으로 보이는 무게감이 부담스러울 정도였다.

"축하드립니다. 아버님, 어머님."

재하가 최 회장 부부에게 인사했다. 나리도 재하를 따라 고개를 숙였다.

그녀는 호텔에서 인사했을 때와 다르게 당당하지 못했다. 눈으로 보이는 그들의 능력을 확인하고 나니 주눅이 들어 자신을 못마땅하게 바라보는 두 사람의 시선을 받아 내기 힘들었다.

기죽지 않은 모습으로 여유 있는 미소를 보이고 싶지만 이런 곳이 어색한 그녀는 최 회장 부부는 물론이고 모든 것이 불편했다. 그녀가 할 수 있는 것이라고는 재하의 뒤만 졸졸 따라다니며 여기저기 인사를 하는 것뿐이었다.

"제가 마음에 두고 있는 여자입니다."

재하는 떳떳하고 당당하게 그녀를 소개시켰지만 주눅 든 그녀의 마음이 쉽게 회복되지 않았다. 결혼식이 시작할 무렵 그런 그녀의 불편함을 눈치챈 재하가 나리에게 속삭였다.

"사진만 찍고 가자."

"네."

날씨도 덥고 신랑 신부를 위한 예식보다 하객들의 사교가 더 중요한 자리라 결혼식은 일찍 끝났다. 사진 촬영이 이어졌고, 가족들 사진에 이어 친구들 사진을 찍기 위해 재하가 앞으로 나갔다.

"금방 올게."

재하가 나리에게서 멀어지자마자 기다렸다는 듯 예린이 다가왔다.

"너, 누구니?"

다짜고짜 눈을 치뜨며 묻는 예린을 무시하려는데.

"내가 알아봤거든. 적어도 재하 오빠하고 사귀는 사이라면 어느 정도 갖춘 집안이어야 하고, 또 네가 나한테 하는 거 보면 만만치 않은 집안일 것 같아서 알아봤는데, 신나리를 아무도 모르더라. 서울에서 김 서방 찾는 게 아니라 마음먹고 조사하면 상위 10% 집안끼리는 이름만으로 어떤 집안의 누구인지 다 나오는데 너의 존재를 아예 모른다는 거지. 고로! 이 수준에 낄 수 없는 별 볼 일 없고 하찮은 년이라는 거지."

나리는 예전 호텔에서 봤을 때처럼 예린에게서 민 여사를 보았다. 상대의 인격을 인정하고 존중하는 것이 아니라 자신들의 기준에서 수준을 나누고 기준에 미치지 못하면 함부로 대하고 깔보는 그 태도가 똑같았다.

"나를 거절한 오빠가 너 같은 걸 선택하겠니? 넌 장난감이야. 가지고 놀다 버리기 딱 좋은 조건이잖아. 사랑이라 착각하지 말고 오빠한테서 떨어져. 넌 절대 오빠하고 아니, 우리하고 상종할 수 없는 종류니까."

참고 듣고만 있을 수 없었다. 민정처럼 더 이상 당하고만 있을 나리가 아니었다.

"그런데 어쩌지? 재하 씨는 너 같은 망종이 아닌 나를, 장난감이 아니라 연인으로 선택했는데. 내 남자의 친구 동생으로 봐줄 수 있는 선을 넘기 전에 너야말로 정신 차리지?"

"내, 내 남자? 미쳤구나? 누가 네 남자야? 재하 오빠가 네 남자라는 거야? 완전 미쳤네."

눈을 부릅뜨며 씩씩거리는 예린의 모습이 바짝 약이 올라 죽을 것 같은 모습이었다. 통쾌감이 든 나리는 그녀에게 한 방 더 먹이고 싶어졌다.

"네 아버지 백 믿고 날뛰는 것 같아서 충고하겠는데, 적당히 나대. 요즘 갑질하는 회장님, 공개적으로 고개 숙이는 거 몰라? 고개만 숙이나? 자리에서 내려오기도 하지. 너야말로 네가 백화점에서 저지른 일로 사람들의 공분을 사는 무서운 맛을 봐야, 네가 얼마나 멍청하고 별 볼 일 없고 하찮은 종자인지 알까? 내가 너같이 사는 사람만 보면 시궁창으로 보내 버리고 싶은 욕구가 강해지거든."

나리가 자신보다 키 작은 그녀에게 허리를 숙여 귓가에 속삭였다.

"그리고 나 안 어려. 너보다 훨씬 언니야. 그러니까 말조심해. 안 그러면 그날 네가 저지른 진상 짓 동영상 여기저기 뿌려 버릴 테니까."

"야!"

예린이 소리를 질렀다. 하지만 나리는 그런 예린의 기에 눌리지 않고 오히려 그녀를 더 약 올렸다.

"오빠 결혼식에서 진상 짓 해서 네가 어떤 인간인지 드러내 주면 동영상 효과가 더 크겠지?"

예린은 주위에서 날아오는 시선을 의식하고 입을 다물었지만 분해 죽을 것처럼 나리를 노려보는 눈빛은 더욱 이글거렸다.

"둘이 뭐 해?"

재하가 자리로 돌아오자 예린이가 놀라며 한 걸음 뒤로 물러났다.

"최예린, 네가 나리한테 왜 와 있어?"

"오빠, 적당히 하고 정신 차려. 나중에 뒤통수 맞고 후회할 일 만들지 말고."

"최예린."

재하의 낮은 목소리와 차가운 눈빛에 예린은 그대로 그 자리를 벗어나 버렸다. 예린이 나리에게 무슨 험한 말을 하지는 않았는지 걱정이 된 재하가 나리를 살피며 물었다.

"괜찮아? 너한테 왜 온 거야?"

"말도 안 되는 소리 해서 내가 따끔하게 혼내 줬어요."

나리가 빙긋 웃으며 대답했다.

"아! 맞다. 최예린 잡는 신나리라는 걸 잠깐 잊었었네."

호텔에서 있었던 일을 떠올리고 한 말이라는 걸 아는 나리가 더 환하게 웃었다.

"맞아요. 내가 저런 애는 잘 잡아요."

"내가 보기에 얘는 신나리인데, 너에 비하면 최예린이 진짜 어린애다."

"어? 그런데 그거 뭐예요? 신랑 꽃 아닌가?"

나리가 재하의 손에 있는 부토니아를 보며 물었다.

"요새는 신부만 친구에게 부케를 던지는 게 아닌가 보더라고. 가자."

나리에게 팔짱을 끼라는 듯 허리에 손을 올리고 팔을 접어 내밀었다. 나리는 군소리 없이 그의 팔에 팔짱을 꼈다. 두 사람이 파티가 한창인 정원을 벗어나려 할 때 형우가 그들 앞을 막아섰다.

"뭐야? 벌써 가려고?"

"응. 우리 나리가 몸이 안 좋아서."

형우가 슬쩍 나리의 안색을 살폈다.

"그럼, 뭐 할 수 없지. 조심해서 가라. 나리 씨, 다음에 언제 시간 내서 만나요."

"네."

형우와 나리가 인사를 나누고 가려는데.

“참, 재하야! 부케 받고 6개월 안에 결혼하지 않으면 3년 안에 결혼 못 하는 것처럼 신랑 친구도 똑같단다. 그거 받고 6개월 안에 장가 못 가면 3년 안에 못 간다.”

친구의 결혼을 위한 덕담인지, 악담인지. 하지만 형우는 이미 자신의 신부에게 가 버렸다.

“실없는 놈.”

재하는 나리를 데리고 그 자리를 벗어나 서울로 향했다.

1박 2일이라는 시간이 순식간에 흘러갔다. 그 아쉬움은 생각보다 컸다.

나리의 레지던스 앞에 차를 세운 재하는 그녀를 보내고 싶지 않았다. 함께 있던 1박 2일의 시간이 매일 함께하고픈 욕심을 만들어 냈다. 하지만 그녀는 그의 마음과 같지 않은 것인지 키스가 끝나자마자 잘 가라는 인사를 하고 차에서 내렸다.

‘너무한다, 신나리.’

서운함에 한숨을 내쉬고 그곳을 벗어나려는데 글로브박스 위에 놓인 부토니아가 눈에 들어왔다. 그리고 형우의 말이 떠올랐다.

「그거 받고 6개월 안에 장가 못 가면 3년 안에 못 간다.」

그의 시선이 그 작은 부토니아에서 떨어지질 않았다.

‘결혼……? 당장 내일 잘못되는 것도 아닌데…… 아직 시간이 있는데…… 못할 이유도 없지 않나?’

❖

형우의 부토니아는 재하의 책상 위에 볼품없이 놓여 있었다. 하지만 일주일이 지난 후 그걸 바라보는 재하의 눈빛은 바싹 마른 꽃잎과 다르게 생기가 넘쳐났다.

'결혼…….'

그걸 생각하면서부터는 단 하루를 살아도 나리와 함께 살고픈 마음이 들었다. 매일 아침 한 침대에서 눈을 뜨고 모닝 키스로 하루를 시작하는 기분은 최고일 듯싶었다.

솜씨 좋은 그녀가 예쁜 에이프런을 입고 주방에 있는 모습, 그녀가 차린 음식으로 아침식사를 함께 하고, 그녀가 골라 준 넥타이를 매고 출근하는 길은 얼마나 신이 날까.

퇴근하는 길에 함께 장을 보고 저녁식사 준비를 하고 이별에 아쉬움 없이 함께 잠들 수 있다면……. 그리고 그녀를 마음껏 안을 수 있다면.

평범하지만 이보다 더한 행복은 없을 것 같다.

깊은 생각에서 빠져나온 재하는 집무실을 나와 백화점 쥬얼리 매장에서 심플하지만 영롱하고 화려한 빛을 발하는 반지를 구입했다. 이어 플라워 숍으로 향했다.

"촌스럽지 않고, 흔하지 않고, 실패하지 않는 프러포즈 꽃다발 하나 부탁드리겠습니다."

다짜고짜 주문하는 드림시티 대표를 멍하니 바라보던 꽃집 주인이 정신을 차리고 재하에게 물었다.

"상대 여성분께서 어떤 꽃을 좋아하시는지 알려 주시면……."

"안타깝게 알지 못합니다. 그러니 전문가께서 알아서 잘 만들어 주십시오."

"가장 어려운 주문이 알아서 만들어 달라는 겁니다. 그러니 좋아하는 컬러라도…….”

재하는 자신이 나리에 대해 많은 걸 알지 못한다는 생각이 들었다.

그녀가 좋아하는 꽃, 컬러, 음식. 돌이켜 보니 아는 것이 별로 없었다.

재하가 아무 대답도 하지 못하고 우울하게 서 있자 꽃집 사장이 그를 달래듯 부드럽게 말을 건넸다.

“최대한 사랑스러운 느낌의 꽃다발로 만들어 드릴게요.”

“부탁드립니다. 8시쯤 찾으러 오겠습니다.”

떨리는 마음으로 집무실로 돌아오면서 재하는 최 비서에게 지시를 내렸다.

“최 비서님. 오늘 스위트룸 중에서 비어 있는 룸 하나 잡아 주십시오.”

— 네. 그렇게 하겠습니다.

“그리고 오늘의 셰프 추천 메뉴로 9시에 룸서비스도 예약해 주시고요.”

— 네.

신중하게 고민한 후 내린 결론을 행동으로 옮기려는 재하의 마음은 단단하기만 했다.

저녁식사를 호텔에서 함께 하자는 재하의 메시지를 받은 나리는 카페 마감을 매니저에게 맡기고 시간에 맞춰 드림시티로 향했다.

[35층 타워 스위트룸에서 기다리고 있을게.]

택시에서 막 내렸을 때, 다시 한 번 재하에게서 메시지가 들어왔다.

‘엥? 타워 스위트룸?’

순간 나리의 머릿속이 복잡해졌다.

'이 남자, 이거…….'

아무래도 오늘 밤 함께 보내자는 뜻인 것 같다. 대놓고 말을 하지 않고 이렇게 은밀하게 그의 뜻을 전하는 것이라 생각했다.

'이렇게 쉽게? 이렇게 빨리?'

아무리 처음이 어렵고 다음부터는 쉽다지만 너무 쉽게 잠자리를 허락하면 안 될 것 같은 느낌이다. 그리고 무엇보다 12시면 민정으로 돌아가는데 함께 밤을 보낸다는 것은 쉬운 일이 아니다.

[다른 사람 방해받고 싶지 않아 룸에서 식사하려는 것일 뿐. 다른 의도는 없으니 괜히 떨거나 긴장하지 말고 와도 돼.]

그의 문자를 보며 나리는 그녀의 걱정과 다른 이유로 부른 것이어서 안도의 한숨을 내쉬었다. 이현구처럼 음흉한 사람이 아니라는 걸 알기에 나리는 한결 가벼워진 마음으로 호텔에 도착했다. 직원들 눈에 띄는 것이 걱정되었는지 룸에서 기다리겠다며 바로 올라오라는 메시지를 받고 룸으로 올라갔다.

그녀가 룸으로 들어서자 슈트 재킷까지 완벽하게 차려입은 그가 그녀를 웃으며 맞이해 주었다.

"와! 여기 야경 진짜 멋있네요."

나리가 예전 재하의 집무실에서 봤던 전경보다 더 아름다운 야경에 빠져 유리창 근처로 다가가자, 그런 그녀 뒤에 서서 그가 살며시 그녀를 끌어안았다.

"떨린다."

그가 뜬금없이 떨린다고 했다. 그의 떨린다는 말에 나리가 뒤돌아 재하를 바라봤다.

"왜요?"

"네가 좋아서."

뭔가 다른 할 말이 더 있는 것 같은 표정이었지만 재하는 그저 미소만 보일 뿐이었다.

때마침 룸서비스가 들어왔다. 테이블 위에 식사가 차려지고 와인과 함께 잔이 놓였다. 직원이 나가고 난 후 나리가 물었다.

“와인까지 준비했어요? 내가 술 마시는 거 별로 안 좋아하면서.”

“간단하게 한잔하려고. 분위기를 위해서.”

그의 대답은 간단했지만, 표정은 좀 전과 달리 무언가 다른 뜻이 있는 것처럼 보였다. 그녀를 쳐다보는 시선이 평소와 달리 뜨겁다고 느껴졌지만 나리는 자신의 생각이 틀릴 수 있다는 생각에 그의 이상야릇한 표정을 대수롭지 않게 넘기려 했다.

“앉자.”

그가 의자를 빼 주었고 자리에 앉은 나리에게 와인을 따라 주었다.

“와인은 일부러 드라이하지 않은 걸로 선택했는데, 괜찮아?”

“네. 단맛 나는 게 좋아요.”

“다행이네.”

그렇게 와인과 함께한 식사가 끝나 갈 즈음 재하가 일어났다.

“후식 가지고 올게.”

그리고 한쪽에 있던 트레이를 끌고 왔다. 트레이 위에 있는 뚜껑 덮인 작은 접시를 재하가 그녀 앞에 놓아 주었다.

왜 하나냐고 그에게 물어보려는 순간.

“미안해.”

그가 뜬금없이 미안하다는 말을 건넸다. 나리는 갑자기 불안해졌다. 그가 그녀에게 미안해할 이유가 없다. 그런데 미안하다면…… 이별을 말하려는 건 아닐까?

떨리는 마음을 가까스로 달래며 물었다.

"……뭐가요?"

"내가 너무…… 로맨틱하지 못해서, 너무 급해서, 나리 정서에 좀 많이 모자라는 남자라서."

"그게 무슨……?"

"열어 봐."

재하의 시선이 그녀 앞에 놓인 접시를 가리켰다.

나리는 뚜껑을 천천히 열었다. 후식으로 나왔을 디저트 음식이 담겨 있을 거라 생각했던 접시에는 와인색의 쥬얼리 박스가 놓여 있었다.

"프러포즈가 촌스러워서 미안해. 그런데…… 나한테는 이게 최선이야."

재하가 접시에 놓인 박스를 열고 반지를 꺼냈다. 그리고 그녀 앞으로 내밀었다.

"나리야, 결혼하자."

심장이 떨어지는 것 같은 느낌, 잘못 듣고 착각하고 있는 것 같은 혼란스러움, 그러면서도 복받쳐 오르는 벅찬 감정. 아무 대답도 하지 못하고 가슴을 들썩이며 멍하니 반지를 보고 있는 나리에게 재하가 자신의 진심을 전했다.

"너무 갑작스러워서 놀랐지? 그런데 네가 마음의 준비를 할 때까지 못 기다리겠어. 최대한 빨리 너하고 결혼하고 싶어."

결혼. 민정에게 있어 끔찍한 선택이었던 결혼을 현구가 아닌 재하가, 민정이 아닌 나리에게 청해 왔다.

윤재하에게 어떤 대답을 해야 하나?

결론을 내기 위한 생각의 과정 없이 나리에게서 눈물이 흘러내렸다. 여자로서 제대로 된 프러포즈를 받은 것에 대한 감격과 행복의 눈물이기도 했고, 그를 거부할 수밖에 없는 나리의 운명이 슬프고 아픈 이유이기도 했다.

"나리야, 왜 울어? 이벤트가 너무 약했나? 그래도 이것부터 받아 줘."

나리의 마음이나 상황을 모르는 그가 그녀 눈앞으로 반지를 흔들어 보였다. 그리고 그의 손에 그녀의 손을 올려놔 주길 기다리듯 자신의 손을 내밀었다.

나리는 재하의 그 손에 손을 얹고 그가 끼워 주는 반지를 끼고 싶었다. 그리고 그의 청혼에 고개를 끄덕여 주고 행복해하고 싶었다. 하지만 사라질 나리는 몰라도 남아 있을 재하에게 결혼은 지울 수 없는 상처로 남을 수 있다.

그러므로 재하를 위해서도, 민정으로 돌아올 나리를 위해서도 그녀의 대답은 하나밖에 없다.

"미안해요. 결혼은…… 하고 싶지 않아요."

"신나리. 대답을 잘못한 것 같은데? 하고 싶지 않은 게 아니라…… 좀 더 생각을 해 봐야겠다는……."

"좀 더 생각해도 답은 같아요. 결혼은…… 하고 싶지 않아요."

어두워진 표정으로 나리를 가만 보던 재하가 물었다.

"혹시…… 네가 시한부라서 거절하는 거야?"

놀라서 숨조차 제대로 못 쉬고 있는 것 같은 나리에게 재하는 더 단단한 목소리로 제 할 말을 이어 갔다.

"그런 거라면 거절하지 마. 그래서 난 더 하고 싶은 거니까. 널 잃기 전에 하루를 살아도 너하고 살고 싶어. 마지막까지 너하고 함께하고 싶어. 그러니까, 그냥 허락해 줘."

"그거…… 어떻게 알았어요? 언니가 얘기했어요?"

"어떻게 알았는지, 누가 얘기했는지 중요하지 않아. 지금 나한테는 너밖에 없고, 너하고 있는 모든 순간이 소중하고 아까워서 널 곁에 두고 싶다는 게 중요한 거지."

재하가 나리의 손을 잡았다. 그리고 그녀의 손에 반지를 끼우려고 하자 나리가 손을 뺐다.

"결혼한다고 달라지는 건 없어요. 결혼해도 모든 순간이 소중하고 아깝기는 마찬가지예요. 난 이대로가 좋아요. 그리고…… 나중에…… 내가 없어지고 나중에…… 당신이 다른 여자를 사랑하고 그 여자하고 결혼하는 거 보고 싶지 않아요."

"그러지 않을 거라고 맹세하고 약속하면?"

나리가 고개를 심하게 저어 댔다.

"내가 못 볼 거라 생각하고 그런 거 쉽게 맹세하고 약속하지 마요."

"아니, 그래서 하는 말 아니야. 나 진심으로 너 아니면……."

"프러포즈는 없었던 걸로 해요. 그리고 우리 그냥 이대로 만나요. 난 여기서 더 욕심부리고 싶지 않아요."

"난 계속 욕심낼 건데? 이대로 물러서지 않을 거야. 계속, 계속, 네가 허락할 때까지 매일매일 청혼할지도 몰라."

"그렇게 되면 내가 물러서겠죠. 당신에게서 멀리 달아날 수도 있어요."

"신나리!"

화를 내기도 하고, 달래 보기도 했지만 평행한 두 사람의 의견과 생각은 좁혀지지도, 모아지지도 않았다.

결국 서로가 마음만 상한 채 헤어지고 말았다.

4장

⚜

카페에 꽃다발이 배달되어 왔다. 오늘로 3일째다.

재하가 나리에게 보내고 있는 꽃다발이다. 만나지도 않고, 통화도 하지 않지만 재하는 그렇게 자신의 마음을 전달했고 나리는 무반응으로 버티고 있다.

"윤 대표가 결혼까지 생각할 줄은 꿈에도 몰랐어. 와! 진짜 너 많이 사랑하나 봐. 그냥 결혼해. 전생에 나라를 구하지 않으면 그런 남자하고 연애도 못해. 그런 남자가 결혼을 하자고 매달리는데, 결혼해. 시한부라는 거 알고도 결혼하자는데 뭐가 문제야?"

세영이 재하가 보내온 꽃다발을 보며 말했다. 그런 세영을 나리가 한심하게 바라보며 한숨을 내쉬었다.

"뭐가 문제인지 몰라서 그런 소리를 하는 거야? 민정으로 돌아가는 매일 밤 어쩌라고?"

"아! 그렇구나! 그걸 깜빡했네. 속상하다."

재하의 꽃다발을 바라보는 세영의 표정이 나리보다 더 슬프게 변해 갔다. 두 사람은 한참을 말없이 우울하게 앉아 있었다.

"할머니한테 방법을 좀 강구해 달라고 부탁드려 보면 어때? 전화 한번 드려 볼까?"

세영이 휴대폰을 들어 연화에게 전화를 하려는데 문자가 들어왔다.

[만나고 싶습니다. 편한 시간과 장소 알려 주시면 제가 가겠습니다. 나리에게는 알리지 않았으면 합니다.]

재하였다.

'이 남자, 되게 급하네.'

세영은 나리 모르게 답을 보냈다.

[1시간 후에 윤 대표님 회사에서 만나요.]

[기다리고 있겠습니다.]

세영이 후다닥 자리에서 일어섰다.

"예약하지도 않은 단골손님이 오셨나 봐. 나 올라갈게."

"어, 그래."

"그리고 할머니께 전화드려서 방법이 없겠냐고 여쭤는 봐. 혹시 아니? 어떤 뾰족한 수가 있을지. 귀신 친구들 많다고 했잖아."

"됐어. 나리로 사는 것만으로도 감사하고 만족해. 더 이상은 욕심이야. 더 욕심내서 화를 부르고 싶지 않아."

"결혼하고 싶지 않다는 거…… 진심인 거야?"

"응. 내가 결혼을 안 해 본 것도 아닌데 결혼 못한다고 해서 아쉬울 건 없어. 지금도 충분히 행복해."

"하긴. 결혼이 현실이긴 하지. 나 올라갈게."

나리의 카페를 나오는 세영의 마음이 재하의 메시지를 받았을 때하고 다르게 바뀌었다.

'그래, 꼭 지금이 아니라도 운명이라면…… 할 수 있겠지.'

청혼을 받아들이지 않는 나리의 마음을 모르는 건 아니다. 오히려 그녀의 마음을 더 아프게 한 건 아닌지 성급하게 청혼한 것을 후회하는 순간도 있었다. 그렇다고 포기가 되는 것도 아니었다. 그래서 연애를 지지해 주던 세영에게 연락을 취했다.

나리를 설득하는 것보다 세영의 승낙을 받는 게 더 나을지 모른다는 생각에서였다. 생각보다 빠르게 찾아온 세영에게 재하는 희망을 가졌다. 하지만 첫 질문을 하는 세영은 그리 호의적이지 않았다.

"결혼을 하자고 했다고요? 무슨 생각으로 프러포즈를 하신 거예요?"

"프러포즈하는 이유는 하나 아닙니까? 결혼해서 함께 살고 싶으니까요."

"나리는 그렇게 할 수 없다는 거 아시잖아요."

"나리가 남자가 아닌 이상 그렇게 할 수 없는 이유는 없습니다."

"윤재하 대표님. 그 결혼은 누굴 위한 결혼인가요? 나리를 위해서 청혼하신 거예요? 진심으로?"

"그렇습니다."

"나리를 사랑하는 마음 이해해요. 하지만 나리에게는 윤 대표님만 있는 게 아니에요. 가족도 있고, 친구도 있어요. 결혼으로 나리를 묶어 두지 마세요. 진심으로 사랑한다면 함께하고 싶은 대표님 욕심을 채우는 게 아니라, 나리의 입장에서 그 애를 자유롭게 해 줘야 되는 거 아닌가요? 뭐든 마음껏 누릴 수 있게."

결혼이 자신의 이기적인 욕심이라고는 생각해 보지 못했다. 하지만 그 말이 틀리지 않은 것 같아 재하의 심장이 따끔따끔 아파 왔다.

아직 어린 그녀가 해 보지 않은 것들이 얼마나 많을지, 그 많은 것들을 하지 못하고 떠나야 하는 그 마음은 또 얼마나 아플지. 그녀의 입장에서 생각한 적이 없었다.

그녀의 아픔을 이해하지 못한 채 함께 있다는 것에 기쁘고 행복했다는 것이 미안했고 아팠다. 그럼에도 나리와 함께하고 싶은 마음은 더 깊어졌다. 하지만 욕심을 버려야겠다는 마음이 들었다. 그녀를 위해서.

"무슨 말인지 알겠습니다. 그런데…… 나리는 불치병인 겁니까? 레지던스에서 지내는 거 보면 가족하고 함께 사는 것 같지도 않은 것 같은데. 왜 시한부인지 알고 싶습니다."

"아, 그게……. 모르는 게 나을 거예요. 나리도 윤 대표님이 그 이유를 아는 걸 원치 않고 있으니까."

"다시 물어도 대답은 같겠죠?"

"당연히."

"알겠습니다. 그리고 나리하고의 결혼…… 제가 마음 접겠습니다."

마음을 접겠다고 했지만 쉽게 될 일이 아니다. 재하는 아프고 답답한 마음으로 일어났다.

무겁고 힘든 발걸음으로 집무실로 돌아와 의자에 앉았다. 눈을 감고 한숨을 내쉬는데 그 끝에 모친이 떠올랐다.

"엄마……."

어린 나이에 정략결혼으로 인해 재벌의 며느리로 들어왔지만, 남편에게 이미 여자가 있었다. 그래서 한 남자의 온전한 아내가 될 수 없었던 재하의 모친, 서은영.

쇼윈도 부부로 사는 은영의 삶은 어둡고 가엽기만 했다. 결국 우울증에 걸렸던 그녀는 약물중독으로 이어졌고, 그 끝에 암 선고까지 받았지만 치훈은 끝까지 아내인 은영에게 돌아오지 않았다. 오히려 이혼을 요구했고, 그런 은영 옆에 있던 윤 회장은 그 소문이 새어 나갈까 싶어 더욱더 깊숙하게 며느리를 숨겼다.

생에 있어 가장 아름다워야 할 나이에 결혼으로 속박당하고 남편과 시댁으로부터 철저하게 외면당한 은영이 마지막으로 재하에게 남긴 말이 있었다.

「왜 나는 행복한 기억 하나가 없을까? 재하야, 엄마는 그게 너무 슬프다. 죽는 것보다 가슴에 남아 있는 게 아무것도 없다는 게 슬프고 아프다.」

아직도 그때의 은영을 떠올리면 재하의 가슴이 피로 멍든 느낌이다.

나리에게 그 아픔을 주고 싶지 않다. 그녀가 떠나는 순간, 그와 함께했던 추억 모두를 소중하고 행복하게 기억하여 웃었으면 하는 바람뿐이다.

"꼭 결혼만이 웃을 수 있는 추억은 아니니까."

나리의 미소만을 생각하며 재하는 애써 자신의 마음을 달랬다.

재하가 결혼에 대한 마음을 접은 지 일주일이 지났다. 나리의 상황을 배려하지 못한 자신의 이기심이었음을 고백하며 결혼에 대한 부담감을 접으라고 했다. 대신, 반지는 받아 달라는 부탁을 했다.

나리는 그 부탁을 받아들여 재하가 준 반지를 손에 끼고 다녔다. 그런데 신기하게도 그 반지는 민정으로 돌아가도 손가락에 계속 끼워져 있었다.

연화와 세영은 뗄 수 없는 인연의 연결 고리라고 호들갑을 떨었다.

그 이유는 아니었지만 어쨌든 나리에게 그 반지는 소중했다. 그래서 그 반지를 손에 끼는 순간부터 빼 놓은 적이 없다.

그녀의 손에 프러포즈 반지가 끼워져 있는 것만으로 만족해하며 재하는 나리를 퇴근시켜 주는 중이었다.

"오늘 매출은?"

"당연히 좋죠. 날씨가 더워져서 아이스 음료가 엄청 나가요. 정말 쉴 틈 없이 커피하고 빙수를 만들었다니까요. 알바를 몇 명 더 뽑으려고요."

카페 이야기에 빠져 있던 나리는 재하가 레지던스 입구에서 그녀를 내려 주지 않고 지하주차장까지 내려왔다는 걸 알아챘다.

"올라가자."

"네? 올라가자고요?"

"걱정 마. 집에 들어갈 생각은 없으니까."

재하의 그 말을 다 믿을 수 없었지만 이미 차에서 내린 재하의 뒤를 따라가는 모양새가 되어 버렸다. 그녀의 표정에 긴장감이 느껴졌는지 재하는 다시 한 번 집에 들어갈 마음이 없다는 말을 했다. 그리고 진짜로 그는 가볍게 키스를 한 후 그녀를 집으로 들여보냈다.

뭔가 이상했지만 나리는 12시가 가까워 오는 시간, 그가 그녀를 더 붙잡지 않은 것에 안심했다. 그리고 10분 후 레지던스 벨이 울렸다.

방문할 사람도 없지만 늦은 시간에 누군가 찾아왔다는 사실에 흠칫 놀라 얼음이 된 것처럼 서 있는데.

"1908호에 이사 온 새 이웃입니다. 인사차 떡을 좀 가져왔는데요."

레지던스에 이사 왔다고 떡을 돌리다니. 그것도 이 늦은 시간에?

그런데 느닷없이 이웃이라며 찾아온 문밖의 목소리는 낯설지 않았다.

'설마……?'

인터폰을 확인하니 아니나 다를까, 재하가 서 있었다. 너무 황당한 나머지 문을 열지 못하고 화면만 바라보고 있는데 그가 작은 쇼핑백을 흔들어 보였다.

그대로 두고 볼 수만 없어서 나리는 문을 열었다.

"어떻게 된 거예요?"

"이사 왔지. 앞집이 아닌 건넌방에 나리를 두고 있다고 생각하려고."

"기가 막혀……."

"저 집 진짜 어렵게 얻었어. 장기 투숙객인데 설득하느라 돈도 많이 들였다고. 그러니 그렇게 김빠지는 반응 보이지 말고 반가워해 주면 안 되나? 이것도 좀 받고."

재하가 쇼핑백을 나리 앞으로 내밀었다.

"차 한 잔도 안 줄 거야?"

그를 안으로 들여 그의 말대로 차 한 잔을 함께 마시고 싶지만 현재 시각은 11시 20분. 자칫 잘못하면 큰일 날 수 있다.

"차는 내일 카페에 와서 마셔요. 미안한데 나 너무 피곤해요."

"그래? 어쩔 수 없지. 그럼 쉬어."

"내일 봐요."

"그래. 같이 출근하자."

"어…… 네."

정말로 앞집이 아닌 진짜 건넌방에 함께 사는 것 같은 느낌이 들 때, 재하가 그녀의 뺨에 입맞춤을 했다.

"잘 자."

재하가 문을 닫고 사라졌다. 그의 모습이 보이지 않자 나리에게서 한숨이 흘러나왔다.

"이러면 안 되는데……. 매일이 불안해서 살 수가 없단 말이지."

재하가 옆에 있는 건 좋지만 이건 너무 불안하고 위험하다. 매일 밤 어떤 상황이 발생할지 모를 일이다. 대책이 필요했다.

'르 꺄도'에서 모닝커피를 즐기는 세영에게 나리가 아이스 바닐라라테를 테이블에 놓아 주며 맞은편에 앉았다.

"세영아. 어떡하지?"

"뭘?"

"윤 대표가 바로 앞에 있는 룸으로 이사 왔어."

"뭐? 지금 네가 사는 레지던스로 입주했다는 말이야? 바로 네 앞에 있는 룸으로? 윤 대표 혹시 집착남 아니야? 결혼을 포기했으면 된 거지, 무슨 이사까지 와? 좀 무서운데?"

"출퇴근 같이하고 식사도 같이하고 그러자는데……."

"그게 같이 사는 거하고 뭐가 달라? 진짜로 룸만 다른 거지."

"그러니까. 하루 이틀도 아니고 계속 그렇게 지내다가는 나리의 존재를 들킬 수 있어서 룸을 빼려는데 밤새 생각해도 좋은 핑곗거리가 없어."

나리의 말에 세영도 고민에 빠졌다.

"부모님 집으로 들어간다고 해. 따로 혼자 사는 거 이제는 허락을 안 해 주신다고. 딸이 시한부인데 한 순간이라도 더 보고 싶고, 더 품고 싶은 게 부모 심정인데 이상할 것도 없고, 윤 대표가 들어가지 말라고 말릴 이유도 없어."

두 여자에게서 만족스러운 미소가 흘러나왔다. 일부러 그녀 곁에 온 재하에게는 미안하지만, 일방적인 결정이었기에 불편한 마음은 갖지 않기로 했다.

"어차피 민정으로 돌아오면 너 살 집도 필요하니까 이번 기회에 아파트를 하나 얻는 것도 나쁘지 않잖아."

"그래, 그것도 괜찮은 거 같아."

그때, 연화에게 전화가 걸려 왔다.

"네, 할머니."

— 오늘 현구 5일 동안 세미나 간다고 나갔다. 네 시모도 감초회 모임에서 여행 가고. 저녁에 우리 만나서 놀자꾸나.

"좋죠!"

— 저녁에 카페로 가마.

"네."

그새 현구에게 여자가 또 생긴 모양이다. 현구에게 세미나는 열에 여덟은 여자와 함께 여행 가는 핑계기 때문이다. 하지만 그가 무엇을 하든 이제 상관없었다. 그저 오늘 밤, 연화와 함께 보낼 수 있다는 사실이 즐겁고 들뜰 뿐이었다.

연화는 밤이 되어서야 카페로 찾아왔다.

"내가 맛있는 거 사 주마. 술도 한잔 사마. 나가자."

"무슨 돈으로……."

"나 돈 많다. 아니 민정이가 많은 건가? 네 이름으로 통장 하나 만들어서 1억 5천 넣어 놨다. 가끔 내가 꺼내 쓰기는 하는데 많이는 안 써."

"혹시 그때 말한 굿한 돈에서 받은 거요?"

"그래, 그거. 요샛말로 커미션? 뭐 약속한 돈 받은 거니까 걱정 마."

황당하고 어이없지만 기막힌 연화의 행동력이 존경스러웠다. 아무리 세상 무서울 게 없는 귀신이라지만 나리는 자신이 귀신이 되어도 연화처럼 대담하지 못할 것 같았다.

"그리고 조만간 네 시모 건물 하나가 네 명의로 될 거다."

"네?"

“네 남편이 요새 아주 제대로 망종 짓을 하고 다니고 있는데, 곧 크게 한번 터지게 생겼거든. 호호호호. 내가 드라마보다 그 사건 현장을 보고 싶어 죽을 지경이다. 민정아, 기대해라.”

까르르 넘어가는 연화의 표정이 예사롭지 않았다.

‘뭐지?’

하지만 연화는 끝내 현구의 망종 짓이 무엇인지 알려 주지 않았다. 대신 술집으로 가기를 재촉했다. 어쩔 수 없이 매니저에게 마감을 맡긴 나리는 연화와 함께 카페 근처 술집에 자리를 잡고 앉았고, 곧 세영까지 합류해서 거한 술판이 벌어지고 말았다.

“내 능력이 이것밖에 되지 않아 사랑하는 남자에게 청혼을 받고도 결혼을 할 수 없으니, 내가 많이 미안하구나.”

“아니에요, 언니. 지금의 연애 감정을 알게 된 것만으로도 좋아요. 민정으로 돌아가도 연애는 피하지 않을 것 같아요. 모든 게 감사해요. 그러니 그런 생각 마세요.”

“그래, 세상 남자들이 다 현구 그놈 같은 것들만 있는 게 아니다. 그리고 혹시 아니? 네가 민정으로 돌아갔을 때, 윤 대표가 네가 신나리였다는 걸 알게 돼서 둘이 계속 사랑을 하고, 그때 가서 결혼을 하게 될지. 난 그 반지가 그걸 알려 주는 것 같다.”

“맞아. 신나리가 예쁘고 어리기는 해도 사랑이라는 게 겉만 보고 이루어지는 게 아니거든. 희망 있다, 나리야. 자, 그런 의미에서 건배!”

세영이 잔을 들자 세 여자의 잔이 부딪쳤다. 희망을 건 건배였지만 나리는 생각이 달랐다. 재하와의 인연은 나리로서 살 때까지 만이라고.

그럴 리도 없겠지만 혹시라도 민정이 나리라는 걸 그가 알아본다 하더라도 민정의 모습으로 재하를 보고 싶지 않았다. 그 남자에게 예쁜 나리의 기억만 남기고픈 마음이었다.

“어머, 우리 애인 데리러 왔다. 미안하지만 나 먼저 일어설게. 언니, 죄송해요. 이런 기회 흔하지 않은데 먼저 일어나야겠어요. 나중에 제가 모시고 맛있는 거 사 드릴게요.”

“걱정 말고 임한테나 가 봐. 나리는 내가 챙길 테니까.”

세영이 인사를 한 뒤 나가고, 연화는 나리의 술잔을 채웠다. 그런데 함께 술을 꽤 마신 것 같은데도 정신이 오락가락, 알딸딸한 나리에 비해 연화는 말짱해 보였다.

“할머니는 술이 세신가 봐요? 하나도 안 취하신 것 같아요.”

“할머니라고 하는 거 보니까 취했구나. 나는 인간이 아니라 그런지 술을 마셔도 취하지 않더라고. 일어설까? 나리 너 많이 피곤해 보인다. 돈 버느라 힘들어서 그런가?”

“아니요. 돈 벌어서 너무 행복해요. 돈은커녕 사회 나와서 적응도 못할 줄 알았는데. 연애도 못할 줄 알고…… 그런데 내가 다 할 줄 알더라고요. 내가 그렇게 무능력하고 못나진 않았더라고요.”

피식피식 웃으며 말하는 모습에서 심한 취기가 느껴졌다.

“아이고, 우리 나리 취했구나. 가자.”

연화가 나리를 부축해서 차에 태워 레지던스로 데리고 왔다. 그사이 취기가 오를 대로 오른 나리는 연화에게 겨우 기대어 룸으로 올라왔다.

룸 앞에 도착해 도어록을 열려고 하는데 취기 때문에 번호를 제대로 누르지 못해 문을 열지 못했다.

“내가 열 테니 번호 말해 봐.”

나리가 헤헤거리며 번호를 말하고 연화가 도어록 비밀번호를 누르는데.

“지금 뭣들 하는 겁니까?”

맞은편 룸에서 재하가 잔뜩 구겨진 인상으로 나오더니 연화와 나리를 무섭게 쳐다보았다.

"어? 재하 씨다. 할머니, 우리 재하 씨. 여기로 이사 왔어요."

"아이고, 나리 너 많이 취했다. 얼른 들어가자."

자신을 할머니라 부른 나리의 실수를 드러내지 않기 위해 연화가 나리를 끌고 안으로 들어왔다. 하지만 재하가 뒤따라 들어와서 두 사람을 심하게 다그쳤다.

"신나리! 이 지경이 되도록 술을 마셨어? 그리고 적당히 마시게 만들었어야지, 옆에서 뭐 했습니까?"

'녀석, 성질 한번 고약하네. 술 좀 마셨기로서니.'

"나리보다 연장자로서 적당히 마시게 컨트롤해 줬어야지, 본인은 말짱하면서 나리만 왜 이렇게까지 만들어 놓은 겁니까? 이 늦은 시간까지!"

듣다 못한 연화도 참지 못하고 버럭 소리를 질렀다.

"술을 마시다 보면 이렇게 정신을 잃을 수도 있는 거지, 혼자 마시다 길거리에 쓰러지게 내버려 둔 것도 아니고, 안전하게 집까지 데리고 왔는데 무슨 말이 그렇게 많나?"

오히려 어린 손자를 나무라듯 호통을 치는 연화의 태도에 재하의 인상이 더욱더 험악해졌다.

"지금 그걸 말이라고 합니까? 그쪽은 시모도 모시고 사는 주부로 아는데 이렇게 밤늦게까지 다녀도 되는 겁니까?"

"그러는 그쪽은 허락도 없이 함부로 들어와 잔소리를 해도 되는 건가? 이쁜 구석이라고는 하나도 없으니, 원. 당장 썩 나가게!"

"싸우지 마요. 할머니, 우리 재하 씨 예쁘게 봐 주세요. 그리고 재하 씨도 우리 할머니한테 막 함부로 그러지 마요. 할머니 없었으면 신나리는 이 세상에 없었고……."

나리의 말에 놀란 연화가 재하의 등을 떠밀어 문밖으로 밀어냈다.

"나리가 취해서 정신이 오락가락하는 것 같아 빨리 재워야겠으니 얼른 돌아가라고!"

"그러니까 왜 헛소리를 할 만큼 취하게 만드냔 말입니다!"

하지만 연화가 대꾸 없이 문을 닫으려 하자 재하가 버럭 소리를 질렀다.

"이봐요!"

"보긴 뭘 봐? 당장 네 집으로 들어가! 잔소리도 정도껏 해야지. 내가 나리 생각하는 그 마음 봐서 봐주는 줄 알아! 사내가 마음 도량이 그것밖에 안 돼서 뭣에 쓰나?"

연화가 문을 확 닫아 버렸다. 다시 문을 두드리거나 벨을 누르면 진짜 호되게 혼을 내 줘야겠다고 생각했지만 쫓겨난 재하는 조용히 자신의 룸으로 돌아간 듯 보였다.

"제 여자 두 번만 더 위했다가는 아주 주위 사람 여럿 잡겠구만."

괘씸하기는 해도 나리를 끔찍하게 생각하는 재하가 연화의 눈에는 그리 미워 보이지만은 않았다.

"아이고, 이것아. 입조심해야지!"

하지만 자신이 무슨 실수를 저질렀는지도 모르는 나리는 배시시 웃으며 침대에 쓰러졌다.

"사람 간 떨어지게 해 놓고 잠이 오냐? 쯧쯧."

연화는 따뜻한 물수건을 가져다 나리의 메이크업을 지워 주고 시트를 꼼꼼하게 덮어 주었다. 그리고 소파에 철썩 주저앉아 눈을 감았다.

"이제 나도 슬슬 사라질 시간이네. 오늘은 어디를 가 볼까?"

생각에 빠진 연화가 잠시 후 사라지고, 그 자리에 민정이 그대로 앉아 있었다.

"술 마셔서 머리 아팠는데……."

연화가 술을 마셔도 취하지 않는다더니 민정의 몸으로 돌아오니 나리의 취기는 느껴지지 않았다. 괴로웠던 두통이 사라지고 정신도 말짱했다. 술 냄새도 나지 않았다.

샤워를 하고 나온 민정은 잠이 오지 않았다. 지루한 밤 시간을 침대에서 뒤척이는 것보다 조경이 잘 가꾸어진 레지던스의 정원을 산책하는 것이 나을 것 같았다. 오랜만에 혼자만의 시간을 갖기 위해 룸을 나섰다. 그런데 엘리베이터에서 내려 복도를 걸어오는 재하와 딱 마주쳤다. 그녀를 보는 그의 표정이 몹시 사나웠다.

"가는 겁니까?"

좀 전의 재하와 연화의 상황을 기억 못하는 민정은 가느냐는 그의 말에 어떤 대답을 해야 할지 몰라 머뭇거렸다.

"나리는 잠들었습니까?"

"네."

"앞으로 나리 데리고 술 마시지 마십시오."

화가 잔뜩 난 얼굴과 목소리가 너무도 강해 민정은 움찔하고 말았다.

'나리가 실수했나? 아니면 할머니가?'

재하의 태도로 봐서 자신이 모르는 무슨 일이 벌어졌다는 확신이 들었다.

알 수 없어 답답했지만 재하와 마주하고 있어 봐야 서로 좋을 게 없을 것 같아 묵례를 하고 그를 스쳐 지나려는데, 그가 그녀의 손목을 거칠게 잡았다.

"당신! 이거 뭐야?"

재하가 그녀의 손을 들어 손가락에 있는 반지와 민정의 얼굴을 번갈아 보았다. 눈빛으로 살인을 저지를 것처럼 너무도 살벌한 기운의 시선이었다.

“이게 왜 당신 손가락에 있어?”

순간, 아차 싶었다. 하지만 이미 재하는 화가 났다. 아무래도 나리의 반지를 빼앗아 꼈다고 생각한 모양이다.

“도둑질도 하나?”

“뭐라고요? 도둑질?”

“나리가 빼서 줬을 리 없고, 잠들었다는 나리의 허락받고 뺐을 리는 더더욱 없을 텐데, 왜 이게 당신 손가락에 있냐고!”

너무도 당황스러운 상황에서 뭐라고 변명해야 할지 아무 생각이 나지 않았다. 오히려 재하가 무섭게 그녀를 몰아붙여 머리만 하얘질 뿐이었다.

“나리가 잠결에 빼 놓은 걸…… 한 번 껴 본다는 것이…….”

재하가 민정의 말을 다 듣지 않고 그녀의 손가락에서 반지를 거칠게 빼냈다.

“당신이 함부로 끼고 다닐 만한 하찮은 반지가 아니야.”

민정은 그저 멍하니 그를 바라볼 뿐이었다. 너무도 차가워서 무서울 정도였다. 한 번도 본 적 없는 재하의 모습에 심장이 빠르게 뛰었다.

“다시는 신나리 만나지 마. 경고야. 나리 만날 시간에 당신 남편이나 관리하라고.”

뒤도 돌아보지 재하는 그의 룸으로 들어갔다. 민정은 순간 다리에 힘이 풀려 텅 빈 복도에 그대로 주저앉아 버렸다. 아무리 자신의 모습이 나리가 아닌 민정이라도, 너무도 냉정하게 대하는 재하로 인해 서글펐다. 눈물이 날 만큼 가슴까지 아파 왔다.

‘당신에게는 나라밖에 없네요. 나중에…… 나리가 사라지면 그때는 정말…… 끝이겠네요.’

룸으로 들어온 재하는 손에 든 봉투를 거칠게 내려놓았다.

내일 아침, 숙취로 괴로워할 나리를 위해 이 밤중에 옆 건물에 있는 24시 해장국집에서 포장을 해 온 것이다. 그런데 그런 자신의 걱정과 정성을 모르는 나리는 느낌이 좋지 않은 여자에게 자신이 끼워 준 반지를 빼앗겼다.

술김에 뺐다고 하는 말이 그의 마음을 가볍게 여겨 빼 버린 것 같아 서운하고 화가 났다.

"신나리, 너무한 거 아니니? 그 여자하고 술 마신 것도 봐주기 힘들 만큼 미운데."

그러다 문득 나리가 그 언니라는 여자를 부르던 호칭이 떠올랐다.

할머니. 한 번도 아니도 몇 번을 할머니라고 했다. 언젠가도 할머니라 불렀던 적이 있었다. 그때는 꿈에 할머니를 봐서 무의식중에 나왔다고 했지만 취중에 부른 할머니는 왠지 이상했다.

'그냥 친하게 아는 언니가 아니고 친척이라도 되나? 촌수로 할머니일 수 있지. 그렇다면 왜 처음부터 친척이라고 하지 않았을까?'

뭔가 석연치 않았지만 그렇다고 의심을 가지고 파헤치기도 모호했다. 재하는 손에 들고 있는 반지에 신경이 갔다.

'다시는 그 여자하고 만나지 말라고 해야지. 아무래도 느낌이 안 좋아.'

다음 날, 재하는 아침 일찍 나리의 룸 앞에서 벨을 눌렀다. 혹시라도 일찍 일어나 아프고 쓰린 속을 부여잡고 참고 있는 건 아닌지 걱정되어 메시지를 먼저 보냈다.

[일어나면 전화 줘.]

하지만 확인하지 못할 수도 있어 전화를 걸었다. 처음 받지 않았을 때는 그저 아직 꿈나라이거니 여겼다. 하지만 알 수 없는 싸한 느낌이 그의 신경을 건드렸다.

다시 전화를 걸었다. 하지만 두 번, 세 번 전화를 다시 걸어도 받지 않자 불안함이 불길함으로 변했고, 끝내 룸을 뛰어나와 나리의 룸 벨을 급하고 거칠게 눌러 댔다. 이른 새벽 시간이라 그녀가 어디 나갈 시간도 아니다. 분명 무슨 사고가 일어난 게 분명했다.

"신나리! 문 열어! 나리야!"

재하는 어젯밤 나리가 여자에게 불러 준 도어록 비밀번호를 기억하고 있다. 그의 손이 도어록으로 향했다.

그의 전화번호였던 비밀번호를 누르려는 순간, 문이 열렸다.

"왜요? 무슨 일이에요?"

다행히 나리가 안에 있었다. 바로 일어나서인지 그녀의 몰골이 단정치 못했지만 이상이 있어 보이지는 않았다.

"전화를 해도 받지 않아 걱정돼서. 어디 아픈 건 아니지?"

"괜찮아요."

"그래. 다행이네."

"저 좀 더 자야겠어요."

"알았어. 더 자."

그러면서도 재하는 문을 닫을 수 없게 그녀에게서 시선을 떼지 않았다.

"가셔야죠?"

"응."

아쉬운 듯 돌아서던 재하가 다시 그녀에게 몸을 돌렸다.

"우리 집 가서 잘래? 재워 줄게. 해장국도 사다 놔서 잠 깨고 해장도 할 수 있는데."

나리가 고개를 저었다.

“그래? 싫다면 할 수 없지.”

시무룩한 얼굴로 재하가 돌아섰다. 나리는 괜한 미안함에 그가 맞은편 문으로 들어갈 때까지 문을 닫지 않고 그를 바라봐 주었다.

“정말 싫어?”

안으로 들어간 재하가 문을 닫지 못하고 그녀를 마주 보며 나리에게 간절한 눈빛을 보냈다.

“편하게 잠만 자게 해 줄게. 딴마음 없어.”

간절하다 못해 애절하게 바라보는 재하의 눈빛에 나리의 마음이 흔들리는데, 문 옆에 숨어 있는 연화가 그녀에게 속삭였다.

“가 줘라.”

가는 건 문제가 아니었다. 연화 보기 부끄러워 쉽게 행동을 못 옮길 뿐인데, 연화가 그녀를 살짝 밖으로 밀어냈다. 얼떨결에 복도로 나오면서 그녀의 룸 현관문은 닫혔고 재하가 환영한다는 듯 문을 활짝 열었다. 그리고 그녀가 들어오자 번쩍 안아 들고 침대에 눕혔다.

“분명 딴마음 없다고 했는데.”

“없어. 안심해. 재워 주려고 그래.”

재하가 그녀 옆으로 누웠다. 그리고는 아이 재우듯 그녀의 어깨를 토닥였다. 어젯밤 민정에게 그토록 냉정했던 모습과는 전혀 다르게 따뜻하고 다정했다.

‘나리에게만 따뜻한 이 남자…… 민정으로 돌아가서는 절대 이어질 수 없는 거겠지?’

그녀의 가슴이 콕콕 쑤셔 왔다. 그런 그녀의 마음을 알지 못하는 재하는 팔베개까지 해 주며 품 안으로 더 따뜻하게 그녀를 가두었다.

“매일 아침 이러고 싶은데…….”

그녀의 마음도 그와 같지만 그렇게 할 수 없음에 눈물이 나올 것 같았다. 혼잣말처럼 중얼거리는 재하의 말을 들은 나리는 자는 척하며 눈을 감았다.

그녀가 잠든 것이라 생각했는지 그는 더 이상 어떤 말도 꺼내지 않았다. 하지만 그녀의 뺨에 가볍게 입맞춤을 하고, 머리를 쓰다듬고 다시 어깨를 토닥이는 손길에 나리의 마음에 욕심이 생겨났다.

'매일 아침 이러고 싶어. 1년이 지나고, 2년이 지나고 10년이 지나도…….'

"출근 안 할 겁니까? 신 사장님."

귓가에 울리는 목소리는 낮은 저음이었지만 무척이나 부드럽고 달콤하게 들렸다. 어리광을 피우고 싶게끔 자상하기도 했다.

"으으음."

나리가 눈을 뜨지 못한 채 몸을 뒤틀자 그녀의 목 위에 그의 입술이 닿았다.

"일어날게요."

나리가 부끄러움에 몸을 움츠리고 시트 속으로 더 파고들자 그가 그녀의 몸 위로 올라와 시트 속으로 들어와 버렸다.

"오늘 우리 같이 지각할까?"

그 말 안에 담긴 말뜻이 어떤 것인지 알게 된 나리가 그에게서 빠져나오려고 버둥거렸지만, 그렇게 몸을 움직이는 사이 윗옷이 그에 손에 의해 가뿐하게 벗겨져 나갔다.

"아침이에요. 이러지 마요."

"아침이라서 이러지 말라고 하면, 오늘 밤은 괜찮은 건가?"

나리가 대답을 못하자 그가 그녀의 무릎부터 허벅지까지 부드럽게 쓸어 올리며 중얼거렸다.

"아침에도, 밤에도, 난 매일 이러고 싶은데."

그의 손길에 나리가 다리를 모아 붙이고 힘을 주었지만, 그사이를 파고드는 그의 손을 이겨 낼 수는 없었다.

"안…… 돼요……. 으으응."

안 된다고 가볍게 앙탈을 부렸다. 하지만 재하는 그녀의 가슴을 입술과 혀로 공략하고 손으로는 이미 젖은 그녀의 여리고 부드러운 그곳을 헤집으며 그녀의 정신을 쏙 빼놓고 있었다. 그리고 그는 그녀의 달뜬 신음에 흥분했다.

재하가 그녀의 다리를 벌렸다. 힘을 주고 있던 그녀의 다리는 스르르 빗장을 연 것처럼 양쪽으로 벌어졌다. 그 사이로 재하가 자리를 잡았다.

"오늘은 아프지 않고 좋을 거야."

부디 그의 말대로 아프지 않기를 바랐다. 처음 그에게 안겼을 때도 좋기는 했지만 그건 극도의 아픔을 견디고 몰아친 쾌감이었다. 오늘은 부디 처음부터 끝까지 황홀하기를 바랐다. 하지만 그녀의 안으로 들어오는 그의 남성은 결코 만만치 않았다. 언젠가 연화가 농담처럼 실하다고 하더니, 실해도 너무 실했다.

"아읏!"

아픔이 먼저 그녀를 힘들게 했다. 힘들어하는 그녀의 손바닥에 키스하고 그가 손가락 깍지를 꼈다. 맞붙은 손바닥으로 그의 마음과 사랑이 전해지는 느낌이다. 그런 안정감이 아픔을 잊게 했고 부드럽게 안으로 밀고 들어오는 그의 움직임으로 아픔이 쾌감으로 변해 갔다.

그녀가 아프지 않고 그가 느끼는 만족감과 기쁨을 온전하게 함께 느끼길 바랐다. 그래서 조심스러웠다. 마음껏 그녀를 몰아붙이고 격하고 강렬하게 안고 싶었지만, 함께 느낀다는 것에 행복하고 싶었다.

그의 노력 때문이었는지 그녀에게서 조금씩 신음이 새어 나왔고 허리가 휘었다. 그리고 그를 품고 있는 그의 여성이 움찔거리며 그를 자극했다.

"너무 좋다, 나리야. 사랑해."

그에 대한 그녀의 대답은 그의 머리카락을 어루만지며 키스를 하는 것이었다. 애정이 담긴 손길을 느끼며 재하는 말로 듣는 대답보다 더한 사랑이 느껴졌다.

이렇게 그녀를 마음껏 안을 수는 없는 것인가.

재하 역시 1년이 지나고, 2년이 지나고, 10년이 지나도 늘 이렇게 그녀를 안고 싶고, 함께 아침을 맞고 싶었다.

재하의 욕실에서 샤워를 하고 나오자 식탁 위에 해장국이 놓여 있었다.

"해장은 하고 가셔야죠? 숙취로 헤롱거리는 사장 모습, 직원들한테 좋지 않습니다."

"네."

뜨겁게 데운 해장국을 단둘이 앉아 먹고 있으니 마치 부부가 아침식사를 하는 모습과도 같았다. 16년 결혼 생활 중에도 현구와 단둘이 마주 앉아 아침을 먹어 본 적이 없어서일까? 나리에게 이 작은 일상이 너무도 로맨틱하게 다가왔다.

식사를 끝내고 자리에서 일어서려는데 재하가 그녀 앞으로 반지를 내놓았다.

"기분 나쁘게 듣지 마. 난 어제 그 여자 느낌이 안 좋아. 나리가 멀리했으면 좋겠어. 조울증이 있는지, 아니면 다중인격인지 성격에 일관성도 없어. 어제도 이 반지를 그 여자가 끼고 있었어."

나리는 아무 말도 할 수 없었다. 다중인격이라는 그의 말이 틀리지 않았다. 민정의 몸 안에 자신과 연화가 들어왔다, 나갔다 하니 다중인격일 수밖에. 그러니 그가 민정을 나쁘게 보는 것도 이해가 갔다. 물론 오해가 쌓인 건 있지만 그걸 일일이 해명하고 설명할 수 있는 것들도 아니어서 나리는 조용히 그의 말만 들었다.

"잠결에 네가 뺐다고 하지만 그 여자 말을 믿을 수가 없어. 그러니 네가 피하고 조심했으면 좋겠어."

"재하 씨. 사람들에게는 밖으로 알릴 수 없는 사연이 있어요. 그리고 오해하기 좋은 상황도 있고. 그 언니를 그렇게 볼 수밖에 없었던 재하 씨 마음 이해해요. 하지만 그렇게 나쁜 사람이 아닌 것만 알아줘요."

재하의 인상이 굳어졌다. 어젯밤 그 차가운 표정이 떠올라 나리의 마음이 움찔했다.

"그래서 계속 만나겠다고? 사람이 음흉해 보여. 뭔가를 많이 숨기고 있는 것 같다고."

"숨기고 있는 거 있어요. 난 그게 뭔지 알아요. 그래서 나쁘지 않다는 걸 알고."

"그게 뭔데?"

"지극히 개인적인 것이라 그건 말해 줄 수 없어요. 아무에게나 말할 그런 게 아니에요. 이해해 줘요. 하지만 재하 씨가 걱정하고 그럴 만한 것은 아니에요."

재하가 쉽게 인상을 펴지 못하고 나리를 못마땅하게 바라보았다. 그런 그를 안심시키듯 그녀가 그의 손을 잡고 차분하게 말을 이어 갔다.

"나 그렇게 어린애 아니에요. 옳고 그른 거 판단할 줄 알고, 사람 볼 줄도 알아요. 그러니 나 믿어 줘요."

재하는 대답 대신 그녀의 손가락에 반지를 끼워 주었다.

"맘에 안 들어, 신나리. 너한테 더 심하게 하지 못하는 나는 더 맘에 안 들지만.”

나리가 그를 향해 배시시 웃어 주었다.

“그렇게 웃지 마.”

“웃지 말라고 하니까, 더 웃고 싶다.”

“계속 그렇게 웃으면 지각이 아니라 아예 결근으로 만드는 수가 있어.”

그 말에 나리에게서 미소가 곧바로 사라졌다.

“가서 출근 준비할게요.”

그리고 급하게 재하의 룸을 나와 그녀의 룸으로 돌아왔다.

“우리 나리 신났네?”

놀리는 것 같은 연화의 말에 나리의 얼굴이 붉게 물들었다. 마치 재화와의 낯 뜨거웠던 애정행위를 들킨 것 같은 기분이었다.

“그 녀석이 뭐라디? 어제 보니까 아주 성질이 보통 아닌 것 같던데.”

“별말 없었어요.”

연화에 대한 재하의 말을 전하지 않았지만 연화는 그의 감정을 어느 정도 눈치챈 모양이다.

“좋은 말은 안 했겠지, 뭐. 어쨌든 이제부터 조심해야겠다. 어제 너 말실수한 건 생각이 나니?”

“말실수요?”

“별장에서 술 취해서 나를 기억 못하는 너를 깜빡하고 술을 먹였으니 누구 탓을 하겠니? 어제 그 녀석 앞에서 나를 할머니라고 했다. 취중에 실언을 했을 거라 여길 수 있지만 그래도 조심해라. 특히, 그 녀석하고 술 마시지 마라.”

“네.”

“그런데 앞으로 이렇게 시도 때도 없이 벌컥벌컥 집으로 들이닥치면 어쩌냐?”

“부모님 집으로 들어갈 거라고 하고 여기서 나갈 거예요.”

“그래. 잘 생각했다. 빨리 옮겨라. 뭔가 좀 불안해진다.”

연화의 말이 아니더라도, 나리는 재하와 함께하는 시간이 많아지고, 그를 향한 감정이 깊어질수록 그에게 자신의 존재를 숨겨야만 하는 사실에 불안감이 커지고 있다.

또한 그럴수록 나리로 남고 싶은 욕심은 더욱 커져 갔다. 더 이상은 욕심이라는 걸 알고 또 그렇게 말을 하면서도.

아침의 러브러브한 분위기로 인해 지각을 한 재하는 나리의 카페에서 모닝커피를 마시지도 못한 채 회사로 들어갔다.

재하를 보내고 카페로 들어와 매니저가 작성한 발주 주문서를 확인하고 오늘 들어온 물품을 확인하는데 재하에게 메시지가 들어왔다.

[오늘 1908호 집들이에 초대합니다. 8시에 오시면 됩니다. 불참하면 무서운 패널티 있습니다. 꼭 참석해 주시기 바랍니다.]

집들이? 오늘 밤?

한집에 살면서 방을 따로 쓰는 기분, 그게 무엇인지 또다시 실감이 났다.

“빨리 이사를 가야지. 안 되겠어.”

마음이 급해진 나리는 세영과 함께 부동산으로 향했고, 맘에 드는 아파트를 계약했다.

집들이는 함께 있으려고 만들어 낸 핑계라는 걸 안다. 하지만 나리는 디퓨저와 관리하기 쉬운 공기 청정 효과가 있는 화분을 집들이 선물로 준비했다.

먼저 퇴근해서 집들이 준비를 하겠다는 재하가 그녀를 위해 준비한 음식은 남자들도 손쉽게 할 수 있는 파스타였다. 두 사람은 와인을 곁들인,

조촐하지만 그들만의 알콩달콩한 집들이를 즐겼다.

식사를 끝내고 난 후 차를 마실 때, 나리는 세영이 준비해 준 말을 꺼냈다.

"나…… 집으로 들어가요."

"집이라니?"

"부모님 계신 집이요. 혼자 사는 거 불안해서 더는 안 되겠다고 당장 들어오라고 하셔서."

당황하는 것 같았지만 부모님의 뜻으로 인해 집으로 들어가야 한다고 하니 그는 어쩔 수 없이 받아들이는 것 같았다.

"이사까지 왔는데, 미안해요. 부모님 뜻을 꺾을 수가 없었어요."

"할 수 없지. 그래도 이사까지 왔으니 지금 이러고 있을 수 있는 거지. 안 그랬으면 레지던스 입구에서 너 내려 주고 그냥 헤어졌을 거 아니야."

재하가 그녀 손에 들린 찻잔을 빼앗아 테이블에 내려놓았다.

"지금은 밤이라서 괜찮은 거지?"

"네?"

"아침에 이러지 말라고 했잖아. 밤이라 이러지 말라고 한 그거 하려고."

"아침에도 했으면서……."

"정말 하고 싶은 건 못했어."

나리의 머리를 쓸어내리던 재하의 손이 블라우스 단추를 하나씩 풀기 시작했다.

"하고 싶은 거, 해도 되는데…… 외박은 안 돼요."

"좋아. 집에는 보내 줄게. 앞으로 세 시간 후에."

"12시만 넘기지 않게 해 줘요."

"신데렐라인가? 12시 전에 보내 주면 뭘 남기고 갈 건데?"

"신데렐라라면 당연히 구두 한 짝이겠죠."

"네 흔적이라면 뭘 남기고 가도 괜찮아. 하지만 부모님 집에 들어갈 때까지는 쉽게 집에서 쉬지 못할 거야."

재하를 너무 쉽게 봤나 보다. 그동안 잠들어 있던 성욕이 깨어났는지 그날 밤은 물론이고, 다음 날 아침까지 그는 자신이 내뱉은 말처럼 그녀를 쉽게 놓아주지 않았다.

5장

⚜

한 달이 흐르는 동안 나리는 아파트로 이사를 했고, 두 사람은 여전히 행복하게 연애를 이어 가는 중이었다. 물론 그녀가 12시면 민정으로 돌아가고 6시에 나리로 변한다는 사실도 들키지 않았다.

나리와 점심식사 메뉴에 대한 소소한 통화를 끝내고 재하는 회의실로 향했다. 글램핑 인테리어 및 익스테리어와 조경에 대한 최종 심사를 위해서였다. 회의실로 들어온 재하는 심사를 위한 이사진들과 실무자들 사이에 자리를 잡고 앉았다.

공정한 심사를 위해 철저한 블라인드 심사로 이루어졌다. 작품만을 보고 임직원들이 투표하는 형식으로 작품들을 걸러냈고, 최종적으로 세 작품이 뽑혔다.

"자, 그럼 당선자들의 신상을 공개하겠습니다."

실무자가 각 부분 당선자들에 대한 정보를 공개했다. 그런데 재하의 눈에 띄는 이름이 있었으니, 실력이 유난히 월등했던 인테리어 부분 당선자 이름이 신나리였다.

"캔자스 주립대학을 올해 졸업하고 지금도 미국에 거주 중입니다."

"미국에 거주 중이면 인턴으로 일하는 거 가능하겠습니까?"

"일단 연락을 취해 보겠지만 본인 의사만 확실하면 불가능할 것도 없을 것 같습니다. 교포가 아닌 유학생이었고 본가는 한국에 있으니까요."

"알겠습니다. 심사하느라 수고들 하셨습니다."

재하는 직원들에게 인사를 하고 회의실을 벗어났다.

'캔자스 주립대 재학 중인 신나리?'

나리와 이름이 같아서일까? 또 다른 신나리가 궁금했다.

카페 한쪽에 앉아 조용히 뜨개질을 하는 여인의 모습이 보였다. 한여름으로 가고 있는 계절에 어울리지 않게 털실로 무언가를 뜨고 있었다. 그리고 지인이 오자 뜨개질을 멈추고 대화를 나누었다. 그들의 대화 소리는 나리가 앉은 곳까지 들려 본의 아니게 듣게 되었다.

"뭘 뜨는 거야?"

"남편 조끼."

"이 여름에? 그리고 자기 똥손이잖아. 가능해?"

"그러니까 지금 시작하는 거지. 11월에 있는 결혼기념일 선물로 주려고. 그리고 뜨개방에서 하라는 대로 하면 작품 나와. 나 같은 똥손도."

"자기 남편 감동받겠다?"

"당연하지. 이거 하나 떠 주고 거한 선물 하나 받아 내려고."

까르르 웃는 여자들의 웃음소리를 들으며 나리도 윤 대표의 조끼를 하나 떠서 그에게 감동을 선물해 주고 싶었다. 뜨개질을 해 본 적은 없지만 여인의 말대로 뜨개방이라는 곳에서 하라는 대로 하면 작품이 나온다고 하니, 못할 것도 없다는 생각이 들었다.

자리에서 벌떡 일어난 나리가 미용실로 올라갔다. 함께 털실을 사러 가자고 조르려는데 세영은 통화 중이었다.

"그래, 알았어. 축하하고, 일단 오면 보자. 오냐."

통화를 끝낸 세영의 활짝 웃었다.

"대한민국 학부모들이 왜 그렇게 자식들 교육에 열을 올리나 했는데, 이제 알겠어. 이런 기쁨과 영화를 맛보려고 미친 듯이 돈 쏟아붓고, 학원 보내고, 명문대에 보내는가 봐."

"무슨 말이야?"

"우리 나리가 취업이 됐단다. 우리나라에 있는 꽤나 괜찮은 회사에. 방금 나리한테 그 전화 받은 거였어."

"어머, 진짜 잘됐다."

나리에게 있어서도 세영의 동생 진짜 나리는 친동생이나 다름없었으니 그녀도 제 일처럼 기뻤다.

"돈 벌어 교육시킨 보람이 있네. 그런데 왜? 무슨 일 있어?"

"세영아, 털실 사러 가자."

"이 여름에 무슨 털실?"

"윤 대표 조끼 떠서 크리스마스 선물로 주려고."

"그냥 좋은 거 하나 사서 줘. 실값이 조끼 하나 사는 것보다 더 들 수 있어. 그리고 뜨개질이나 해 봤어? 괜히 실 버리고, 돈 버린다. 그냥 쇼핑 가서 하나 사자. 나도 나리 취업 기념으로 옷 한 벌 사 줘야 하니까."

세영의 말이 맞을 수 있다. 뜨개질을 해 본 적 없는 나리의 솜씨로 어설프게 떠 주기보다는 좋은 원사로 된 조끼 한 벌을 사 주는 게 나을 수 있다. 하지만 나리는 그녀의 마음과 정성을 보여 줄 수 있는 선물을 해 주고 싶었다. 그리고 배우면 잘할 수 있다는 자신감이 충만해 있었다.

"털실 사고 쇼핑 가면 되잖아. 나도 나리한테 뭐 하나 사 주고 싶어. 나리 신분 내가 쓰고 있는데 그냥 있을 수는 없잖아."

신분을 빌려 쓰는 것에 대해 사례를 하려는 것처럼 말했지만 사실은 나리도 진심으로 축하해 주고 싶었다. 그 마음을 아는지 세영이 농담을 하며 자리에서 일어섰다.

"신분 도용은 대가가 좀 큰 거 알지?"

"그럼, 당연하지."

두 사람은 각자의 매장을 나와 동대문으로 향했다. 뜨개질을 잘 알지 못하기에 주인의 인상이 좋아 보이는 가게로 들어가 재하에게 어울릴 것 같은 카키그레이 컬러의 실을 구입했다. 웬만한 조끼 하나를 살 수 있을 만큼의 비용이 들었다. 그만큼 꼭 완성하겠다는 나리의 각오가 더 강해졌다.

동대문 상가에서 나와 백화점으로 향해 갈 때 나리가 물었다.

"그런데 나리는 어느 회사에 취업이 된 거야?"

"몰라. 비밀이래. 서울 들어오면 다 얘기해 준대. 깜짝 놀랄 거라나?"

"기특하다. 공부하느라 고생했을 텐데, 혼자 힘으로 서울에 취업까지 하고. 차 한 대 사 줄까?"

나리의 제안에 세영의 입이 떡 벌어졌다.

"와! 신나리 돈 좀 쓸 줄 안다? 그런데 그건 나리한테 너무 거해. 네 마음 어떤 건지 다 아니까 차는 넣어 두고 적당한 거 하나 해 줘."

그보다 더한 걸 해 줘도 아깝지 않을 만큼 친동생 같은 존재다. 하지만 세영의 말대로 상대가 부담스러우면 그건 좋은 선물일 수 없다는 생각이 들었다.

"그럼 백하고 옷 한 벌 해 줄게. 직장 다니려면 좋은 백 하나는 있어야지. 언니 돈 받아 공부했으니 제대로 된 백도 없고 옷도 없을 거 아니야."

옷은 정확한 사이즈를 위해 나리가 들어온 다음에 사기로 하고, 백화점 명품 매장에서 백을 사려고 할 때였다. 맞은편에 있는 다른 명품 매장에서 여자와 함께 있는 현구의 모습이 보였다.

"이현구는 일 안 하니? 상담이나 수술 안 해? 이 시간에 왜 여기에 있어?"

세영이 못마땅한 시선으로 현구를 바라보며 물었다.

"수술은 데리고 있는 의사들이 하지. 후배들이 벌어 주는 돈 가지고 저는 저렇게 펑펑 놀면서 편하게 쓰기만 하는 거야."

"진짜 못됐어. 그새 너하고 끝내고 또 다른 여자 만나는 거야? 어휴, 저 더러운 짐승."

세영이 몸을 돌려 다른 곳으로 향했고 나리도 세영을 따라가려 할 때, 맞은편에 있던 현구와 눈이 마주쳤다. 나리는 순간적으로 자신이 민정이 아니라는 사실을 잊고 깜짝 놀랐지만, 현구는 마치 귀신을 본 사람처럼 진저리를 치며 바들바들 떨었다.

잔뜩 겁먹은 표정이 고스란히 보일 만큼 놀란 현구가 그녀의 시선을 피해 달아나듯 사라져 버렸다.

'귀신이라고 생각하는 건가? 천하의 이현구도 귀신은 무서운가 보지?'

세상 무서울 것 없는 그가 그녀를 보고 달아난 모습이 우스웠다.

백화점을 나와 카페로 돌아가는 발걸음이 너무도 가벼웠다. 하지만 카페에 도착한 나리는 쇼핑백 가득한 털실 뭉치들을 내려다보며 한숨을 내쉬었다.

'할 수 있겠지?'

막상 대바늘과 실을 양손에 들자 걱정이 앞섰다. 코 하나도 잡을 줄 모르는데 조끼라니.

나리는 주변에 뜨개방이 있는지 알아보았지만 그런 낭만적인 가게는 찾을 수가 없었다. 난감한 표정으로 실만 만지작거리자 매니저 정하가 나리에게 다가와 물었다.

"어? 사장님 뜨개질하려고요?"

"네. 그런데 할 줄을 몰라요. 매니저님 할 줄 알아요? 알면 좀 가르쳐 줘요."

"나도 못해요. 내 친구 보니까 인터넷 동영상 보면서 뜨던데. 잘은 아니지만 뭐 하나 뜨긴 뜨더라고요."

"아, 인터넷!"

나리는 일단 인터넷 강의의 힘을 믿어 보기로 했다. 휴대폰으로 검색을 하는 중에 연화에게서 전화가 걸려 왔다.

"네, 언니. 저예요."

— 내일 저녁에 시간 어떠니? 아주, 아주 재미있는 구경거리가 있는데. 이현구 최후의 날……까지는 아닌 것 같지만, 어쨌든 망신살 제대로 뻗치는 날이니 구경을 해야 하지 않겠니?

황태자처럼 세상 누구 하나 부러워하지 않고 제멋대로 사는 현구에게 드디어 시련이 닥치는 것인가. 그렇다면 무슨 일이 있어도 가야 한다.

나리가 활짝 웃으며 대답했다.

"당연히 가야죠."

— 그래야지? 그리고 조만간 네 시모가 가진 강남의 5층짜리 빌딩 네 명의로 해 줄 거다.

"네? 어떻게……?"

— 그건 내일 만나서 얘기해 줄게. 그리고 머지않아 나도, 아니 민정이 넌가? 여하튼 이혼 도장 찍을 거다. 위자료로 건물 하나 더 받아 내자꾸나.

아무리 연화라고 해도 나리는 그 말을 믿을 수 없었다. 민 여사에게 강남의 빌딩이 여러 채 있지만 그중 하나를 민정에게 줄 리가 없다. 그건 하늘이 무너져도 있을 수 없는 일이다.

그곳에서 수억의 임대료를 받으면서도 16년 동안 며느리를 위해 한 푼도 쓰지 않은 노인네다. 그녀에게 사다 준 명품은 순수하게 그녀를 위한 것이 아닌 자신의 체면이나 품위를 위해 마지못해 적선한 것들이었다. 그런데 건물을 그녀 앞으로 해 준다니.

궁금해서 참을 수가 없었지만, 연화는 끝내 이유를 말해 주지 않고 전화를 끊었다.

'뭘까? 이현구와 어머님이 이렇게까지 하는 사연이.'

내일이 몹시 기다려졌다.

오늘 나리를 위해 재하가 선택한 음식은 최상급 한우로 구운 스테이크다. 그 위에 그가 직접 만든 특제 소스를 끼얹고 채소를 곁들이니 그럴듯한 요리가 완성되었다.

재하에게서 미소가 흘러나왔다. 매일 저녁 그녀를 집으로 불러 그가 한 음식들로 저녁식사를 함께하는 즐거움은 신혼을 즐기는 것과 다를 게 없을 정도의 행복이었다.

물론 외박이 안 되는 그녀를 데려다주고 오는 길은 무척이나 쓸쓸하고, 그녀의 체온이 가시지 않은 침대에서 혼자 아침을 맞는 것이 허전했다. 그래도 이렇게 저녁에 다시 만나 식사하고 사랑을 나눌 수 있다는 사실에 위로를 받으며 오늘도 그는 나리를 기다렸다.

준비한 와인을 잔에 따를 때, 현관 도어록 버튼 소리가 들려왔다. 새신랑을 맞이하는 새신부의 마음으로 거실로 나가 나리를 맞이하자 그녀가 장미꽃 한 다발을 내밀었다.

"내가 살림하는 아내 같고 나리가 바깥일 하고 들어온 남편 같은데?"

"왜요? 기분이 별로예요?"

"별로라기보다는…… 좀 묘해. 그런데 이건 뭐야?"

그가 받은 꽃다발 말고 나리의 손에 쇼핑백이 하나 더 있었다.

"겉절이하고 밑반찬이요."

"겉절이? 김치 겉절이를 말하는 건가?"

"맞아요. 재하 씨 퇴근하고 와서 이렇게 요리하는 거 힘들잖아요. 그냥 밥해 먹어요, 우리. 밑반찬은 내가 해다 놓을 테니까."

나리가 가지고 온 플라스틱 밀폐용기를 냉장고 안에 능숙하게 정리해서 넣었다.

"그거 나리 어머니께서 하신 거 아니야? 그렇게 집 냉장고 안을 다 털어 와도 되는 거야?"

"걱정 마요. 내가 다 한 거니까."

"진짜?"

청평 별장으로 놀러 갔을 때, 이미 나리의 음식 솜씨를 맛본 적이 있다. 웬만한 프로 주부들의 손맛만큼이나 일품이었던 그때의 음식을 맛보지 못했으면 지금 그녀의 말을 믿지 못했을 것이다. 그때 맛을 기억하고 있는 재하는 지금 당장 그 반찬들이 먹고 싶어졌다.

"스테이크를 김치하고 먹으면 진짜 맛있어."

재하가 겉절이 맛을 보기 위해 핑계를 대며 냉장고에 넣어 둔 김치를 다시 꺼내어 접시에 담았다.

"나 기분 좋으라고 스테이크에 어울리지 않는 겉절이 먹는 거라면……."

"나 기분 좋으려고 먹는 거야. 빨리 먹자. 배고플 텐데."

두 사람이 마주 앉아 식사를 시작했다. 재하는 자신이 만든 스테이크보다 나리가 만들어 온 겉절이부터 입에 넣었다.

"겉절이 진짜 맛있다! 정말 나리 솜씨 맞아?"

"맞아요."

"김치 장인이 만든 솜씨 같아."

그냥 하는 칭찬이 아니라는 걸 안다. 그 겉절이 맛을 내기 위해 민 여사가 친히 김치 장인을 붙여 비법을 배우게 했다. 상상도 못할 비싼 비용을 내고 배운 그 맛은 민 여사를 비롯해 친척들의 입맛까지 사로잡았으니 매일 시이모들 집으로 겉절이를 해서 날라야만 했다.

어느 순간부터 민 여사가 그 맛이 별로라는 변덕을 부려 더 이상 담지 않게 되어 다행이지만. 어찌 되었든 그 솜씨를 부렸으니 김치 장인이라는 말이 나오는 게 당연할 수도 있다.

그렇게 그녀의 정성을 알아주는 그를 위해 더 많은 걸 해 주고 싶었다.

"내일은 내가 된장찌개 끓여 줄게요."

"내일은 안 되는데. 그때 별장에서 결혼한 친구 집들이가 있어. 촌스럽게 집들이 가야 해서."

재하가 아쉬운 표정을 지었다. 그러고 보니 나리도 연화와의 약속을 깜박했다는 걸 알았다.

"그러고 보니 나도 약속이 있네요."

"무슨 약속?"

"민정 언니요."

보기 좋은 미소를 입가에 머금고 있던 재하의 표정이 순식간에 굳어졌다. 불편한 심기를 표정으로 다 드러내서인지, 아니면 그가 민정에 대해 이야기하는 것을 싫어하는 그녀의 마음을 알아서인지 재하가 화제를 돌렸다.

“오늘 카페 매출은 좀 어땠어?”

“나쁘지 않았어요. 진상 손님도 없었고.”

하루에 있었던 소소한 일들을 서로에게 이야기해 주며 오붓하게 저녁 식사를 마쳤다. 그리고 12시 안에 집으로 들어가야 하는 나리 때문에 설거지를 미뤄 두고 침대에서 오붓하다 못해 둘만의 뜨거운 시간을 가졌다.

“오늘도 꼭 집에 들어가야 하는 거지?”

“네.”

나리에게 팔베개를 해 주고 누워 있는 재하에게서 아쉬운 목소리가 흘러나왔다.

“정말 하루도 안 되는 거야?”

나리가 고개를 끄덕거렸다. 그리고는 재하의 팔에서 머리를 들더니 그를 옆으로 돌려 눕혔다.

“뭐라고 쓰는지 맞혀 봐요.”

나리가 재하의 등에 글씨를 쓰기 시작했다. 그리고 그녀가 글씨를 한 자 쓸 때마다 입으로 읊었다.

“내…… 일…… 또.”

하지만 재하는 나리가 쓰는 글씨가 무엇인지에 집중하느라 그녀가 오른 손가락으로 글씨를 쓸 때, 왼손으로는 무엇을 하는지 전혀 눈치채지 못했다.

나리는 그의 등에 닿을락 말락한 거리를 두고 왼 손가락을 최대한 편 후 그의 등 길이와 어깨넓이를 뼘으로 재기 시작했다. 뜨개질을 위해서는 정확한 치수가 필요하지만 재하에게 줄 깜짝 선물을 위해서는 치수를 모르게 재야 한다.

나름 머리를 써서 잰다는 게 뼘으로 재는 것이었다. 어느 정도 오차가 있겠지만 그 정도로 사이즈가 많이 달라질 것 같지는 않았다. 그녀가 나름 머리를 쓰며 한 뼘, 두 뼘, 치수를 재는 동안 재하는 나리가 쓰는 글씨를 계속 읊어 나갔다.

"만…… 날…… 수……."

나리가 어깨에 이어 허리까지 모두 잰 순간 재하도 그녀가 쓸 글씨를 모두 맞혀 읽었다.

"있, 잖, 아, 요."

재하가 몸을 앞으로 돌려 그녀를 바라보았다. 아직도 그의 눈빛은 아쉬움을 가득 담은 채 그녀를 보고 있지만 그녀는 그의 가슴둘레 치수를 어떻게 잴 것인지 고민이었다.

에라, 모르겠다.

나리는 한 손으로 재하의 눈을 뜨지 못하게 가린 후 먼지 키스를 시도했다. 그리고 그의 가슴을 손바닥으로 쓰다듬으며 가슴둘레를 뼘으로 어림짐작했다.

적극적인 나리의 행동이 처음이어서인지 재하는 이번에도 그녀가 어떤 행동을 했는지 정확하게 알 수 없었다. 그저 그녀를 보내기 아쉬워하는 그의 마음을 유혹의 몸짓으로 달래 주려 함이라 여겼다.

목적 달성을 한 나리가 입술을 떼고 회심의 미소를 지었다. 하지만 그 미소의 의미를 제대로 알지 못하는 재하가 가만있는 나리에게 보챘다.

"시작을 했으면 끝을 봐야지. 계속해 줘."

"시작이…… 아니라……."

"눈 감아 줄게."

재하가 눈을 감았다. 그 모습을 보며 붉어진 얼굴로 머뭇거리던 나리가 대단한 결심을 한 듯 그의 허리에 앉았다. 그녀에게 있어 이런 과감한 행동은 너무 부끄러워 어려운 것이었다. 하지만 사랑과 행복과 웃음과 설렘을 알게 해 준 그에게 못해 줄 게 없었다.

나리가 보기 좋게 자리 잡은 재하의 가슴과 배의 근육들을 손바닥으로 쓸어내렸다. 그가 그녀의 몸을 부드럽게 만져 줄 때만큼이나 그의 몸을 만지는 기분과 느낌이 색다르게 좋았다. 그녀의 손이 다시 그의 몸을 훑어 내렸다.

"하아!"

신음인지 거친 호흡인지 알 수 없는 그의 목소리가 들리자 그가 만족하고 좋아하는 것 같아 나리는 더욱 과감해졌다. 그가 그녀에게 해 준 것처럼 낙인을 찍듯 목부터 가슴까지 입을 맞췄고, 입술을 더욱 아래로 내렸다.

아랫배까지 내려온 그녀의 입술에 재하의 호흡이 빨라져 가슴이 들썩거렸다. 재하는 그녀가 더 과감하게 그의 남성까지 내려와 주길 바랐다. 그랬다가는 심장이 터질지도 모르지만 그렇게 되더라도 한 번쯤 그녀가 대담하게 행동해 주길 바랐다.

"나, 나리야. 하아!"

결국 그가 원하는 대로 그녀는 과감하게 그의 남성을 머금었다. 아주 잠깐 어설프게 물었다가 놓았지만 그는 이미 천국을 보고 온 느낌이다. 그녀는 마지막까지 그의 허리에 앉아 그를 리드하려고 했다. 그녀는 서툴렀지만 재하는 행복하고 황홀했다. 부디 매일 이렇게 행복하고 싶었다. 나리만큼이나 더 간절하게.

시내의 특급 호텔 라운지 카페에 연화와 남자가 앉아 있다. 그 모습을 조금 떨어진 테이블에서 나리가 보고 있었다. 그 남자는 나리도 잘 아는 남자다. 현구의 선배이자 강남의 잘나가는 피부과 의사다. 전문의 자격증을 따지 못해 의원이라는 간판에 진료과목을 피부과로 써 넣었다며 현구가 무시했던 선배다.

그런데 왜 연화가 저 남자와 앉아 있을까? 오늘 현구의 망신살과 무슨 관계가 있는 걸까?

호기심 있게 지켜보는데 두 사람이 자리에서 일어났다. 그리고 동시에 연화에게서 문자가 들어왔다.

[1301호로 5분 후에 올라오렴.]

연화와 현구의 선배가 1301호로 올라가는 듯했다. 나리는 심호흡을 하고 5분 후에 엘리베이터에 올랐다. 13층에 내려 복도를 따라 걷는데 어디선가 소란스러운 목소리가 들려왔다.

나리의 발걸음이 그쪽으로 향했다. 코너를 돌아서자 복도에 끌려나온 현구가 선배에게 매질을 당하고 있고, 연화가 무표정하게 그 모습을 내려다보고 있었다.

남자의 주먹질을 말리는 건 그 선배의 와이프였다. 부부 동반 모임에서 만난 적이 있어 안면이 있는 여자다.

'이젠 선배 부인까지……. 완전 미쳤구나.'

그러다 문득 연화와 나리의 시선이 마주쳤다. 연화가 누구도 눈치채지 못하게 미소를 보였다.

"너, 이 새끼. 매장시켜 버릴 줄 알아! 동문회고 뭐고, 네가 어떤 개망나니 짓을 했는지 다 까발려서 너 이 바닥에 발도 못 붙이게 만들 거다, 이 새끼야! 너 이 얼굴도 못 들고 다니게 개망신 줄 거니까, 각오해, 이 개새끼야!"

"형, 말로 해요, 말로. 이러지 말고, 말로 하자고요. 까발려 봐야 형도 좋을 거 없으니까, 우리 좋게 해결하자고요."

잘못했다고 빌어도 모자랄 판에, 현구는 오히려 그와 협상을 하려 했다. 남자의 주먹이 현구를 향해 다시 날아가는 것까지 보고 나리는 그곳을 빠져나왔다.

'개만도 못한 인간.'

연화에게 먼저 가 보겠다는 메시지를 보내고 택시를 잡아탔다. 그런데 이번에는 더 황당한 연화의 메시지가 들어왔다.

[오늘 밤엔 현구의 아이를 가졌다면서 여자가 집으로 쳐들어올 예정이다. 그 사연은 내일 카페로 가서 얘기해 주마.]

현구의 아이를 가진 여자는 또 누구일까?

나리에게 너 없으면 못 살겠다고 매달리더니 그새 또 선배의 여자를 만난 것으로도 모자라 다른 여자를 만나 아이를 만들었다니.

수없이 많은 여자들을 만나도 임신을 시킨 적은 단 한 번도 없었다. 적어도 나리가 알기는 그렇다. 그런데 어떤 실수를 했기에 집으로까지 쳐들어오는 것일까?

그래서 연화가 머지않아 이혼할 것이라는 말을 했나 보다. 상황으로 봐서는 이혼밖에 답이 없기는 하다. 그렇게 되면 민정의 삶으로 돌아가는 것이 두렵거나 힘들지 않다.

재하를 묻어야 하는 것만이 아픔이고, 상처이고, 미련일 테지만 현구에게서 벗어날 수 있어 다행이었다.

카페로 돌아오니 어느새 저녁 7시가 되었다. 평소라면 재하에게 가기 위해 퇴근을 서둘렀겠지만, 오늘은 집들이에 간 그 때문에 바로 그녀의 집으로 퇴근해야 한다.

그런데 그게 왜 이렇게 허전하고 싫은지.

'익숙해지고 길들여지지 않으려고 했는데…….'

하지만 그건 재하와 사랑에 빠진 것처럼 마음먹은 대로 쉽게 되는 일이 아니었다. 퇴근해도 딱히 갈 곳이 없다는 생각에 깊은 한숨을 내쉬는데 재하에게서 전화가 걸려 왔다.

— 오늘 약속 몇 시에 있어?

"언니 만나고 카페로 왔어요."

— 그래? 그럼 같이 밥 먹자.

"집들이 간다면서요?"

— 너하고 밥 먹고 갈 거야. 별로 가고 싶지 않은 집인데 가서 쓸데없는 시간 보내고 싶지 않아.

그런 그의 말이 기분 좋으면서도 한편으로 걱정이 되었다. 친구들 사이에서 왕따를 당하는 건 아닌지.

"식사는 집들이 가서 하세요. 준비해 놓은 사람 성의를 무시하면 벌받아요."

— 안 간다는 것도 아니고 밥 좀 먹고 가겠다는데, 벌씩이나?

"그래요. 그러니까 얼른 가세요. 난 바로 집으로 갈 거예요."

— 와, 매정하다, 신나리. 그럼 집에 조심해서 들어가고, 도착해서 카톡 하고. 밤에 전화할게.

재하와의 통화를 끝내고 나니 그가 몹시 그리웠다.

사실 나리도 그와 함께 저녁식사를 하고픈 마음은 컸다. 하지만 욕심을 채우는 것이 아니라 욕심을 버릴 줄 알아야 한다. 그래야 훗날 마음을 정리하기 쉽다.

마찬가지로 재하의 아쉬운 마음을 모두 채워 줄 수 없다. 나리가 사라졌을 때, 그가 덜 아프게 견딜 수 있기 위해서는.

재하는 차선 변경을 위해 켰던 깜빡이를 껐다. 나리에게 가려했던 마음을 접고 형우의 집 방향으로 차를 몰았다.

친구의 집들이에 가는 길이 별로 즐겁지 않다. 나리가 자신의 프러포즈를 받아들여 결혼이 결정되었다면 이 길이 그리 지루하지 않았을지 모른다. 어쩌면 옆자리에 나리가 앉아 있었을지도 모르고.

'최형우, 그 눈꼴신 꼴을 어떻게 보지?'

한창 달달하고 뜨거울 신혼부부의 모습을 평안하게 바라볼 수 있을지 의문이다.

부러우면 지는 거라고 해서 부러워하지 않으려고 하지만 재하는 이미 패배자였다. 부정해도 그가 부러운 건 사실이었다. 그렇지만 형우 앞에서는 절대 그런 내색을 하지 않겠다고 다짐했다.

신혼집에 도착해서 일부러 포커페이스를 유지하고 가져온 집들이 선물을 건넸다.

"밖에서 술이나 한잔 사지, 촌스럽게 무슨 집들이야?"

"그러는 넌 촌스럽게 무슨 집들이 선물이야? 술이나 한 병 사 오지."

두 사람이 인사 대신 실없는 대화를 나눌 때, 형우의 아내가 주방에서 나왔다.

"어서 오세요."

형우의 아내는 이제 막 결혼한 새색시답게 적당히 수줍은 미소를 보이며 재하에게 인사를 건넸다.

"안녕하십니까?"

인사에 답을 하는 재하의 눈에 그녀가 하고 있는 화이트 에이프런이 눈에 들어왔다.

'나리는 더 잘 어울렸을 텐데……. 더 예쁘고 화사했을 텐데.'

우습게도 형우의 아내와 나리를 비교하고 말았다. 유치한 자신의 생각에 고개를 저으며 거실 안으로 들어왔다.

신혼집은 최고의 인테리어 디자이너에게 맡겨 최상의 자재를 사용했다는 걸 증명하듯 입이 쩍 벌어질 만큼 잘 꾸며져 있었다. 너무 완벽한 모던함에 신혼의 아기자기함이나 단란함은 찾아볼 수 없었다.

부럽지 않은 한 가지를 찾아냈다는 뿌듯함에 마음의 평화가 찾아오는 순간, 이번에는 벽에 걸린 부부의 웨딩 사진이 눈에 띄었다. 드레스와 턱시도를 입고 서로를 바라보며 활짝 웃고 있는 모습은 부부가 되는 것에 행복해하는 그들의 마음을 그대로 보여 주고 있는 것 같았다.

사진에 너무 몰입했는지 형우가 옆으로 와서 자랑을 했다.

"어때? 예술 작품 보는 것 같지? 너도 나중에 이 작가한테 맡겨라. 우리가 포즈하고 표정을 못 잡았는데도 하나같이 사진이 예술이야. 가보로 대대손손 물려주려고."

"결혼하면 철 좀 드나 했더니, 여전하네."

"있던 철도 달아나게 만드는 게 또 신혼이더라. 넌 모르겠지만."

"됐다. 저녁이나 먹자. 빨리 먹고 가야 해."

"왜? 저녁 먹고 천천히 가. 일부러 다른 녀석들 안 부르고 너만 따로 불렀는데 뭐가 그렇게 급해? 술도 한잔하고 가야지. 안주까지 빵빵하게 준비했는데."

"본격적으로 글램핑 프로젝트 들어갔어. 사업본부도 차려지고. 검토해야 할 서류가 많아. 이것도 겨우 시간 내서 온 거야."

"혼자 사업하지? 그런 업무 오늘 밤에 당장 하지 않는다고 해서 회사 어떻게 되는 것도 아닌데."

못마땅한 표정으로 타박을 하면서도 형우는 재하를 주방으로 안내했다. 그러다 갑자기 뒤를 돌아 재하에게 날카로운 시선을 던졌다.

"윤재하. 너 설마…… 잔머리 굴리는 건 아니지? 천하의 윤재하가 말이야."
"무슨 잔머리?"
"어린 애인 만나려고 회사 업무 핑계 대는 거 아니냐고."
"그냥 만나러 가면 되는 걸, 그게 핑계 댈 만할 일이야?"
고개를 한 번 갸웃거린 형우가 다시 뒤돌아보았다.
"아니면 부럽고 배 아파서 빨리 가고 싶은 거냐?"
딱 걸리고 말았다. 눈치 빠른 놈.
"무덤으로 들어간 건 부러울 일이 아니지. 너야말로 수상하다? 왜 이렇게 내 말을 있는 그대로 못 받아들여? 일하러 간다는 걸 왜 못 믿지? 업무 핑계 대고 딴짓하러 간 적 있었나?"
마지막 한마디는 일부러 크게 말했다. 그러자 형우가 당황한 기색으로 아니라고 부정을 하며 이야기의 주제를 얼른 돌렸다.
"맛있고 좋은 음식 많으니까, 많이 먹고 가서 일해."
얼른 재하를 자리에 앉힌 형우가 그 앞으로 이런저런 음식들을 놓아주었다.
"차린 건 없지만 많이 드세요."
"잘 먹겠습니다, 제수씨."
"형수님!"
형우가 호칭을 정정하려 했지만 재하는 무시하고 수저를 들었다.
"노처녀 히스테리만 있는 게 아니야. 자기, 지금 봤지? 저게 바로 노총각 히스테리야."
"왜 그래요? 노총각도 아닌데."
부부의 대화에 귀 기울이지 않고 재하는 식사를 시작했다. 옆에서 맛있지 않느냐면서 아내의 음식 솜씨를 자랑하는 형우를 보며 재하는 비웃어 주었다.

'네가 나리 겉절이 솜씨를 봐야 그 입을 다물지?'

뭐 하나 맘에 들지 않은 집들이였다. 온통 자신의 아내 자랑에 빠진 형우로 인해 다과도 마다하고 그 집을 나섰다. 허무하게 집으로 가는 길, 이상하게 재하의 머릿속에서 떠나지 않고 있는 것이 있다.

형우의 웨딩 사진. 다른 건 부럽지 않았지만 그런 사진 하나쯤 벽에 걸고 싶다는 마음이 들었다. 그러고 보니 둘이 찍은 사진은 물론이고 나리의 사진 하나 없다.

사진 찍는 것에, 그리고 찍히는 것에 관심이 없으니 그녀와의 추억을 사진으로 남길 생각을 하지 못했다. 추억을 그냥 흘려보내고 있었다는 아쉬운 생각이 들었다.

나중에, 그녀가 떠난 후에 추억할 만한 건 사진밖에 없을 텐데.

'앞으로 많은 걸 사진에 담아야겠구나.'

본격적으로 재하의 조끼를 뜨기 전, 게이지를 내기 위해 나리는 가로, 세로 10센티미터로 고무뜨기라는 것을 했다. 그 코의 수를 세어 재하의 조끼 밑단 코를 만들어야 하기 때문이다.

겉뜨기, 안뜨기를 하며 열심히 바늘에 실을 걸고 빼내며 뜨개질 삼매경에 빠져 있을 때 연화가 카페로 들어왔다.

"언니, 어서 오세요."

"안녕."

연화가 카페 아르바이트생들을 위해 사 온 아이스크림 봉투를 매니저에게 건네주고 나리의 맞은편에 앉았다.

"어제 어떻게 됐어요? 이현구 아이를 가진 여자는 누구예요?"

나리가 급하게 물었지만 연화는 느긋했다.

"커피라도 한 모금 마시고 시작하면 안 되겠니? 내가 요새 빠져 있는 아포카토 하나 주문하마."

연화가 핸드백에서 5만 원짜리 지폐를 꺼내 나리에게 내밀었다.

"그냥 드릴게요. 넣어 두세요."

"얘, 나 이제 건물주 되는데 그 체면에 이런 걸 얻어 마실 수 없지. 받아라, 나머지는 나리 네 용돈 하고."

다른 사람도 아닌 할머니가 주는 돈이기에 나리는 연화의 말처럼 손녀에게 주는 용돈이라 여기며 더 거절하지 않고 받아 넣었다. 그리고 매니저에게 아포카토를 주문하고 다시 연화를 재촉했다.

"이현구 그 파렴치한이 뭐래요? 그 현장을 들켰어도 뻔뻔스럽게 나오죠?"

"너 가고 나서 한참 뒤에 네 시모가 와서 돈으로 해결했다. 그놈 선배한테 몇 억 주고 없던 일로 하자고 모두 합의했다."

나리에게서 헛웃음이 새어 나왔다. 불륜이 돈으로 해결될 문제인가.

돈 앞에서 그런 부도덕한 행위와 상처가 그렇게 쉽게 해결되다니. 사과나 반성도 없이 없었던 일로 되어 버린다는 게 기가 막혔다. 어차피 민여사와 이현구는 그러고도 남을 인물들이지만 그 선배조차도 돈 앞에서 자신의 가정을 파탄 낸 이현구와 합의를 하다니.

"그래서 그 남자는 와이프를 용서한대요?"

"용서는 개뿔. 여자만 이혼당했지. 그 집안 싸움은 네가 신경 쓸 게 아니고, 어제 집으로 쳐들어온다던 여자……."

그때 매니저가 아포카토를 가져다주었고, 그로 인해 연화의 말이 끊겼다. 뒷말이 궁금한 나리와 달리 연화는 느긋하게 에스프레소 샷이 들어간 아이스크림을 떠먹고 난 후 다시 말을 이어 갔다.

"나도 몰랐는데 그 애가 아주 예전에 현구의 아이를 임신했던 적이 있더구나. 체면 때문에 이혼도 안 되고, 아이를 밖에서 낳아 올 수도 없어서 네 시모가 낙태를 시켰었지. 그때 헤어지고 어쩌다 다시 만났는데 이번에 또 임신을 했어."

연화의 이 말은 충격이었다. 아무리 그들이 인간 망종이라고 해도 제 핏줄의 생명을 그렇게 하찮게 여길 줄은 몰랐다. 민 여사도, 이현구도 용서받지 못할 못된 죄를 짓고도 그리 뻔뻔하게 살고 있다는 게 화가 났다.

"그런데 이번 아이는 현구 놈 아이가 아니야. 그때의 앙갚음하느라 이 현구 애라고 한 거지."

"뭐 이런 막장이……."

"그렇지? 그런데 이 막장이 널 이혼시켜 주는 거야. 네 시모가 맹신하는 점쟁이한테 며느리한테 크게 한몫 떼어 주고 이혼시켜야 배 속의 아이를 지킬 수 있다는 말을 들었거든."

"혹시 언니가……?"

"그래, 내가 그렇게 말하라고 시켰지. 그뿐 아니라 이번에 애 잃으면 대는 영원히 끊길 거라고 그랬더니 벌벌 떨더라. 그래도 대 끊긴다는 말은 무서웠는지 강남 건물 하나 줄 테니 이혼하라고 하더라."

그들의 영원한 노예로 그 그늘 아래서 벗어나지 못할 줄 알았다. 현구에게 늘 이혼을 이야기했지만 그건 꿈도 꾸지 못하는 사치라고 생각했다. 그런데 아이 하나에 이렇게 쉽게 내쳐지다니.

현구의 아이를 원한 적은 없었다. 오히려 그의 아이를 낳지 않아 다행이라고 생각했지만 16년 그 고된 시집살이가 억울하고 분했다. 눈물이 왈칵 날 정도로 억장이 무너지는 기분이다.

결국 그녀는 그 집의 노예였고, 쉽게 버려졌다는 걸 확인하는 것 같아 먹먹하기만 했다. 그런 그녀의 마음을 이해한 것인지 연화가 나리의 손을 잡았다.

"그렇게 분해할 거 없다. 남의 자식 제 자식인 줄 알고 키워서 전 재산 다 주는 그런 벌 받을 테니 마음 풀어라, 아가. 받을 거 받고 쿨하게 그놈은 지워 버려! 네 시모가 가진 것 중에서 제일 큰 덩어리로 받아 낼 테니까."

"네. 그럴 거예요. 다시는 떠올리지도 않을 거예요."

"그리고 이혼하고 나오면 나 네 아파트로 들어가야 한다."

"그럼요. 당연하죠. 빨리 오셨으면 좋겠어요."

"그런데 뜨개질하니?"

나리 앞에 놓인 쇼핑백에서 털실과 게이지 떠 놓은 것을 본 연화가 물었다.

"네. 재주는 없지만 한번 도전해 봤어요."

"색을 보아하니 사내가 입을 옷을 만드는 것 같구나?"

"네. 그 사람이요."

"보기 좋구나. 내가 떠나도 네가 이 모습 이대로 그 녀석과 살면 참 좋을 텐데……."

"다시 돌아가도 나쁘지 않아요. 이혼도 해서 자유롭게 살 거고, 이제 두려울 것도 없어서 민정의 삶도 나리만큼 신날 거예요."

"그래야지."

연화가 돌아가고 나리는 아이스커피를 들고 테라스로 나갔다. 원했던 이혼이 이루어진다니 어깨를 짓누르고 있던 무거운 짐을 내려놓은 듯 홀가분했다. 하지만 현구의 귀책사유로 인한 이혼이 아닌, 마치 아이를 낳지 못해 그녀가 이혼당하고 쫓겨나는 것 같은 상황은 몹시 불쾌하고 허탈하기도 했다.

복잡 미묘한 감정에 빠져 멍하니 앉아 있을 때, 재하에게서 전화가 걸려 왔다.

— 오늘 저녁에 마감을 매니저에게 맡기고 일찍 끝낼 수 있어?

끝낼 수 없어도 당장 끝내고 그에게 가고 싶은 마음이다. 그의 목소리를 듣자 그가 그리웠다. 얽히고 꼬인 것 같던 복잡한 생각과 감정들을 위로해 주고 회복시켜 줄 수 있는 재하를 빨리 보고 싶었다.

"지금이라도 끝낼 수 있어요."

— 그래? 그럼 이쪽으로 올래?

"그럴게요."

통화를 끝내고 나온 나리는 플라워 숍에 들러 그에게 줄 꽃 한 다발을 사서 드림시티로 향했다.

그의 집무실로 들어섰을 때 역시나 재하보다는 창밖의 전망이 먼저 눈에 들어왔다. 그걸 눈치챈 재하가 한마디 했다.

"또, 또, 또. 내가 신나리한테 저 창밖 풍경보다 못한 존재인 건가?"

나리가 웃으며 꽃다발을 내밀었다.

"설마요. 전혀 그렇지 않아요."

나리에게서 꽃을 받아 든 재하가 수줍은 듯 어색한 미소를 보였다.

"왜요? 꽃이 맘에 안 들어요?"

"아니. 내가 나리한테 줘야 하는 꽃을 받는다는 게……. 로맨틱하게 먼저 주지 못한 게 미안하네."

"아니요. 내가 좋아서 주는 거예요. 꽃 보면 마음도 화사해지니까. 남자들은 안 그런가?"

"신나리가 꽃인데…… 굳이……."

"어우!"

나리가 진저리를 치며 인상을 찌푸렸다.

"고마워."

재하가 웃으며 꽃 선물에 대한 고마움을 표시한 후 그녀를 데리고 창가로 갔다.

"여기서 바라보는 풍경이 꽤 멋있지?"

"네. 출근할 맛 날 것 같아요."

"그렇다고 매일 하는 출근이 즐거운 건 아니야."

"그렇기도 하겠다."

"저런 거 보면 눈에 담고 싶지?"

"그렇죠."

정면으로 창밖을 보고 있던 재하가 옆으로 돌아서 나리를 바라보았다. 나리도 그와 마찬가지로 몸을 돌려 그와 시선을 맞췄다.

"부탁이 있어. 거절하지 말고 꼭 들어줬으면 좋겠어."

무슨 부탁이기에 그의 표정이 저리 심각하고 진지한 것일까?

재하가 나리의 손을 이끌어 그의 집무 테이블 앞에 놓인 의자에 앉혔다. 그리고는 그녀를 백허그하듯 뒤에서 손을 뻗어 책상 위에 놓인 노트북의 화면을 켰다.

그가 켠 노트북 화면에는 커플들의 예쁜 사진들이 나열되어 있었다. 데이트하는 커플들의 자연스러운 모습과 미소 그리고 키스하는 사진이 화보처럼 멋있고 아름다웠다.

"우리도 이런 거 찍자."

귓가에 속삭이는 그의 목소리에 놀라 얼굴을 돌려 그를 보려 하는데 그녀의 시선보다 그의 입술이 더 빨랐다. 재하가 어느새 그녀의 입술에 쪽 하며 입을 맞추었다.

"이걸…… 찍자고요?"

"응."

"이건 어린애들이나 찍는 거 아니에요?"

재하가 자신의 책상에 엉덩이를 걸치고 서서 나리가 앉아 있는 의자를 밀어 자신 쪽으로 향하게 만들었다.

"그래서 신나리는 안 어린가 봐?"

놀리는 것 같은 그의 말을 듣고 나서야 그 사진을 서른여섯 민정의 시선으로 보고 있었다는 사실을 깨달았다. 아마도 평범한 스물넷의 어린 아가씨들이라면 이런 사진을 보면 한 번쯤 찍고 싶은 욕심이 있을 수도 있는데 그걸 생각하지 못했다.

"아니, 그게 아니라…… 어린 커플들이……."

"그럼 나이 많은 내가 문제라 못 찍겠다는 건가?"

"그건 아니고…… 솔직히 이런 거 못 찍겠어요. 포즈 잡는 것도 쑥스러워서 못할 것 같아요. 이런 사진 나올 수가 없을 것 같아요."

"그건 나도 마찬가지야. 그런데 그건 포토그래퍼 몫이고, 우린 그냥 피사체가 되어 주면 되는 거야."

"그런데 왜 갑자기 이런 걸 찍자는 거예요?"

뭐라고 대답을 해 줘야 할까?

솔직하게 그녀가 떠난 후, 그리울 때마다 꺼내 볼 추억을 만드는 것이라 말해야 하는 걸까?

아니면 어제 갔던 친구의 집들이에서 본 웨딩 사진이 너무 부러웠다고 털어놔야 하는 걸까?

"저 풍경을 눈에 담고 싶은 것과 같은 거야."

재하는 아주 간단하게 대답했다. 나리의 시선이 노트북 화면으로 옮겨갔다.

이제는 시간이 흘러 1년도 아닌 몇 개월 후면 사라질 나리의 모습을 사진으로 남겨도 괜찮을 것 같다는 생각이 들었다.

가장 아름답게 빛나는 순간, 재하와의 사랑으로 행복했던 지금을 저렇게 멋진 화보로 남겨, 이때를 추억하는 것도 나쁘지 않을 것 같았다.

"나 때문에…… 내가 저렇게 모델 같은 포즈하고 표정을 하지 못해서 멋진 작품은 안 나올 것 같은데, 그래도 괜찮겠어요?"

"작품을 만드는 게 아니라 너와 나의 추억을 남기는 거야. 사진 안에 너만 있으면 돼."

"그래요, 찍어요."

"하나 더 있는데……."

"또 뭐요?"

"드레스 입은 나리 사진 하나 찍었으면 좋겠어."

재하가 노트북으로 다른 사진을 보여 주었다. 베일 안에 서 있는 우아하고 아름다운 자태의 신부 사진이다.

"나리의 이런 모습 보고 싶어. 내 신부로 결혼해 줄 수는 없지만, 이 모습을 보여 줄 수는 있잖아. 나 많이 보고 싶은데…… 안 될까?"

나리라면 화면 속 저 신부보다 더 아름다울 것이다. 그 기대와 설렘으로 그녀를 보는 재하의 눈빛과 다르게 나리의 눈은 깊어지고 어두워졌다.

16년 전, 민정이 웨딩드레스를 입었을 때는 그 어떤 설렘도 없었다. 어떤 드레스를 입었는지조차 기억에 없다. 결혼식에 대한 그녀의 기억은 시모의 따가운 눈초리와 모진 잔소리뿐이다.

여신처럼 아름답게 빛날 신부가 되기 위해 입었어야 할 드레스, 그에 대한 추억이 좋지 않은 기억으로 얼룩져서인지 가슴이 아파 왔다.

"안…… 되는 건가?"

재하가 그녀의 눈치를 보며 조심스럽게 물었다.

"이것도…… 돼요. 입을게요. 입고 찍을게요."

나리의 대답을 들은 재하가 그녀가 앉은 의자를 한 바퀴 뱅그르르 돌린 후 자신 앞으로 고정시켰다.

"고마워."

"고마우면…… 밥 사 줘요. 맛있는 걸로."

"물론이지. 그리고 촬영은 빨리 하자. 다음 주부터 글램핑 사업이 본격적으로 시작돼서 내 시간이 많이 여유롭지 못해. 나리 만나는 시간도 지금보다 많이 줄어들 거고."

"중요한 일인데 집중해야죠. 여자는 자기 일에 열심인 남자를 좋아해요. 그러니 집중하세요."

"일에 대한 집중은 내일부터 하고, 지금은 신나리한테 집중하고 싶은데……."

재하가 나리를 의자에서 일으켜 세운 후 몸을 밀착시켰다.

"서, 설마…… 여기서…… 뭘 어떻게…… 하자는 건……."

"나리가 말하는 어떻게 하자는 게 뭔지 모르겠지만, 이건 하려고."

재하가 곧바로 나리에게 키스를 했다. 그의 신성한 집무실에서 풍기문란을 일으킬 수는 없었다. 나리가 그를 밀어냈다. 그리고 은밀하게 속삭였다.

"여기는 재하 씨 일하는 곳이라 내가 집중이 안 돼요. 그러니까 우리 집으로 가요."

"나리가 이제 유혹의 스킬도 부릴 줄 아네? 가자."

그녀의 손을 잡는 재하의 손길, 집무실을 빠져나가는 발걸음, 그리고 집을 향해 가는 차의 속도. 어느 것 하나 느리고 여유 있는 것이 없었다.

어쩌면 그들에게 남아 있는 시간이 얼마 남지 않아 그의 마음이 성급한 것처럼.

6장

⚜

단 며칠 만에 조끼의 뒤판이 완성되어 갔다. 진동둘레를 줄여 가고 목선을 만들어야 하는 어려운 과정이 남았지만 그래도 반 이상 완성했다는 사실에 나리는 뿌듯하기만 했다. 문제라면 눈대중으로 봤을 때, 맞을지, 맞지 않을지 아직 모른다는 것이다.

어떻게 보면 맞을 것 같고, 어떻게 보면 작아 보이기도 했다.

'맞을 거야.'

긍정적으로 생각하며 진동둘레를 만들어 가는 동영상을 찾아보려 할 때, 세영이 카페로 들어왔다. 어제 그녀의 친동생, 진짜 신나리가 귀국해서 환영 및 취업 축하 파티를 한다며 신나하던 모습은 보이지 않았다. 오히려 고민이 있는 것처럼 잔뜩 어두워진 얼굴로 들어왔다.

"얼굴색이 왜 그래? 어제 나리 만나서 반갑고 좋았을 텐데."

"어떡하지? 일 났다, 민정아."

세영이 나리가 아닌 민정으로 그녀를 불렀다. 동생이 와서 이제는 나리와 민정을 구분해야 되기 때문이라고 생각했다. 하지만 일 났다는 것에 대한 심각성으로 인해 그 이름이 나왔다는 건, 이어지는 세영의 말을 들은 후였다.

“나리가 취직한 곳이…… 드림시티야. 공모전에 당선돼서 시상식도 하는데, 행사 끝나고 대표하고 만남의 시간도 있대. 인턴으로 들어가면 나리에 대한 인적사항이 다 들어갈 텐데…… 어떡하니?”

놀란 나머지 손에 들고 있던 뜨개질감을 툭 하고 떨어뜨렸다. 그러면서 실이 풀리고 실 뭉치가 바닥으로 굴러갔다. 대바늘에서 코가 빠져나왔다. 불길하고 불안한 기운이 나리를 휘감았다.

“일개 인턴한테 대표가 관심을 쏟겠냐마는…… 이름이 신나리잖아. 제 여자 친구하고 똑같은 이름을 가졌는데 일단 눈길은 가지 않겠니? 그리고 만에 하나 신상이라도 조사하면 걔가 진짜 내 동생이라는 거 나올 테고, 그럼 넌…….”

매니저가 실을 주워서 테이블에 놓는 것도 의식하지 못한 채 나리는 멍해 있었다. 아직 벌어진 일이 아님에도 당장 무슨 일이 터질 것처럼 심장이 빠르게 뛰었다. 바로 이 순간 카페로 그가 찾아와 ‘너는 누구냐?’며 그녀를 다그칠 것 같다.

“그렇다고 곧바로 이렇게 넋을 빼면 어쩌니? 내가 말한 건 최악의 상황인 거니까 너무 그렇게 죽을상 하지 마.”

세영이 나리의 손을 잡고 위로하듯 다독여 주었다.

“나리는 여기에 얼씬도 못하게 단속할게. 그리고 대표와의 만남 시간에 가족에 대한 이야기는 하지 말라고 입단속시킬게. 너무 걱정 마. 그리고 무엇보다 윤 대표가 널 끔찍하게 사랑하잖니. 네가 뭐라도 그 남자는 받아들일 거야. 엄밀히 따지면 넌 그냥 무연고자일 뿐인데 뭘 어쩌겠어?”

하지만 그 어떤 말도 나리에게 위로가 되지 않았다. 어쨌든 그녀는 재하를 속였고, 그걸 알게 되면 그건 그에게 상처와 배신으로 남을 수 있다.

그런 아픔을 남기고 떠나고 싶지 않다. 그를 속인, 정체 모를 여자로 그의 기억에 남고 싶지 않다.

“일단 흘러가는 대로 놔두고 그냥 하늘의 뜻에 맡기자.”

나리가 할 수 있는 것은 아무것도 없다. 그러니 세영의 말대로 하늘의 뜻에 맡기는 수밖에 없었다. 그럼에도 나리는 빌고 빌었다.

‘부디…… 마지막까지…… 아무 문제 없이 함께 있게 해 주세요. 그것만 욕심낼게요.’

공모전 시상식이 끝난 후 재하는 인사 팀장과 함께 시상자들을 따로 만나는 시간을 가졌다. 축하의 인사를 직접 건네고, 그들에게 거는 회사의 기대와 함께 격려를 해 주려 하는 의도도 있었지만 일종의 면접이기도 했다. 작품은 훌륭하지만 인격이 그렇지 못한 의외의 인물이 있을 수 있으니 한 번은 거쳐야 할 과정이었다.

“안녕하십니까? 조경 부분 수상자, 차현준입니다.”

“반갑습니다. 윤재하 대표입니다.”

작품에서처럼 20대의 푸릇푸릇한 기운은 물론이고 얼굴에서 열정이 느껴졌다. 인사팀장이 그를 향해 질문을 던졌다. 인턴으로 일할 때의 각오와 여러 가지 사적인 질문을 딱딱하지 않게 물었고, 그에 대한 답변을 그는 차분히 해냈다.

다음 수상자로 넘어갔다.

“안녕하세요? 인테리어 부분 수상자, 신나리입니다.”

재하가 궁금해 마지않던 신나리였다. 그가 사랑하는 나리와 달리 앞에 있는 신나리는 무척이나 밝아 보였고 당당했다. 목소리 톤도 높은 것이 딱 요새 20대 초반의 발랄함이 느껴졌다.

신나리를 보자 자신의 여자 나리는 도가 지나칠 정도로 성숙하다는 걸 실감했다. 지금 눈앞에 있는 나리만큼 그녀도 발랄하고 생기 있고 당당했으면, 하는 바람이 생길 정도였다.

그리고 한편으로 그가 사랑하는 나리가 가여웠다. 무엇인지 알 수는 없지만 20대처럼 살지 못하는 사연을 짊어졌다는 것에 마음이 아파 왔다.

재하는 마음을 추스르고 나리에게 물었다.

"반가워요, 나리 양. 이름은 누가 지어 주었습니까?"

인사 팀장의 기본적인 질문에 앞서 재하가 먼저 그녀에게 물었다. 하지만 방금 전 보았던 당당함과 생기는 사라지고 바로 대답을 하지 못하고 머뭇거렸다.

"제가 곤란한 질문을 한 건가요?"

"아닙니다. 아빠, 아니 아버지께서 지어 주셨습니다."

"아버님께서 그렇게 지어 주신 데는 무슨 뜻이 있는 겁니까?"

그녀는 또다시 머뭇거린 후 대답했다.

"아버지께서 삼 남매를 원하셨어요. 그런데 남매로 끝날 줄 알았다가 뒤늦게 제가 태어난 게 너무 신나서 신나리로 지어 주셨습니다."

"그럼 위의 언니, 오빠와는 나이 차이가 좀 있겠네요?"

"……네."

재하가 그녀에게 더 이상의 질문을 던지지 않자 인사팀장이 나섰다.

"미국에서 공부하기 힘들지 않았어요?"

"공부하는 건 힘들지 않았어요. 먹고사는 문제가 더 힘들었죠."

재하의 질문에 머뭇거리며 우물쭈물하던 모습은 사라졌다. 너무나도 당차게 그리고 여유 있게 대답을 했다. 그 뒤로 이어지는 질문 역시 미소를 섞어 가며 거침없이 대답했다.

'대표라서 부담스러웠나?'

재하는 그렇게 생각했다. 그저 이름만 같았을 뿐, 신나리라는 수상자에게서 그가 사랑하는 신나리의 모습과 매칭되는 것은 아무것도 없었다. 흔한 동명이인일 뿐인데 괜한 호기심을 가졌다는 생각이 들었다. 그러면서 그녀의 나리에게도 나이다운 발랄함과 생기가 가득했으면 하는 바람이었다.

퇴근하고 카페로 데리러 온다는 재하의 전화를 받고 나리의 심장이 무겁게 쿵쾅거렸다. 세영에게 듣기로, 오늘 진짜 나리가 재하를 만나는 날이다.

대표와의 만남 뒤에 나리에게 전화가 걸려 왔고, 별 얘기 없었다는 말을 세영에게 전해 들어 알고 있다. 하지만 마음이 놓이지 않았다. 세영은 너무 졸지 말라고 했지만 쿵쾅거리던 심장이 그가 올 시간에 가까워질수록 쪼그라드는 느낌이다.

하루 매출을 마감하고 마지막 뒷정리를 할 때, 그의 차가 카페 앞에 주차하는 것이 보였다. 평소라면 서둘러 보안 장치를 작동시키고 그에게 뛰어갔겠지만 오늘은 모든 행동이 느렸다. 힘든 발걸음으로 재하의 차에 올랐다.

"많이 피곤해 보여. 오늘 힘든 일 있었어?"

나리의 걱정과 달리 그는 여전히 다정했다. 평소와 다를 게 아무것도 없었다. 그때서야 나리는 재하에게 시선을 돌렸다.

"손님이 한꺼번에 몰리는 시간에 너무 정신없이 일을 했더니……. 그냥 오늘은 집으로 갈게요."

"그래? 아쉽지만 컨디션 회복이 먼저지. 가자."

재하가 자신의 집이 아닌 나리의 아파트 방향으로 차를 몰았다. 정말 아무 일도 없었다는 것에 안심을 할 때, 그에게서 결국 그 이름이 나왔다.

"오늘 나 나리하고 이름도 같고 나이도 같은 여자를 봤어."

"네?"

"왜 이렇게 놀라? 하긴 좀 신기하지. 나도 처음엔 신기했거든. 이름만 같은 게 아니라 나이까지 똑같아서. 글램핑 공모전 대상 수상자야. 그래서 오늘 잠깐 얼굴 봤는데, 나리하고는 완전 딴판이더라고."

"그, 그래요?"

"그런데 나리는 누가 이름 지어 줬어? 아까 그 나리는 아버지가 원하는 대로 삼 남매를 만들어 신나서 그렇게 지었다고 하더라고. 우리 나리는?"

"……신나게 살라고…… 할머니께서 지어 주셨어요."

"아, 그러고 보니 아까 그 나리도 언니, 오빠하고 나이 차가 좀 있다고 하던데. 이름 말고 그것도 나리하고 똑같네."

한고비 잘 넘겼다고 생각했는데 더 큰 한 방이 그녀를 때리고 간 기분이다. 몸이 굳어 버리는 것 같은 심한 긴장감이 그녀를 숨조차 쉽게 내뱉지 못하게 만들었다.

그러나 그 후로 재하에게서 다른 말은 더 나오지 않았다.

한시도 긴장을 늦추지 못한 채 그녀의 아파트 앞에 도착했다.

"들어갈게요. 조심해서 가세요."

"그냥 들어간다고? 굿나잇 키스도 안 해 주고?"

나리는 키스 대신 가벼운 입맞춤을 해 주었다. 서운해하는 재하의 표정이 눈에 들어왔지만 지금은 그의 마음을 챙겨 줄 겨를이 없다.

"도착해서 전화할게."

"네."

나리가 서둘러 차에서 내렸다. 그리고 재하의 차가 멀리 사라져 가는 것을 보며 심호흡을 내쉬었다.

'매일 이렇게 저 남자를 만날 수 있을까? 차라리 헤어지자고 할까?'

하지만 그를 보지 않고서는 살 수가 없다.

그녀가 친구 동생, 신나리의 신분을 도용했다는 사실을 들키고, 이 세상 어디에서도 그녀가 살아온 행적을 찾을 수 없는 유령 같은 존재라는 것을 알게 된다고 해도, 재하를 지금 놓고 싶지는 않았다.

그렇게 생각하고 나니 결론은 하나였다.

'갈 데까지…… 가 보는 수밖에.'

나리와 함께 스냅 사진 촬영을 하는 날이다. 스튜디오에 도착해 간단한 메이크업과 헤어를 손질받은 후 곧바로 촬영에 들어갔다. 예상대로 두 사람은 포토그래퍼한테 혼나 가면서 촬영을 했다.

"두 분 비주얼이면 그냥 찍어도 작품이 되거든요. 농담 아니고 사진 인생 15년에 두 분이 최고 비주얼이시라고요. 그런데 또, 이렇게 포즈하고 표정이 엉망이기도 최고십니다."

포토그래퍼의 말에 재하와 나리가 겸연쩍게 서로를 바라보며 웃었다.

그때, 포토그래퍼가 셔터를 눌렀다.

"그렇게 자연스럽게 웃으면 됩니다. 자, 한 번 더 가 볼까요?"

하지만 다음도 쉽지 않았다.

오랜 시간 동안 어렵고 힘들게 겨우 촬영을 마쳤다. 그리고 마지막 나리의 드레스 컷만 남겨 두고 두 사람은 스튜디오와 나란히 붙어 있는 드레스 숍으로 자리를 옮겼다.

새하얀 드레스가 여러 벌 걸려 있었다. 사랑스러운 레이스와 화려한 비즈로 장식된 드레스에 나리의 시선이 꽂혀 떨어지지 않았다. 16년 전, 그때와 전혀 다른 느낌과 감동이 그녀의 마음을 설레게 했다.

"다 예쁘겠다."

옆에 선 재하의 말에 직원들이 동조했다.

"그렇죠? 신부님이 어리고 예쁘신 데다, 키하고 몸매가 거의 모델급이어서 뭐든 잘 어울리시겠어요. 일단, 화려한 벨라인 드레스부터 입어 볼까요?"

신부님이라는 말에 나리도, 재하도 약간 당황스러웠지만 그 말을 정정하지는 않았다. 본식 드레스를 보러 온 게 아니라 촬영을 위한 드레스를 보러 온 것임에도 숍 직원들은 그들을 결혼을 앞둔 예비부부로 보고 있었다.

제일 먼저 추천해 준 벨라인의 화려한 드레스. 거울 속 자신의 모습을 본 나리의 가슴이 찡했다. 너무도 황홀한 경험으로 느껴졌다.

스무 살 그 어린 신부였을 때도 이런 감동은 없었다. 이렇게 아름다워야 했던 순간이 얼룩져, 기억에도 남아 있지 않다. 그때 느꼈어야 할 벅찬 설렘을 지금이라도 느낄 수 있다는 것에 감사했다.

그 모습을 재하에게 보여 주기 위해 직원이 피팅룸 커튼을 열었다. 나리의 모습을 본 재하의 입이 딱 벌어졌다. 그리고 '아!' 라는 감탄사만 연발했다.

"벌써부터 그렇게 놀라시면 어떡해요? 앞으로 이보다 더하게 아름다운 모습을 보실 텐데."

그 뒤로 각기 디자인이 다른 드레스를 입었지만 나리는 물론이고, 재하도 선택을 할 수 없을 만큼 모든 것들이 그녀를 위해 만들어진 드레스처럼 잘 어울렸다. 결국 드레스 숍 실장이 결정을 해 주는 사태까지 벌어지고 나서야 드레스를 결정할 수 있었다.

어렵게 결정한 드레스를 차려입으려고 할 때, 직원이 재하에게 물었다.

"신랑님 턱시도는 안 하시나요?"

"저는 괜찮습니다. 어차피 신부 사진만 찍을 거라서요."

"왜요? 같이 한 컷 안 찍으세요?"

재하가 손사래를 치며 다시 거절하려 할 때, 나리가 나섰다.

"재하 씨도 입고 찍어요. 안 입을 거면 나도 이거 안 입을 거예요."

나리의 강압에 못 이겨 재하도 턱시도를 차려입었다.

웨딩 콘셉트의 사진은 나리가 부담스러워할 것 같아 아름다운 나리의 사진 하나만으로 만족하려 했다. 하지만 본의 아니게 턱시도를 챙겨 입고 웨딩 콘셉트로 함께 사진을 찍게 된 것이 싫지 않았다.

"두 분 진짜 잘 어울리세요. 나중에 본식 드레스 하실 때도 꼭 우리 숍으로 오셔야 해요."

"그러겠습니다."

그럴 일은 없지만 재하가 자연스럽게 대답을 하고 다시 스튜디오로 돌아왔다. 그리고 마지막 나리의 드레스 샷과 두 사람의 웨딩 화보 같은 포즈로 촬영을 마쳤다.

집으로 돌아가는 길, 두 사람은 지쳐 있었다.

촬영 중에 피자로 간단하게 저녁을 때워서인지 재하가 늦은 저녁을 먹겠냐고 물었다. 저녁보다는 그냥 함께 쉬고 싶었다. 하지만 문제는 지금 시간이 11시가 넘었다는 것이다.

"피곤해서 집에 가서 쉬고 싶어요."

"그래, 많이 피곤해 보인다. 집으로 가자."

재하가 나리의 아파트로 차를 몰았다.

집 앞에 도착한 시간은 11시 35분. 나리가 급하게 내리려 하자 재하가 그녀를 잡았다.

"수상해. 왜 이렇게 도망을 가려고 하지? 내가 잡아먹나?"

"늦어서. 12시 넘으면 부모님께 혼나는 거 알잖아요."

"11시 36분이야. 아직 12시 전이라고. 이리 와 봐."

재하가 나리를 자신의 품에 가두었다.

"나리야, 아까 정말 예쁘더라. 여신? 그런 말로 표현이 안 될 만큼. 솔직히 진짜 내 신부로 결혼식 드레스를 입은 것을 보는 상황이었으면 얼마나 좋을까……. 그런 생각 좀 했어. 그런데 넌 이렇게 도망갈 궁리만 하고."

따스한 그의 손길이 그녀의 머리를 쓰다듬었다. 나리 역시 재하의 마음과 다르지 않다. 그와 함께 있고 싶고, 그 드레스가 재하와의 결혼식에 입을 드레스이길 바라는 마음도 없지 않아 있었다.

하지만 급한 상황에서는 그의 마음도, 그녀의 마음도 중요하지 않다. 오직 12시가 되기 전에 그의 눈앞에서 사라져야 한다는 것만 중요할 뿐. 그래서 너무 서둘렀는데 그게 너무 서운했던 모양이다.

미안한 마음에 그녀가 먼저 그에게 입을 맞추었다.

"미안해요. 내 사정만 급했어요."

"봐주려고 했는데 너무 약하다는 생각 안 들어? 겨우 뽀뽀로……."

재하의 말이 끝나기가 무섭게 나리가 재하의 뺨을 감싸며 그가 만족할 만큼 깊은 키스를 시도했다.

"애쓴다, 우리 나리. 들어가, 혼나기 전에. 네가 혼나면 내 마음이 더 아플 것 같으니까."

"갈게요. 오늘 고생했어요. 안 되는 포즈 잡고 미소 짓고 그러느라."

“아무리 봐도 이 신나리는 스물넷이 아닌 건 같아. 나리 안에 환갑 정도 되는 여사님 한 분 들어앉은 것 같아.”

“……그럴지도 모르죠.”

나리가 미소를 보이며 차에서 내렸다. 재하가 들어가라고 손짓을 하자 나리가 먼저 가라는 손짓을 했다. 재하는 자신이 빨리 출발해야 그녀가 들어가고, 그래야 부모님께 야단맞지 않을 것 같아 액셀을 밟으며 차를 출발시켰다.

아파트 단지의 정문을 벗어나기 전 잘 들어갔는지 룸미러를 통해 나리가 있던 곳을 보았다. 나리가 아직도 그 자리에 서 있었다.

“혼난다면서 왜 안 들어가?”

그런데 그녀 옆으로 누군가 다가왔다. 편한 트레이닝 차림에 양손 가득 비닐 봉투를 들고 있는 여자. 차를 잠깐 세우고 자세하게 보니 유민정이었다.

“저 여자가 왜……?”

편한 차림새로 봐서는 마치 그 아파트에 살고 있는 것처럼 보였다.

“한 아파트에 살고 있는 건가?”

다시 룸미러를 보는데 두 사람이 다정하게 팔짱을 끼고 안으로 들어갔다.

“저 여자 뭐지? 이 시간에 왜?”

단순한 수상함으로 보기에 의문 나는 것들이 너무 많은 유민정을 그냥 볼 수 없다는 생각이 들었다. 위험한 존재로 느껴지는 그녀를 나리 곁에 그냥 두고 싶지 않다는 생각이 들었다.

글램핑장의 시공사를 선정하기 위한 회의만 3시간 넘게 이어졌다. 입찰에 참여한 업체들의 서류를 확인하는 것만 꼬박 2시간이었다. 공사비는 물론이고 시공사의 실적까지 따져 가며 임원들과 함께 고민한 끝에 한 군데를 선정했다.

집무실로 돌아오자 최 비서가 커피 한 잔을 가져다주었다. 지치고 힘든 심신을 회복시키기에는 커피보다 나리의 목소리가 더 효과가 크기에 그녀에게 전화를 걸려고 할 때, 먼저 벨이 울렸다.

텔레파시가 통한 것 같은, 반가운 마음으로 전화를 받으려 했지만 그녀가 아니었다.

"네, 장 박사님."

— 마음의 준비하고 오게.

"……알겠습니다."

통화를 끝낸 재하는 한동안 움직일 수 없었다. 몸이 쉽게 움직여지지 않았지만 임종마저 놓칠 수 없어 자리에서 일어섰다.

마음의 준비를 늘 하고 있었기에 윤 회장의 죽음을 담담하게 받아들일 줄 알았다. 사이가 남다른 것도 아니었기 때문에 감당할 수 있을 슬픔일 거라 여겼다. 하지만 혈육의 죽음이 막상 현실로 닥치자 생각보다 격한 감정이 그를 흔들었다. 조부를 향한 좋지 않은 기억도, 함께했던 시간도, 더 함께하지 못한 아쉬움도, 그 모든 것이 그를 아프게 했다.

죽음으로 맞이하는 이별, 그 아픔의 무게가 벌써부터 견디기 힘들게 무거웠다.

기업의 총수였던 만큼 장례식장을 다녀간 조문객은 어마어마했다. 수많은 조문객들 중에 아는 사람보다 모르는 사람이 더 많았다. 안다고 해도 안면만 있을 뿐, 슬픔을 나눌 만큼의 관계도 아니었다.

상주인 치훈과 나란히 서서 형식적인 조의를 표하는 사람들과 진짜로 슬퍼하는 조문객들을 맞이하는 일은 조부를 잃은 슬픔보다 더 힘들고 괴로웠다.

"오빠, 앉아서 뭣 좀 먹어. 이러다 쓰러지겠어."

그를 걱정하는 얼굴로 옆에 붙어서 귀찮게 하는 예린 역시 그를 괴롭히는 원흉 중에 하나였다.

"여기는 네가 계속 있을 만한 곳이 아니야. 자격도 없고. 그러니 집에 가."

하지만 예린은 그의 말에 아랑곳하지 않았다. 형우를 통해 말해도 그녀는 제 고집대로만 행동했다. 그렇다고 매 순간 예린만을 의식하고 나무랄 수 없었다. 몸과 마음이 힘들어지니 재하는 예린을 모르는 척 무시했다.

그나마 그에게 가장 큰 위로는 나리의 전화였다. 시간 나는 대로 그녀에게 전화를 걸었다.

— 뭐 좀 먹었어요? 잠은요? 마음 아프고 슬프고 많이 힘들죠?

"응. 아프고 슬프고 힘들어. 네가 없어서 더 많이."

— 그래도 밥 꼭 챙겨서 먹어요. 그리고 옆에 있어 주지 못해 미안해요.

"내일 저녁에 보자. 그때 많이 위로해 줘."

— 그럴게요. 힘들더라도 굶지 말고 기운 차려요.

"그럴게."

짧은 통화였지만 마음에 안정이 찾아왔고, 재하는 다시 장례식장 안으로 들어갔다. 꽃들 사이에 근엄한 표정을 하고 있는 윤 회장의 영정이 눈에 들어왔다.

'해 드린 것도 없이 가시는 길에 부탁만 드려 죄송하지만…… 그 애와

함께 끝까지 갈 수 있게 해 주시면 안 될까요? 그거 하나만 손주를 위해 해 주시죠? 할아버지.'

고약한 녀석이라고 고함을 지를 것 같았지만 윤 회장은 침묵으로 영정 속에 있을 뿐이었다.

그때, 치훈이 옆으로 다가왔다.

"형우 여동생이던데, 애가 괜찮구나. 최 회장 쪽하고 결혼 얘기 오가니?"

치훈의 시선 끝에 도우미들과 함께 일을 하는 예린의 모습이 보였다.

"여자 보는 눈이 없는 거, 여전하시군요."

"언제까지 이럴 거냐? 이젠 할아버지도 돌아가셨고, 너 혼자 남았는데 계속 이런 쓸데없는 고집 부리고 살 거냐? 이젠 적당히 넘어갈 때도 된 것 같은데?"

"죽어라 고집 피워서 가정 버리고 집 나간 양반의 핏줄인데, 그 흉한 똥고집 어디 가겠습니까?"

"뭐야?"

노여움 가득한 눈으로 그를 노려보았지만 치훈은 사람들이 많아서인지 딱히 화를 내지 못했다. 그런 치훈을 무시하고 밖으로 다시 나온 재하가 형우에게 메시지를 보냈다.

[예린이 당장 데리고 가라. 참을 만큼 참았고 봐줄 만큼 봐줬다.]

조부를 잃은 슬픔에 익숙해졌나 보다. 처음엔 아무것도 보이지 않고 느끼지 못했는데, 이제는 예린이 눈에 거슬리고 나리가 그리웠다. 진심으로 함께 슬퍼하고 아파하는 사람들이 많지 않은, 이 모든 형식과 절차들을 다 생략하고 끝내고 싶었다.

혼자 조용히 조부를 그리워하고 나리에게 위로받고 싶었다. 그렇게 할 수 없어 더 힘들고 답답하다.

❖

그에게서 연락이 없다. 장지에서 떠난다며 서울에 도착해 다시 전화하겠다는 통화 후 4시간이나 지났지만 감감무소식이다. 이미 서울에 도착할 시간도 지났지만 전화조차 받지 않고 있다.

걱정에 휩싸인 채 일곱 번째 전화를 걸었다. 제발 받았으면 하는 바람대로 통화 연결이 되었다. 하지만 전화를 받은 목소리는 그의 것이 아니었다.

— 윤재하 대표 휴대폰인데, 누구십니까?

중후하고 묵직한 중년의 목소리였지만 이상하게 차가움이 느껴졌다.

"아…… 윤 대표님하고……."

나리는 묻는 상대에게 재하와의 관계에 대해 어떻게 대답해 줘야 하는지 난감했다.

사귀는 사이? 그냥 아는 사이? 아니면…….

— 난 재하 아버지요. 지금 윤 대표 조부상중이라 무슨 용무로 전화한 누구인지를 묻는 건데, 대답을 좀 해 줘야 하지 않을까요? 신나리 씨.

마지막 그녀의 이름이 날카롭게 귀를 긁는 느낌이었다. 그녀가 누구인지 알고 못마땅함을 드러내는 느낌이다.

"통화가 안 돼서…… 걱정이 돼서……."

— 우리 재하하고 어떤 관계인지는 모르지만 문상을 오지 못한 거 보면 재하가 부르지 않았거나, 본인이 오지 못할 처지였거나, 둘 중 하나인 것 같은데……. 이유가 뭐든 어설프게 계속 만나는 사이가 아니길 바라요. 상중 내내 재하 옆을 지킨, 집안끼리도 잘 아는, 좋은 상대가 있으니까.

전화가 끊겼다. 동시에 나리의 눈에서 눈물이 툭 떨어졌다. 그의 옆에 있고 싶어도 있을 수 없는, 인정받을 수도 없는 그런 자신의 존재감을 그의 부친이 너무 신랄하게 알려 준 것 같아 가슴이 아팠다. 틀린 말이 없어 더욱더 서글펐다.

그의 곁에 누가 있었는지는 중요하지 않다. 그녀 자신이 있을 수 없다는 게, 그 누구 앞에서 떳떳하게 나설 수도 없다는 게 그저 아플 뿐이었다.

그녀가 눈물을 흘리며 주저앉아 있을 때, 외출했던 연화가 돌아왔다.

"왜 이러니, 아가? 어디 아파? 아니면 그 녀석하고 연락이 안 된다더니 무슨 일이 생긴 거야?"

"할머니……."

한참을 연화의 품에 안겨 울었다. 그렇게 울고 나니 속에 있는 설움을 토해 낸 것처럼 한결 마음이 편해짐을 느꼈다.

"피자라는 거 한 판 사 왔는데, 술 한 잔 할까?"

연화가 와인 한 병을 꺼내며 물었다.

"네. 한 잔이 아니라 한 병 다 마셔요, 그냥."

"그래, 마시자. 나도 이 좋은 거 먹고, 이런 거 마실 날이 점점 더 적어지는데 마셔 보자."

커다란 와인 잔에 반을 채운 후 두 사람은 건배를 했다. 그리고 와인이 아닌 소주를 마시는 것처럼 똑같이 단숨에 비워 버렸다.

"자, 그럼 슬슬 풀어놔 봐라. 뭐가 그렇게 서럽고 슬펐는지."

"인생을 다시 살면, 더구나 내가 아닌 다른 모습으로 다른 삶을 살면 되게 잘 살 줄 알았어요. 그런데…… 나는 이렇게 좋은 선물을 받고도 여전히 멍청하고 바보 같은 삶을 사는 것 같아요."

"네가 뭐가 바보 같다는 거야? 어엿한 건물주도 되고, 근사한 사내하고 연애도 하고, 카페 사장이기도 하고. 얼마나 멋있는 인생이니?"

"듣고 보니 그러네요. 멋있네요. 그런데……."

"어젯밤 내가 그 녀석 조부를 만났다."

"네? 그 사람 할아버지를 어떻게……?"

"그 영감, 아니 한참 아래 손자뻘 연하지, 어쨌든 죽어서 귀신이 됐으니까."

잠깐 잊고 있었다. 그녀가 민정으로 돌아오는 12시에 연화는 민정에서 귀신으로 돌아간다는 사실을.

"네가 누군지, 내가 누군지, 그리고 그쪽 손자가 지금 누구와 사귀는지 다 얘기해 줬지. 손자며느릿감으로 합격이라고 하더라. 네가 신나리든, 유민정이든."

연화의 말이 위로하기 위한 거짓일지도 모른다는 생각이 들었다. 하지만 거짓일지라도 그 말에 마음이 한결 가벼워지고 편안해졌다. 그리고 연화는 나리에게 재하의 상처를 이야기해 주었다. 부친의 불륜, 모친의 죽음. 그 사이에 상처받았던 그.

그렇게 큰 상처를 안고 있는 줄 몰랐다. 아직도 부친과 사이가 안 좋다고 하는 걸 보면 아주 깊은 상처인 듯하다. 연화를 통해 그의 상처를 알게 되니 그가 더 그리웠다.

"그 영감이 고맙다고 하더라. 그 녀석 상처, 네가 치유해 줬다고."

"난 아무것도 해 준 게 없는걸요. 받기만 했는데……."

"그 영감이 그렇다면 그런 거야. 아, 그리고 재미있는 정보도 좀 얻었다."

"재미있는 정보요?"

"그 녀석 과거."

과거라……?

"윤재하, 그 녀석의 첫사랑이 누군지 아니? 영어 개인 교사로 붙여 준 대학생 누나가 첫사랑이란다. 여섯 살에 누나하고 같이 살고 싶다고 매달렸다더라."

"진짜요?"

"초등학교 때는 피아노 선생. 미국 유학 가서는 친구 누나하고 만났다고 하더라."

"……생각보다 파란만장한 연애를 하셨네요. 그것도 아주 어렸을 때부터."

서른넷이나 되는 남자의 과거에 여자가 없다면 말이 안 된다. 그걸 알면서도 괜히 화가 났다. 초등학교 때 피아노 선생을 좋아한 것까지는 넘길 수 있지만 미국 유학 시절에 만났다는 친구 누나와의 연애는 왜 이리 불쾌한지.

나리가 또 한 번 와인 반잔을 소주처럼 단번에 비웠다.

"화내라고 해 준 얘기는 아니고. 그렇게 연상들만 만났다면, 나중에 네가 민정으로 돌아가도 네가 나리였던 사실을 안다면…… 두 사람 영영 헤어지지 않을 수 있어 하는 말이었다."

"신나리를 만나고 취향이 바뀌었을 수도 있죠. 어린 여자로……."

화난 표정으로 피자 한 쪽을 베어 물고 다시 와인을 따라 마시려는데 연화가 피식 웃었다. 그리고 그녀에게 물었다.

"이제 좀 살맛이 나니?"

"네?"

"기죽지 마라. 네가 잘못하고 있는 건 아무것도 없으니까. 넌 지금 빛나게 살고 있어. 그러니 그 어떤 일이 있어도 울 필요가 없다."

나리는 연화의 말에서 삶에 있어 사랑이 전부가 아니라는 걸 깨달았다.

윤재하로 인해 귀한 시간을 아픈 감정으로 소비해 버린다면 유민정과 다를 게 없다는 생각이 들었다. 그리고 어차피 신나리로 그의 곁에 있는 시간도 얼마 남지 않았으니 당장 곁에 있어 줄 수 없다고 해서 절망할 필요도 없었다. 유민정으로 돌아가 그 없이 견디려면 지금의 상황도 편하게 받아들여야 한다.

"그러네요. 울 필요가 없네요."

나리는 스스로 자신의 아픈 마음을 달래려 했다. 하지만 그녀의 의지와 상관없이 점점 더 가까워지는 이별에 대한 두려움은 커져 갔다.

모든 장례 절차를 마치기까지 잠 한숨 자지 못한 재하는 집으로 돌아가는 길에 결국 쓰러지고 말았다. 그가 눈을 떴을 때는 병원 침상에 누워 있었고, 그의 곁에 예린과 치훈이 있었다.

"오빠, 깨어났어? 괜찮아? 어디 아픈 데 없고? 내가 누군지는 알아보겠어?"

귀가 따가울 만큼 질문을 퍼붓는 예린의 목소리에 재하의 인상이 구겨졌다.

"정신이 좀 드니?"

걱정하는 눈빛으로 자신을 바라보고 있는 치훈을 보자 그 인상이 더욱 더 험해졌다. 재하는 치훈을 무시하고 예린에게 물었다.

"네가 왜 여기 있어?"

"내가 여기 있는 것보다 오빠가 왜 여기에 있는지는 알아? 오빠 쓰러졌었어. 최 비서가 오빠 입원시키고 우리 오빠한테 전화했어. 의사가 과로로 인해서 생긴 신경계…… 뭐 그렇대. 안정 취하고 영양제 맞고 푹 쉬면 괜찮을 거라고 했어."

어쩌다 이렇게 나약한 모습으로 병원 침대에 누워 있는지, 스스로 한심해 보였다. 하지만 그보다 간호해 줄 사람이 없어 그의 곁에 예린과 치훈이 있다는 게 더 한심했다.

'내가 이렇게 인간관계가 편협했었나?'

윤 회장이 가족을 만들라는 잔소리를 왜 그렇게 간절하게 했는지 이해가 갔다. 이러고 있을 손자의 외로움을 윤 회장은 이미 알고 있었던 모양이다.

사람들이 말하던 대로, 산송장이라도 윤 회장이 살아 있었던 때가 그래도 마음 든든했다는 게 느껴졌다. 윤 회장을 땅에 묻고 온 지 하루도 지나지 않아 조부가 그리웠다. 가족이 간절해졌다.

그런 생각을 하는 동안 예린이 그의 손을 잡았다.

"오빠, 너무 힘들어하지 마. 혼자라고 생각하지도 말고. 내가 있어 줄게. 정말 외롭고 힘들 때 곁에 있어 주는 사람이 진심을 가진 사람이야."

"그래, 예린이가 있어서 다행이지. 회사 일은 당분간 최 비서에게 맡기고 넌 좀……."

재하가 예린의 손을 빼내고 치훈의 말을 잘랐다.

"나가세요. 그리고 너도 가라, 혼자 있게."

"오빠 혼자 두고 어떻게 가? 부담 갖지 마. 우리 남인가? 뭐 필요한 거 있으면 말해. 물 줄까? 아니면 화장실 갈래?"

"가라고."

"오빠…… 예민한 거 보니까, 많이 힘든가 보다. 최 비서 오면 교대하고 갈게."

재하가 계속 고집을 부리는 예린을 날카롭게 쏘아보자 그녀가 자리에서 일어섰다.

“알았어, 갈게. 하지만 다시 올 거야. 그때까지 쉬고 있어, 오빠.”

“쉬어라. 할 얘기들은 몸 추스른 후에 하자.”

예린과 치훈이 나가자 재하는 휴대폰부터 찾았다. 하지만 어디에도 그의 휴대폰은 보이지 않았다.

“나리가 걱정 많이 할 텐데…….”

그녀에게 가겠다고 해 놓고 지금까지 연락도 없이 병원에 있었으니 그녀의 마음이 어떨지 헤아려졌다. 늦은 시간이었지만 걱정을 덜어 주기 위해 연락이 닿아야 한다.

병실 전화기조차 보이지 않아 간호사를 호출했다.

“어떻게 병실에 전화기 한 대가 없습니까?”

“보호자분들이 전화기를 없애라고 하셔서요. 전화기 가져다 드릴까요?”

무슨 의도로 그랬는지 알 수 없었지만 지금은 그 의도를 파악할 때가 아니었다.

“일단 휴대폰 좀 빌려주십시오.”

“제 휴대폰이요?”

“급하게 연락할 곳이 있어서요.”

간호사가 그녀의 휴대폰을 건네주었다. 재하는 외우고 있던 나리의 번호를 눌렀다. 하지만 그녀는 받지 않는다. 아마도 모르는 번호가 찍혀서일지 모른다는 생각이 들었다.

[걱정 많이 했지? 사정이 있었어. 이 번호로 연락 줘. 내 폰이 아니라 오래는 못 기다리니까 5분 안으로 전화해 줘.]

메시지를 보면 바로 전화를 걸어 올 거라 생각했다. 하지만 10분을 기다려도 나리의 전화는 오지 않았다.

이제는 재하가 그녀 걱정에 휩싸였다.

❖

메시지를 받고도 전화를 할 수 없었다. 나리가 아닌 민정으로 변해 있으니 그에게 전화를 할 수 없었다. 그렇다고 섣불리 메시지를 보낼 수 없어 꼬박 밤을 새웠다. 하지만 나리로 돌아온 6시에도 그녀는 재하에게 전화를 할 수 없었다.

남의 것이라 5분 안에 해야 한다고 했는데 이미 하룻밤을 넘겼고, 그의 휴대폰으로 했다가는 또다시 그의 부친에게 모진 소리를 들을 것 같아 발만 동동 구르고 있었다. 그에게 별일 없어 다행이지만 그가 그녀를 걱정하고 있을 것이 빤해 더 불안했다.

그때, 민정으로 돌아온 연화가 다급하게 그녀에게 다가왔다.

"얼른 병원에 가 봐. 윤 대표 어제 병나서 쓰러졌더라. 그래서 병원에 입원을 해 있더라고. 얼른 가. 밤새 네 생각하느라 잠도 못 자던데, 그러다 또 쓰러져 병날지 모르니까. 네 시모가 입원했던 그 병동 3호실이다."

새벽 6시라는 사실은 물론이고 자신의 차림이 어떤지도 모른 채 뛰어나온 나리는 택시를 타고 그에게 향했다. 그의 건강이 걱정되면서도 그 병원에 어제 통화한 부친이나 집안끼리 잘 아는 좋은 상대와 함께 있는 건 아닌지 신경 쓰였다.

'있으면 어때? 결혼하겠다는 것도 아니고 어차피…… 헤어질 사이인데.'

자신이 나리라는 사실을 다시 떠올려 용기를 얻었다. 새벽이라 교통체증도 없이 빠르게 병원에 도착했다. 민 여사로 인해 자주 오던 병원이라 헤매지 않고 바로 VIP 병동을 찾았고, 그가 있다던 3호실 앞에 섰다.

노크를 할까, 말까? 아직도 자고 있을까, 아니면 깨어 있을까?

병실 안에 누구와 함께 있는지 알 수가 없어 나리는 병실 앞에서 망설였다. 그렇게 고민에 고민을 거듭하고 있을 때, 등 뒤에서 여자의 목소리가 들렸다.

"누구세요?"

민정이 뒤를 돌자, 예린이 그녀를 무섭게 쏘아보며 몰아붙였다.

"네가 왜 여기에 있어? 네가 뭔데? 할아버지 장례식에도 오지 못하는 주제가 여기가 어디라고 와? 넌 재하 오빠 상대가 아니야. 쫓아내기 전에 빨리 꺼져."

'너였구나. 집안끼리 잘 아는 좋은 상대라는 주인공이.'

그런 생각과 함께 나리의 입에서 엉뚱한 말이 튀어나왔다.

"네가 좋은 상대는 아닌데."

"뭐래? 야! 닥치고 꺼져."

"그렇게는 못하겠는데?"

"네가 비참한 맛을 봐야 정신 차리지? 네가 지금 누구를 상대하는지 오늘 내가 확실히 보여 줄게."

예린이 휴대폰으로 어딘가에 전화를 걸 때, 나리가 빠르게 병실로 들어왔다.

"야! 너 어딜 들어가?"

예린의 비명을 뒤로하고 병실 안으로 들어오니 침대에 누워 있는 그의 형상이 보였다. 자고 있는 것인지 그는 움직임이 없었다.

"오빠 깨기 전에 당장 나와! 장 비서, 빨리 올라와 봐. 치울 게 하나 있으니까, 얼른 올라와!"

예린이 통화를 하며 나리의 옷자락을 잡고 끌어내려 했다. 나리는 예린의 손을 뿌리치려 했지만 쉽지 않았다.

그녀의 말대로 제가 그의 상대로 부족하고, 그의 조부 장례식에도 가지 못하는 주제가 맞는다 할지라도, 지금 그의 연인은 나리, 그녀 자신이다.

나리는 다시 한 번 예린의 손을 뿌리치려 했지만 예린도 그녀를 놓치기 않기 위해, 그리고 나리를 끌어내기 위해 안간힘을 쓰고 있었다.

"최예린, 뭐 하는 거야?"

그때, 들려오는 재하의 목소리. 잔뜩 가라앉은 저음이었지만 단단한 파워가 느껴지는 목소리였다.

두 여자가 흠칫 놀라며 서로에게서 떨어졌다.

"오빠, 얘가 무슨 앙큼한 저의가 있는지 병실 앞에서 수상하게 서성이잖아. 오빠 지금 안정을 찾아야 하는 때인데……."

"최예린, 나가라."

"오빠…… 내가 아니라 얘보고 나가라고 해야지."

"너 나가라고. 지금 내 옆에 있어야 할 사람은 네가 아니야. 이제 그 착각에서 벗어날 때가 됐을 텐데? 형우 불러 끌어내기 전에 네 발로 나가."

"왜? 쟤를 왜? 할아버지 장례식장에도 못 올 정도면 상대도 안 되는 집안이라는 건데, 오빠가 왜……."

"병원 보안 직원 불러서 끌어내 줄까?"

그때, 예린의 비서가 병실로 들어왔다.

"장 비서, 잘 왔어. 예린이 데리고 나가. 그리고 형우한테 전해 줘. 최예린 내 근처에 절대 얼씬도 못하게 단속하라고!"

"오빠!"

예린은 발악을 했지만 결국 장 비서와 함께 병실을 나가야만 했다. 소동이 끝나 너무도 고요해진 병실에 재하와 나리, 단둘만이 남았다.

"이리 와."

그가 손을 내밀고 그녀를 불렀다. 나리는 천천히 그의 곁으로 다가

갔다.

"걱정 정말 많이 했나 보다?"

입가에 번지는 그의 희미한 미소가 이상했다. 지금의 상황에 맞지 않는 것 같은 말투도 이해가 되지 않았다. 하지만 그의 시선을 따라 나리가 자신의 옷차림을 내려다보았다.

연화가 좋아해서 여러 벌 사다 준 꽃무늬 일바지에 흰 면티.

다행히 얇은 카디건 하나는 챙겨 입었지만, 아무리 봐도 밭에서 일하다 나온 시골 아낙의 차림새였다. 게다가 세수도 하지 않은 민낯에 긴 머리는 산발이다. 새벽 6시에 뛰어나왔으니 차림이 엉망일 수밖에. 게다가 어제 연화와 와인을 꽤 많이 마시고, 눈물도 펑펑 흘렸으니 부은 눈의 상태가 걱정될 정도였다.

그에게 다가가던 그녀가 멈춰 섰다.

"오다 마네? 다시 나갈 건가?"

나리는 고개만 저을 뿐 여전히 그곳에 서 있었다.

"아픈 사람 움직이게 만들어야겠어?"

환자복 차림의 그가 침대에서 내려오려 하자 나리가 급하게 그에게 다가갔다.

"움직이지 마요. 내가 갈게요."

하지만 재하는 침대에서 내려와 자신 곁으로 다가온 나리를 껴안았다.

"네가 안 왔으면 내가 이 차림으로 너한테 갔을 거야. 걱정되고, 보고 싶어 미치는 줄 알았어."

촉촉하게 젖은 재하의 목소리에 나리가 눈물을 흘렸다.

"걱정했잖아요."

"그 걱정 하지 않게 하려고 했는데…… 전화가 안 되니까 내가 죽겠더라. 며칠 안 봐서 이미 미치기 일보 직전이었는데."

품에서 그녀를 놓아준 재하가 나리의 입술을 찾았다. 그리웠던 서로의 숨결을 느끼려는 그 순간, 병실 문이 열렸다.

"아이고."

키스를 하려던 두 사람보다 의사와 간호사가 화들짝 놀라며 황급히 병실을 나갔다.

"어떡해요?"

"어떡하긴 뭘 어떡해? 하던 거, 마저 하라고 나가 줬으니 계속해야지."

온전하게 서로의 호흡을 느끼며, 두 사람은 하룻밤 동안 서로를 걱정하며 지옥을 헤매던 아픔과 고통을 접었다. 모든 악몽이 끝나고 완벽한 안식이 찾아온 그 순간에 두 사람을 방해하는 노크 소리가 들렸다.

"막상 나가니까 우리 두 사람이 부러워서 질투 났나 보다. 시간을 너무 짧게 주네."

불만 가득한 목소리였지만 그의 입가에는 미소가 번져 있었다.

"네."

재하가 밖을 향해 대답해 주자 주치의와 간호사가 들어왔다. 나리는 그와 키스를 하려 했던 행동보다는 차림새가 창피해 구석으로 살며시 물러나려 했다. 그러나 재하의 손에 잡혀 바로 옆에 서서 옴짝달싹 못하게 되었다.

"컨디션은 어떠십니까?"

"최고입니다. 바로 퇴원하겠습니다."

"며칠 안정을 취하셔야 합니다."

"안정을 취하기에는 여기보다 집이 더 낫지 않겠습니까? 불쑥불쑥 침입하는 타인이 없는……."

"어젯밤에 노크 소리 듣기 싫다고 그냥 들어오라고 하셔서……. 어쨌든 이렇게 농담하시는 걸 보니, 컨디션 회복은 물론이고 식사도 알아서 잘하실 것 같군요. 퇴원 조치하겠습니다."

"그래야죠."

주치의가 밖으로 나가려다 나리를 향해 한마디를 던졌다.

"안정만큼 수면도 중요합니다."

나리는 자신을 보호자로 알고 재하를 위한 주의사항을 말해 주는 것인 줄 알았다. 하지만 재하의 말을 듣고 나서야 얼굴이 붉어졌다.

"내가 너무 편하게 해 줬나 보네? 담당 교수한테 한마디 해야겠어."

"왜요?"

"왜 너한테 그런 말 하고 가는지 모르겠어?"

"그냥…… 재하 씨 잠잘 수 있게 하라는 그런 말 아니에요?"

"그런 뜻도 있지. 하지만…… 아니야. 그런 뜻이야."

재하가 그냥 넘어가려 했지만 나리는 그 안에 들어 있는 다른 뜻이 뭔지 생각에 잠겼다.

"혹시……?"

당황하며 묻는 나리의 표정에서 그녀가 그 뜻을 제대로 이해했다는 걸 느꼈는지 재하가 고개를 끄덕거렸다. 그러자 그녀에게서 한숨이 새어 나왔다.

"어떡해? 창피해. 아침 시작이 여러 가지로 창피하네요."

"난 아침 시작이 너무 행복한데? 네가 와 줘서. 이렇게 얼굴 볼 수 있어서."

재하가 그녀의 손을 이끌어 그의 옆에 앉혔다.

"그런데 나 여기에 있는지 어떻게 알았어?"

"아, 그게……."

뭐라고 대답을 해 줘야 할까?

얼굴 붉히며 부끄러워하는 그녀에게 재하가 물었다.

"혹시 어제 메시지 보냈던 그 폰으로 확인한 거야? 그거 간호사 폰이었는데."

연화로 인해 알게 된 사실이다. 그것에 대해 재하에게 할 수 있는 대답이 없었다.

나리는 그냥 미소만 지었다. 그 미소가 그렇다는 대답이라고 생각했는지, 다행히 재하는 더 이상 그녀가 병원에 온 것에 대해 이상하게 여기지 않은 것 같았다.

몸도, 마음도, 시간도, 그 모든 것이 일상으로 다시 돌아왔다. 퇴원 뒤 조부상으로 인한 휴가까지 끝내고 회사에 출근을 하고 나서야 제자리로 돌아왔음을 실감했다.

모든 회의는 오후로 미루고 재하는 드림시티 곳곳을 순시했다. 그가 자리를 비우는 동안 직원들의 자세가 흐트러지지는 않았는지, 매장 관리는 제대로 되어 있는지 확인하기 위해서였다.

백화점을 돌고 드림월드에 도착해 시설 관리 상황을 체크하려는데 공모전으로 새로 들어온 인턴사원들의 모습이 보였다. 당분간 드림시티 곳곳을 돌아다니며 아이디어와 시정할 부분을 찾아보라는 지시를 내렸었다.

그것 때문인지 각 시설을 제법 꼼꼼하게 살피는 모습이 신입 인턴다웠다. 그들의 모습을 잠깐 지켜보다가 발길을 옮기려 할 때였다.

신나리가, 그가 아는 유민정을 반갑게 알은체하며 웃는 것이 아닌가.

'저 둘이 어떻게 알지?'

발걸음을 멈춘 재하가 두 사람의 대화에 귀를 기울였다.

"어머, 언니! 오랜만이에요!"

"어? 어…… 누구…… 아! 나리? 신나리구나?"

처음엔 누구인지 알아보지 못한 민정이 어렵게 기억을 해 낸 듯 그녀의 이름을 확인하려 했다.

"뭐야? 설마 내가 너무 예뻐져서 못 알아본 거예요? 그런데 언니, 분위기가 왜 이렇게 바뀌었어요? 나야말로 언니 못 알아볼 뻔."

"나도 나리가 너무 예뻐져서 못 알아볼 뻔. 세젤귀다. 반짝반짝 아주 예쁘네."

"와! 언니가 이젠 그런 농담을 다 하네요? 신기해요. 참, 언니가 해 준 선물 잘 받았어요. 너무 고마워요. 그거 되게 비싼 핸드백이던데."

"그까짓 것 정도야, 뭐. 필요하거나 갖고 싶은 거 있으면 말해. 비싸고 더 좋은 선물로 해 줄 수도 있어. 언니 부자 됐거든. 그리고 너도 이제 취직도 했으니 열심히 사회생활 하고 성공해."

"네. 그런데 여기는 웬일이세요?"

"놀러 왔지."

"언니 혼자서요?"

"응. 여기는 혼자 놀아도 너무 재미있고 즐거운 곳이라 자주 와."

"진짜요?"

나리의 표정이 약간 멍해졌다.

"언니 진짜 많이 변했다. 나중에 언니하고 한 번 뭉쳐요. 월급 타면 제가 쏠게요."

"오냐. 그럼 가 봐라."

나리가 민정에게 인사를 하고 동료들이 있는 곳으로 향했다. 그런데 뭐가 이상한지 고개를 갸웃거리며 멀어져 가는 민정의 뒷모습을 다시 한 번 쳐다보았다. 그런 나리를 보고 있던 재하가 옆에 있던 최 비서에게 지시를 내렸다.

"신나리 씨, 1시간 후에 내 방으로 호출 좀 해 주십시오."

"네. 알겠습니다."

신나리가 어떻게 유민정을 아는 것인가.

그냥 아는 사이가 아닌 친한 언니를 만난 듯 반가워했다. 그에 비해 민정에게서는 반가움이 보이지 않았다. 오히려 어색하게 그녀를 알은체만 했다.

어찌 되었든 두 사람이 아는 사이라면 두 신나리도 서로 아는 사이일 가능성이 있지 않을까?

두 나리가 서로 만나서 아는 사이가 아니더라도 유민정을 통해 서로가 동명이라는 것 정도는 알고 있어야 하는 거 아닌가.

그런데 나리는 공모전 수상자가 그녀와 동명이라는 것을 말했을 때, 놀란 것 외엔 별 반응이 없었다.

'이상해.'

정확히 뭐가 이상한지 집어낼 수는 없었다. 하지만 유민정과 신입 인턴 신나리, 두 사람 사이는 뭔가 잘못 맞춰진 퍼즐 그림과 같다. 그 사이에 그가 사랑하는 나리가 있는 건 아닌지, 알 수 없는 불안감이 느껴졌다.

한 시간 동안 호텔과 드림월드와 아트센터까지 모두 돌아보고 돌아온 재하는 인턴인 나리를 기다렸다.

"부르셨습니까? 대표님."

그의 집무실로 들어온 신나리가 생기발랄하게 인사를 건넸다.

"잠깐 앉아 봐요."

그녀에게 앉을 자리를 권한 후 재하도 자리에 앉았다.

"사적인 질문 하나 할게요. 아까 우연히 유민정 씨와 인사를 나누는 신나리 씨를 봤는데, 친한 사입니까?"

그가 유민정을 안다는 것이 놀라운지 나리가 흠칫하며 재하를 쳐다보았다.

"네. 언니 친구분이신데…… 대표님이 민정 언니를 어떻게……?"

역시나 가족 관련 이야기에 그녀는 뭔가 민감해 보였다.

"오해하지 말고 들어요. 내 가까운 사람 중에 신나리 씨와 이름이 똑같은 신나리가 있어요. 그 신나리도 유민정 씨를 잘 알거든요. 유민정 씨한테나 아니면 언니분한테서라도 이름이 같은 누군가가 있다는 말 못 들었습니까?"

"듣지 못했습니다. 그리고 민정 언니는 주변에 사람이 많지 않아요. 그리고 주변에 대한 이야기를 잘 하는 편이 아니고요."

"그래요? 알았습니다. 가 봐요."

나리가 일어나서 집무실 문 밖으로 나가려 할 때 재하가 질문 하나를 더 던졌다.

"그럼 신나리 씨 언니는 그냥 주부입니까?"

"……아니요. 자영업자세요."

"그렇군요."

나리가 나가고 재하는 한참을 소파에 앉아 있었다. 뭐 하나 시원하게 알아낸 것이 없다. 오히려 유민정이란 여자에 대한 복잡한 오해만 늘었다.

'앞뒤가 안 맞는 여자야.'

잔인하리만큼 모진 시모와 양심도 없는 바람둥이 남편으로 인해 상처받은 여인의 모습은 확실히 아니다. 양쪽의 나리를 아는 것은 물론이고, 그녀들의 언니들과도 친분이 있다.

'이건 뭐지?'

유민정을 중심으로 여러 사람들이 묘하게 꼬여 돌아가는 느낌이다. 뭔가 자꾸 불안해져 갔다. 수개월 후에 나리가 사라진다는 것이 아무래도 유민정과 관련이 있는 것 같다.

'뭘까?'

재하의 의심이 깊어졌다.

7장

⚜

세영의 전화를 받은 나리의 얼굴이 하얗게 질려 갔다. 연화가 드림월드로 혼자 놀러갈 줄 누가 알았으랴.

그래도 나리를 모른 척하지 않았다니 다행이다. 하지만 그걸 본 재하가 날카롭게 알아채고 나리를 불러들였다는 건 그냥 넘길 일이 아닌 것 같다.

세영이 진짜 나리의 언니라는 것을 들키는 건 시간문제인 것 같아 불안하기만 하다. 재하를 피하고 싶은 생각밖에 들지 않았다. 하지만 오늘은 저녁 데이트 약속이 있다. 커플 촬영 앨범이 나왔다는 메시지를 받고 함께 찾으러 가기로 했다.

그의 눈을 제대로 마주칠 수나 있을까?

오늘 만난 진짜 나리와 민정의 만남에 관해 조금이라도 호기심을 보이면 어떤 반응을 보여야 하는 걸까? 당황하지 않고 잘 넘길 수 있을까?

재하에게 약속을 취소하자는 전화조차 걸지 못하고 있으니 가시방석에 앉아 있는 느낌이다.

어찌할 바를 모르고 멍하니 있다 시간만 보낸 나리는 결국 카페로 오고 있다는 재하의 전화를 받고 말았다.

— 거의 다 도착했어. 나오면 돼.

"……나갈게요."

갈 데까지 가 보자고 마음먹었지만 이렇게 예측할 수 없는 일이 터지니 그 마지막 순간이 바로 지금 당장이 되는 건 아닌지 두려웠다.

매니저에게 퇴근을 알리고 큰 길로 나오니 그의 차가 그녀 곁에 다가와 섰다. 차에 오르니 그는 평소와 다름없는 미소를 보이며 그녀를 맞이해 주었다.

"스튜디오 실장이 사진이 너무 잘 나왔다고 본인이 더 흥분하고 좋아하던데? 너무 기대돼. 특히 나리 드레스 사진."

오늘 그가 진짜 나리와 민정이 만난 걸 몰랐다면 그녀도 함께 흥분하고 기대했을지 모른다. 하지만 불안으로 가득한 그녀에게 앨범은 관심 밖이었다.

"저녁부터 먹을까? 스튜디오 먼저 갈까?"

아무것도 하고 싶지 않았다. 이대로 그와 헤어져 집으로 가길 원했지만 그에게 별다른 반응이 보이지 않는 이상, 그녀도 평소와 다르게 행동할 수는 없었다.

"재하 씨 하고 싶은 대로 해요."

"그래? 배고프지 않아?"

"배 안 고파요."

"그럼 스튜디오 먼저 가자. 사진 빨리 보고 싶으니까."

스튜디오까지 가는 동안 재하는 별말이 없었다. 민정을 봤다는 것도, 나리를 불렀다는 것도.

뭔가 의심이 들어 나리를 불러서 질문을 던졌을 텐데, 정작 그녀에게는 아무것도 묻지 않았다. 다행이었지만 마음은 편하지 않았다. 언제 터질지 모르는 시한폭탄을 안고 있는 불안함이 가시지 않았다. 하지만 그런 그녀와 달리 재하는 모든 게 평온해 보였다.

스튜디오에 도착해서 앨범 속 사진을 한 장, 한 장 확인할 때 보이는 미소에는 행복만이 가득했다.

"우리가 그렇게 못했는데도 이런 사진이 나오네요. 수고하셨습니다."

"솔직히 말씀드리면 저보다는 두 분 비주얼이 열일했습니다."

"이 사진은 확대하고 싶습니다."

재하가 나리의 드레스 사진을 실장에게 내밀었다.

"이걸 왜?"

"왜겠어? 시도 때도 없이 보려고."

스튜디오 직원들 앞에서 어울리지 않게 오글거리는 말을 하는 재하 때문에 부끄러움은 나리의 몫이 되었다. 나리는 하지 말라고 말리고 싶었지만 스튜디오 직원들 앞에서 사소한 의견 대립을 보이는 것이 더 부끄러울 것 같았다.

일단 그냥 넘어가는 게 상책인 듯싶어 입을 다물었다. 하지만 저녁식사를 위해 들어온 레스토랑에서 나리는 재하를 말렸다.

"사진 확대하지 마요. 할 거면 재하 씨 사진으로 해요."

"나르시즘도 아니고, 내 사진을 왜?"

"나는요? 내 집도 아니고 재하 씨 집에 그렇게 큰 내 사진이 걸려 있다는 거, 생각만으로도 창피해요."

"너 집에 바래다주고 오면 네가 더 그리워. 매일 밤이 그래. 매일 아침에 눈떴을 때도 그렇고. 그때마다 보려고. 보면서 마음 달래려고. 그래도 싫어? 네 사진이 내 거실에 걸리는 거?"

애틋하게 자신을 바라보는 재하의 시선에 나리의 마음이 더 애틋해졌다. 헤어지지 않고 늘 함께이고 싶은 마음은 같다. 하지만 그녀의 사정으로 인해 어쩔 수 없이 밤을 따로 보내야 하는 안타까움과 미안함으로 인해 고집을 피울 수가 없었다.

하지만 그녀의 존재를 알게 되어 이별해야 하는 상황이 닥친다면?

그런 생각을 할 때는 우습게도 그를 그리워할 때 볼 수 있는 그의 사진이 있어야겠다는 생각이 들었다. 그때에 그녀의 사진은 그에게서 버려지더라도, 나리는 그녀의 마음을 달래 줄 그의 사진 하나쯤 가지고 있어야 버틸 수 있을 것 같다.

"그럼 나도 재하 씨 사진 확대할래요. 나도 보고 싶을 때마다 보면서 마음 달래게."

"좋아, 그렇게 해. 그리고 이것도 하고 다니면서 달래 봐."

재하가 그녀 앞으로 작은 상자를 내밀었다.

"이거……?"

그녀가 열어 본 상자 안에는 목걸이와 귀걸이가 세트로 있었다. 심플하지만 고가라는 게 느껴질 만큼 그 빛이 영롱했다.

"어제 호텔에서 이 브랜드 론칭 쇼가 있었어. 이게 네 것처럼 눈에 계속 밟혀서. 맘에 들어?"

붉어진 눈으로 나리가 고개를 끄덕였다. 재하가 상자 안에 목걸이를 꺼내 그녀에게 직접 걸어 주었다.

선물을 받았을 때의 고마운 감동에 눈물이 나려 했다. 그 감동이 그녀의 불안한 마음을 진정시켜 주었다.

"고마워요."

"고마우면 오늘밤 같이 있어 주지?"

"그건……."

“나리 부모님 찾아가서 한 백 대 정도 맞고 하룻밤만 함께 있게 해 달라고 하면 허락해 주실까?”

나리가 고개를 저었다.

“더 맞아야 하는 거야?”

천연덕스럽게 농담을 하는 그를 보며 살며시 웃어 주었지만 마음은 좋지 않았다. 함께하고픈 간절함에 그녀가 해 줄 수 있는 것이 없어 미안했고 씁쓸했다.

“대신…… 오늘 밤, 재하 씨가 원하는 거 다 해 줄게요.”

“원하는 거라……? 폭풍 애교 가능한가?”

“아니요! 그거 빼고.”

“다 해 준다고 해 놓고 빼는 게 어디 있어? 뺄 수 있는 건 외박밖에 없어. 빨리 먹고 가자.”

스테이크를 써는 그의 손길이 빨라졌다.

“다른 거로 해요. 제발…….”

“거절하면 야하고 곤란한 걸 주문할 수도 있어.”

짓궂게 웃는 재하와 다르게 나리에게서 깊은 한숨이 새어 나왔다.

태어나서 애교라는 걸 부려 본 적이 없는데, 그냥 애교도 아니고 폭풍 애교라니?

“그렇게 어려운 건가?”

거의 울 것 같은 표정이 안쓰러웠는지 그가 측은지심이 우러나는 표정으로 바라보며 물었다.

“어려운 게 아니고 불가능한 거예요.”

“그렇다면…….”

폭풍 애교가 아닌 다른 숙제를 내 주려는 것처럼 고민하던 재하가 휴대폰으로 무언가를 검색하더니 그녀에게 자신의 휴대폰을 내밀었다.

"연습할 시간 줄게. 이 동영상 보면서 연습 좀 해 봐."

그가 보여 준 휴대폰 속 동영상은 어깨를 으쓱거리며 혀 짧은 소리로 율동과 노래를 부르는 모습이었다. 상대를 애교로 녹여 버리겠다는 의지가 강한지 볼을 빵빵하게 만들었다가, 입술을 쭉 내밀었다가, 윙크도 찡긋찡긋. 손가락을 날리는 하트는 셀 수도 없다.

나리와 비슷한 나이로 보이는 여자의 과한 애교 동작은 그녀에게는 죽었다 깨어나도 할 수 없는 동작과 표정이다.

"이런 거 말고…… 며칠만 시간 주면 진짜, 진짜 감동을 줄 수 있는 무언가를 줄게요."

나리는 지금 뜨고 있는 조끼를 완성시켜 주는 걸로 그에게 감동을 주어야겠다는 생각이 들었다. 보기조차 민망할 정도의 과한 애교보다는 온 맘과 정성을 다해 뜬 조끼가 더 큰 만족감과 행복함을 줄 게 확실하다.

"그게 뭔데?"

"있어요, 그런 거. 혀 짧은 노랫소리보다 훨씬 더 많이 재하 씨를 즐겁게 해 줄 거예요."

"음…… 만일 그렇지 못한 경우에는 두말없이 이 동영상과 같은 노래와 율동으로 애교를 보여 주는 거다?"

"……그럴게요."

재하라면 분명 그녀의 이런 민망한 애교보다 조끼를 더 맘에 들어 할 것이라 확신했다.

저녁식사를 끝내고 나리의 집으로 오기까지 재하는 아무것도 묻지 않았다. 어쩌면 별것 아닌 것에 그녀와 세영이 너무 민감하게 반응한 건 아니었나 싶었다.

부디 나리로 사는 동안, 그의 옆에 있는 동안은 그가 아무것도 묻지 않고, 아무것도 모른 채 넘어가길 바라고 또 바랄 뿐이었다. 하지만 그런 바람이 나리에게 사치라는 듯, 집 앞에 도착하자, 재하가 가슴이 서늘해지는 질문을 던졌다.

"혹시…… 유민정, 그 여자…… 이 아파트에 살아?"

"……네."

"원래 여기 살았나?"

"……최근에 이혼을 했어요. 그래서……."

"뭔가 많이 복잡한 여자가 확실해. 나리 너한테 숨기는 것도 많을 거야. 그러니까, 부탁인데…… 가까이 지내지는 마라. 불안해."

"네."

나리는 민정을 감싸고돌 수가 없었다. 간단하게 대답하고 대화를 끝내야 민정을 향한 그의 의심도 끝날 것 같았다.

"저번처럼 그 여자 편들지 않고 대답 바로 하니까, 예쁘다."

그가 그녀의 입술에 가볍게 입을 맞추고는 그녀의 뺨을 쓰다듬었다.

"집에 가면 이 얼굴 계속 그리울 텐데……."

그의 입술이 다시 그녀의 입술에 겹쳐졌고 천천히 그리고 부드럽게 키스를 했다.

헤어질 때마다 그녀를 들여보내기 싫은 마음을 투정하듯 거칠고 뜨겁고 깊었던 키스와 다르게 오늘따라 너무 달콤하다. 이 키스가 영원히 끝나지 않기를 바랄 만큼.

그래서 입술을 떼는 재하를 끌어당겨 나리가 한 번 더 그에게 키스했다.

'오늘 밤은 같이 있고 싶다.'

그렇게 할 수 없어 눈물이 나려는 밤이었다.

❖

점심시간이 조금 지난 후 형우에게 전화가 걸려 왔다.

— 저녁에 시간 좀 내라. 심각하게 할 말 있어.

평소와 다르게 그의 목소리가 무거웠고 심각했다. 설마 그사이 심각한 부부싸움을 한 건 아닌지, 걱정되었다. 그의 레지던스에서 나리와 저녁식사를 해야 하지만 심상치 않게 들리는 형우의 목소리에 그와의 약속을 잡았다.

"알았어. 저녁에 보자. 그런데 무슨 일이야? 대충 마음의 준비 좀 하고 가자. 너무 심각해서 무섭다, 야."

— 너의 그 어린 여자 친구 얘기야.

나리에 관해 심각하게 할 이야기가 있다는 형우의 전화를 받은 후로 일이 손에 잡히지 않았다. 형우가 나리에 대해서 해 줄 말이 뭐가 있단 말인가.

결국 약속 시간까지 참지 못한 재하가 약속 시간을 앞당겨 그를 만났다.

"나리 얘기…… 심각하다는 게 뭔데?"

재하를 걱정스레 바라본 형우가 술 한 잔을 급하게 들이켰다. 그리곤 오히려 재하에게 물었다.

"윤재하, 너! 그 애에 대해 아는 거 뭐 있어?"

"왜? 내가 그 애에 대해 아무것도 모르는 것처럼 보여? 그렇게 묻지 말고 진짜 하려는 얘기만 해."

"예린이가 요새 좀 이상해서 장 비서를 불러다 팠더니…… 예린이가 네 여자 친구 뒷조사를 시켰더라고."

재하의 표정이 심하게 굳었다.

"다행히 예린이한테는 내용이 안 들어갔어. 그런데…… 그냥 넘길 수가 없어서…….”

“예린이가 왜 그런 짓을 해?”

“병원에서 너한테 쫓겨나고 그 애한테 독을 품었더라고. 손 좀 봐 주겠다는 마음으로 알아본 거겠지. 그런데…… 일단 한번 이것부터 봐라.”

형우가 그에게 서류 파일 하나를 내밀었다.

재하는 그 안에 나리에 대한, 그가 모르는 비밀이 들어 있다는 사실에 쉽게 손이 가지 않았다. 그 내용이 무엇인지 모르지만 그걸 확인하는 순간, 지옥으로 들어가게 될 거라는 게 느껴졌다.

열어서 확인하고 싶지만 지옥으로 들어가고 싶지는 않았다. 그녀의 비밀을 모르는 지금, 충분히 행복하다. 굳이 지옥으로 들어갈 필요가 뭐가 있을까?

“장 비서가 뭘 알아내고, 네가 뭘 가지고 왔는지 모르지만 그 애에 대해서는…….”

“걔, 신나리가 아니야. 그건 아냐?”

웬만하면 다 알고 있는 척해야 한다. 형우 앞에서 놀라거나 당황해서는 안 된다.

“그거였어?”

애써 태연한 척했다. 다 알고 있었다는 듯, 겨우 그거 가지고 야단이냐는 듯, 무심하게 물었다.

“알고 있었단 말이야?”

대꾸할 가치도 없는 것처럼 재하는 여유롭게 술 한 잔을 마셨지만 심장은 덜컹거렸다. 신나리가 아니라니. 그럼 누구란 말인가.

“그 애 도대체 정체가 뭐냐? 이름도 없고, 가족도 없으면서 신분은 신나영 동생 신나리라고 속이고는 모든 걸 신나영 명의도 된 걸 사용하고 있어. 신나영은 신세영이라는 이름을 쓰더라고. 뭐가 이렇게 복잡한지.

어쨌든 카페, 살고 있는 아파트, 사용하는 체크카드. 그 모든 게 신나영 거야. 그리고 그 애에 대한 건 아무것도 나온 게 없어. 아무것도. 도대체 신나리라고 하는 그 애 뭐냐고?"

뭘까?

믿을 수도 없고, 믿어지지 않은 형우의 말에 넋이 나가는 것 같았지만 재하는 태연한 표정을 짓기 위해 애를 썼다. 가슴속에서 뜨거운 무언가가 휘몰아치며 그의 감정을 엉망으로 무너뜨리고 있었지만 겉으로는 평정을 유지했다.

"간첩이냐? 아니면 귀신? 그거 아니면 이렇게 아무것도 안 나올 수가 없어."

재하는 형우에게 묻고 싶었다. 정말로 제대로 조사한 거 맞느냐고. 아니면 나리를 모함하기 위해 장 비서와 예린이 만들어 낸 거짓은 아닌 거냐고.

"시한부라고 한 것도 수상해. 그렇게 속이고 또 다른 신분으로 살아가려는 의도로 보여. 너…… 그 애한테 철저하게 속고 있는 것 같다고."

"속이는 거 없어. 남한테 말할 수 없는 사연이 있어서 그래."

형우가 그의 말을 믿을 수 없다는 듯 미간을 찌푸리며 재하를 뚫어지게 바라보았다.

"윤재하, 그 애한테 아주 제대로 빠졌구나? 그런데 이 애 위험해. 이렇게 아무것도 없는 애, 나중에 네 뒤통수칠 것 같으니까, 빠져나와라. 그게 답이다."

"내 연애는 내가 알아서 할 거니까, 넌 네 동생 단속이나 해라. 그리고 예린이한테 전해. 너도 내 말 잘 듣고. 예린이 한 번만 더 내 사생활에 끼어들면 용서 안 해. 친구 동생, 그런 거 안 봐준다고."

"그래, 그 부분에 대해서는 미안하다. 장 비서 대신 믿을 만한 녀석 붙였어. 예린이 일거수일투족 보고할 거야. 네 말대로 예린이 밖에서 무슨 짓을 할지 몰라 아버지까지 불안해지신 상태라. 그러니 예린이가 너한테 실수하거나 매달릴 일은 다시는 없을 거야."

"신혼인데 술 마시고 늦게 들어가도 돼?"

"너…… 진짜 괜찮아?"

"안 괜찮을 건 뭔데?"

"하, 참 자식. 애쓴다."

형우가 충격을 받았으면서도 아무렇지 않게 앉아 있는 그를 위로하듯 말했다. 그의 속을 꿰뚫고 있는 것 같은 형우가 불편하고 귀찮았다. 엉망인 마음을 언제까지 평안한 척 위장하고 있어야 하는지도 의문이었다.

"내 연애에 신경 끄고 네 가정에나 신경 써."

"내 가정은 평화롭고 화목하고 달달하지. 너도 정체를 알 수 없는 어린애 말고, 주위에서 권해 주는 신원 확실한 여자 만나 결혼해."

"그런 쓸데없는 말하려면 그냥 가라."

"무정한 놈. 심란하고 괴로울 것 같아서 위로해 주려고 했더니. 그렇게 말하면 나 진짜 간다."

"심란하지도 않고, 위로도 필요 없으니까 그냥 가."

서운하게 들릴 수 있음에도 형우는 재하의 말을 무시하고 그의 잔을 채워 주었다. 그리고 한 병의 술이 다 비워질 때까지 자리를 지켰다. 함께 술을 마시고 싶지 않았지만 형우를 보내려고 애쓰면 눈치 빠른 그에게 모든 걸 들킬 것 같아 재하는 별말 없이 술잔만 비웠다.

대화 없이 마시는 술이 별로였는지 형우가 얼마 안 되어 자리에서 일어섰다.

"네가 다 알고 있었든, 아니었든…… 상처받지 않게 마음 단속 잘 해라."

짧은 말을 남기고 형우가 간 후 재하의 시간은 멈춘 듯했다. 오랜 시간을 어떤 움직임도 없이 형우가 놓고 간 파일만 바라보고 있었다.

'신나리가 아니라고? 그럴 리가…… 없지. 나리 네가 나한테…… 어떤 존재인데……. 아니지, 나리야?'

다음 날, 재하는 나리가 아닌 세영을 만나기로 결심하고 미용실로 찾아갔다.

형우의 이야기를 믿지는 않지만 세영에게서 나리가 그녀의 동생임을 확신시켜 주는 말을 듣고 싶었다.

언니이기에 그 모든 명의가 세영의 이름으로 되어 있는 것이 이상하지 않다는 걸 스스로 확인하고도 싶었다. 그리고 나리가 이야기를 꺼려 하는 유민정에 대해서도 세영에게 듣고 싶었다.

자신을 찾아와 나리와 사귀기를 원하고 그녀에 대한 정보를 주었던 세영이라면 모든 의문을 시원하게 풀어 줄 수 있을 거라 믿었다. 세영에게 만나자는 전화를 했지만 받지 않아 무작정 미용실로 찾아왔다.

1층에 나리의 카페가 있지만 주차장에서 미용실로 바로 올라와서 나리와는 마주치지 않았다. 미용실에 도착하니 입구에서 직원이 친절하게 그를 맞이했다.

"환영합니다. 어서 오십시오. 예약하셨습니까?"

"아니요. 신 원장님 좀 만나러 왔습니다."

"원장님 외출하시고 자리 비우셨는데요."

"멀리 가신 겁니까?"

"네. 나가시면서 오후에 들어올 것 같다고 하셨는데. 원장님께 예약하셨습니까?"

헤어 손질이 아닌 개인적으로 만나러 왔다는 말을 하려고 할 때.

"택배 왔습니다. 신나리 씨?"

택배 기사가 상자를 들고 안으로 들어와 나리의 이름을 불렀다.

바로 아래층에 나리의 카페가 있는데 왜 택배가 이곳으로 온 것일까?

택배 기사가 신나리를 찾았는데 그를 맞이했던 직원이 자연스럽게 택배 상자를 받았다.

"주세요."

옆에 있던 또 다른 직원이 재하가 궁금해하는 걸 물었다.

"어? 카페 사장님 거 아니에요?"

"아, 이건 원장님 동생 거야. 지금 갓 입사한 인턴이라 회사에서는 택배 받는 거 눈치 보인다고 이쪽으로 주소를 해 놨으니 받아 달라고 해서."

"카페 사장님이 원장님 동생 아니에요?"

"아니야. 이름만 같을 뿐이야. 원장님 동생 미국에서 디자인 공부하다가 얼마 전에 귀국했잖아. 르 꺄도 사장님은 그냥 원장님하고 아는 동생."

"난 또 친동생인 줄 알았네. 그런데 어떻게 친동생하고 이름까지 똑같지? 신기하다."

"그치? 나도 처음에 되게 신기했어."

뒤통수를 한 대 맞은 것 같은 충격이 재하를 멍하게 만들었다.

회사로 돌아온 재하는 혼돈 속에 빠져 아무것도 할 수가 없었다.

'나리가…… 세영 씨의 동생이 아닌 게 사실이란 말이야?'

결국 그의 회사에 인턴으로 들어온 신나리가 세영의 진짜 동생이라는 사실을 알았다. 그렇다면 나리와 세영이 왜 자매 사이라고 속인 것인지.

회사에 입사한 신나리가 진짜 세영의 친동생이 맞는다면, 제가 사랑한 신나리는 누구란 말인가. 모든 게 잘못된 거라 믿고 싶었다. 나리가 자신을 속일 수는 없다. 이런 일은 일어날 수가 없는 것이다.

하지만 그건 자신을 위로하고픈 생각일 뿐이다. 아직도 미용실 직원들의 대화가 생생하고 어젯밤 형우의 말이 또렷하게 기억되었다. 인정하고 싶지 않지만 형우의 말이 진실일지 모른다.

그녀가 간첩이거나, 귀신이거나.

재하는 형우가 준 파일을 책상 서랍에서 꺼냈다. 그 안에 어떤 내용이 있는지 모르지만 그 파일 안의 내용보다는 나리는 더 믿었기에 그는 어제 그걸 열어 보지 않았다.

하지만 지금은 파일 안에 담긴 진실이 무엇인지 보고 싶었다.

재하는 복잡한 마음으로 파일 안에 있던 A4용지와 사진들을 꺼냈다.

사진은 별것 없었다. 주로 카페에서 일하거나 세영과 함께 있거나, 그와 데이트를 즐기거나 하는 일상적인 사진들이었다. 유민정이라는 여자와 함께 있는 사진도 꽤 많았다.

문제는 조사한 내용에 그녀에 대한 것들이 거의 없다는 것이다.

어젯밤 형우의 말대로 모든 걸 세영의 명의로 하고, 동생인 나리인 것처럼 살고 있다는 것밖에는 아무것도 없다. 대신 세영과 유민정에 관한 내용이 빽빽했다.

【본명 신나영.

결혼 3년 만에 이혼, 가족관계는 3남 1녀 중 장녀. 남동생 신나훈, 여동생 신나리.

현재 강남의 자가 소유 건물에서 미용실과 카페 운영. 한 살 연상의 사업가와 연애 중.

고등학교 동창 유민정과 절친. 벨리체 오피스텔에 거주.

유민정.

강남 미라클 성형외과 이현구 원장과 20세에 결혼, 최근 이혼하여 현재 숙려 기간 중에 있으며, 라움 스위트의 신나리 집에서 거주.

위자료로 받은 강남의 7층짜리 건물 소유.】

그걸 본 재하는 알 수 없는 이 모든 걸 사실로 받아들일 수가 없었다.

사랑하는 여자의 이름조차 제대로 모르고 있었다는 것과 그녀에 대해 아무것도 알 수 없다는 것을 인정하고 싶지도 않았다.

“신나리, 왜 그런 거니? 이름이 신나리는 맞는 거야? 도대체 너 누구야?”

나리에게 확인을 위해 통화를 해야 하는지 고민하며 휴대폰을 들었다. 하지만 답답한 마음에 호흡이 불규칙했고, 말보다는 한숨만 내뱉을 것 같았다.

더 솔직하게는 그녀에게 나올 대답에 대한 불안함과 두려움 때문에 쉽게 전화도 걸 수 없었다.

‘신나리…… 신세영 씨 동생이 네가 아니던데, 너 누구니?’

라고 묻는다면 그녀는 뭐라고 대답해 줄까?

그녀의 동생은 아니지만 신나리가 맞다고 대답할까? 아니면 아무 대답도 하지 못한 채 침묵을 유지할까?

이 모든 것들이 오해이길 바랐다. 부디 모든 게 잘못된 상상이기를.

이틀 전, 연화가 민정의 명의로 된 건물 등기 권리증을 들고 나리의 아

파트로 들어왔다. 숙려 기간이 남았지만 그건 의미가 없는 것이기에 연화는 캐리어에 자신이 산 것들만 넣어 가지고 민 여사의 집을 나왔다.

나가는 마지막 순간까지도 그녀에게 넘겨준 건물이 아까워 부들부들 떨었다는 말을 전해 들을 때는 그 표정을 보지 못해 나리는 많이 아쉬웠다. 나리와 연화는 민 여사와 이현구의 수중에서 벗어남을 자축하기 위해 이른 아침 연화가 가고 싶었던 이천 온천으로 향했다.

세영도 동행을 했고, 연락이 되지 않아 걱정할 것 같은 재하에게 미리 메시지를 보내 놓았다.

스파와 물놀이를 동시에 즐긴 세 사람은 오후가 되어서야 옷을 챙겨 입고 밖으로 나왔다.

"어머, 윤재하 씨가 전화를 했네. 너하고 전화가 안 돼서 나한테 한 거 아닌가?"

부재중 전화를 확인하던 세영의 말에 나리도 부재중 전화를 확인했다. 하지만 그녀에게 온 재하의 전화는 없었다.

"나한테는 안 했는데…… 왜 너한테 했을까? 불안하게."

"우리 나리한테 전화해 볼까? 오늘도 윤 대표가 뭘 물었었는지? 그렇지 않고서는 눈치챌 만한 게 없잖아."

세영이 급하게 나리에게 전화를 걸어 통화를 했다. 나리의 대답은 오늘은 윤 대표와 마주친 일이 없다는 것이었다.

"일단 부딪쳐 보지, 뭐. 윤 대표가 왜 나한테 전화를 했는지 물어보면 될 거 아니야."

세영이 재하에게 전화를 거는 동안 불안해 보이는 나리의 손을 연화가 잡아 주며 다독여 주었다.

"별일 아닐 게다. 너무 걱정 마라."

다행인지 불행인지 전화 연결이 되지 않았다. 나리의 전화로도 재하와 연결되지 않았다.

"중요한 회의가 있을 수도 있고, 아니면 휴대폰을 두고 일을 보러 나갔을 수도 있으니까, 우리 너무 쫄지 말자."

세영의 말을 듣고 이른 저녁을 먹기 위해 근처 유명한 한정식집으로 향했다. 연화와 나리가 메뉴를 고민하는 동안 세영은 미용실에 별일이 없었는지 확인하려 매니저와 통화를 했다.

그사이 나리가 주문을 했다면서 숯불갈비 괜찮으냐고 세영에게 물었다.

"괜찮아."

대답을 하는 세영의 표정이 좋지 않았다.

"왜? 미용실에 무슨 문제 생겼어?"

"아니야. 숯불갈비 오랜만에 먹는 거 같아. 맛있겠다."

세영의 얼굴이 금세 펴졌다. 때문에 나리와 연화는 잠깐 어두웠던 세영의 낯빛을 대수롭지 않게 넘겼다.

저녁식사를 마치고 올라온 후 세영이 나리와 연화의 아파트에 차를 세웠다.

"운전하느라 고생했다, 신 원장. 조심해서 가고, 나중에 우리 또 같이 놀러 가자."

"네."

"피곤하겠다. 조심해서 가."

나리가 인사를 하고 세영의 차에서 내리려 할 때였다.

"그런데, 민정아."

세영이 그녀를 또 민정으로 불렀다.

"응?"

"미용실에 어떤 남자가 날 찾아왔었대. 매니저 말로는 한 번도 보지 못한 얼굴인데, 연예인인 줄 알았다고, 키도 크다면서……. 내가 아는 남자 중에 그런 남자는 윤 대표밖에 없거든. 전화로도 모자라서 나를 직접 찾아온 이유가 뭘까?"

세영은 좋은 음식 앞에 두고 나리와 연화에게 근심을 주고 싶지 않아 미뤄 두었던 이야기를 꺼냈다. 미용실로 재하가 찾아온 것 같다는 세영의 말에 나리에게 한숨이 새어 나왔다.

"기다려 보면 알겠지. 오늘 너한테 전화하고, 찾아가 이유…… 그리고 나한테 아직까지 전화 한 통 하지 않은 이유."

"일단 들어가서 쉬어. 또 의외로 별거 아닐 수 있으니까 너무 걱정은 말고."

"그래."

연화와 함께 아파트로 올라온 나리는 아무것도 할 수가 없었다.

"내가 세영의 동생이 아닌 걸 알게 된 게 아닐까요? 세영의 진짜 동생이 그 사람 회사에 있는 나리라는 걸 알게 된 거 같은 예감이 들어요."

"혹시 윤 대표가 알게 되면 넌 어쩔 생각이니?"

"생각해 본 적 없는데 상황이 이렇게 되니까…… 내가 뭘 어떻게 할 수 있는 게 없어요. 그냥 끝……이겠죠."

"솔직하게 털어놓을 생각은 없니?"

"솔직하게……라면……?"

"말 그대로 솔직하게. 네가 신나리가 아니고 유민정이라는 거. 그리고 왜 신나리로 살고 있는지를."

솔직한 것만 만큼 가장 좋은 해답은 없다. 하지만 솔직하게 털어놓는다고 해서 믿을 만한 현실이 아니다. 털어놓는 것 자체가 불가능한 현실이다.

자칫 정신병자로 오해받기 십상이다. 그 상대가 윤재하라 하더라도.

"안 믿을 거예요. 저라도 그런 말을 듣는다면 믿지 않을 거니까요. 정신 나간 헛소리로밖에 안 들릴 것 같아요."

"그래도 만에 하나, 사랑하는 마음에서 믿어 보려고 애쓰지는 않을까? 정 안 되면 윤 대표 눈앞에서 우리가 바뀌는 걸……."

"그건 더더욱 안 돼요!"

나리가 유민정이라는 걸 그가 아는 것은 너무도 두려운 일이다. 바람둥이 남편을 두었던 이혼녀로 그 앞에 서고 싶지는 않다.

민정으로 돌아가면 전과 다르게 당당하게 살겠지만, 그래도 민정의 모습으로 재하를 마주하고 싶지는 않았다.

"네가 하고 싶은 대로 하거라. 드라마 보니까, 지금 세상은 헤어져도 다른 인연을 쉽게 만들더라. 더 좋은 인연을 만나는 경우도 있고, 또 끊어내려 해도 그 인연이 끊어지지 않아 계속 연을 이어 가는 경우도 있고. 윤 대표가 네 진짜 인연이라면 어떻게 해서든 다시 만나지겠지. 네가 민정으로 돌아가서라도."

절대 그럴 리 없다는 생각에 나리는 연화의 말에도 씁쓸한 미소만 보였다.

"기다려 보자꾸나. 신 원장 말대로 아무것도 아닐 수 있으니까."

"네."

대답은 쉬웠지만 그의 전화를 기다리는 그 마음은 지옥으로 향하고 있는 것 같았다.

시간이 흐를수록 재하의 마음에 배신감이 들어찼다. 또한 그녀에게 철저하게 기만당했다는 느낌이 짙어졌다. 속일 수밖에 없던 이유가 있었더라도 이제는 제게 털어놔야 하는 것이 아닌가.

그녀를 끔찍이도 사랑하는 자신의 마음을 알고, 그녀 역시 자신을 진심으로 사랑한다면 모든 걸 털어놓고 진실하게 마주했어야 한다. 그러나 그녀는 그렇게 하지 않았다. 저를 사랑하지 않았다는 증거로 여겨졌다.

"이름조차 알려 주지 않았다는 건…… 사랑이 없었다는 거겠지. 날 믿지 않았다는 거고."

화가 치솟는데 이상하게 실없는 웃음이 새어 나왔다.

"너무한다……."

신나리라는 이름이 나오지 않았다. 제정신으로 앉아 있을 수 없어 호텔 내 대표 전용 룸으로 올라갔다. 그러고는 미니바에 있는 양주를 꺼내 마셨다.

술기운을 빌려 문제를 회피하거나 망각하려는 자들을 이해하지 못했다. 문제가 있다면 이성적으로 부딪쳐서 해결하는 게 맞다고 생각해 왔다.

그런데 사람 일은 한 치 앞도 알 수 없다더니, 사랑하는 여자와의 문제로 이 독한 술을 혼자 마실 줄 누가 알았으랴.

"대단해. 어린 나이에, 그 순진한 얼굴로 깜찍하게 신나리라고 잘도 속이고."

정신 나간 사람처럼 혼잣말을 하며 술을 마시다 보니 어느새 반병이 비워졌고 취기가 올랐다.

이성이 마비되어 가니 그녀가 누구인지보다는 왜 자신을 속였는지, 그것만 간절하게 알고 싶어졌고 그녀를 괴롭혀서라도 진실을 들어야겠다는 생각이 강해졌다.

재하는 휴대폰을 들어 나리에게 전화를 걸었다. 하지만 벨만 울릴 뿐 받지를 않는다.

“피하겠다, 이건가? 나를 이렇게 만들어 놓고, 내 진심과 내 믿음을 이렇게 짓밟아 놓고! 피해?”

재하는 받을 때까지 그녀의 단축번호를 누르고 또 눌렀다. 그러자 그녀를 향한 원망과 분노가 더욱더 폭주했다.

“받아! 받으라고! 받지 않으면 네 집에 쳐들어가서라도 물을 거야. 그러니 받아!”

그렇게 받지 않는 그녀의 휴대폰으로 전화 걸기를 여러 번, 그녀가 드디어 전화를 받았다.

— 여보세요?

하지만 나리의 목소리가 아니었다. 상당히 차분하고 조심스러운 목소리다.

“신나리 씨, 아니…… 그 휴대폰 주인 좀 바꿔 주십시오.”

— ……죄송해요. 자고 있어서 바꿔 드릴 수가 없어요.

“자고 있습니까? 그럼 지금 전화를 받으시는 분은 누구십니까? 혹시 신세영 씨, 아니 신나영 씨입니까?”

— 아니요.

“그럼 누구십니까? 그 휴대폰 주인과 어떤 관계 되십니까?”

— 저는…… 유민정입니다.

“아, 맞다! 유민정 씨 당신하고 함께 산다고 하더니…… 당신이 받는군요. 유민정 씨, 당신도 한패인가?”

비아냥거리는 재하의 말투가 무척이나 거칠었다. 그녀에게서는 아무런 대답이 들려오지 않았다.

“침묵은 말로 대답할 수 없는 곤란한 질문에 대한 긍정을 뜻하는데…… 한패라는 뜻인가?"

— 내일 나리가 찾아갈 거예요. 가서 모든 걸…….

"나리? 누가 나리지? 그리고 난 내일까지 못 기다리겠는데 어쩌지? 당신 이름을 듣는 순간, 이건 기다려서 들을 문제가 아니라는 생각이 들었거든. 내가 당장 갈 테니 전화하면 나리, 아니 그 휴대폰 주인 내려보내"

다급하게 그의 이름을 부르는 목소리가 들렸지만 재하는 가차 없이 전화를 끊었다. 그리고 택시를 타고 나리가 살고 있는 아파트로 향했다.

'이번에는 이름이라도 제대로 알려 줄까? 네가 뭐라고 해도 믿을 수 없을 것 같지만…… 그래도 들어는 봐야겠다. 네가 왜 그랬는지.'

새벽 시간이라 나리의 아파트까지는 오래 걸리지 않았다. 보안으로 인해 입구에까지 들어갈 수 없어 재하는 그곳에서 전화를 걸었다.

받기 싫은 전화를 받는 것처럼 벨이 울린 후 한참 뒤에 연결이 되었다.

— 여보세요?

이번에도 나리가 아닌 유민정이었다.

"휴대폰 주인은 이 와중에도 잠을 자고 있습니까? 깨워서 내려보내십시오. 입구에 도착해 있으니까."

— 꼭 오늘 만나야 하나요? 내일 나리에게 들을 생각은 없는 건가요?

"이봐요, 유민정 씨! 당신들이 무슨 짓을 한지 알기나 알아? 당장 내려보내. 당장!"

— 기다리세요.

전화가 끊겼다. 그리고 5분 후에 그의 앞에 나리가 아닌 유민정이 나타났다.

"왜 당신이 내려왔지?"

"내가 다 얘기해 줄게요."

당장이라도 눈물을 쏟을 것 같은 얼굴을 하고 그녀가 그를 바라보았다. 재하는 마치 그녀가 나리인 것 같은 슬픈 얼굴로 서 있는 것이 맘에 들지 않았다.

"당신 얘기는 나중에 듣자고. 난 나리부터, 아니 나리인 척 날 속인 그 애 얘기부터 들어야겠어."

"나리는 이제…… 당신 앞에 나타나지 않을 거예요."

그녀의 눈에서 눈물이 떨어졌다. 유민정이라는 여자는 늘 이상했다.

심하지 않지만 정신감정을 받아야 하는 수준의 불안한 정서를 가진 것으로 보였다.

알게 모르게 정신과 치료를 받는 것은 남의 시선을 의식해서 가식으로 살아야 하는 재벌가에서는 심심치 않게 듣고 접했던 얘기다. 하지만 그런 여자가 나리 곁에 있는 게 맘에 들지 않았다. 그래서 유민정이 거슬렸는데…….

이상하게도 지금 그녀의 눈물이 그의 감정을 건드리고 있다. 화를 내야 하는데 오히려 위로를 해 주고 싶을 만큼 그 눈물이 가엾게 느껴졌다.

재하는 유민정이 가엾게 느껴지는 것이 술기운 때문이라고 여겼다. 또한 취기를 이용해 여자가 자신의 동정심을 유발하는 것이라는 생각이 들었다.

저 여자하고 이야기를 하면 안 된다는 강력한 경각심이 들었다.

"양심이 있으면 내일 내 앞에 나타나라고 전해요. 난 그 애 말을 들어야겠으니까."

재하가 차갑게 말하고 뒤돌아섰다. 혹시라도 그를 부르거나, 잡는 건 아닌지 신경 쓰였지만 택시를 타고 그곳을 벗어날 때까지 그녀는 얼어붙은 것처럼 그대로 서 있었다.

'신나리보다…… 저 여자가 더 수상해.'

나리에 이어 유민정까지 그의 머리와 가슴을 복잡하게 만들었다. 내일 아침 눈을 떴을 때, 모든 게 긴 꿈이었길 바랐다. 하지만 잠이 오지 않아 무척이나 더딘 밤을 보내야 할 것 같은 느낌이다.

❖

정성들여 립글로스를 발랐지만 마스카라는 하지 않았다. 혹시나 흘릴 눈물로 얼룩지면 곤란하니까. 원피스는 가지고 있는 것 중 가장 화사한 것으로 골라 입었다. 마지막 모습을 아름답게 기억되기 바라는 마음에서였다.

며칠 전 재하가 사 준 목걸이와 귀걸이를 착용하고 있는 나리를 연화가 안쓰러운 눈빛으로 바라보았다.

"윤 대표도 어제 보니까 집에 가서 잠도 못 자고 괴로워하더라. 네 사랑에 속았다는 배신감에 상처가 큰가 보더구나."

"그 상처를 알기 때문에 가는 거예요. 더 큰 상처를 주고 싶지 않아서요."

"네 상처도 큰데……. 미안하다 내가 나대고 돌아다니는 바람에 일을 이 지경으로 만들어서."

"아니에요. 어차피 끝이 정해져 있던 인연이었어요. 그 시기가 앞당겨졌을 뿐이에요. 다녀올게요."

나리는 집을 나와 재하에게 향했다.

어젯밤, 민정의 모습으로 재하를 만나고 돌아온 후, 그와의 연애를 후회했다. 순간의 달콤함을 위해 이토록 아픈 대가를 치를 줄 알았다면 그가 아무리 그녀를 흔들어 놓아도 넘어가지 않았을 것이라고, 재하와의 지난 시간을 후회와 원망으로 보냈다.

하지만 일생을 살면서 한 번도 겪어 보지 못한, 또한 앞으로도 겪지 못할지도 모를 아름다운 추억과 감정을 알게 해 준 재하와 지난 시간의 소중함에 그 후회는 사라졌다. 오히려 모든 걸 알고 준비해 온 자신과 다르게 아무것도 모른 채 이 상황을 감당해야 할 재하에게 미안했다.

이런 결과를 알고 있었음에도 이토록 가슴이 찢어지는 것처럼 아픈데, 그의 마음은 어떨까. 그 배신감과 상처는 얼마나 더 크고 고통스러울까.

그를 아프게 한 게 너무 미안하고 그가 고통스러운 것이 슬펐다. 모든 걸 그녀 혼자 감당할 수 없어 미안했다. 재하가 그녀에게 모진 말을 하며 더 아픈 상처를 내 주기 바라며 호텔에 도착했다.

그에게 전화를 했다. 그는 곧바로 받았지만 어떤 말도 하지 않았다. 나리가 먼저 입을 열었다.

"로비에 와 있어요."

— 올라와.

'네.' 라는 대답도 나오기 전에 재하가 전화를 끊었다. 설레며 그를 만나러 가던 때와 다르게 무겁고 힘든 발걸음으로 그의 집무실로 올라왔다. 대기 중인 비서가 재하의 집무실 문을 열어 주었다.

심호흡을 한 나리가 들어서자 그가 창밖을 바라보며 등을 보이고 서 있었다. 그녀가 들어왔음을 알면서도 그는 그대로 굳은 듯 움직이지 않았고, 나리도 그의 등을 하염없이 바라보기만 했다. 이제는 익숙해져야 할 그의 뒷모습에 나리는 벌써부터 나오려는 눈물을 꾹 참았다.

한참을 서 있던 그가 뒤돌아 그녀에게 시선을 주었다.

"내가 널 뭐라고 불러야 하는 거지?"

"……."

"이름을 알아야 대화를 시작할 수 있지 않겠어? 이젠 말해 줘도 되잖아, 네 본명."

나리는 미리 준비하고 온 대답을 꺼냈다.

"난 이름이 없어요."

재하에게서 비틀어진 미소가 보였다.

"신나리 말고 둘러댈 수 있는 다른 인물이 주위에 없었나?"

재하가 그녀에게 성큼성큼 다가왔다.

"이제는 솔직해지는 게 어때? 최소한의 양심과 예의는 지켜 줬으면 좋겠는데."

아픔과 분노가 억눌린 그의 목소리에 나리는 참고 있는 눈물이 왈칵 쏟아질 뻔했다. 그러나 차분한 목소리로 그에게 대답했다.

"솔직하게 말할게요. 재하 씨가 믿을 수 없는 얘기겠지만…… 믿지도 않겠지만…… 진실을 알려 드릴게요. 얘기를 듣고 더 화가 날 수도 있어요. 나를 미친 여자로 볼 수도 있어요. 하지만 그게 재하 씨가 알고 싶어 하는 진실이에요."

"듣기도 전에 화가 나려 하고, 믿음이 가지 않지만…… 일단 들어 주지. 말해 봐, 그 진실이라는 거."

편한 소파가 옆에 있음에도 두 사람은 서로를 마주하고 섰고, 그 상태에서 나리가 이야기를 시작했다.

"사는 게 무의미하다고 느껴질 만큼 힘들게 살았어요. 생각이나 감정 같은 걸 가질 만한 여유 없이 그냥 로봇처럼 살았어요. 그 와중에도 새로운 삶을 살고 싶다는 간절함이 있었고, 어느 날 기적처럼 그 간절함이 이루어졌어요. 어느 날 아침 일어나 보니 예전의 내가 아닌 지금 이 모습으로 바뀌어 있었고, 그날부터 내가 원하는 대로 살 수 있게 된 거예요."

어이없어 하는 재하의 표정이 나리의 눈에 보였다. 기가 막힌 듯 헛웃음을 토해 내지만 나리는 계속 말을 이어 갔다.

"그래서 나리의 신분을 빌렸어요. 어차피 이 모습으로 살 수 있는 시간은 1년뿐이고, 그 1년을 나리로서 사는 건 문제가 없다고 생각했어요. 조용히, 나 하고 싶은 대로 1년만 살다가 원래의 삶으로 돌아가려고 했어요. 하지만…… 한 번도 느껴 보지 못한 감정을 알게 해 준, 행복이라는 걸 알게 해 준 당신하고의 사랑을 놓칠 수 없어서 나리로 당신 앞에 있었던 거예요."

이야기를 끝낸 나리를 바라보는 재하의 눈빛은 무척이나 날카로웠다. 그녀의 말을 전혀 믿지 않는, 오히려 그 말에 화가 난 것 같은 매서운 눈초리였다. 그런 눈매로 그가 차갑게 물었다.

"끝인가?"

"네."

"더 할 말은 없는 건가?"

"없어요."

"지금 말한 게 진실인 거고?"

"맞아요."

허공을 향해 재하가 큰 한숨을 내쉬었다. 화가 나는 걸 눌러 담으려는 모습이었다.

"유민정이라는 여자하고 함께 정신과 상담 좀 받아 보지? 내가 너한테 해 주는 마지막 말이야."

재하는 그대로 자신의 집무실을 나가 버렸다. 그가 그녀의 말을 믿어 줄 것이라는 희망은 애초부터 갖지 않았다. 비웃으며 그녀를 정신병자 취급할지도 모른다고 생각했다.

하지만 이렇게 차갑게 그녀를 남겨 두고 그가 먼저 가 버릴 줄은 몰랐다.

'마지막 모습을 기억할 수 있게 마음에 담아 두려고 했는데…….'

이젠 정말 그를 볼 수 없다는 두려움과 벌써부터 찾아드는 그리움, 그리고 헤어짐의 아픔이 끝내 눈물로 터져 나왔다.

"나와 주셔야겠습니다."

비서에 의해 그의 집무실을 나왔지만 영원히 그에게서 내쳐진 것 같았다.

결국 나리는 룸을 하나 잡고 올라가 목 놓아 울었다. 다시는 오지 못할 사랑을 그리워하고 아파하며.

어제에 이어 오늘도 재하는 혼자서 술을 마셨다.

"사랑이라는 거…… 별거 아닌 줄 알았는데……. 참…… 별거네. 그 애 하나 못 보게 됐다고 이렇게 바닥으로 떨어지고 있다니."

혼자 청승을 떨고 있는 자신의 모습이 맘에 들지 않았지만 스스로를 컨트롤할 수가 없었다. 적어도 나리에 대해서는 그의 이성대로 움직인 적이 없었다. 가슴이 시키는 대로 했을 뿐인데, 그 결과가 너무 비참하다.

"어느 날 일어나 보니 그렇게 변해 있었다고? 정도껏 해야지, 정도껏!"

마지막까지 저를 우습게 본 것 같은 그녀에게 차마 화를 낼 수는 없었다. 어이없게도 웃긴 그 사연을 끝까지 듣고 있던 자신이 한심해 그냥 그곳을 빠져나왔다. 그녀를 더 보고 있으면 자신의 화가 어떻게 폭발할지 몰라 그녀를 피해 버렸다.

"잊자. 정신 나간 어린 계집애한테 뒤통수 제대로 맞은 거…… 쪽팔려서라도 잊어야 하는 게 맞지."

나리를 잊으려는 건지, 정신을 잃으려는 건지, 재하의 목으로 넘어가는 술의 양은 점점 더 많아지고 속도도 빨라졌다.

"윤재하…… 앞으로 똑바로…… 정신 차리고 살자."

그럼에도 가물거리는 의식 속에 나리의 모습이 아른거렸다.

8장

⚜

민정은 어제와 똑같은 하루를 보내고 있다. 바쁠 때는 포스 앞에서 주문을 받고, 한가할 때는 물품 주문을 하거나 테라스 의자에 앉아 있다.

어제와 다른 것이 있다면 어제까지 하던 뜨개질이 끝났다는 것이다. 재하와 그렇게 끝을 냈어도 민정은 손에서 뜨개질을 놓지 않았다.

몸과 마음이 오그라드는 그 폭풍 애교를 하지 않기 위해 속도를 냈지만 재하와 일이 터진 후에는 그리움을 주체할 수 없어 조끼가 재하인 것처럼 붙들고 있었다. 그러다 보니 어느새 완성되어 버렸다.

독학으로 완성한 첫 작품치고는 스스로 만족할 만큼 괜찮았다. 다만 이것이 제 주인을 찾아갈 수 없다는 것이 그 만족감을 아픔으로 돌리고 있었다.

“민정아, 점심 안 먹었지? 밥 먹으러 가자.”

세영이 점심을 먹자며 내려왔다.

“별로 안 먹고 싶은데.”

"또 안 먹으려고? 안 돼. 오늘 너 뭣 좀 먹이려고 맘 잡고 내려왔어! 그러니까 일어나 가자. 그날부터 시작해서 제대로 밥 챙겨 먹은 적이 없잖아!"

안 가겠다고 우겨도 마음을 잡고 온 세영은 끝까지 데리고 갈 기세였다. 끌고서라도 갈 것 같은 세영 때문에 민정은 그녀를 따라나서기 위해 테이블의 조끼를 치우려 했다. 하지만 세영이 먼저 잡고선 펼쳐 보았다.

"쓸데없이 너무 잘 떴다. 다시 만날 사이도 아니지만 뭐가 예쁘다고 이걸 끝까지 다 떴어?"

세영은 재하를 원망하고 있다. 진정으로 사랑한다면 민정의 말이 헛소리 같아도 믿어 주고 받아들여 주는 게 아니겠냐며, 그대로 그녀를 내친 재하를 미워하고 있다.

"야, 나훈이 입히게…… 그러기엔 또 심히 늘씬한 몸매를 가지셨었네, 그분."

"가자. 빨리 나와."

민정은 세영에게서 조끼를 빼앗듯 잡아채서 쇼핑백에 넣었다. 그리고 먼저 카페를 나섰다.

"야! 유민정, 같이 가!"

재하와 끝낸 후 달라진 건 그녀의 이름을 찾았다는 것이다. 진짜 나리는 입국해서 드림시티 직원이 되고, 연화도 민정으로 살면서 이현구와 이혼했으니 굳이 다른 이름을 가질 필요가 없었다.

민정으로 부른다고 누가 뭐라고 할 사람이 없고, 그녀의 재산을 민정의 명의로 변경해도 문제될 게 없다. 그래서 더 이상 나리로 살 필요가 없었다.

물론 호칭만의 이름을 찾았을 뿐, 그녀는 아직 스물넷, 신나리의 모습 그대로이다.

카페 직원들은 그저 개명한 줄만 안다. 세영이 농담처럼 잃어버린 생부를 찾아 새 이름을 찾았다고 했고, 직원들은 그걸 사실로 받아들이고 있어 나리에서 민정으로 바뀌었어도 특별한 불편함은 없었다.

"그런데 손에 그건 뭐야?"

세영의 손에 들린 물병을 보며 민정이 물었다.

"이거? 카카오닙스차."

"그건 왜?"

"다이어트에 좋다고 해서. 네가 갈수록 말라 가니까 옆에 있는 내가 점점 더 돼지로 보이잖니. 그리고 너 이제 그만 마음 아파해라. 너 뼈만 남았어. 얼굴은 해골이고. 솔직히 그 인간은 잘 먹고 잘 살지 누가 아니? 그러니까 넌 너대로 밥 좀 팍팍 먹고, 잠도 자고, 좀 웃고!"

민정은 차라리 그가 잘 먹고 잘 살기를 바랐다. 자신처럼 먹지도 못하고, 자지도 못하고, 어떤 것에도 즐거워하지 않은 게 아니라 재하는 부디 잘 지내고 있기를 바랐다.

앙상한 자작나무와 같이 말라 버린 그녀의 모습을 멀리서 재하가 바라보고 있었다. 걸음걸이에도 힘이 없고 얼굴에는 표정은 물론이고 생기조차 보이지 않는다.

음식점으로 들어가기는 했지만 거의 먹지 않는 그녀의 모습을 멀리서 지켜보고 집무실로 돌아왔다. 그녀를 보지 않고 버틴 지 일주일 만에 달려가서 몰래 훔쳐본 게 오늘로써 열흘째다.

스스로 미친놈이라고 욕해 보지만 그녀가 보고 싶어 견딜 수 없을 때는 정말 미친 것처럼 그녀에게로 향한다. 갈수록 말라 가는 그녀 앞에 나서지 않기 위해 마지막 정신줄을 붙잡고 있는 중이다.

허탈하고 씁쓸하고, 그러면서 먹먹한 마음으로 집무실에 도착할 때쯤 형우에게 전화가 걸려 왔다.

— 어디야?

"들어가는 중."

— 나 백화점에 왔다가 잠깐 올라가려고 하는데, 시간 괜찮아?

누군가를 만나고 싶지 않았다. 하지만 그녀 생각에 멍해지고 싶지 않아 올라오라 말하고 통화를 끝냈다.

'정신 차리자, 윤재하.'

집무실에 재하가 들어오고 바로 형우도 들어왔다.

"백화점엔 무슨 일로? 네가 직접 쇼핑할 일이 뭐 있다고?"

"그럴 일이 있지."

그의 가슴은 다 타들어 간 새카만 숯덩이가 되었건만 형우는 거드름까지 피우며 싱글벙글 신나는 얼굴이었다. 재하는 그런 형우를 보며 그를 올라오게 한 걸 후회했다. 하지만 이미 형우는 친구의 낯빛은 눈에 보이지도 않는지 곤란하게 그녀의 안부를 물었다.

"연애는? 그 정체를 알 수 없는 어린 아가씨는 잘 있고? 예쁘고 어려서 단속 좀 해야겠던데……."

"네 걱정이나 해라. 난 단속이 필요 없을 정도로 아주 잘 돼 가니까."

"넌 정말…… 다 알고 있는 거야? 그 애가 누구인지?"

"알아."

형우가 재하를 향해 의심의 눈초리를 던졌지만 이내 대화의 주제를 돌렸다.

"윤재하, 내가 너희 백화점 매출 좀 올려 줬다. 한턱 쏴."

"어머니 다녀가셨냐?"

"아니. 와이프 선물 샀다. 임. 신. 축. 하, 아니 감. 사. 선. 물. 푸하하하, 내가 아빠가 된단다, 자식아!"

책상 위의 명패를 형우를 향해 집어 던지고 싶은 마음을 꾹꾹 눌러 담으며 축하의 인사를 건넸다.

"그래? 축하한다. 이제 아빠도 되니 철 좀 들고."

"우리 벌써 이름부터 지었다. 딸이면 최율희. 아들이면 최태빈. 어때?"

이제 갓 생겨난 생명체에게도 이름부터 짓는데 그녀는 스물네 살이나 되었는데도 이름이 없다 했다. 또다시 그녀의 존재에 대해 고민하게 되는 순간이었다.

"그래, 잘 지었다. 아직 빛도 안 본 녀석도 자기 이름이 있는데……."

"왜? 누가 이름이 없대? 무명 씨야? 혹시 그 네 어린……. 솔직히 말해 봐. 그 애 간첩이지? 신고 안 할게. 나한테는 솔직하게 털어놔. 그 정도로 털어서 아무것도 안 나오면 정말 그건 간첩 아니면 귀신이라니까."

"귀신이야. 됐냐?"

업무를 핑계로 형우를 급하게 돌려보냈다.

나리에 대한 마음을 안정시키고 글램핑 현장으로 향할 때였다. 드림월드를 거쳐 가는 길에 귀신의 집이라 할 수 있는 공포 체험관 옆을 지날 때였다.

'정말 귀신에 홀린 건가?'

존재를 알 수 없는 나리에게 벗어나지 못하고 있으니 홀렸다고밖에 할 수 없다. 헛웃음으로 자신의 생각을 털어 내고 현장에 도착하니 그의 눈에 진짜 신나리가 보였다.

현장 소장에게 무언가를 열심히 듣고 있는 그녀를 보자 가슴 한편이 욱신거렸다.

'귀신에 홀린 게 맞나 보네. 한순간도 너를 떨쳐 낼 수 없는 거 보면……'

오늘도 그녀가 미치게 그리웠다. 그 그리움에 힘든 하루를 보내고 집으로 돌아왔다.

그녀와 함께 먹었던 식탁을 넋을 빼고 바라볼 때 휴대폰에 메시지 알림음이 울렸다. 그럴 리 없지만 혹시나 하는 마음에 급하게 메시지를 확인했다. 하지만 그녀가 보낸 메시지는 아니었다.

[라인 스튜디오입니다. 주문하신 확대 사진 나왔습니다. 편한 시간에 방문해 주십시오.]

메시지를 확인한 재하는 텅 빈 벽을 바라보았다.

"저기에서 늘 네 모습을 볼 수 있다면……."

그리움이 더욱 커질지, 아니면 어느 정도 위로가 될지 알 수 없었다. 하지만 그녀를 잊어야 한다. 잊기 위해서는 벽에 그녀의 사진을 걸어 놓는 무모한 행동은 하지 않는 것이 정상이다.

엉망진창인 자신의 마음이 맘에 들지 않아 한숨을 내쉬며 휴대폰을 던져 버렸다. 그리고 몸도 침대로 던졌다.

"다 귀찮다. 다 귀찮아."

한숨을 내쉬며 눈을 감는데 휴대폰 벨이 울렸다. 몸을 다시 일으키지 못할 것 같던 몸이 스프링처럼 튀어 올랐다. 그리고 소파에 던진 휴대폰을 급하게 찾아 발신인을 확인했다. 발신인이 형우인 것을 확인하자 허탈함이 밀려왔다.

거절을 눌렀다. 아내의 임신 자랑을 할 것 같고, 그녀에 대해 언급을 할 것 같아 받고 싶지 않았다. 그가 받지 않자 이번에는 메시지를 보내왔다.

[네 의문의 어린 여친, 단속할 필요 없다더니 남자하고 있는데? 너보다 어려 보이는 놈하고.]

메시지를 확인하자 저절로 거친 말이 튀어나왔다.

"이런, 제길!"

❖

"민정아, 부탁 하나만 하자."

세영이 다급한 모습으로 내려와 민정의 손을 덥석 잡았다. 무척이나 간절한 표정을 지으며.

"무슨 부탁?"

"네가 지금 그럴 상황이 아니라는 건 알지만…… 그래도 너밖에 없어서."

"그냥 해. 네가 어떤 상황이었든지 내 부탁 들어줬잖아. 뭐든 말해. 지금 내 상황 상관하지 않고 들어줄 테니까."

그녀의 유일한 버팀목이었던 세영의 부탁은 의무감에서도 아니고, 보은의 의미에서도 아니었다. 그냥 순수하게 세영이 그녀에게 도움을 주었던 것처럼 그녀도 세영에게 모든 걸 해 주고 싶은 마음에서 편하게 대답해 주었다.

하지만 세영은 다급하게 그녀를 찾아 내려온 것과 다르게 말을 꺼내지 못하고 머뭇거렸다.

"뭔데? 난 괜찮으니까 편하게 말해."

"하, 그래 편하게 말할게. 나훈이가 여자한테 차였어. 아니, 완전히 놀아났어. 프러포즈 거절 안 하고 명품 백, 고급 쥬얼리, 화장품까지 온갖 선물 공세 다 받아 놓고 결혼 날짜 잡자니까, 결혼 생각 없다고 했대."

자리를 잡고 앉은 세영이 흥분을 하며 남동생의 사연을 계속 털어놓았다.

"그래, 그럴 수 있어. 돈이 아깝지만 사람 마음 한결같을 수는 없으니까. 그런데! 이 계집애가 나훈이보고 너 같은 찐따하고 만나 준 것만 해도 고마운 줄 알라고 했대. 네 주제에 자기 같은 여자 데리고 다닌 건 있을 수 없는 기적인데, 그걸 자기가 해 줬으니 그 모든 선물들을 그 대가라고 생각하라고 했대."

얘기를 들은 민정은 나훈이 그녀에게 있어서도 남동생이나 다름없었기에 화가 나기 시작했다.

"말도 안 돼. 뭐 그런 못된 게 있어?"

"더 기가 막힌 건 그게 아주 선수더라. 나훈이 말고 만나는 놈이 또 있는 데다 그놈하고 결혼할 거라 그랬대. 네 차는 뭔데 그 남자 차는 뭐고, 네 집은 그냥 아파트인데 그 남자 집은 강남 어디 주상복합이고…… 아이고, 말 꺼내니까 또 열불이 나네."

세영만큼 민정도 속에서 천불이 나는 것 같았다. 순수하고 착한 나훈에게 아픈 상처를 준 그 못된 여자가 이현구와 다르지 않게 느껴지자 화를 참을 수가 없었다.

"나훈이 위해서 내가 뭐 도와줘야 해? 뭐든 말해. 다 해 줄게. 그 남자보다 더 좋은 차 사 줄까? 아니면 우리 아파트, 라움 스위트에 나훈이 집 하나 마련해 줄까?"

"오버하지는 말자, 민정아. 너한테 부탁할 게 뭐냐면…… 이번에 연화 할머니가 산 차 빌려서 너하고 데이트 좀 하게 해 줘."

"엥? 데이트? 내가? 나훈이하고……?"

이건 좀 들어주기 어려운 부탁이다. 남동생 같은 나훈이와 데이트라니.

"누가 진짜로 하래? 그년이 네가 가지고 논 신나훈이 그렇게 후진 놈이 아니다, 보여 주려는 거지. 연화 할머니 차가 그놈 차보다 훨씬 좋은 데다 그년보다 네가 더 어리고 예쁘니까. 배 좀 아프게 만들라고. 나훈이 데리고 밥이나 한 끼 먹으면 돼."

밥 한 끼 먹는 건 어려운 일이 아니다. 다만, 그녀의 모습이 나훈이 아는 민정 누나가 아니라, 괜히 녀석의 가슴을 설레게 만들 수도 있는 어린 여자라는 게 문제라면 문제다.

"그러다 나훈이가 나 좋다고…… 하면?"

"너를 민정 누나 먼 친척 동생이라고 얘기했어. 조만간 결혼할 남자도 있다고 해서 미리 마음 단속시켜 놨으니까 걱정은 접어."

"그렇다면…… 우리 나훈이 울린 그 못된 애 좀 골려 줘야지."

"가서 빡 치게 만들어 줘. 완전 빡 치게!"

"맡겨 둬. 내가 그런 애 여러 번 상대해 봐서 잘하지."

세영이 그녀만 믿는다는 말을 하고 미용실로 올라갔다.

'뭐 그런 못된 게 다 있어? 아주 이현구하고 똑같아 가지고. 남의 진심이나 상처 따위는 안중에도 없고…….'

하지만 그런 생각도 곧 사라졌다.

'그렇게 따지면 재하 씨 진심이나 상처 생각하지 못하고 시작한 나는?'

잠시 잊었던 재하가 떠오르자 또다시 괴로워졌다.

나훈의 여자 친구가 웨이트리스로 일하고 있는 곳은 서울의 최고급 레스토랑이었다. 그곳에 나훈과 함께 자리를 잡고 앉았다. 그 여자가 주문을 받으러 그 테이블에 왔을 때, 민정이 나훈에게 말했다.

"선물로 준 이 백 너무 고마워. 그래서 나도 준비했어."

민정이 나훈에게 선물로 받았다고 말한 에르메스 핸드백에서 스위스 브랜드의 고급 시계 케이스를 내밀었다.

"어? 어, 고마워."

나훈이 어색하고 쑥스러워했다.

"귀여워."

그 모습의 나훈이 동생으로서 귀여워 보여 그런 말이 자연스럽게 나왔다. 옆에 있는 여자가 인상을 쓰며 민정을 쳐다보았다.

'너구나? 우리 나훈이 마음 아프게 한 거. 세영이 말대로 한번 제대로 빡 쳐 봐라.'

그녀가 누구를 만나든 상관하지 않기로 했다.

'누구 하나 또 망가지겠군.'

형우에게 온 메시지를 확인하고 다시 던져 놓은 휴대폰에서 주기적으로 여러 번 계속 알림음이 울렸다. 전원을 아예 꺼 놓기 위해 다시 휴대폰을 들었지만 끝내 종료 버튼을 누르지 못하고 형우가 보내온 메시지를 확인했다.

[오호, 분위기 좋은데? 서로 바라보는 눈에서 꿀이 뚝뚝 떨어져. 당장 헤어져라, 윤재하.]

[와우! 주문한 와인이 페트뤼스야. 저 정체 모를 아가씨가 이번에는 어리고 능력 있는 녀석으로 골라잡은 듯. 다시 한 번 말하지만, 당장 끝내라, 윤재하.]

[넥타이도 고쳐 매 주는 폼이 하루 이틀 만나 온 사이 같지는 않다. 너 등신 된 것 같다. 쫑 내!]

그리고 그 아래로 그녀와 정장을 잘 차려입은 남자가 마주 보며 와인을 마시고 있는 모습의 사진을 찍어 보냈다. 재하가 자리에서 벌떡 일어났다.

사진의 배경으로 봐서는 형우가 좋아하는 여자를 만났을 때 데리고 가던 레스토랑이라는 것을 알 수 있었다. 재하는 그곳으로 급하게 차를 몰았고 예상시간보다 더 빨리 그곳에 도착했다.

주차장에 도착해 막 차에서 내리려는데 눈앞에 그녀가 보였다.

형우의 메시지로는 어리고 능력 있는 남자라더니, 조수석을 문을 열어주는 남자는 20대 후반으로 보였고 조수석 문을 열고 있는 차는 포르쉐 마칸이었다. 가슴에서 불기둥이 치솟아 올랐다.

차가 출발하기 전에 그녀를 내리게 해야 하는데, 그가 차에서 내리자마자 포르쉐가 출발해 버렸다.

"신나리!"

늘 불렀던 그녀의 이름이 화가 가득 담긴 채 튀어나왔다. 다시 차에 올라 그 차를 따라갔다.

아무 생각이 나지 않았다. 그녀를 잡아야겠다는 생각밖에는 없었다. 왜 잡아야 하는지, 잡아서 뭘 어쩔 건지 알 수 없었지만 그녀를 저 차가 아닌 자신의 차에 태워야겠다는 생각뿐이었다.

"어딜 가는 거야? 도대체."

정신없이 차 뒤꽁무니만 보고 따라와 보니 그녀의 아파트였다. 그런데 그 차는 자연스럽게 주차장으로 들어갔고 재하의 차는 들어갈 수가 없었다. 주차장에 들어갈 수 있다는 건, 이 아파트의 등록 차량이라는 것이다.

그렇다면 저 차주는 누굴까? 그녀? 남자?

남자의 것이라면 함께 산다는 걸까? 아니다. 그녀는 유민정과 살고 있다.

그냥 같은 아파트 사는 이웃사촌?

그러다 문득 헛웃음이 터져 나왔다. 그러고 있는 자신의 모습이 한심하고 어이없었다.

'미친놈. 완전히 미쳤구나, 진짜로. 무슨 상관이라고…….'

그러면서도 한동안 그 자리에서 벗어나지 못했다.

❖

"그 계집애가 어제 열 받아서 나훈이한테 전화했대. 그리고 나훈이가 너한테 도와줘서 고맙다고 전해 달래. 그리고 진짜 결혼할 남자 있냐고 묻더라. 그 남자는 전생에 나라를 구한 거라고도 전해 달라더라. 호호호."

어제 있었던 나훈과의 일을 풀어내며 세영이 즐거워했다.

"그런 못된 계집은 아주 크게 혼쭐이 나야 하는데. 그 정도로 끝내서 좀 아쉽구나."

"그렇죠? 그래도 그 본성으로 결국 큰일 한 번 나겠죠? 세상이 그렇게 만만치 않아요."

"그럼, 그럼."

연화와 세영의 대화가 끝나고 두 여인이 민정의 그릇을 보았다. 민정의 영양 보충을 위해 일부러 삼계탕집을 찾았는데, 그녀는 한 수저만 뜨고는 깨작거리고 있었다.

세영이 보다 못해 버럭 소리를 질렀다.

"유민정, 더는 못 봐 주겠다. 그렇게 미칠 것 같으면 찾아가! 숨어서 얼굴이라도 보라고! 그것만으로도 안 되면 그냥 다 까발리고 눈앞에서 사라지는 것까지 보여 줘. 그리고 너 없이 못 살겠다고 해!"

세영의 말대로 그렇게 해서라도 함께할 수 있다면 그렇게 하고 싶다. 하지만 그럴 수 없다. 사라진 나리의 모습에 충격을 받은 이현구가 그녀를 다시 만났을 때의 표정이 생생하다.

그때 두려워하는 눈빛과 하얗게 질린 얼굴로 귀신 보듯 하고는 쏜살같이 도망갔던 이현구.

재하라고 해도 다를 게 없을 것 같다. 믿을 수 없고, 과학적으로 증명할 수 없는 현상을 본 후의 패닉, 그 혼란을 그에게 주고 싶지 않다. 그 혼란으로 인해 그가 더 괴로워할 것 같아 그렇게 할 수 없다.

그늘진 얼굴에 더욱더 깊은 어둠이 드리워지는 민정을 보며 연화가 한숨을 내쉬고 말을 꺼냈다.

"내 말 안 하려고 했는데……. 윤 대표 그놈도 너하고 똑같이 하고 있다. 잘 먹지도 못하고, 잠도 푹 못 자고, 비쩍비쩍 말라 가도록 너를 그리워하고 있단다. 아주 밤마다 너 때문에 몸부림을 치면서도 왜 너한테 찾아오지 않는지 모르겠구나. 도대체 무슨 똥고집인지."

"윤 대표도 이러고 있단 말이에요?"

세영이 믿을 수 없다는 투로 물었다. 민정 역시 놀란 얼굴로 연화를 보고 있었다.

"그래. 그리고 어젯밤에……."

연화가 말을 끝까지 하지 못하고 입을 다물었다. 민정의 눈치를 살피는 것이, 심각한 말을 하려는 것 같았다.

"어젯밤에는 빈속에 술 퍼마시고 네 이름만 부르며 구시렁거리더라. 그리고 밤새 끙끙 앓았어. 식은땀 흘리면서 괴로워하는 걸 봤는데…… 단순한 술병은 아닌 것 같고. 오늘 어떻게 병원엔 갔는지 모르겠구나?"

"윤 대표 혼자 살잖아. 아프다고 해도 봐 줄 만한 가족도 없고……. 비서가 왔으려나?"

그가 걱정이 되었다. 동시에 그에게 가고 싶다는 생각과 외면당할지도 모른다는 두려움에 민정은 어찌할 바를 몰랐다. 끙끙 앓았을 재하의 모습이 아른거렸고, 이내 그 모습도 눈물에 흐려졌다.

'가고 싶어. 보고 싶어.'

그 마음이 간절해진 민정은 저녁을 거른 채 자리에서 일어서고 말았다.

❖

최 비서의 전화를 받고 몸이 안 좋아 결근하겠다는 말을 하고 약을 챙겨 먹은 것까지 기억이 난다. 정신을 잃었던 것인지, 잠을 잔 것인지, 알 수가 없었다. 시간이 얼마나 흘렀는지도 알 수 없었다.

눈을 떠 보니 앞이 제대로 안 보일 정도로 어두웠고, 몸에서 열이 나는 것 같은데 덜덜 떨릴 정도로 추울 뿐이었다. 얇은 시트로 온몸을 둘둘 감고 최대한 웅크려 보지만 한기가 가시지 않았다.

'이러다 할아버지 따라 저세상 가는 거 아닌지 모르겠군.'

어떤 의지도 없으니 그 힘없고 괴로운 와중에서도 피식 웃음이 나왔다. 그리고 또다시 정신이 몽롱해졌다. 정신이 오락가락하는데도 그리운 그녀의 모습은 또렷하게 떠올랐다. 그리고 그리움이 무섭게 밀려들었다.

'벌을 받는 건가?'

그녀가 그리우면서도 밀어냈다. 배신감이 느껴지면서도 깔끔하게 잊지 못하는 자신을 한심해하기보다는 그녀만을 원망하고 미워했다. 다시 그녀를 옆에 두고 마음껏 사랑하고 싶으면서도, 그녀를 악녀로 몰아붙이며 절대 가까이 해서는 안 된다고 스스로에게 채찍질했다.

자신에게조차 솔직하지 못하게 그녀를 향한 감정을 속이며 자신을 망가뜨린, 그 벌을 받고 있는 기분이다.

'보고 싶은데…….'

그녀를 그리워할 때, 부드럽고 따뜻한 손길이 그의 이마를 짚는 느낌이 들었다.

"이렇게 아프면 병원에 가야죠! 이러고 있으면 어떡해요?"

그리고 그녀의 목소리가 들려왔다.

"미쳤나 봐. 이게 뭐예요!"

우는 것 같은 그녀의 목소리에 눈을 뜨려 했지만 쉽게 눈을 뜰 수가 없었다.

'그 애가 올 리가 없는데…….'

아파서 죽는 게 아니라 그녀를 향한 상사병으로 죽는 것처럼 그녀의 목소리와 손길을 환청으로 듣고 느끼며 그는 정신을 놓아 버렸다.

지옥 불 사이에서 길을 잃고 헤매고 있었다. 너무 뜨거워 고통스러웠다. 괴로운 그곳에서 빨리 벗어나고픈 마음에 힘껏 달려 보려 했지만 한 걸음조차 마음대로 움직일 수가 없었다. 그저 빨리 빠져나갈 수 있기를 간절하게 빌었다.

그러자 거짓말같이 호흡이 편해졌다. 뜨거운 불바다도 사라지고 무거워서 움직이지도 못했던 몸이 가벼워졌다는 생각이 들 때, 그의 눈이 떠졌다. 낯선 공간이었지만 자신이 누워 있는 곳이 병원이라는 걸 알아채는 건 어렵지 않았다.

어젯밤 심하게 앓았던 기억이 났다.

'퇴원한 지 얼마나 됐다고…….'

자신의 나약함에 깊은 한숨을 내쉬는데 침대 한쪽에 엎드려 있는 그녀가 보였다. 간호를 한 후 지쳐 잠든 모습이었다. 엎드려 있어 그리운 그녀의 얼굴은 보이지 않았다. 다만 부드럽게 웨이브 진 머리카락과 가녀린 어깨와 등이 보였다.

울컥하는 감정이 치솟았다. 그녀가 없었기에 그 모든 순간이 지옥이었다는 걸 깨달았다. 허리를 세우고 앉아 그녀의 머리카락을 조심스럽게 쓰다듬었다. 손끝에서 그녀의 부드러운 머릿결이 느껴지자 그때서야 환상이 아님을 확인하며 안도했다.

'이제는 네가 귀신이든, 간첩이든 상관없어. 다시는 지옥으로 들어가고 싶지 않아.'

그의 손길을 느껴졌는지 그녀가 일어났다. 두 사람의 시선이 마주쳤다. 하지만 누구도 먼저 말을 건네지 못하고 서로를 바라볼 뿐이었다.

재하가 먼저 입을 열었다.

"꿈은 아닌 거지?"

"아닐 거예요. 절대."

"확인하고 싶어."

재하가 손을 내밀었다. 민정이 손을 잡자 자신의 앞으로 끌어당겼다. 그의 손길을 따라 그녀가 곁으로 가까이 다가오자 민정의 얼굴을 그가 쓸어내렸다.

"보고 싶었어."

그의 말에 그녀의 눈가가 붉어졌다. 재하가 입술을 포갰다. 지금의 순간이 꿈이나 환상이 아니라는 것을 확인하기 위해, 다시는 그녀를 놓치고 싶지 않은 마음으로, 키스가 깊어지고 뜨거워졌다.

그렇게 온전하게 서로의 호흡을 느끼며 지옥에서 빠져나온 평화를 느끼던 그때, 두 사람을 방해하는 노크 소리가 들렸다. 민정이 화들짝 놀라며 재하에게서 떨어지며 대답했다.

"네."

병실 안으로 주치의와 간호사가 들어왔다.

"깨어나셨네요. 어디 불편하신 데 없으십니까?"

주치의가 그의 상태를 묻는 동안 간호사가 체온과 혈압을 쟀다.

"혈압은 정상이지만 아직 미열이 있습니다. 일단 안정이 가장 중요합니다."

"퇴원은……."

재하의 말에 주치의가 단호하게 그의 말을 잘랐다.

"이번에는 쉽게 퇴원하실 수 없습니다."

재하 역시 퇴원할 수 있는 상태가 아니라는 걸 아는지 고집하지 않고 주치의 말에 고개를 끄덕였다.

"그리고 다시 한 번 강조드리지만 휴식과 숙면이 중요합니다. 특히 숙면이요!"

주치의의 시선이 민정에게 잠깐 머물렀다.

"일단 퇴원은 생각하지 마시고 컨디션 회복에만 집중하세요, 윤 대표님."

"알겠습니다."

재하가 얌전하게 대답하자 주치의도 더 이상 잔소리를 하지 않고 병실을 나갔다.

병실에 단둘이 남게 되자 재하가 민정을 그의 옆에 앉혔다.

"아픈 건 어떻게 알고 왔어? 이번엔 최 비서도 이렇게 아픈지 몰랐을 텐데."

"아, 그게……."

유민정으로 살다가 자정이 되면 귀신으로 돌아가는 연화의 이야기를 할 수는 없었다. 그렇다고 그럴 만한 핑계를 댈 만한 것도 없었다.

"신나리, 너 혹시…… 귀신이 맞는 거니?"

민정이 움찔 놀랐다. 농담치고는 그녀가 방금 한 생각과 자신의 존재와 연화의 존재를 다 알고 하는 말 같았기 때문이다.

"뭐 이렇게 놀라? 진짜 귀신인 것처럼."

그가 다시 그녀를 품에 안으며 장난기 빠진 목소리로 속삭였다.

"네가 귀신이든, 간첩이든, 신나리가 아니든, 네가 무엇이든 상관없어.

그냥 내 옆에 있어. 떠나지만 말고.”

“안 떠나요.”

‘그날까지는’ 이라는 말은 차마 꺼내지 못했다.

“약속 지켜.”

차갑지만 부드러운 손길로 재하가 그녀의 뺨을 감쌌다. 다시 만난 연인의 애틋한 키스는 끝날 줄 몰랐다.

이틀을 입원했다가 집으로 돌아왔다. 집에 돌아온 재하는 오랜만에 단잠을 즐겼다. 2시간의 낮잠이었지만 깊은 숙면이었다. 느긋하게 팔을 뻗어 옆자리를 더듬었다. 하지만 옆에서 함께 잠들었던 그녀가 느껴지지 않자 급하게 일어났다.

침대에서 빠져나와 거실로 나오는데 주방 쪽에서 소리가 들려왔다. 무언가를 요리하고 있는 그녀의 뒷모습을 보자 그때서야 마음이 놓였다. 그녀를 병실에서 봤을 때만 해도 꿈을 꾸는 줄 알았다. 하지만 꿈이라도 그녀의 모습을 볼 수 있음에 행복했다.

그게 꿈이 아닌 걸 알았을 때는 돌아가신 할아버지가 그에게 보내 준 위로의 선물이라 생각했다. 아니면 너무나 간절한 그리움에 대한 신의 응답이라 여겼다. 그래서 그녀를 보며 다시는 놓치지 않겠다는 다짐을 했다. 다시 만난 벅찬 감동을 느끼며 그가 다가가 그녀의 등 뒤에서 허리를 껴안았다.

“간 줄 알았어.”

“저녁 만들고 있어요.”

“나리야. 같이 살자. 우리 매일 이렇게 같이 눈뜨고, 같이 밥 먹고, 같이 잠들고. 그리고 행복하게."

민정에게서 대답이 나오지 않았다. 죽을 젓고 있던 손놀림도 멈췄다.

"대답을 하지 않는 건…… 싫다는 건가? 안 된다는 건가? 아니면 부끄러워서 그냥 침묵하는 건가?"

"일단 저녁부터 먹고, 얘기해요."

"난 답부터 듣고 싶은데."

민정이 전기레인지에서 끓인 죽을 내려놓았다. 그리고 커피를 내려 한 잔씩을 앞에 두고 재하와 마주 앉았다.

"안 되는 거예요."

"응?"

"같이 사는 건…… 안 돼요."

"왜?"

"왜냐고 묻는다면…… 더 오래 같이 있고 싶어서요."

"더 오래라……?"

유쾌하지 않은 표정으로 생각에 빠진 것 같은 그가 무거운 목소리로 물었다.

"두 가지만 물을게. 너의 시간…… 어떤 이유인지는 모르겠지만 내년 봄에 끝나는 게 맞아?"

민정은 고개를 끄덕거렸고, 재하는 깊은 한숨을 내쉬었다. 그리고 몇 번 더 무거운 한숨을 내쉬고 남은 한 가지 질문을 던졌다.

"네 진짜 이름은?"

"……."

유민정이라는 그녀의 진짜 이름을 알려 줘야 하는지 고민이 되었다. 만일 그녀가 유민정이라고 하면 당장 그가 의심하고 혼란스러워할 것들이 많다. 그리고 그에게는 민정이고 싶지 않았다. 스물넷의 예쁘고 사랑스러운 신나리로 기억되길 바란다.

"신나리요."

묻고 싶은 단 두 가지에 대한 대답이 만족스럽지 못했는지 그의 굳은 표정이 펴지지 않았다. 커피만 마시며 생각에 빠진 것 같은 그가 고개를 끄덕거렸다.

"그래, 이제 와서 뭐가 중요하겠니? 함께 있는 게 중요하지."

그녀의 대답을 수긍하고 하는 말은 아닌 것 같았다. 질문에 대한 정답을 체념한 채 현실에서의 가치를 찾으려는 듯했다. 더 이상의 것을 묻지 않아 다행이었다. 그녀에 대해 묻는다면 대답해 주지 못할 것들이 많기에 그의 질문은 반갑지 않다. 그의 말대로 함께 있으면 다인데.

"고마워요."

"뭐가?"

"그냥…… 더 묻거나 따지지 않아 줘서."

"고단수네. 고맙다는 말로 더 묻거나 따지지 않게 만들어 버리는 솜씨가. 그런데…… 내가 어느 날, 너에게 궁금한 것들을, 알아야겠다고 생각한 것들을 떠나기 전에는 알려 줬으면 해."

"……그럴게요."

궁금하지 않아 더 묻지 않는 것이 아니라, 그녀를 온전하게 믿기 때문에 넘어가는 것이 아니라, 다시 이별하게 될까 두려웠기 때문에 재하는 모든 걸 덮기로 했다. 그래서 대화의 주제를 다른 것으로 돌렸다.

"그리고 또 하나, 네가 담근 겉절이 먹고 싶어."

"내일 담아 가지고 올게요. 또 뭐요? 또 먹고 싶은 건 없어요?"

그녀가 활짝 웃으며 물었다. 그를 위해 무언가를 해 줄 수 있다는 게 기쁘기만 했다.

"또 먹고 싶은 거……는……."

재하의 시선이 그녀에게서 떨어지지 않았다. 타들어 갈 듯 바라보는 그의 시선이 무엇을 뜻하는지 알아챈 그녀의 미소 속에 부끄러움이 배기 시작했다.

너무도 그리웠던 그녀의 그 미소다. 늘 수줍은 듯, 그러면서도 투명한 이슬 같은 그녀의 그 옅은 미소를 보자 온전하게 그녀가 돌아왔다는 게 느껴졌다. 그녀와 함께 살고 싶지만 그렇게 하지 못해도 상관없다. 그녀에게 궁금한 것들도 많고, 확인하고 싶은 것들도 많다.

이름도 신나리가 아닌 걸 알지만 이름 따위도 중요하지 않다. 그녀와 떨어져 있는 동안 진짜 중요한 걸 깨달았기 때문에 재하는 그녀에게 아무것도 묻지 않기로 했다.

그녀를 속속들이 아는 것보다 저 미소를 그가 보고, 지키는 것이 더 소중하기에.

"이제 죽 좀 먹어요. 잘 먹고 잘 자야 한다고 했잖아요."

부끄러운 상황을 모면하기 위해서인지 그녀가 서둘러 그의 앞으로 죽을 내놓았다. 다시 오지 않을 것 같던 평화로운 일상에 행복했지만 오늘도 그녀는 12시 안으로 들어가야 한다며 일어섰다. 하지만 재하는 그런 그녀를 이해할 수 없었다.

"이제는 외박해도 되는 거 아닌가? 유민정 씨하고 같이 살고 부모님은 안 계시는 걸로 아는데? 그러니 외박한다고 뭐라고 할 사람이 없을 텐데, 왜 꼭 집에 가려고 하는 거지?"

"……."

"그것도 더 오래 같이 있고 싶어서라는 게 답인가?"

"그렇다면 믿어 줄래요?"

재하에게서 얕은 한숨이 나왔다.

"믿고, 안 믿고를 떠나서 함께 오래 있고 싶으니까…… 참아 볼게. 가자."

그녀를 보내고 싶지 않지만 아무렇지 않은 듯 웃어 주며 재하도 일어섰다. 그리고 그녀를 데려다주는 길에 불현듯 포르쉐 마칸의 뒤꽁무니를 따라가던 며칠 전 일이 떠올랐다.

"신나리."

화가 난 것 같은 목소리에 그녀가 흠칫 놀라며 재하를 바라보았다. 운전을 하다 그녀를 힐끔 쳐다보는 그 눈빛이 날카로웠다.

"예전에 내가 그랬을 텐데, 양다리는 안 된다고."

"그랬……죠."

"그런데 왜 그랬어?"

"네? 뭐가요?"

재하가 핸들을 돌리더니 도로 한쪽에 차를 세웠다. 그녀를 바라보는 시선이 이글거렸다. 너무 많은 걸 숨기고, 말할 수 없는 비밀이 있어 그런지 그녀의 마음이 괜히 오그라들었다.

"언제부터 만난 거였어?"

"……누구를 말하는지……?"

"포르쉐 마칸!"

재하가 말하는 포르쉐 마칸이 누구를 말하는지 생각에 빠졌던 민정은 그 주인공이 나훈이라는 걸 알아채고 피식 웃음을 토해 냈다.

"웃어? 생각만 해도 좋은가 보지?"

"혹시 소년 같은 인상을 하고 블랙슈트를 차려입고 있던 그 남자를 말하는 건가요?"

여전히 미소를 짓고 있는 그녀의 얼굴이 처음으로 보기 싫었다. 다른 남자 이야기를 하는데 미소를 짓고 있다니. 헤어져 지옥에 있던 그때보다 더 괴로운 것 같다.

"친구 남동생이에요. 나한테도 동생 같은 그 애를 못된 여자 친구가 마음 아프게 했다고 해서, 내가 새로운 여자 친구인 척하고 만난 거예요. 그런데 그건 어떻게 알았어요?"

"친구 남동생? 그 남자가 너보다 훨씬 나이가 많아 보이던데? 아무리 그 남자가 노안이라고 해도 남동생으로 여길 만큼 어리지 않아 보였어. 그리고 내가 알기로는 넌……."

친구가 없다는 말을 꺼내려다 말았다. 뒷조사로 그녀에 대해 알아낸 이야기는 하고 싶지 않았다. 그 뒷조사를 누가 했든 상관없이.

"난 뭐요?"

"넌……."

"나에 대해 뭘 알고 있는지 얘기해 줘요."

그녀에 대해서는 나온 게 없다. 오히려 그녀에게 들어서 알아야 할 이야기만 있을 뿐. 다만 그녀 대신 알아낸 신세영과 유민정에 관해 이야기를 해 줘야 하나, 재하는 잠시 머뭇거렸다.

"아는 건 아무것도 없어. 그저…… 네 주위에 신세영 씨와 유민정 씨만 있다는 것밖에. 그리고 네가 말한…… 과거 힘들게 살았는데 어느 날 갑자기 그 모습으로 살게 됐다는 것하고."

"맞아요. 그게 다예요. 그래서 그때 만난 그 애는 세영이 남동생이에요."

그녀는 세영을 언니라 하지 않고 친구를 부르듯 이름을 불렀다. 신세영이 그녀의 친언니가 아니라는 건 알지만 그래도 그녀보다 연장자인 언니다. 그리고 그녀는 그동안 세영을 언니라고 불렀다.

그런데 갑자기 호칭이 언니에서 이름으로 바뀐 건 왜일까?

"그럼 너는 과거 신세영 씨의 친구였다는 거야?"

"네."

"그렇다면……."

"난 이 모습으로 바뀌기 전 서른여섯의 여자였어요. 재하 씨보다…… 연상이에요."

재하의 표정이 묘하게 변해 갔다. 그녀가 연상이라는 사실에 놀라는 것이 아니라 이 무슨 말도 안 되는 헛소리인가, 하며 황당해하는 것 같았다. 그리고 이내 불안한 듯, 눈동자가 떨렸고 표정도 굳어 갔다.

민정은 더 이상 그에게 혼란을 주어서는 안 되겠다는 생각이 들었다.

"여기까지요. 나에 대해서는 여기까지만 알아 두면 될 것 같아요. 더 이상 얘기할 것도 없지만."

재하가 얕은 한숨을 내쉬었다.

"솔직히…… 믿지 못하겠어. 그냥 농담이나 거짓말하는 거 같아. 그러니까 나도 여기까지만 듣고 끝낼게."

재하가 다시 기어를 넣고 핸들을 잡으려다 그녀에게 물었다.

"한 가지만 더 알려 줘. 몇 개월 후에 네가 사라진다는 거…… 그럼 혹시…… 과거…… 서른여섯이었다던 그 모습으로…… 돌아가는 건가?"

민정이 고개를 끄덕거렸다. 그에게서 깊고 무거운 한숨이 흘러나왔다.

그 한숨은 사랑했던 여인이 서른여섯의 낯선 여인으로 바뀐다는 현실을 가혹하게 생각해서 내뱉은 한숨이 아닌 것으로 보였다. 그저 말도 안 되는, 믿을 수 없는 농담을 계속하는 것 같은 그녀가 맘에 들지 않아 내쉬는 못마땅함의 표현으로 보였다. 그러면서도 재하는 농담 같은 한마디를 던졌다.

"난 연상은 별론데……."

그리고는 무표정하게 차를 출발시켰다. 농담인지, 아닌지 알 수는 없지만 이상하게 기분이 나빴다. 결국 그도 외모 먼저 보는 다른 남자들과 다를 게 없어 보였다. 만일 그녀가 이렇게 예쁘고 어리지 않았다면 다가오지 않았을지도 모른다는 생각에 그녀가 지지 않고 한마디 했다.

"나도 연하는 별로였는데…… 당신이 하도 매달리니까……."

그가 피식 웃기만 했다.

"고마워요. 별로인 연상녀 받아 줘서."

뾰족하게 날이 선 채 발끈하는 그녀의 모습이 처음이어서 그런지 귀여웠다. 재하는 일부러 더 그녀를 놀리고 싶은 마음이 생겼다.

"아, 갑자기 생각나는 게 있는데, 나한테 로리콤이라고 했나? 연상이면서? 깜찍하게?"

"그래요, 윤재하 씨. 어려서 좋겠어요. 그럼 앞으로 누나라고 불러 주시죠?"

"그럴까요?"

"그래."

대뜸 나온 그녀의 반말에 재하가 웃음을 터드렸지만 민정은 웃지 않았다. 아파트 입구에 도착했을 때까지 그녀는 계속 삐쳐 있었다. 그녀의 손을 잡는 재하의 손을 뿌리쳤다.

"에이, 왜 이러실까? 우리 나리 누나."

"재하 동생, 이만 가시게. 난 피곤해서 들어가야겠네."

연화가 자주 사용하는 말투를 사용하며 그녀의 불편한 심기를 드러냈다.

"신나리, 서른여섯은 너무했다. 이렇게 애기 같은 짓을 하면서 서른여섯?"

그가 아기 볼 다루듯 그녀의 볼을 살며시 꼬집었다.

"네가 스물넷에 비해 지나치게 성숙한 건 맞는데 서른여섯은 아니야. 서른 정도라면 믿어 보겠지만 서른여섯은 너무하다?"

재하를 보며 그녀는 문득 깨달았다. 재하로 인해 완벽하게 신나리로 살았다는 걸.

그를 잃고 민정으로 살았다가 다시 그를 만남으로 재하가 나리라고 불렀다. 그 이름을 찾으면서 그 앞에서 그녀는 그저 스물넷의 신나리였다는 걸 알았다.

"농담이었어요. 난 그냥 재하 씨한테 신나리예요. 윤재하 씨를…… 사랑하는……."

"연상 별로라고 하니까, 그새 나이를 줄이나?"

"아이참! 계속 그렇게 놀리면 진짜 그냥 갈 거예요."

재하가 차 문 손잡이를 잡는 그녀의 손을 잡아당겨 자신의 품에 가두었다.

"네가 백 년 묵은 여우라고 해도 넌 그냥 나의 신나리야. 다른 건…… 생각하지 말자."

다른 어떤 것에 휘둘리지 않고 서로의 연인으로 존재하고 있다는 것만 집중하는 것.

그 답을 찾은 것 같아 두 사람의 마음은 예전보다 더 애틋하고 행복했다.

재하와 헤어지고 집으로 들어온 나리를 연화가 맞이해 주었다.

"이제야 사람처럼 보이는 네 모습 보니까, 그 녀석도 살아났겠구나."

"네. 회복됐어요, 그 사람."

"어쨌든 잘됐다. 부디 네가 돌아가는 날까지 둘이 행복해라. 돌아가고 나서도 계속 연분이 이어졌으면 좋겠지만."

"그건…… 제가 싫어요. 그냥 그 사람한테는 나리로만 기억돼서 가슴에 남을래요. 서른여섯 민정의 모습으로 그 사람 앞에 서고 싶지 않아요. 그리고 오늘 알았어요. 그 사람 앞에서는 온전히 신나리였다는 걸. 그래서 다시 신나리가 되려고요. 그러니 둘이 있을 때도 나리라고 불러 주세요."

"오냐, 나리야. 우리 우아하게 차 한 잔 마시자."

"좋아요."

연화가 차를 준비하는 동안 나리는 샤워를 끝내고 나왔다. 차 준비가

다 되었다는 말에 주방으로 나가려는데 휴대폰에 메시지 알림음이 울렸다. 그가 잘 도착했다는 메시지를 보낸 줄 알고 맘 편하게 확인하던 나리가 화들짝 놀라고 말았다.

[잊고 있던 중요한 약속이 생각났어. 폭풍 애교! 기대할게.]

그때 보여 주었던 혀 짧은 소리로 노래하고 아기같이 율동하는 동영상까지 같이 보내왔다.

이런 건 잊어도 되는데. 하지만 그녀에게는 그를 위해 완성해 놓은 조끼가 있다.

[이건 잊으셨나요? 다른 감동적인 것으로 대신하겠다고. 기대해요. 폭풍 애교보다 더한 기쁨과 감동을 줄 테니까.]

나리가 드레스 룸의 한쪽 구석에서 작은 상자 하나를 꺼냈다. 그 안에는 그를 위해, 그리고 그리움을 참아 가며, 정성과 눈물로 떴던 그의 조끼가 있었다.

'그 사람한테 영원히 못 줄 줄 알았는데…….'

나리의 입가에 미소가 번졌다.

'이걸 받고도 폭풍 애교를 떨어 보라고 하지는 않겠지?'

나리는 전송되어 온 동영상을 지워 버렸다. 귀여운 게 아니라 유치하고 오글거리는 행동보다 그녀의 조끼가 더 감동을 주리라 확신했기 때문에.

나리를 데려다주고 집으로 돌아온 재하는 다시 나리와 함께할 수 있다는 기쁜 마음에 맥주를 꺼냈다. 나리와 헤어져 있는 동안 마음만큼이나 쓰고 독한 술을 마실 때와 다르게 지금 마시는 맥주는 달기만 했다.

편안한 음악을 틀어 놓고 방금 헤어지고도 또다시 그리운 나리의 모습을 떠올렸다.

하얀 피부, 커다란 눈동자, 어린아이와 같은 맑은 미소.

그가 미치도록 보고 싶었던 그 모습을 이제는 절대 놓치지 않겠다는 다짐을 하는 순간, 이해하기 어려운 그녀의 말들이 떠올랐다.

"신세영 씨와 친구인 서른여섯의 여자였는데……. 어느 날 갑자기 그 모습으로 변한 거였다고……?"

아무리 생각해도 수긍도, 이해도 할 수 없는 말이다. 그렇다고 그녀가 거짓을 말하는 것이라 여길 수도 없다.

"그런 일이 가능할까?"

그러다 세영이 자신을 찾아와 했던 말이 생각났다.

「둘이 진짜로 사랑을 하다가 나리가 영영 떠났어요. 그런데…… 만일…… 나리가 다른 여자로 환생해서 온다면…… 다른 모습을 하고 있지만 그 여자가 나리라면…… 계속 사랑할 수 있겠어요?」

세영 역시 그때 이해할 수 없는 말을 했었다. 현실적이지 못한 말이라 가볍게 넘기려 했지만 세영은 이 말을 꼭 기억하라고 했었다.

꼭 세영의 말 때문에 기억에 새긴 건 아니었는데, 지금 이 순간 그 말이 또렷하게 기억되었다. 그러고 보니 두 여자의 말이 어느 정도 일치하기는 한다. 그러나 너무 황당한 이야기라 진실로도 받아들여지지 않는다.

그럼에도 나리에 대한 사랑과 믿음 때문인지 꼭 거짓만은 아닌 것 같은, 진실일 수도 있다는 의심이 들었다.

"그게 진실이라면…… 내 답은 그때와 같다, 나리야. 널 계속 사랑할 거야. 네가 어떤 모습으로 나타나도."

부디 사라지지 말고 다른 모습으로라도 나타나 주길, 그래서 그때는 이별 없이 계속 함께하며 살 수 있기를 바랐다.

9장

⚜

나리와 헤어지고 회사로 출근하는 길이 지옥으로 가는 것보다 괴로웠었다. 하지만 지금은 천국으로 가는 꽃길을 드라이브하는 기분이다.

회사에 도착해 드림시티 곳곳의 시찰을 마치고 나니 지금은 그 어떤 때보다 산다는 것에 행복하고 감사했다. 오후 회의를 들어가기 전 재하가 최 비서에게 지시를 내렸다.

“제 앞으로 퀵이 하나 올 겁니다. 무조건 받으라고 비서실 직원들에게 지시해 놓으십시오. 혹시 회의시간에 도착할 수도 있으니까.”

그리고 회의에 들어가 각 라인 본부장들의 업무 보고를 받았다.

2시간 동안의 회의가 끝나고 집무실로 돌아오자마자 재하는 퀵으로 온 물건이 도착했는지부터 확인했다.

“아직 안 왔습니다.”

최 비서의 말을 듣고 재하는 곧바로 나리에게 메시지를 보냈다.

[보낸다는 거 아직 안 보냈어?]

[보냈어요. 기대되나 봐요?]

당연히 기대되는 거 아닌가?

기대감은 물론이고, 기다림에 몸이 달아 미칠 지경이다.

'뭐지? 뭘까?'

최 비서로부터도 업무 보고를 받아야 하는데, 그사이 퀵이 도착할까 신경이 쓰여 그를 부르지도 못하고 있다. 로비로 내려가서 기다렸다가 직접 받고 싶다는 생각까지 미쳤을 때 인터폰이 들어왔다.

— 대표님, 퀵서비스 도착했습니다.

"가져다주세요."

일 분이 한 시간 같은 기다림 끝에 그녀가 보낸 퀵을 받았다. 붉은 리본으로 포장된 진한 남색의 박스.

그 안에 무엇이 들어있는지 궁금해 급하게 풀어 보고 싶었다. 하지만 그의 급한 마음과 다르게 그것을 포장했을 그녀의 정성과 손길을 생각해 천천히 풀었다.

판도라의 상자도 아닌데 왜 이리 가슴이 뛰고 긴장되는지.

"뭘까?"

호기심과 기대에 찬 마음으로 리본을 풀고 상자 뚜껑을 열었을 때, 눈에 들어온 것은 무척이나 고급스러운 컬러였다. 니트를 고이 접어 놓은 것 같은 그것을 들어 펼쳤다. 조끼였다.

"설마 이거……?"

라벨이나 가격표가 붙어 있지 않은 걸 보면 시중에 파는 물건이 아니다. 사실 그것들이 붙어 있다고 해도 돈은 주고 살 만한 품질의 조끼는 아니다. 실은 고급스럽지만 완성품의 실루엣이 뜨개질 초보자가 실습용으로 뜬 것같이 엉성하다. 그렇지만 그 어떤 명품보다 더 그의 마음을 사로잡는 조끼였다.

"어떻게 이런 걸 직접 떠서 줄 생각을 했지?"

그녀의 말대로 폭풍 애교에 비할 수 없을 만큼의 감동을 주는 선물이다. 벅찬 감동의 쓰나미를 가라앉힌 후 슈트 재킷을 벗고 조끼를 입어 봤다. 입어 보자마자 그가 파안대소를 터뜨렸다. 그리고 그녀에게 메시지를 보냈다.

[이거 내 거 맞아? 내 게 맞는다면 혹시 셔츠 위에 입을 조끼가 아닌 러닝셔츠를 떠서 준 건가? 정체성이 좀 의심스러운데?]

그의 웃음은 쉽게 멈추지 않았다.

'맞겠지?'

눈대중으로 봤을 때, 그에게 약간 작을지도 모른다는 생각이 들었었다. 하지만 헤어져 있는 동안 그도 많이 야윈 걸 봐서는 맞을 가능성이 높아 보였다.

'맞을 거야.'

인증샷이라도 찍어 보내라는 말을 하지 않은 것에 후회를 할 즈음, 재하에게 메시지가 들어왔다. 떨리는 마음으로 확인한 순간, 그녀는 절망하고 말았다.

'그럴 줄 알았어. 어떡해? 괜히 보냈네. 이러다 꼼짝없이 그 오글거리는 애교를 부려야 하는 거 아니야?'

자신의 한심함에 한숨을 푹푹 내쉬고 있을 때, 세영이 카페로 들어왔다.

"아이고, 임을 다시 만나더니 한숨을 쉬어도 얼굴이 해사하네? 서로 그렇게 죽고 못 살면서 왜 그랬대?"

"그 남자는 그럴 수밖에 없었지, 뭐."

"그래도. 사랑하면 믿어야지. 네가 귀신이라고 해도 믿어야지. 어쨌든 네가 살아서 다행이야. 그렇게 땅굴 파고 들어가서, 그 예쁜 스물넷의 삶을 그냥 버리는 건 아닌가 걱정했는데. 이젠 카페 매출도 다시 오르겠네."

"그러니까. 왜 내가 없는 동안 이렇게 매출이 떨어진 거야? 우리 알바들이 사장 없다고 농땡이 부릴 애들은 아닌데."

"남자 손님들 확 줄더라. 어린 사장님 잠시 개인사로 인해 안 나오신다고 했더니 매일 오던 단골 남정네들이 너하고 똑같이 잠수를 타더라니까. 여기 매출은 커피 맛이 아니라 사장님 미모였다는 걸, 매니저는 물론이고 알바생 그리고 우리 미용실 직원들까지 다 알아 버렸어."

"설마?"

"오늘부터 슬슬 안 보이던 남자 단골들 다시 나타날 테니, 두고 봐. 일단 점심 먹으러 가자. 배고파."

나리는 그 말을 대수롭지 않게 넘겼다. 우스갯소리로 여기고 세영과 함께 점심을 먹으러 갔다. 하지만 오후 영업을 하면서 세영의 말이 아주 틀리지 않았음을 실감하는 일이 벌어졌다.

"사장님 나오셨네요?"

매일 와서 아이스 카페라테를 사 가던 젊은 남자 손님이 반갑게 인사를 건넸다.

"네. 어서 오세요. 아이스 카페라테 맞으시죠?"

"맞습니다."

매니저가 만들어 준 음료를 건네주자 그는 묵례로 인사를 하고 카페를 나갔다. 그 후로 몇 번 더 그 남자와 똑같은 안부 인사를 건네는 손님들이 있었다. 그때까지만 해도 문제될 건 없었다.

카페 주변의 사무실에서 일하는 직장인들의 퇴근 시간이 지나고 좀 한가해졌을 때였다. 점심때 다녀간 아이스 카페라테맨이 다시 카페로 들어섰다.

"사장님, 잠깐 시간 좀 되십니까?"

"네. 무슨 일이시죠?"

그가 명함을 먼저 내밀었다. 길 건너에 있는 대한민국 최고의 전자회사 개발팀 직원이었다.

영업 사원도 아닌 개발팀 직원이 이걸 왜 건네는 걸까.

"작년에 신입 사원으로 입사했습니다. 나이는 스물여덟. 서울대를 졸업했으며 군필입니다. 2남 중 차남이고……."

"저기요! 그걸 왜 저한테……."

"만나 보고 싶어서요. 처음 본 순간부터 지금까지 계속…… 관심 이상의 마음이 있었는데 용기를 내지 못했습니다. 그런데 요 며칠 못 본 후 이렇게 있어서는 안 되겠다는 생각이 들어서 오늘 이렇게 과감하게 만나고 싶다고, 사귀고 싶다고 말하는 겁니다."

나리는 스물여덟 살의 어린 남자의 고백이 황당해 그를 멍하니 바라만 보았다. 기분이 묘하게 좋으면서도 자신의 실체가 서른여섯의 유부녀인 줄 모르고 진지하게 고백하는 어린 남자가 안쓰러웠다.

"전 남자 친구가 있어요."

"그 남자 친구라는 분이 혹시…… 저분이십니까?"

남자의 시선이 꽂힌 출입문에서 재하가 들어오고 있었다.

"맞아요."

"몇 번 두 분이 같이 있는 거 봤습니다. 나이 차가 많이 나는 거 같아서 아닐 수도 있다고 생각했는데……. 그래도 사장님이 싱글이 되는 날까지 한번 기다려 보겠습니다."

남자가 일어나 밖으로 나가고 그 자리에 재하가 와서 앉았다.

"방금 저 남자 뭐야?"

질문을 던진 재하가 나리의 손에 들린 명함을 빼서 보았다.

"길 건너 회사에 다니는 남자가 왜 이 시간에 이걸 너한테 주고 간 거지? 혹시 작업 거는 거였나?"

재하의 얼굴이 무섭게 일그러졌다. 자신의 여자 친구에게 어떤 남자가 작업을 걸었다는 건 무척이나 불쾌한 일이 맞다. 하지만 그 화를 왜 그녀에게 내는 것인지 나리는 재하를 이해할 수 없었다. 그녀가 그 작업에 응한 것도 아닌데.

"남자 친구 있다고 딱 잘라 말했어요. 그러니까 인상 쓰지 마요."

나리가 그 못지않게 미간에 주름을 잡고 말하자 그때서야 재하의 표정이 조금 풀어졌다.

"그 머리를 박박 밀어 버릴 생각은 없지?"

아무리 그래도 그렇지, 여자 머리를 감히 밀어 버릴 생각을 하다니. 게다가 농담치고는 그의 표정이 너무 진지했다.

"이 아저씨가, 진짜!"

"집에 가둬 놓고 뜨개질만 시킬까?"

뜨개질이란 말에 나리가 움찔했다. 하지만 꽁한 표정으로 짓궂게 구는 그가 얄미워 그녀가 대꾸를 했다.

"머리를 박박 밀어서 가둔 후에 뜨개질만 시키시죠? 그럼 러닝셔츠가 아닌 코트도 뜰 수 있는 뜨개질 장인이 될 수 있을 것 같네요. 그게 누굴 위한 것인지 모르겠지만."

"그런 표정 하지 마. 그것마저도 예뻐서 진짜로 가둬 두고 싶어지니까."

가만히 재하를 보던 나리가 진저리를 쳤다.

"아우, 뭐야? 안 본 사이에 왜 이렇게 느끼해졌어요? 기름만 드셨나?"

"기름이 아닌 알코올만 마신 후유증일지도 모르지."

술만 마시고 있다는 말을 연화에게 들어서일까. 방금 전까지 그녀를 짓궂게, 느끼하게 놀렸던 야윈 얼굴이 밉지 않았다.

"그렇다면 알코올 해독이 필요하겠네요? 가요. 내가 해독제 만들어 줄게요."

나리가 에이프런을 벗으며 일어서서 카운터로 향했다. 그런 그녀의 뒷모습을 보며 재하가 흐뭇한 미소를 보였다. 그녀 못지않게 그리웠던 그녀의 솜씨를 맛볼 수 있다는 것에 벌써부터 즐거웠다.

두 사람은 재하의 레지던스로 가기 전 마트에 들렀다.

"뭐 해 줄 건데?"

카트를 밀며 재하가 기대에 찬 눈으로 나리에게 물었다.

"뭐 해 줄까요?"

"해 주는 대로 먹을 테니까 네 맘대로 해 줘. 아, 그리고 어제 말한 겉절이."

"그건 못 해 줘요. 레지던스 주방에서는 만들기 힘들어요. 집에서 만들어다 줄게요. 오늘 김치는 그냥 사서 먹고, 대신 대구지리탕 맛있게 해 줄게요."

수산물 코너로 가는 중에 나리가 가공식품 코너에서 멈춰 섰다. 그녀의 눈에 소시지가 들어왔다. 세영과 학창 시절 자주 사 먹었던 미니 소시지와 엄마가 밥반찬으로 자주 해 주었던 계란 입힌 소시지 생각이 났다.

그 맛이 그리워 먹고 싶을 때가 많았지만 소시지를 쓰레기 음식으로 취급하는 민 여사로 인해 결혼 후 먹어 본 기억이 없다. 그런 음식이 소시지 말고도 수없이 많기는 하지만 먹고 싶어도 사 먹을 돈이 없어 먹지 못했던, 그 눈물의 소시지가 생각나자 나리는 과감하게 소시지를 카트에 담았다.

나리의 의외의 선택에 놀란 재하가 물었다.

"이런 거 좋아하나?"

"좋아하죠. 왜요?"

"초딩 입맛을 가지고 있는 것 같아. 처음 데이트 때 먹었던 떡볶이도 그렇고, 지금 이 소시지도 그렇고."

"쫀득이도 좋아해요."

"뭐? 쫀득이? 그게 뭔데?"

"그런 게 있어요."

"그게 뭐냐고?"

나리는 대답하지 않고 카트를 끌고 수산물 쪽으로 향했다. 그가 다가와 그녀에게 카트를 받아 대신 밀며 물었다.

"진짜 대답 안 해 줄 거야?"

"대구지리탕 괜찮은 거 맞죠? 다른 게 먹고 싶으면 말해 봐요."

재하가 멈춰 서서 그녀를 빤히 쳐다보았다. 나리는 그가 쫀득이에 대한 대답을 듣기 위해 그렇게 보는 것이라 생각했다. 그런데 그게 아니었다.

"다른 거 먹고 싶은 거…… 뭔지 알고 있을 텐데?"

그의 시선을 마주하던 나리가 갑자기 흠칫 놀랐다. 그리고 정색을 하며 톡 쏘아붙였다.

"입맛이 초딩인 것처럼 그런 것도 좀 초딩스럽거든요. 느끼하고 음흉하게 그러지 마요."

언짢은 표정을 한 나리가 그의 카트를 빼앗아 밀며 빠르게 수산코너로 향했다. 괜히 머쓱해진 재하는 그녀 뒤를 따라가며 그녀의 어깨에 팔을 둘렀다.

"왜 그렇게 부끄러워해? 어쨌든 초딩스러우니까 애교도 잘 부리겠네."

그와 함께 웃고 있으니 좋아서 잊고 있었다. 그녀가 떠 준 조끼가 러닝셔츠처럼 그의 몸에 겨우 맞았다는 사실과 그로 인해 그의 주문인 그 오버스러운 애교를 부려야 한다는 걸.

"저기…… 음식으로 대신…… 아, 겉절이로 대신……."

재하가 고개를 저었다. 그의 표정으로 봐서는 이제 뭔가를 대체할 수 있는 게 없어 보였다. 그에게서 꼭 그 애교를 보고 말겠다는 의지가 보였다.

절망적인 한숨을 내쉬며 나리가 고개를 푹 숙였다. 그런 그녀를 두고 수산물 코너의 직원에게 재하가 큰 소리로 말했다.

"싱싱한 대구 한 마리 주십시오."

그리고는 그녀를 보며 짓궂은 미소를 보였다. 하지만 그녀 얼굴은 점점 어두워져 갔다.

'아, 어쩌지? 혀 짧은 소리는커녕 코맹맹이 소리도 못하는데…….'

레지던스에 도착해서 장 봐 온 것들을 정리할 때 최 비서에게 전화가 걸려 왔다. 글램핑장 공사 문제로 통화 시간이 길어졌다. 혼자 있을 나리에게 미안해 재하는 통화를 끝내자마자 바로 주방으로 나왔다.

그녀는 이미 요리 중이었다. 그런데 식탁 위에 소시지 껍질이 한가득 쌓여 있었다.

"혹시 이걸 다 먹은 거야?"

"맛있어서…… 그리고 스트레스받아서. 하나 먹어 볼래요?"

나리가 소시지 비닐을 벗겨 그에게 내밀었다.

"또 다른 보양식인가? 천하장사?"

“먹어나 봐요.”

나리가 그의 입에 소시지를 쏙 넣어 줬다.

그녀로 인해 소시지에 대한 기대감이 너무 컸던 탓일까? 재하의 입맛에 식감이나 맛은 별로였다. 그렇다고 반 상자를 비워 낼 만큼 그 맛에 빠진 나리를 김빠지게 할 수는 없었다.

“천하장사다운 맛이네. 힘이 불끈불끈 솟는 것 같은 맛.”

“거봐요, 맛있다니까. 조금만 기다려요. 거의 다 돼 가요.”

나리 다시 뒤돌아 탕에 간을 맞추고 불 조절을 하며 대파를 썰었다. 마트에서 사 온 김치를 접시에 담아 식탁을 차리기 시작할 때, 재하가 갑자기 그녀 앞에 우뚝 섰다.

무슨 말을 할 것 같은 그를 쳐다보는데, 갑자기 그가 입고 있는 티셔츠를 벗어 버리는 것이 아닌가. 매니저와 알바생들이 너무 많이 써서 이제 그녀의 입에도 붙은 외마디가 튀어나왔다.

“헐.”

어린 조카의 조끼를 빼앗아 입은 모양새로 서 있는 그를 보는데, 웃음이 나오려 했다.

눈물 반 정성 반으로 떠낸 조끼가 그와 함께 우스운 모양으로 있는 것에 속상하고 마음이 안 좋아야 정상인데 그냥 우습기만 하다. 더구나 저 맞지 않는 조끼 때문에 그녀가 어마어마한 것을 감당해야 하는데도 그저 웃음만 나왔다.

조끼만 보았을 때는 몰랐지만 그가 입은 것을 보니 목선과 진동둘레가 매끈하지 못하다. 초등생이 방학숙제로 뜬 것같이 엉성하기만 했다.

‘그냥 사 줄걸.’

괜한 짓을 했다고 후회하는 그때, 재하가 그녀에게 희망적인 딜을 해왔다.

“3일 줄게. 사이즈에 맞게 다시 조끼를 떠 가지고 오면 폭풍 애교는 안 해도 되는 걸로. 그러니 그렇게 당장 죽을 것 같은 그런 얼굴은 하지 마.”

3일. 희망이 있다. 카페로 출근하지 않고 집에서 뜨개질만 하면, 밤새워 가며 한다면 어렵지 않을 거 같다. 마트에서부터 내내 굳어 있던 그녀의 표정이 활짝 펴졌다.

“좋아요. 자, 그럼 사이즈 재요. 혹시 집에 줄자 있어요?”

“에이, 그럼 승산이 없지. 사이즈는 알아서 하는 거지. 한 번 실패했으니 이번에는 성공 확률이 더 높을 거야. 기대할게. 난 이것도 괜찮고, 그것도 괜찮으니까.”

재하가 입고 있는 우스운 조끼를 가리킨 다음, 휴대폰을 흔들었다.

‘어쩐지 너무 쉽게 봐준다 했어. 그런데…… 어쩌지?’

선택의 여지가 없다. 그 민망한 애교는 목에 칼이 들어와도 할 수가 없으니 어떻게든 그에게 딱 맞는 조끼를 떠야 한다. 출근도 하지 않은 채 나리는 뜨개질에만 집중했다.

잘못 뜬 조끼라도 있으면 크기를 맞춰 가며 하겠지만 그마저 재하가 주지 않아 기억을 떠올려 겨우 코 수를 맞추었다.

한 번의 경험이 있어서인지 바늘을 움직이는 손놀림이 제법 빨랐다. 이대로라면 3일 안에 충분히 완성할 수 있다. 문제는 그의 몸에 예쁘게 맞아야 한다는 것이다.

앞판이 어느 정도 완성되어 갈 때, 세영에게 메시지가 들어왔다.

[이거 뭐냐?]

—라는 문구와 함께 보내온 사진.

재하가 셔츠에 블랙 에이프런을 두르고 포스에 서서 주문을 받고 있는 사진이었다.

"이 남자가 왜 여기에?"

나리가 세영에게 전화를 걸었다.

"이게 어떻게 된 거야?"

— 그걸 왜 나한테 물어? 너하고 얘기돼서 나온 거 아니야?

"아니야. 난 몰랐어."

— 어머, 어머! 나 뭔지 알겠어.

그리고는 세영이 까르르 웃어 댔다. 그녀가 모르는 것을 세영은 어떻게 아는지 궁금한 나리가 세영에게 급하게 물었다.

"뭔데? 그게 뭔데?"

— 저 남자가 지금 카페 포스에서 주문받으면서, 좀 젊은 남자들만 보면 사장 남자 친구인데 며칠 대신 일해 주는 거라고, 묻지도 않았는데 먼저 말하고 있거든. 제 여친 단속하려고 저러는 거네.

"진짜?"

어제 젊은 남자가 명함을 주고 간 것이 마음에 걸린 모양이다. 그렇다고 백수도 아닌 사람이 이 시간에 그곳에서 그 무슨 해괴한 행동을 하고 있는 것인지.

— 윤 대표 때문에 여자 손님들은 아주 바글바글해. 사장 남자 친구라고 해도 아랑곳하지 않고 아주 황홀하게 쳐다보고들 있고. 우리 애들도 몇 명 그 얼굴 보러 일부러 내려갔다 올라왔어. 다음엔 네가 단속해야 할 것 같다?

나리에게서 한숨이 새어 나왔다.

왜 시키지도 않은 짓을 하는지.

— 그런데 은근 귀엽다. 저 나이에 어린 여친 사수하겠다고 점심시간

에 나와 저러는 거. 그것도 큰 회사 대표씩이나 돼서. 좀 예쁘게 봐 줘라.

세영과 통화를 끝낸 나리는 곧바로 매니저에게 전화를 했다.

"매니저님, 난데요…… 윤재하 씨가 나와 있다면서요?"

— 네.

"아무것도 할 줄 아는 게 없을 텐데, 매니저님하고 애들 일하는 데 민폐 끼치는 거 아니에요?"

— 전혀요. 오히려 영업력이 뛰어나셔서 조각케이크 벌써 다 나갔어요.

"진짜요?"

— 네.

"알았어요. 혹시라도 불편하게 하거나, 민폐 끼치거나 하면 바로 전화 줘요."

— 알겠습니다.

다시 한 번 한숨이 흘러나왔다. 세영이 말대로 귀엽게 봐줘야 하는 건지, 아니면 이런 오버스러운 행동이 부담스럽다고 솔직하게 표현을 해야 하는 건지, 고민되었다.

'에라, 모르겠다. 지금 내가 이런 고민할 때가 아니지. 이건 나중에 해결해도 되는 거니까…….'

나리가 급하게 뜨개질하던 것을 다시 잡았다. 그러다 세영이 보내온 사진이 생각났다. 휴대폰을 들어 그 사진을 찾았다.

'앞치마도 어쩜 이렇게 잘 어울릴 수 있지?'

사진을 보며 황홀한 듯한 미소를 짓는 것도 잠시, 그녀는 다시 뜨개질에 매진했다.

'꼭 맞게 잘 뜨고 말 거야!'

그렇게 마음을 단단히 먹고 난 후 정확히 하룻밤을 새우고 이틀 만에 조끼가 완성되었다. 이번에는 눈대중으로 봐도 저번보다는 훨씬 커 보였다. 입어 봐야 알겠지만 전체적인 실루엣도 먼저의 조끼보다 매끄럽게 마감되었다.

"맞을 것 같아. 예감이 좋아."

제일 먼저 출근한 나리는 테라스에 테이블과 의자를 정리하고 청소를 시작했다. 겨우 이틀을 나오지 못했을 뿐인데 출근해서 일할 수 있는 기쁨이 새삼스러웠다.

콧노래를 흥얼거리며 청소를 거의 다 끝낼 즈음 매니저, 정하가 출근했다.

"안녕하세요, 사장님."

"안녕하세요, 매니저님."

나리와 매니저는 일하는 동안 맘 편하게 수다를 떨면서도 사장인 나리가 어리기에 인사는 물론이고 서로에 대한 호칭이나 말투는 깍듯했다.

"윤재하 씨 때문에 불편했죠?"

"아니요, 전혀요. 하나를 알려 주면 눈치껏 열을 하시던데요? 그리고……."

생글거리며 떠들던 정하가 나리의 눈치를 살피며 갑자기 입을 다물었다.

"그리고 뭐요?"

"그리고…… 보시면 알겠지만…… 매출이 많이 늘었어요."

그래서 그 매출이 윤재하 때문이라는 것을 말하려는 것일까? 겨우 이틀, 그것도 점심시간에만 와서 잠깐 일했을 뿐인데?

"다행이네요. 내가 없는 동안 매출이 늘었다고 하니."

"사장님, 알바를 한 명 더 뽑아야겠어요. 빙수 주문이 너무 많이 늘어서 손님들 대기 시간이 엄청 길어지고 있어요. 여름 시즌만 일할 수 있는 알바생 한 명이 있어야 할 것 같아서요."

그 부분은 나리도 생각하고 있던 부분이었다.

"구인 사이트에 올려서 구해 보죠."

알바를 한 명 더 채용하는 것으로 결정하고 정하가 내려 준 커피를 마시며 늘었다는 매출을 확인했다. 하루 중 제일 바쁜 12시 30분부터 2시까지의 매출이 평소보다 월등하게 높았다.

그녀가 나오지 않은 첫날보다 둘째 날은 그보다 더 높았다.

'이게 정말 윤재하 씨 때문인 걸까? 아니야, 이건 주문이 늘어난 빙수 때문인 거야. 여름 동안은 이 매출액이 꾸준하게 유지될 거야.'

나리의 예상대로 점심시간 후 매출액은 재하가 있을 때와 크게 다르지 않았다.

다만, 그 시간대 주 고객이 여성이었고, 주로 재하의 안부를 묻거나, 그녀와의 관계를 확인하려는 고객들이 대부분이었다는 게 그녀의 마음을 편치 않게 했다. 사장인 자신의 영업 능력이 아닌 재하로 인해 매출이 늘어났다는 것에 대하여 괜히 마음이 불편하고 심술이 났다.

나리는 그 불편함이 질투인 줄 모르고 그가 자신의 무능력을 확신시켜 준 것 같아 심술이 올라오는 거라 생각했다.

그때, 재하에게 전화가 걸려 왔다.

— 이번에도 퀵으로 보내 주면 안 될까? 퇴근 시간까지 기다리기 너무 힘든데?

완성된 조끼를 빨리 받고 싶은지 재하가 그녀를 재촉했다.

"안 돼요."

— 왜?

"결과를 재하 씨가 먼저 아는 거 싫어서요. 같이 봐야죠."

— 바로 알려 줄게. 인증샷 바로 보내 줄게.

“기다리세요.”

— 지금 보내 주면 심사 기준을 루즈하게 해 줄 수 있는데.

재하의 말에 나리의 마음이 흔들렸지만 결과는 맞느냐, 안 맞느냐의 문제다. 심사 기준이 까다로울 것도, 느슨할 것도 없다.

“됐습니다.”

— 너무하십니다, 신 사장님. 그동안 사장님 대신해서 커피숍에서 일한 성의를 생각해서라도 그러면 안 되는 거 아닙니까?

재하의 볼멘소리에도 불구하고 나리는 단호했고, 결국 포기한 재하가 퇴근 시간에 맞춰 데리러 오겠다는 말을 하고 통화를 끝냈다.

‘누가 와서 일해 달라고 했나? 괜히 와서 남자 단골손님은 다 몰아내고 본인 팬들만 만들어 놓고……. 그 팬들 내일부터 안 와서 매출 떨어지면 어쩌려고?’

하지만 그런 불만이나 불평은 퇴근 시간이 가까워지면서 걱정과 후회로 변해 갔다.

‘그냥 보내 줄 걸 그랬나? 원하는 대로 해 주면서 딜을 할 걸 그랬나 봐.’

지금에 와서 되돌릴 수 없는 일, 그저 쇼핑백 안에 고이 담긴 그녀의 정성이 그의 몸에 잘 맞기를 바랄 뿐이다. 그래서 무안한 애교는 면제를 받고, 그에게는 감동의 선물이 되어 서로에게 행복한 결과가 나오길.

그녀를 데리러 온 재하의 차에 오르자 그가 그녀를 덥석 끌어안았다.

“3일만에 보는 건데, 몇 년 만에 보는 것 같아.”

“설마……?”

“설마라니? 나리는 3일 동안 전혀 내 생각 안 하고 있었나 봐?”

"생각은 했지만 그래도……."

"이제 슬슬 다른 모습으로 살고 있다는 나리 말에 믿음이 가. 그 귀엽고 애교 많은 얼굴로 이렇게 무뚝뚝하고 무미건조한 거 보면, 확실히 외모하고 어울리지 않은 누군가 그 안에 들어 있는 게 확실해."

그를 만나기 전에는 이보다 더 메말랐었고, 그를 만나 많이 변한 거라는 말 대신 그녀는 미소를 보이며 물었다.

"외모를 보고 날 좋아했던 건가요?"

"뭐, 아주 아니라고는 할 수 없지."

샐쭉하게 변하는 나리의 표정을 보며 재하가 손을 잡았다.

"하지만 그 모습 그대로 생각이나 행동이 어리거나 유치했으면 시작하지 않았을 거야. 그 안에 연상의 여인이 있어서 다행이야."

서른여섯이라는 그녀의 말을 온전하게 믿는 건 아니겠지만 농담으로라도 믿어 주는 것처럼 말하는 재하로 인해 그녀의 마음이 편해졌다.

재하가 차를 출발시켰다. 그런데 평소 가던 그의 레지던스가 아닌 그녀의 아파트 방향으로 가는 것이 아닌가.

"재하 씨, 혹시……?"

"맞아. 이사했어. 이번에도 앞집이나 그게 안 되면 윗집, 아랫집으로라도 가려고 했는데, 나리가 몇 동, 몇 호에 사는지 몰라서 그냥 최대한 빨리 이사할 수 있는 집으로 구했어."

이 남자를 어찌할까. 자신을 이토록 끔찍하게 사랑하는 남자를 향해 행복하다 말해 줘야 하는지, 아니면 또다시 신경 쓰이게 하는 그를 못마땅하게 바라봐야 하는지.

그 고민이 끝나기도 전에 나리의 입에서는 한숨이 먼저 흘러나왔다. 몇 개월 후에 사라질 여자에게 왜 이리 무모한 것인지, 그럼에도 자신을 사랑해 주는 그에게 해 줄 수 있는 게 없는 속상함에서 흘러나온 한숨이었다.

"신나리, 그 한숨의 의미는 뭐지?"

"속상해서요. 재하 씨가 그렇게 함에도 불구하고……."

이별이 예정되어 있다는 말을 끝까지 할 수는 없었다. 하지만 그녀의 뒷말이 어떤 것인지 알아챘는지 재하가 나리를 위로하듯 미소를 보이며 말했다.

"지성이면 감천이라는 말이 있잖아. 내가 이러는 거에 하늘이 감동해서 우리, 아니 나리 네가 사라질 일은 없을 거야. 그리고 나리는 사라지겠지만 넌 원래 모습으로 돌아갈 거잖아. 그 모습으로 다시 만나면 되는 건데, 뭐가 걱정이야?"

그녀가 해 준 말을 모두 믿는 건가?

그렇지 않다면 원래 모습으로 돌아가도 다시 만날 거라는 말은 나오지 않았을지 모른다. 하지만 문제는 그의 말처럼 민정으로 돌아갔을 때는 그를 만나고 싶지 않다는 것이다.

그가 그리워서 매일 눈물을 흐릴지라도 그의 기억에 아름다운 나리로만 남고 싶을 뿐이다. 그녀의 마음을 모르는 재하는 속 편한 미소를 보였다. 그렇게라도 그가 맘 편하면 다행이다.

나리와 헤어지는 순간은 아프고 힘들 테지만, 결국 재하는 또다시 연애를 하고 인연을 만들어 갈 것이다. 만에 하나 죽어도 못 헤어지는 인연이라면 재하의 말대로 지성이면 감천으로 둘이 계속 사랑을 이어 가겠지만.

"우리 집은 101동 A인데, 나리는?"

재하의 질문에 생각에 빠졌던 나리의 정신이 돌아왔다.

"102동 B요."

"101 A, B 그리고 102 A, B. 겨우 4개 동인데 하필 제일 거리가 먼 곳으로……."

절망적인 표정을 익살스럽게 짓는 재하가 귀여워 나리가 피식 웃었다.

"그러게요. 하늘이 감동할 수 없게 순수하지 못한 뜻이 있어서 그렇게 된 건 아닐까요?"

"나리! 우리 같은 편이야. 그렇게 말하면 안 되지?"

"같은 편이니까 알려 주는 거예요. 음흉하고 시커먼 속내는 하늘이 감동을 하지 않는다는 걸 아시라고요!"

"역시 연상녀는 이길 수가 없네."

말은 그렇게 해도 그녀를 보는 재하의 시선에는 어린 연인을 귀엽게 바라보는 사랑이 들어 있었다. 나리의 기억 속에 영원토록 간직하고 싶은 눈빛이었다.

어느새, 그의 아파트에 도착했다.

최대한 급하게 들어올 수 있는 곳으로 이사한 것치고는 현관 입구부터 완벽하게 잘 꾸며진 느낌이었다. 혼자 사는 남자가 이렇게 넓은 아파트가 뭐가 필요 있을까, 싶은 마음으로 거실로 들어오던 나리가 우뚝 멈춰 서고 말았다.

거실 벽 한쪽에 그녀의 드레스 입은 사진과 그들이 함께 찍은 사진이 걸려 있었다. 그녀만 있으면 완벽할 것 같은 신혼집 분위기였다.

"이 사진이라도 있어서 그런지 이 넓은 집에 혼자 있어도 덜 외롭더라."

"그때 재하 씨 사진도 확대했잖아요. 나도 덜 외롭게 재하 씨 확대한 그 사진 줘요."

재하가 고개를 끄덕거렸다. 그리고 거실 한쪽에 포장되어 있는 액자를 가리켰다.

"저거야. 이따가 집까지 가져다줄게."

그리고는 나리에게 손을 내밀었다. 그가 들어 주겠다고 해도 그녀가 신줏단지 모시듯 지킨 쇼핑백 안의 조끼를 달라는 것이었다. 이제는 그에게 넘길 때가 되었기에 나리가 그에게 건네주었다.

마음이 급했는지 재하가 조끼를 꺼내 확인하지도 않고 슈트 재킷부터 벗었다. 그런 다음에 조끼를 꺼내 들었다.

"음…… 저번보다 큰 것 같지만……."

고개를 갸웃거리는 재하로 인해 나리의 마음이 불안해졌다. 재킷을 벗을 때와 달리 재하는 아주 천천히 조끼를 입었다. 마지막 오른팔을 빼내고 매무새를 만질 때, 나리는 하마터면 환호성을 지를 뻔했다.

너무나 보기 좋게 잘 맞는 것이 아닌가.

폭풍 애교에 대한 스트레스는 물 건너갔다는 생각을 하는데.

"길이가 안 맞네!"

"말도 안 돼! 길이가 어때서요? 딱 보기 좋게 떨어지는데."

"노노. 아니야, 좀 더 길었어야 해."

이 남자, 그 우습지도 않은 유치한 애교를 위해 트집을 잡는구나. 나리가 정색을 하며 딱 잘라 말했다.

"보기 딱 좋아요!"

"분명 심사 기준이 까다로울 거라고 말했을 텐데? 내가 원하는 선은 바지 허리선이 보일락, 말락 한 거였다고. 이건 너무 아래로 내려왔잖아. 그러니까, 탈락! 그래서……."

"수긍할 수 없는 트집이에요. 차라리 입지 마요."

나리가 그의 조끼를 벗기려 했다.

"어어? 이렇게 덤벼들고 벗기면 곤란한데? 이런다고 조건이 바뀌지 않아."

"재하 씨 조건에는 허리선까지 원하는 대로 완벽하게 맞춘다는 건 없었어요. 그러니 어떤 조건이든 다 무효예요."

재하가 제법 야무지게 말하며 입고 있는 조끼를 벗겨 내려는 나리의 손을 잡았다.

"내가 미처 몰라봐서 미안. 진상 부리면 나리한테 혼난다는 걸 깜빡했어."

농담처럼 말하던 그의 표정이 갑자기 진지해졌다. 그리고 그녀에게 물었다.

"혹시나 해서 묻는 건데…… 각방을 쓰면 외박이 가능한가?"

그렇게 해서라도 함께하고픈 재하의 마음을 알아챘지만 나리는 쉽게 고개를 끄덕일 수 없었다. 그를 믿지 못하는 건 아니지만 그녀 자신이 불안하여 고개를 저었다.

"괜히 트집 잡은 거에 대한 처벌로 거절하는 건 아닌 거지?"

"아니에요."

"그렇다면 이것부터 벗기는 게 낫지 않을까?"

그가 잡고 있는 그녀의 손을 벨트의 버클에 가져갔다.

"아, 진짜! 오늘 왜 이래요?"

자신을 자꾸 놀리는 것 같은 재하에게 나리가 인상을 쓰며 짜증을 냈다.

"애교 안 보여 줘서 심술부리는 거야!"

"이거 벗기면…… 애교는 봐주는 거예요?"

"벗기고 어떻게 하느냐에 따라……. 한번 해 본 적 있잖아."

에로냐, 애교냐. 이것이 문제였다.

두 가지 모두 나리에게 어려운 것들이었지만 경험 없는 애교보다는 에로가 차라니 낫지 않을까 싶었다.

나리가 큰맘 먹고 그의 벨트 버클을 풀렀다. 떨리는 그녀의 손이 재하의 시선에 들어왔다. 그의 심장도 그녀의 손처럼 떨리고 있는 상태였지만 아무렇지 않은 듯 나리가 지퍼를 내리고 다음엔 어떻게 행동할지 지켜보았다.

예전, 아주 과감하고 용감하게 그의 남성을 입으로 머금었던 적이 있었다. 이번에도 그녀가 똑같이 해줄지 궁금하고 떨리고 있는 그때, 그의 팬티 속으로 나리가 손을 집어넣었다. 그리고 아주 단단하게 발기되어 있는 그의 중심을 살살 만져 주며 키스를 해 왔다.

키스는 입술에만 하는 것이 아니었다. 울대에 입을 맞추고 쇄골과 가슴의 유두에까지 그녀의 입맞춤은 계속 이어졌다.

"나, 나리…… 안 보는 사이에 무슨 일이…… 있었던 거야? 어디서 이런 걸…… 배운 거…… 하아!"

그녀의 키스가 결국 아래까지 내려왔다. 생각지도 못한 에로틱한 공격에 숨이 멎어 죽을 것 같은 느낌이다. 나리가 주는 황홀감에 재하는 이대로 죽어도 좋을 것 같았다.

키스를 하며 다시 위로 올라온 나리가 재하의 귀에 속삭였다.

"애교는 봐주는 거예요."

재하가 숨을 몰아쉬며 고개를 저었다.

"아직 안 끝났는데 벌써 답을 줄 수는 없지."

재하가 나리를 번쩍 안고 침실로 들어갔다. 그리고 죽어도 그녀를 보내고 싶지 않은 마음으로 원하는 만큼 안았다.

어젯밤 짓궂은 재하로 인해 힘들었던 나리는 함께 출근하자고 전화를

걸어 온 그에게 먼저 출근하라고 매몰차게 말하고 전화를 끊었다. 애교를 보여 주지 않아 심술을 부린다더니 침대에서 그녀를 쉽게 놓아주지 않았고, 그 때문에 겨우 12시 전에 그 집을 나올 수 있었다.

어젯밤 그 피 말리던 순간과 침대에서의 난감하고 부끄러웠던 순간을 생각하니 그가 괘씸하고 미웠다.

'난 하루가 아쉽고 애가 타는데 그런 장난이 나오나?'

재하에 대한 서운한 마음을 가지고 출근했다. 매장에 들어와서는 잠시 재하를 잊고 일에 몰두하기로 하고 표정과 마음을 가다듬었다. 애써 밝은 얼굴로 매니저와 알바생들과 인사를 나누고 에이프런을 둘렀다.

"사장님, 알바 면접 왔는데요? 제가 1차로 보기는 했는데요, 사장님 맘에도 들어야죠. 저쪽에 있는 저 친구요. 성격도 밝고 긍정적인 것 같고, 경력도 있고, 무엇보다 꽃미남이에요."

매니저가 알려 준 자리에 얌전하게 앉아 있는 알바 후보생의 외모에 나리는 깜짝 놀랐다. 그리고 매니저를 쳐다보았다.

"진짜 잘생겼죠? 사장님 남친만큼이나 여자 손님들 엄청 몰릴 것 같아요."

세상에 윤재하만이 빛나는 외모를 가졌다고 생각했었다. 그런데 그보다 어리면서 빛을 내는 남자가 있었다니. 아이돌 한 명이 찾아온 느낌이다.

'뉘 집 자식인지 참 잘생겼네.'

자신이 엄마 미소를 보이는 건 아닌지 걱정된 나리는 미소를 거두고 어린 꽃미남에게 다가갔다.

"안녕하세요?"

"네, 안녕하세요? 혹시…… 사장님이세요?"

"맞아요."

"매니저님께서 사장님이 어리다고 하시더니 진짜 어리고 미인이시네요."

'어린 녀석이 넉살도 좋구나.'

게다가 꽃미남이 화사하게 웃어 주니 재하로 인해 우울하고 서운했던 마음이 싹 가셨다. 여자 손님들이 몰리겠다는 매니저 말이 그냥 나온 게 아니라는 걸 알았다. 커피숍에서 일했던 경력도 있고, 넉살도 좋아 더 두고 볼 것도 없이 채용해야겠다는 마음이 들었다.

"금방 그만둔다고 하는 건 아니죠?"

"걱정 마세요. 나오지 말라고 할 때까지 다닐 거예요."

"업무적인 건 매니저님에게 얘기 들었을 테고, 그럼 우진 군, 내일부터 출근해요."

"감사합니다, 사장님."

꾸벅 인사를 하고 새로운 알바생, 우진이 돌아갔다. 나리는 그의 이력서를 다시 한 번 보았다.

'엥? 나리하고 동갑이야?'

귀여운 조카 보듯 했는데 나리와 동갑이었다니. 어이없어 빈 웃음이 흘러나왔다.

'진짜 빛날 때다.'

반짝거리는 에너지를 가진 모습에서 인생의 봄 같은 기운이 느껴졌다. 아르바이트를 하며 열심히 사는 것 같은 그 청춘이 나리의 눈에 외모만큼이나 예뻐 보였다. 그러다 문득 재하도 저 나이 때에 저보다 더 잘생기고 빛이 났을 거라는 생각이 들었다.

'재하 씨가 훨씬 더 잘생겼을 것 같은데…….'

그의 20대 모습이 궁금했지만, 몰려오는 손님들로 인해 나리는 점심까지 바빠서 그 궁금증을 접어야만 했다.

한차례 폭풍이 지나간 것처럼 바쁜 시간이 끝나고 조금 한가해졌을 때, 사진과 함께 재하가 보낸 메시지를 확인했다.

[더위 먹어 이상해진 우리 대표님jpg. 라고 직원들 커뮤니티에 돌고 있는 사진. 난 자랑 중인데.]

그녀가 떠 준 니트 조끼를 입고 걸어가고 있는 그를 멀리서 찍은 사진이었다. 그와 함께 걷고 있는 남자는 별장에서 결혼한 친구다. 컬러마저 더워 보이는 카키브라운의 니트 조끼를 입고 넥타이까지 완벽하게 매고 있는 그를 친구가 한심하게 바라보고 있었다.

'날도 더운데…….'

더운 여름날, 그녀가 떠 준 니트 조끼를 자랑하겠다고 그걸 입고 있는 그를 보자 안쓰러워 보였다.

'꼭 입은 채 자랑하지 않아도 되는데 굳이…….'

하지만 그렇게까지 그녀를 생각해 주는 그 마음이 느껴져서 입가에는 미소가, 눈가에는 눈물이 맺혔다.

그만큼 그에게 사랑받고 있다는 확신에 어젯밤 그녀에게 짓궂게 굴어 샐쭉했던 마음은 사라졌다. 오히려 자신은 그에게 그만큼 마음과 사랑을 표현해 주지 않는 것 같아 미안해졌다.

'윤재하 씨, 이렇게 막 심하게 날 떨리고 행복하게 해도 되는 거예요?'

출근 전, 나리에게 함께 출근하자고 했다가 거절당했다. 그녀를 보내고 싶지 않은 마음에 욕심이 채워질 때까지 그녀를 안으려 했던 그로 인해 삐친 모양이었다.

더 조르고 고집을 피웠다가는 나리가 제대로 화를 낼 것 같아 그녀와의 출근을 포기하고 집을 나서려는데 형우에게 전화가 걸려 왔다.

"출근 전부터 무슨 일이야?"

— 오늘 점심 약속 있어?

"아직은."

— 그럼 약속 잡지 말고 나하고 점심 하자. 이번에 하우징하고 가전하고 합작으로 장기간 전시장 만들어서 홍보하려는데, 거기 아트센터 전시장이 괜찮을 것 같아서. 그 얘기도 하고, 밥도 먹고, 겸사겸사 보자고.

"알았다."

통화를 끝낸 재하가 고개를 저으며 중얼거렸다.

"일 얘기만 하고 끝낼 최형우가 아니지. 뭐 또 자랑을 늘어놓을 테고…… 나리와의 연애사에 끼어들 테고……."

그러다 우뚝 멈춰 섰다. 그리고 드레스 룸으로 들어가 나리가 떠 준 니트 조끼를 챙겼다.

"유치하지만 이번에는 네 자랑만 듣고 있지 않을 테다, 최형우."

형우와 약속시간이 가까워지자 재하는 조끼를 챙겨 입고 집무실을 나섰다. 그런데 비서실에 있던 여직원과 최 비서과 놀란 눈을 하고 그를 쳐다보았다.

"대표님, 냉방이 너무 심합니까? 날도 더운데 왜 그걸 입으신 건지……?"

"아, 이거요. 누구 기 좀 죽이려고요."

무심하게 대꾸해 준 재하는 형우와의 약속 장소로 향했다. 예약한 룸에 먼저 와 있던 형우 역시 재하를 보자마자 걱정스러운 표정으로 한마디 던졌다.

"너 감기 걸렸냐? 아니면 더위 먹었어? 그 조끼는 뭐냐?"

"우리 나리가 떠 준 거. 제수씨는 뜨개질할 줄은 아나?"

"너 그 어린 여친하고 안 끝났어? 저번에 어린 남자하고 꽁냥꽁냥……."

"보이는 게 다는 아니지. HJ를 이끌 후계자 시선이 그렇게 단순해서 뭐에 써?"

형우의 인상을 찌푸렸다. 하지만 재하는 그런 형우를 의식하지 않고 여유 있는 얼굴로 물었다.

"뭐 먹을까?"

그러자 형우는 눈을 가늘게 뜨며 재하에게 의심스러운 시선을 보냈다.

"진짜 미스터리해. 그런 정체불명의 어린 여자한테 윤재하가 빠지다니. 복더위 앞두고 윤재하가 초딩 수준으로 뜬 옷까지 입고."

"받아 보지 못한 자는 그 감동을 모르는 법이지. 제수씨한테 하나 떠 달라고 해서 입어 봐. 그럼 한여름에 땀띠가 나도 이걸 입고 싶은 내 맘을 알 테니까. 이게 아무나 만들 수 있는 건 아니지만."

"그래, 땀띠 나도록 열심히 입어라. 난 그냥 여름엔 시원하게 살란다."

말은 그렇게 해도 눈에 힘이 들어가고 입가에 미세한 경련이 이는 형우의 모습을 보았다. 부러움을 표시 내지 않기 위해 애쓰는 거란 걸 오랜 우정으로 알 수 있다.

조만간 그도 아내가 떠 준 무언가를 입고 와서 자랑할 거라는 예상이 들었다. 유치하고 단순한 최형우는 그러고도 남을 인간이기에.

식사와 함께 비즈니스에 대한 이야기를 끝내고 형우가 돌아간 후 집무실로 돌아왔을 때다.

"대표님, 설마 그 조끼를 계속 입고 계실 건 아니시죠?"

"왜요? 아주 덥지 않아서 입을 만합니다."

"저기, 이런 게 돌아다닙니다. 벗으시는 게……."

최 비서가 보여 준 사진은 조금 전 형우와 함께 있던 사진이다. 문제는 그 아래 달린 사진의 제목이었다.

〈더위 먹어 이상해진 우리 대표님.jpg.〉

불쾌감보다는 웃음이 먼저 나왔다. 그리고 그 사진을 나리에게 보냈다. 정신 이상하다는 소리를 들어도 그에게 있어 소중한 건 그녀라는 것을 알려 주기 위해. 그의 마음을 제대로 알 수 있을지 모르겠지만.

재하를 향해 약간 뾰로통해졌던 감정이 어느 순간 풀렸다. 퇴근 시간에 찾아와 그녀를 따뜻하게 바라보는 시선 때문이었을 수도 있고, 그녀를 위해 사 온 천하장사 소시지 한 상자 때문일 수도 있다.

"이제는 심술도 안 부리고, 괴롭히지도 않고 일찍 보내 줄게."

그렇게 말하는 그의 다정함 때문일 수도 있었다. 그전처럼 애틋하게 서로를 보듬어 주는 관계로 돌아왔고, 두 사람은 따로 살지만 늘 함께인 것처럼 출퇴근은 물론이고 저녁식사도 같이 했다.

오늘도 두 사람은 평화롭게 출근했다. 재하는 나리를 커피숍 앞에 내려 주고 자신의 회사로 들어갔다. 늘 그랬듯 저녁때까지 그 평화가 이어져 함께 퇴근할 줄 알았다. 하지만 당장 코앞에 벌어질 일을 알지 못한 채 나리는 우진을 불렀다.

"우진 군, 에이프런 풀어지겠다. 뒤에 끈 다시 묶어야 할 것 같은데?"

커피숍 경력자이고 민정의 나이와 별로 차이가 없는 매니저와 다르게 우진은 그녀보다 한참 어리기에 말이 편하고 쉽게 나왔다. 물론 우진 입장에서는 동갑의 사장님이겠지만.

빙수에 과일을 얹으며 데코하고 있던 우진은 손에 비닐장갑을 끼고 있었기에 하던 일을 멈추고 끈을 묶기에는 좀 곤란한 상황으로 보였다.

"하던 거 해. 내가 해 줄게."

그리고는 우진의 뒤에서 에이프런 끈을 묶어 주었다.

"사장님, 너무 졸랐어. 없던 똥배도 나오겠어요. 좀 느슨하게."

"아, 그래? 다시 해 줄게."

그렇게 다시 한 번 묶어 주었더니.

"아, 뭐야? 고무줄 끊어진 팬티처럼 흘러내리려고 하잖아요."

우진의 표현이 웃겨서 나리가 까르르 웃었다.

"이 정도면 되겠어?"

"좀 더 타이트하게."

"이 정도?"

"아니, 좀 더."

"에이, 진짜 까탈스럽네. 지금은?"

"딱 좋아요!"

나리가 우진의 끈을 묶어 주고 뒤돌아섰을 때였다. 그녀를 무섭게 쏘아보고 있는 재하와 시선이 딱 마주쳤다.

"재, 재하 씨……."

지은 죄도 없는데 너무나도 살벌하게 바라보는 시선 때문이었을까. 나리가 말까지 더듬었다.

"새로운 알바생인가?"

나리에게 묻는 것인지, 우진에게 묻는 것인지 그의 시선은 모호했지만 여전히 이글거리는 눈빛이었다.

"네. 2주 전에 들어온 강우진이라고 합니다. 안녕하십니까?"

무섭게 쳐다보는 재하의 시선에도 불구하고 우진이 씩씩하게 대답하며 넉살 좋게 인사를 건넸다.

"내가 누군 줄이나 알고 인사하는 겁니까?"

"사장님 삼촌…… 아니십니까?"

나리의 눈이 질끈 감겼다. 농담이 아닌 진담으로 건넨 우진의 말에 재하의 마음과 표정이 어떠할지 짐작이 갔다. 그 마음을 알기에 웃으면 안 된다.

그런데 우진의 거침없는 그 표현에 웃음이 새어 나오려 했다. 그걸 참기 위해서도 나리는 눈을 더 세게 감았다.

"삼촌으로 보입니까?"

하지만 의외로 재하의 목소리에서는 화가 느껴지지 않았다.

"아니십니까? 그럼 큰오빠 되십니까?"

"방금 사장님이 재하 씨라고 불렀던 거 못 들었습니까?"

"못 들었는데요. 그럼 거래처 아시는 분인가요?"

"아니야, 우진 씨. 내 남자 친구."

나리가 일부러 재하의 팔짱을 끼며 우진에게 그를 소개시켰다.

"네?"

우진이 믿을 수 없다는 표정을 재하를 보았다.

"우진아, 빙수 빨리 마무리해서 나가야지. 뭐 하는 거야?"

때마침 들려온 정하의 말에 우진은 빠르게 빙수 데코를 끝내고 다른 알바생에게 건넸다.

"재하 씨, 일하는데 방해하지 말고 나가요. 점심 아직 안 먹었죠? 세영이하고 같이 밥 먹을까요?"

나리가 급하게 앞치마를 풀고 재하의 손을 잡았다. 그를 데리고 밖으로 나가려는데 재하가 우진을 불렀다.

"이봐요, 신입 알바생!"

"네?"

"팥빙수를 참 예쁘게 잘 만드네요."

"감사합니다."

"그럼 나중에 또 봐요."

재하가 우진에게 인사를 하고는 나리의 손을 잡고 커피숍 밖으로 나왔다. 나리가 재하의 눈치를 살피며 물었다. 우진의 삼촌이라는 말에 그의 감정이 틀어진 게 아닌가 하는 걱정에서였다.

"기분 상한 거…… 아니죠?"

"그래 보여?"

"그래 보이지는 않는데……."

"나보다 더 어리고 잘생긴 알바생이 들어왔다는 게 좀 신경 쓰이지만…… 기분 상할 건 없어. 그런데 왜 저런 알바생이 들어왔다고 말 안했어?"

"일 시작한 지 이틀밖에 안 돼서……."

사실, 나리 곁에 어리고 잘생긴 남학생이 있다는 게 많이 신경 쓰인다. 더욱이 그를 향해 '삼촌'이라고까지 했으니 그 기분이 좋을 리는 없었다.

서로 친하게 장난치는 모습도 화가 나도록 거슬렸다. 하지만 그 감정을 어린 남학생과 나리 앞에서 모두 드러낼 수는 없었다. 나이 차가 있는 남자의 여유로움과 의젓한 인격을 보여 주고 싶었다.

더구나 나리가 자신을 '남자 친구'라고 확실하게 못 박아 주는데 옹졸하게 굴 이유도 없었다. 하지만 그래도 그녀에게 확인받고 싶었다.

"저런 녀석이 눈에서 알짱거려도 나리 마음에는 나밖에 없는 거지?"

"당연하죠! 아까 그 녀석보다 재하 씨가 훨씬 더 멋있고 근사하고 훌륭한데!"

그제야 재하는 안도했다. 그리고 나리가 절대로 그냥 하는 말이 아니라는 게 느껴졌기에 자신의 의지와 상관없이 웃음이 새어 나오려 했다.

그런 그의 손을 나리가 더 꼭 잡았다.

'삼촌' 이라는 심한 표현에 화를 내지 않고 오히려 우진을 대우해 주는 그의 너그러움과 넉넉한 마음씨에 가슴이 뛰었다. 남자라고 다 같은 남자는 아니지만, 특히나 바다와 같은 재하의 넓은 마음과 생각이 그를 더 사랑하게 만들었다.

식사 후 재하와 헤어져 커피숍으로 돌아온 나리는 오늘 저녁, 그에게 어떻게 자신의 사랑을 표현하고 알려야 할지 고민에 빠졌다.

재하는 나름 어린놈을 향한 질투와 좋지 않은 감정을 의젓하게 잘 다스렸다고 생각했다. 하지만 회사로 돌아왔을 때, 이상하게 나리가 그 녀석의 등 뒤에서 앞치마를 묶어 주며 꽁냥거리는 모습이 떠올랐다.

마음은 그렇지 않겠지만 두 사람이 그런 식으로 계속 장난을 치는 건 아닌지 신경이 거슬렸다. 제가 녀석보다 훨씬 더 멋있고, 근사하고, 훌륭하다는 나리의 말이 귓가에 맴돌면서도 두 사람이 함께 있는 모습이 사라지지 않았다.

'거의 의처증 수준이군.'

자신의 한심한 상상력에 한숨을 내뱉었다.

"신나리 수준이 그런 놈하고 어울릴 만큼 유치하지 않은데."

재하는 스스로를 달래고 일에 집중했다. 하지만 의식하지 못한 상태에서 그는 계속 구시렁거렸다.

"그건 잘생긴 게 아니라 뺀질뺀질하게 생긴 거지. 당장 그만두게 할 수 있는 방법은 없을까?"

하지만 그런 한가로움도 잠시였다. 글램핑 공사 현장에서 인부가 다치는 사고가 발생하여 급하게 현장으로 뛰어가야만 했다.

10장

⚜

나리는 점심을 먹고 자신을 더욱 빠져들게 만든 재하를 위해 여름 보양식 오리 백숙을 만들어 주기로 했다. 깜짝 이벤트처럼 그에게도 감동을 주기 위해 먼저 퇴근해서 재하의 집에 도착한 나리는 오리와 함께 사 온 한약재를 손질해서 끓이기 시작했다.

어느 정도 익어 갈 때, 그의 퇴근 시간이 가까워졌고 나리는 먼저 퇴근한 사실을 알리기 위해 재하에게 전화를 걸었다.

— 나리야, 미안한데 오늘은 먼저 퇴근해야겠다. 회사에 일이 생겨서.

"알았어요. 그런데 재하 씨는 언제 와요?"

— 모르겠어. 많이 늦지는 않을 거야. 수습되는 대로 바로 갈게. 집에서 기다려.

"그럴게요."

오리 백숙이 향 좋은 한약재와 어우러져 잘 익었다.

"이 정도면 재하 씨도 내 마음이 어떤지 잘 알겠지."

그런데 시간이 갈수록 뭔가 컨디션이 좋지 않았다. 현기증도 나고 으슬으슬 추운 것 같기도 하고.

"또 체한 건가?"

차디찬 냉면을 에어컨이 강했던 곳에서 먹어서였을까. 아니면 커피숍을 나오기 전, 급하게 먹은 샌드위치가 잘못된 것일까. 체기가 느껴진 나리는 재하의 집을 뒤지기 시작했다. 반짇고리를 찾으려 했지만 남자 혼자 사는 집에 그런 게 있을 리 만무했다.

더 심해지기 전에 편의점을 다녀오려는데 다행인지 옷핀과 고무 밴드를 찾아냈다. 고무 밴드로 손가락 끝마디를 단단하게 묶고 불에 데운 옷핀으로 능숙하게 손을 땄다.

그러자 얼마 후 식은땀과 현기증이 사라졌다.

"지겨운 체증."

한숨을 내쉬며 침대에 누웠다. 저녁 8시가 다 되어 가는데 재하는 좀 더 시간이 걸릴 것 같다는 메시지를 보내왔다.

"늦으면 안 되는데…… 정성으로 만든 오리 백숙 먹여야 하는데."

그렇게 지루하게 재하를 기다리다 나리는 잠이 들었다.

다친 인부가 입원한 병원에 다녀오고, 사고 경위를 브리핑받고, 수습을 위한 대책 회의를 끝내고 나니 9시가 훌쩍 넘어 있었다. 그를 기다리고 있을 나리에게 출발한다는 메시지를 보내고 부리나케 집에 도착했다.

향이 좋은 음식 냄새가 그를 맞이했지만 집 안은 깜깜했고 조용했다.

"메시지를 못 봤나?"

혹시라도 가 버린 건 아닌지, 서운한 마음에 둘러보다 침실에서 자고 있는 그녀를 보았다.

자신의 공간 속에 들어와서 쉬고 있는 그녀를 보자 오후 내내 힘들고 고단했던 그의 몸과 마음이 기쁘고 행복하게 회복되었다.

매일 12시를 넘기지 않기 위해 도망가던 나리가 자신의 침대에서 자고 있으니, 어린 새가 온전하게 자신의 둥지로 들어와 쉬고 있는 것 같아 마음이 벅차기까지 했다. 그녀를 깨워 입을 맞추고 그녀가 만든 향 좋은 음식을 함께 먹고 싶었지만 곤히 자고 있는 나리를 깨울 수가 없었다.

나리를 그대로 둔 채 재하는 옷을 갈아입고 샤워를 끝마치고 나왔다. 그때까지 그녀는 여전히 잠에 빠져 있었다.

'오늘같이 힘든 날, 네가 가지 않고 옆에 있어 주니까 힘들 게 없다. 매일 이렇게 함께 바라보며 잠들 수는 없는 걸까?'

그 옆에 가만 누워 있던 재하가 나리를 하염없이 바라봤다.

12시 전에 보내기 위해 그녀를 깨워야 하는지 고민에 빠져 있다가 재하마저도 잠이 들었다. 그리고 그가 눈을 떴을 때는 12시가 거의 다 된 11시 58분이었다.

'깨워야 하나? 재워야 하나? 어차피 12시 다 돼서 지금 일어나 가는 것도 의미 없을 텐데…….'

볼수록 사랑스러운 얼굴, 그녀를 보내고 싶지 않았다.

'하루쯤이야…….'

보내지 않기고 마음을 먹고 그녀의 입술에 가볍게 입을 맞추었다. 산뜻하면서도 향기롭고 달콤한 그녀의 체향에 좀 더 욕심을 내며 그의 손이 그녀의 가슴으로 향했다.

과일 향기를 머금고 있을 부드러운 그녀의 가슴에 손이 닿으려는 순간, 천사의 얼굴로 잘 자고 있던 그녀가 눈앞에서 감쪽같이 사라졌다.

믿을 수 없는 일이었다.

"뭐지? 지금…… 꿈꾸고 있는 건가?"

꿈은 아니다. 그렇다고 방금 전 상황을 눈으로 보고도 믿을 수 없어 재하는 그대로 얼은 채 한참을 있었다.

"처음부터 나리는 없었던 건가? 나리의 환상을 본 건가?"

그녀에게 입을 맞추지 않았다면 그녀의 모습이 환상이었다고, 그렇게라도 믿었을 것이다. 하지만 그의 입술에 아직도 그녀의 부드러운 볼의 감촉이 있고, 그녀의 체향마저 아직 남아 있다.

바보 같은 행동인 줄 알면서도 재하는 시트를 들춰 봤다. 그리고 그녀의 이름을 불러봤다.

"나리……야."

그러나 집에는 그 혼자뿐이었다.

믿을 수밖에 없는 일이 벌어져 기가 막힐 따름이다.

"어떻게 이런 일이……?"

재하가 급하게 나리의 휴대폰으로 전화를 걸어 봤다. 침대 옆에 있던 협탁에서 그녀의 휴대폰 벨이 울렸다. 종료 버튼을 누른 재하가 침대에서 빠져나와 집 안 구석구석을 돌아다니며 나리의 흔적을 찾았다.

그녀는 없었지만 그녀의 핸드백, 구두, 휴대폰은 그대로 있었다.

"간 건 아닌데……."

그렇다면 그의 눈앞에서 사라진 게 환상이나 꿈이 아닌 것이다. 망연자실한 채 소파에 주저앉은 재하는 혼란에 빠져 정신을 차릴 수 없었다.

"이런 일이 가능한 건가? 신나리, 너 어디로 사라진 거야?"

왜 갑자기 이런 일이 벌어졌는지 알 수는 없었다. 하지만 그동안 그녀가 12시를 고집하며 돌아가려는 이유가 이것이었는지도 모른다는 생각이 들었다. 또한, 사라진 그녀가 다시 나타날지, 아니면 12시 안으로 집으로 돌아가지 못해 영원히 사라진 것 아닌지, 많은 의문이 들었다.

"신데렐라 놀이를 하는 것도 아니고…… 도대체 뭐냐고? 형우가 귀신 아니면 간첩이라고 하더니, 진짜 귀신이라도 되는 건가? 사람에서 귀신으로 돌아간 거야?"

결국은 그녀가 했던 황당한 그 얘기들이 실제로 그녀에게 일어난 현실이었다는 걸 느꼈다.

어느 날 갑자기 모습이 변했다는 것도, 그녀가 원래는 서른여섯 살이라는 것도.

"그냥 성숙한 게 아니었구나. 진짜로 서른여섯의 여자였어."

막연하게 그녀의 말을 듣고 받아들이는 것과, 자신의 눈으로 황당한 현상을 확인하며 받아들이는 느낌은 너무 달랐다. 충격과 혼란이 쉽게 가라앉지 않아 괴롭고 힘들었다.

그럼에도 그녀가 영원히 사라진 게 아니길 간절하게 바랐다.

'제발 다시 와라, 나리야. 뭐든 다 받아들일 테니까, 제발…….'

아련하게 들리는 박수 소리와 노랫소리에 눈을 떴다.

조명이 꺼진 거실에 TV가 켜져 있었다. 아이돌 공연에 방청객들이 박수를 치고 있는 화면이 보였다. 소파에 누워 있는 몸을 일으켜 TV 전원을 끄고 침실로 가던 민정이 그 자리에 주저앉았다.

"어떡해……?"

그제야 재하의 침대에서 잠들었다는 사실이 떠올랐는데, 정작 집으로 돌아온 기억은 없다. 재하의 침실에서 사라져 이곳에 있다는 걸 알아채고는 다리에 힘이 빠져 서 있을 수가 없었다.

"재하 씨가…… 봤을까?"

재하가 귀가하는 모습을 보지 못하고 잠에 빠져 있었다. 그러니 그가 퇴근하고 집에 왔는지도 모르고, 그녀의 곁에 있어 그녀가 사라지는 모습을 봤는지도 알 수 없다.

하지만 12시에 그 집에 있었다는 건 확실했고, 그 사실이 그녀를 불안하게 만들었다.

"집에 왔으면 날 깨웠을 텐데……."

그가 퇴근하지 않아 잠이 깨지 않았고, 그래서 잠든 상태에서 민정으로 돌아온 건지도 모른다는 생각이 들었다.

제발 그러길 바랐다.

하지만 내일 새벽 6시, 나리의 모습으로 재하의 침대에 나타날 것이다. 그 시간이면 재하가 잠을 자고 있을 시간인데, 만일 그녀로 인해 그의 잠이 깬다면 그건 어떻게 설명할까?

또한 그녀의 짐작이나 희망과 다르게 그녀가 사라지는 것을 그가 보았다면?

"안 되는데……."

하늘이 무너지는 기분이다. 현구가 그랬던 것처럼 재하 역시 그녀를 두려움의 눈빛으로 바라볼 게 빤했다. 그의 그런 시선을 받아 내는 것, 그리고 그렇게 그와 끝내는 것 역시 그녀에게도 두려운 일이다.

어차피 이별이 예정되어 있지만, 한 번 겪었던 그 이별의 아픔과 괴로움을 예정된 시간보다 더 빠르게 앞당기고 싶지 않았다.

"재하 씨…… 못 본 척해 줄 수는 없겠죠? 그 충격을 그냥 넘길 수는 없겠죠?"

나리는 한숨으로 밤을 꼬박 새울 수밖에 없었다.

아침이 오기 바라지 않았지만 어김없이 새벽 6시가 되자마자 나리는 자신의 의지와 상관없이 어젯밤 사라졌던 재하의 침대 위로 돌아왔다. 다행히 재하의 모습은 보이지 않았다.

"안 들어 온 건가?"

그랬다면 메시지나 전화를 했으리라 생각하고 협탁에 놓인 그녀의 휴대폰을 들어 통화 목록을 확인했다.

어젯밤 10시 넘어 집으로 출발하겠다는 메시지를 보내고 자정이 넘어 걸려 온 그의 부재중 전화를 확인했다. 그로 인해 그가 집에 들어오지 않은 것이 아니고, 12시에 그녀가 사라지는 것을 봤다는 결론이 나왔다.

막다른 골목에 몰린 기분이었다. 절망과 우울을 느끼며 침실을 나오는데 소파에서 쓰러져 있는 재하의 모습이 보였다. 그 앞에 놓인 테이블에는 반쯤 비워진 술병이 놓여 있었다.

끔찍한 상황을 본 그가 밤새 괴로워한 증거로 보였다. 그의 잠든 얼굴을 더 보고 싶었지만 마주치는 것이 두려워 집을 빠져나가려고 할 때, 그녀의 휴대폰 벨이 울렸다.

연화에게 걸려 온 전화였는데, 하필 그 벨소리에 재하가 눈을 떴다. 전화를 받지도 못하고, 재하에게 아침 인사도 하지 못한 채 나리는 그대로 얼어붙었다.

"전화부터 받지?"

잔뜩 가라앉은 목소리로 재하가 말했다. 그의 마음이 어떤지 그의 표정으로는 알 수가 없었다. 나리는 일단 전화부터 받았다.

"여보세요?"

— 나다. 너 지금 어디니? 어제 연락도 없이 자정까지 들어오지 않더니 밤새 왜 한숨도 못 잔 거야? 그 녀석도 술을 마시던데. 둘 사이에 또 무슨 일이 생긴 거니?

"좀 이따가 집으로 갈게요. 가서 말씀드릴게요."

— 그래. 큰일이 생긴 건 아니지?

"네."

연화를 안심시키고 통화를 끝냈다. 그사이 주방에서 커피를 내리고 있던 재하가 그녀에게 물었다.

"커피 줘?"

평소와 같이 다정하고 따뜻한 목소리는 아니었다. 그렇다고 화난 것 같지도 않았다.

"괜찮아요."

"우리, 얘기를 해야 할 것 같지?"

이제 와서 피한다고 달라질 건 없다. 그가 황당한 그 상황을 봤는데 더 이상 숨기고 속일 게 뭐가 있을까. 나리는 재하가 모르던 자세한 것까지 모든 걸 털어놓기로 다짐하고 식탁에 앉았다.

재하는 괜찮다고 대답한 그녀에게도 커피를 놓아주었다. 그리고 그녀와 마주 앉아 자신의 커피 한 모금을 마시고 그녀를 바라보았다.

그녀를 귀신 보듯 두려워하는 시선은 아니었다. 하지만 그녀를 사랑스럽게 보는 것도 아니었다.

"어제 내가 본 거…… 어떻게 된 거야?"

"원래 내 모습으로, 그리고 내가 있던 곳으로 돌아간 거예요."

"그런 거였구나."

알고 있었던 것 같은 그의 반응이 의외였다. 그녀가 느낀 절망에 희망의 빛이 들어오는 느낌이다.

"그럼 매일 밤 12시 안으로 집으로 가려는 게 그 이유였던 건가?"

"맞아요."

"그럼 매일 아침에는 나리로 돌아오는 거고?"

나리가 고개를 끄덕거렸다.

"몇 개월 후에 나리는 영원히 사라지고 서른여섯이라는 원래의 너로 돌아가는 거고?"

"네."

"왜 이렇게 된 줄은 모르는 거야?"

어떻게 대답을 해 줘야 하나. 별장 나무에 묶인 부적을 풀어 태웠더니, 연화의 영혼이 자유롭게 되었고, 그로 인해 이런 기적이 일어난 것이라고 해 줘야 하나.

잠시 고민한 나리는 그대로를 설명해 줬다. 대신 그 별장이 전 남편이었던 현구의 별장이라는 것과 연화가 유민정인 자신의 삶을 살고 있다는 사실은 뺐다.

동화나 신화 같은 이야기지만 그녀가 사라지는 걸 목격해서인지 재하는 그대로 믿는 것처럼 보였다.

"그럼 혹시……."

재하는 쉽게 말을 꺼내지 못했다. 한숨을 내쉬고 불안한 눈동자로 그녀를 봤다.

뭘 물으려고 저리 불안하게 보는 것일까.

이미 모든 걸 다 말하겠다고 마음먹었지만 그의 표정과 눈빛 하나에 온몸의 세포가 긴장을 하고 심장은 불규칙적으로 쿵쾅거렸다.

"혹시…… 신나리 아닐 때, 너는……."

유민정이라는 것까지 눈치채고 알고 있는 건 아닐까?

그것만큼은 그가 몰랐으면 하는 바람이다. 제발 그것만큼은 모르고 넘어가 주길…….

잔뜩 긴장해 있는 그녀에게 한 재하의 질문은 생각지도 못한 것이었다.

"설마…… 유부녀는 아니지?"

유부녀는 아지만 이혼녀다. 하지만 그게 크게 다를 게 뭐가 있을까?

그렇다고 이혼녀라는 말을 꺼낼 수도 없다. 솔직하게 말했다가는 그가 그녀가 사라질 때보다 더한 충격을 받을 얼굴이다. 더 이상 그를 힘들게 하고 괴롭힐 수는 없었다.

"아니에요."

이 거짓으로 인해 민정으로 돌아가도 그와 다시 시작할 수 없는 이유에 정점을 찍고 말았다.

"다행이네."

정말로 안도하는 것 같은 그의 말투, 그리고 다시 사랑을 품은 것 같은 그의 시선, 그리고 그가 내미는 손. 그럼에도 그녀는 불안했다. 그가 이렇게 쉽게 받아들일 수 있다는 게 믿어지지 않았다.

"재하 씨…… 솔직하게 말해도 돼요. 내가 무섭다거나…… 감당하기 힘들다고…… 그렇게 말해도 나 재하 씨 원망 안 해요. 그러니까……."

"네가 유부녀여서 남편이 있다면, 그게 감당하지 못할 일이지. 어제 눈앞에서 사라진 건…… 좀 황당하고 아주 조금 섬뜩하기는 했지만, 다시 돌아온 너를 보니까 안심되는 게 먼저야. 그러니 이제 우리…… 같이 살자."

나리는 자신이 말을 잘못 들었거나, 그가 말을 잘못 꺼낸 거라 생각했다.

"이제 네 비밀 내가 다 알았는데 12시에 굳이 집에 갈 필요 없잖아. 여기서 같이 살자. 네가 원래 모습으로 돌아간 후에도."

"재하 씨……."

"그렇게 하자. 결혼식도 네가 원래 모습으로 돌아온 후에 하고."

나리가 고개를 저었다.

"그렇게 할 수 없어요."

"왜? 설마 서른여섯이 아니라 마흔여섯이나, 예순여섯쯤 되나?"

입으로는 농담을 말하지만 그녀의 손을 잡고 있는 그의 손에는 힘이 들어갔다. 자신의 마음이 진심이라는 것을 알려 주려는 것 같았다. 그리고 그 손을 절대 놓지 않겠다는 의지로 느껴졌다.

"정말 같이 살고 싶어요?"

"응. 너는 아니야?"

그녀도 그와 함께 살고 싶다. 하지만 매일 밤 그의 눈앞에서 사라지는 진기한 풍경을 보이고 싶지 않다. 그의 말대로 모든 걸 그가 다 안다고 해도 평범하지 못한 자신의 존재를 매일 확인시켜 줄 필요는 없지 않은가.

"너도 싫은 게 아니라면 오늘 짐 챙겨서 들어와."

"재하 씨, 그래도……."

"여기 들어와서 사는 게 싫으면 내가 네 집으로 들어갈 거야."

나리는 대답을 하지 않았지만 재하는 그녀의 대답과 상관없이 같이 사는 걸로 결론짓고 자리에서 일어섰다.

"나 회사에 복잡한 사고가 생겨서 빨리 출근해야 해. 씻고 나올게."

재하가 욕실로 들어갔다.

'어떡하지?'

그와 사는 건 어렵지 않다. 하지만 민정으로 돌아간 후 그와 살 수는 없다.

'나리로 있는 동안만은…….'

단 몇 개월만 남은 나리의 인생, 그 행복을 위해서는 그와 사는 선택을 하는 게 맞다. 나리는 그와 사는 것으로 결론을 냈다.

모든 걸 재하에게 털어놓고 나니 마음이 편해졌다. 물론 그녀가 유민정이라는 사실은 말하지 못했지만, 적어도 그가 그녀의 존재를 거부하지 않고 인정해 주니 그것만으로 재하를 향한 마음의 짐을 어느 정도 덜어낸 것 같아 편했다.

그를 출근시키고 집으로 돌아온 나리는 연화에게 어젯밤과 오늘 아침에 일어난 이야기를 해 주었다.

"그런 일이 있었구나. 어쨌든 윤 대표가 모든 걸 받아들여서 다행이다. 이제부터 마음 졸일 일도 없어 좋고. 정말 잘됐다."

함께 기뻐해 주는 연화를 향해 나리는 그의 집으로 들어가겠다는 말을 꺼낼 수가 없었다. 혼자 지낼 그녀가 걱정되었고, 연화를 버리고 그녀만의 행복을 찾아 가는 것 같은 기분에 미안하기도 했다.

나리의 시간이 얼마 남지 않은 것처럼 연화의 시간도 얼마 남지 않았다. 함께하지 못한 시간이 많아 미안한데, 혼자 두고 사랑 찾아 가는 자신이 이기적인 것 같아 쉽게 말이 나오지 않았다.

더욱이 이 모든 상황이 연화의 선물인데 제대로 감사를 전하지 못한 것 같아 죄스럽기까지 했다. 그래서 나리는 먼저 감사의 말부터 꺼냈다.

"언니, 아니 할머니. 감사해요."

"감사하긴. 나야말로 네게 감사하지. 생각해 봐라, 그 좁은 나무에 갇혀 500년을 아무것도 할 수 없었다고. 영혼이지만 안 미친 게 다행이지. 그런 나를 이렇게 자유롭게 해 줬는데 더한 것도 해 주고 싶지."

"그래도 감사해요. 진심으로."

"그렇게 감사하면 앞으로 잘 살아."

"네. 그리고요……."

나리가 다음 말을 잇지 못하고 머뭇거렸다. 그러자 연화가 재촉했다.

"뭔데? 망설이지 말고 말해 봐. 내가 도울 수 있는 일이면 뭐든 도울 테니."

"민정으로 돌아갈 때까지 그 사람하고…… 같이 살기로 했어요."

"잘됐네! 예쁘게 잘 살아라."

"혼자 괜찮으시겠어요?"

"나는 너보다 더 즐겁게 잘 지내니 걱정 말고."

미소를 지으며 그녀만큼이나 기뻐하는 연화를 보자 나리의 마음이 편해졌다.

"씻고 출근할게요."

나리가 일어나 욕실로 들어갔다. 그래서 안타까운 표정으로 애잔하게 말하는 연화의 말을 듣지 못했다.

"결혼도 하고, 아이도 낳고…… 그렇게 살아야 하는데……. 어쩔꼬?"

함께 사는 첫날을 기념하자며 재하가 준비한 것들이 꽤 많았다.

샴페인, 장미, 향초, 거품 목욕 등 로맨틱한 것들만 있는 건 아니었다. 칫솔, 잠옷, 머그컵, 실내화 등 신혼살림을 장만하듯 많은 걸 바꿔 놓고 준비해 놓았다.

시트까지 새로 바뀐 침대에 누워, 두 사람은 12시가 가까워져도 시간에 신경 쓰지 않고 대화를 나누는 중이었다.

"이걸 언제 다 준비했어요? 회사에 복잡한 사고도 생겼다면서."

"시간 별로 안 걸렸어."

시간이 아니라 비용으로 채워질 만한 것들이었지만 그걸 준비한 재하의 마음이 고마웠다.

"이런 얘기 좀 식상하겠지만…… 재하 씨 만나려고 나한테 이런 기적이 일어난 건가 봐요."

"좀이 아니라 많이 식상하지만 나도 그래. 널 만나려고 그동안 혼자였나 봐."

그의 첫사랑부터 미국에 있을 때 만난 친구의 누나까지, 그의 과거를

다 알고 있는데 그동안 혼자였다고 말하다니.

나리가 모든 걸 실토하라는 눈빛으로 재하를 따갑게 바라보며 물었다.

"혼자? 그동안 혼자였다고요?"

"응. 혼자였어."

"사귀었던 여자는 있었을 거 아니에요? 하다못해 마음에 담고 있던 여자도 있었을 테고. 이를테면…… 과외교사라든가…… 친구 누나라든가!"

짓궂은 나리의 질문이 어떻게 나온 것인지 모르는 재하가 그녀에게 오히려 반문했다.

"나리는 과외교사한테 마음 품은 적이 있었나 봐. 아니면 친구 오빠나."

내가 당신의 과거를 다 안다고!

나리는 잠시 고민했다. 연화가 유민정으로 살고 있다는 걸 재하는 모른다. 하지만 연화의 존재는 알고 있다. 이런 기적으로 만들어 낸 귀신과도 같은 존재. 연화가 이야기해 준 것이라고 하면 그가 두려워할까?

CCTV보다 더 무섭게 감시할 수 있는 존재가 있다고 하면 그 기분은 어떨까. 게다가 과거는 물론이고 사생활까지 모두 알고 있는 존재가 있다는 것은 부담을 넘어 공포를 느낄 만한 일이다. 그렇게 되면 나리마저도 재하에게 있어 공포의 존재가 되어 버린다.

"보통 남자들의 첫사랑이 그렇더라고요. 그래서 물어본 거였어요. 아니면 말고요."

안타깝고 약 오르지만 나리는 재하의 과거를 모르는 척 덮고 넘겨야 했다.

"썸은 탄 적 있지. 유학 시절 클래스메이트하고. 하지만 국적이 달라서 그런지, 깊은 관계로 가기 힘들더라고."

모르는 과거 하나가 튀어나왔다. 괜히 서운하고 그가 괘씸했다. 그녀의 과거는 이현구 하나뿐이다. 그것도 아주 잠깐 사랑이라 착각했을 뿐, 평생을 원수로 생각했기에 과거라고도 할 수 없는.

그런데 이 남자는 무슨 여자들이 이렇게 많은 거야!

"그러는 나리는? 그 서른여섯의…… 이름이 뭐지? 나리 진짜 이름?"

"……소민이요."

스무 살에 임신했을 때, 딸을 낳으면 지으려고 했던 이름이다. 어떨결에 그 이름이 튀어나왔다.

"이름 예쁘다. 그래, 그럼 소민이로 살던 그때, 남자는 없었나?"

"없었어요. 원수처럼 따라붙는 남자 때문에 있을 수가 없었어요. 그리고 난 나리예요. 재하 씨를 사랑하고, 재하 씨가 사랑하는 여자는 나리예요. 그러니 다른 존재에 대해서는 얘기하지 마요."

알겠다는 대답이 바로 나올 줄 알았다. 하지만 재하는 대답 없이 잠잠했다.

'뭐가 더 알고 싶은 건가?'

그런데 그가 몸을 돌려 모로 누운 후 그녀에게 진지하게 물었다.

"하나만 더 물을게. 예전에 사는 게 무의미할 만큼 힘들었고, 새로운 삶을 살고 싶은 마음이 간절해졌을 때 이런 기적이 일어났다고 했는데……. 뭐가 그렇게 힘들었는지…… 말해 주면 안 될까?"

"……열 살에 아빠를 잃고, 스물한 살에 엄마마저도 돌아가셨어요. 부모 없다고, 가진 게 없다고 무시를 많이 당했어요."

더 길게 이야기하지 않은 채 나리가 짧게 대답해 주었다. 민정의 삶과 감정을 나리의 시간에 끌어들이고 싶지 않았기 때문이다. 나리의 말을 들은 재하가 그녀의 얼굴을 쓰다듬었다. 애정 어린 손길이었지만 그녀를 위로해 주고 달래 주는 의미가 더 많이 들어 있는 듯했다.

"네가 다시 돌아가면 그런 일 없게 해 줄게. 그때는 괜찮은 남편과 안

락한 가정만으로 무시를 했던 그 상대들 기죽이게 만들어 줄게."

나리의 눈에서 눈물이 나왔다. 그건 그의 말에 감동을 받아서가 아니다. 그가 생각하는 미래를 함께해 줄 수가 없어서다.

그녀에게 이토록 끔찍한 사랑을 주는 그에게, 그녀는 마지막까지 그 사랑을 지켜 주고 약속해 줄 수 없어 너무 미안했다. 그 아픈 마음에 나오는 눈물이었다.

재하가 그녀의 눈물을 닦아 주었다.

"울리려고 한 말이 아닌데……."

그녀의 눈물을 손이 아닌 입술로 닦아 주던 그가 갑자기 정색을 하고 물었다.

"그런데 말이야…… 만약에 우리가 사랑을 뜨겁게 나눌 때, 자정이 되면 어떻게 되는 거지?"

재하의 짓궂은 말에 나리의 표정이 일그러졌다.

"상상하니까, 그거 되게 끔찍하다. 그런데…… 끔찍해도 참을 수가 없다."

그가 갑자기 그녀의 몸 위를 덮치는 바람에 놀란 나리의 비명이 터져 나왔지만 이내 키스로 막혀 버렸다. 그리고 그 어떤 상황이 닥쳐도 그녀를 놓지 않겠다는 걸 보여 주듯 거침없이 그녀를 안았다.

재하와 함께 사는 일은 생각보다 더 행복했다. 그래서 죽는 날까지 함께하고 싶은 욕심이 늘어났고, 이루어질 수 없는 그 욕심으로 인해 아파할 때도 많았다.

욕심이 더 강해지고 아픔이 더 짙어지면, 다짐과 달리 민정으로 돌아가서도 그를 놓지 못할 것 같다. 다행인지, 불행인지 이제 6개월밖에 남지 않은 10월이지만 아직은 견딜 만한 상태다.

'어느새 가을이 됐네. 봄에 재하 씨를 만난 것 같은데…….'

조금은 쌀쌀해진 가을바람을 느끼며 테라스에 앉아 재하와의 지난 시간을 생각하고 있을 때, 세영이 그녀의 맞은편에 앉았다. 가을을 타는 것인지 잔뜩 우울하고 어두운 표정이었다.

"우울해 보인다? 애인하고 싸웠어? 아니면 이맘때마다 도지는 가을병?"

대답 대신 세영이 한숨을 내뱉었다. 나리는 더 이상 묻지 않고 세영의 대답을 기다렸다.

"원장님, 주문하신 오렌지 주스요."

매니저 정하가 세영에게 주스를 놓아 주고 갔다. 따뜻한 커피를 마셔야 하는 분위기에 오렌지 주스라니?

더구나 오후 2시에 밀려오는 나른함을 커피로 이겨 내던 세영이 한 번도 마시지 않았던 주스를 주문했다는 것이 의외였다.

"커피 안 마시고 갑자기 주스는 왜……?"

"나…… 임신했어."

이혼녀의 혼전임신은 축하를 해 줘야 하는 것인지, 걱정과 위로를 해 줘야 하는 것인지 헷갈렸다. 세영의 표정이 좋지 않은 걸 봐서는 원하지도, 계획하지도 않은 임신으로 보였다.

"서른여섯, 좀 있으면 서른일곱. 이 나이에 아이를 낳고 엄마가 되는 거…… 괜찮은 걸까?"

"그 남자 사랑하는 거 아니었어?"

"사랑은 하지. 하지만 결혼을 하지 않았으니 아이는 우리 둘 사이에 변수인 거지."

"사랑하는 남자의 아이를 임신했다는 건 변수가 아니라 축복이야."

재하와의 결혼은커녕 아이는 생각지도 못하는 자신의 처지 때문일까, 나리의 말이 세영을 나무라는 투로 튀어 나갔다.

'난 부럽기만 한데…….'

나리도 재하의 아이를 낳을 수 있으면 얼마나 좋을까 하는 생각이 들었다. 그를 닮은 아이를 낳아 한집에서 오붓하게 사는 그런 평범함을 누리면 얼마나 행복할까. 하지만 그녀는 누릴 수 없는 행복으로 느껴졌다.

임신으로 고민하고 우울해하던 세영은 이틀 만에 결혼 소식을 전했다. 이번 결혼은 부디 단란하고 행복하게 이어지길 바라는 마음으로 그녀를 축하해 주었다.

"결혼 선물 뭐 해 줄까? 네 첫 결혼에는 내가 노예라 해 줄 수 있는 게 아무것도 없었지만 지금은 조물주보다 더 위에 있다는 건물주거든. 이번 결혼에는 원하는 거 다 해 줄 수 있어. 말만 해."

"이혼녀, 이혼남이 만나 재혼하는 거야. 결혼식도 가까운 가족하고 지인들만 불러서 식사대접하기로 했고, 집도 각자 살고 있는 집 처분해서 아파트 하나 얻기로 했어. 새로 장만할 거 없어. 와서 축하나 해 줘."

"신혼여행 보내 줄게. 휴양지 풀빌라로."

"임신 초기라 멀리 가지도 못해. 더구나 난 노산이라 뭐 할 수 있는 게 별로 없어. 다 조심하래."

"당연하지! 어쨌든 나한테 조카가 생기는구나. 어린 게 나한테 이모라고 하면 얼마나 신기할까?"

"난 어떻겠니? 내가 엄마가 된다는 게 아직도 실감이 안 난다."

우울해하던 이틀 전과 다르게 세영은 밝은 얼굴로 수다를 떤 후 미용실로 돌아갔다. 세영과 함께 웃고 떠들 때는 몰랐는데 막상 혼자가 되자 마음이 허전해졌다. 가을바람이 그녀의 가슴으로 뚫고 들어오는 것처럼 마음이 추워졌다.

분명 세영의 결혼과 임신을 자신의 경사처럼 함께 기뻐했는데 왜 갑자기 공허한 기분이 드는지 알 수 없었다. 나리는 갑자기 재하보다 연화가 보고 싶었다. 그 마음이 드는 순간 망설임 없이 연화에게 전화를 걸었다.

— 나리니?

다정하고 살가운 목소리에 그녀의 마음이 따뜻하게 데워지는 느낌이다.

"네. 바쁘세요?"

— 아니. 어제 아이돌 공연을 보면서 방방 뛰고 소리 지르고 그랬더니 삭신이 쑤셔서 그냥 집에 있다.

"제가 집으로 갈게요. 한잔해요."

— 그러자.

통화를 끝내고 나리는 곧바로 연화에게 갔다. 나리가 한잔하자는 말을 해 둬서인지 연화가 술상을 차려 놓고 그녀를 기다리고 있었다.

비록 상에 올라간 안주는 중국집에서 배달된 탕수육과 팔보채였지만 그것만으로도 연화의 정성을 보는 것 같아 좋았다.

"더 먹고 싶으면 말해. 여기 중국집이 안 맛있는 게 없더구나. 고추잡채도 시켜 줄까?"

"아니요. 이것도 다 남겠는데요, 뭐."

"중국 음식에는 빼갈을 마셔야 하지만, 네 주량과 주사를 알기에 그냥 맥주로 준비했다."

"네."

서로를 바라보며 웃던 두 사람은 마주하고 자리에 앉았다. 그리고 서로의 잔을 채우고 건배를 했다. 알코올이 들어가서인지, 아니면 연화의 푸근함으로 인한 것인지, 나리는 알 수 없이 황량해져 갔던 마음에 안정을 찾았다.

"무슨 일 있는 거니? 해도 지지 않은 이 시간에 한 잔을 찾게."

"세영이가 아이를 가졌어요. 그래서 결혼해요."

"그래? 잘됐구나! 축하한다고 전해 줘라."

"네. 정말 잘된 일이에요. 세영이도 첫 결혼생활이 힘들어서 고생 많이 했거든요."

한 잔, 두 잔 마시면서 나리는 연화에게 세영의 가족 소개부터 힘들었던 결혼생활, 그리고 피와 땀으로 지금의 미용실 원장이 되기까지 세영의 과거를 이야기해 주었다.

남이 아닌 자신의 사연을 토해 내듯 울먹였다가, 웃었다가, 분노했다가, 행복해했다. 긴 시간을 변함없이 함께한 우정이 새삼 감개무량했다.

"세영이 없었으면 내 인생도 없었을 거예요."

"앞으로도 둘이 그렇게 의지하며 잘 살아."

"그래야죠."

앞으로 6개월 후면 세영이 아니면 기댈 누군가가 없다는 사실에 우울해졌다. 세영은 이제 아이까지 함께하는 완벽한 가정을 꾸릴 테지만 그녀는 민정으로 돌아오는 순간, 아무도 없다.

재하도, 연화도.

또다시 마음이 가라앉으려 하자 나리는 술잔을 급하게 비웠다. 그런 나리를 연화가 안쓰럽게 바라보았다.

"나리야……."

마음이 약해져서인지 술에 쉽게 취한 느낌이다. 자신의 이름을 부르는 연화의 목소리에 울컥하고 말았다. 하지만 약한 모습을 보이고 싶지 않았다.

"조카가 생겨서 좋아요. 진짜 많이 예뻐해 줄 거예요. 내 자식처럼 사랑도 많이 줄 거고."

애써 웃고 씩씩한 척하며 안주도 집어 먹고, 멀쩡한 척하며 술잔도 쉽게 비워 냈다.

"이러다 취하겠다. 너 취하면 좀 대책 없어지잖니? 그만 마시고 윤 대표 집으로 가라. 나중에 그 녀석 또 눈 부릅뜨고 나 잡을 텐데, 그 꼴 보고 싶지 않다."

"아니요, 오늘은 여기서 잘 거예요."

"여기서?"

"오늘은 할머니한테 어리광도 부려 보고, 예쁨도 받아 보고, 같이 드라마 보면서 못된 연놈들 욕도 하고, 그럴래요. 그런 거, 할머니하고밖에 할 수 없는 건데…… 이럴 수 있는 시간도 그렇게 많이 남은 게 아니잖아요."

그리고는 정말 어리광 부리듯 나리가 연화의 다리를 베고 누웠다.

"좋아요. 누구 다리를 베고 누워 본 적이 없어요. 엄마한테 이렇게 했었겠지만 기억에 없어요."

나리의 눈이 스르르 감겼다.

"자장, 자장도 해 주세요."

연화가 나리가 원하는 대로 그녀의 어깨를 토닥여 주었다.

"자장, 자장, 우리 나리. 잘도 잔다, 우리 나리."

눈을 감고 있는 나리에게서 눈물이 흘렀고, 그 눈물이 연화의 다리를 적셨다. 하지만 연화는 그녀를 그대로 두었다. 나리가 왜 아픈지 알기 때문에 연화도 마음이 아프다.

그 두 마음을 모른 체하며 연화는 나리의 어깨만 토닥여 줄 뿐이었다.

그런데 나리가 잠꼬대인지, 술주정인지 중얼거리기 시작했다. 마치, 별장에서 그녀와 만났던 그날과 같이 나리에게서 속에 있던 그녀의 진심이 쏟아져 나왔다.

"우리 계속 이렇게 살면 안 돼요? 나는 나리로, 할머니는 민정이로. 할머니도 저승 가는 것보다 이렇게 사는 게 좋잖아요. 민정이로 돌아가고 싶지 않아요. 그냥 나리로 재하 씨하고…… 세영이처럼 결혼도 하고, 아이도 낳고 싶어요."

그리고는 잠속으로 빠져들었다.

퇴근 준비를 끝낸 재하가 나리에게 전화를 걸었다.

— 여보세요?

하지만 전화를 받는 상대는 나리가 아니었다.

"누구십니까? 신나리 씨 휴대폰일 텐데."

— 유민정이에요.

"나리는요?"

— 술 마시고 잠들었으니 와서 데리고 가요.

"나리한테 또 술을……."

짜증이 올라오는 대로 그녀에게 퍼부으려 하는데 그녀가 오히려 더 버럭 소리를 질렀다.

— 하나밖에 없는 친구가 임신을 하고 결혼을 한다는데, 어떻게 술을 안 마실 수 있나! 그거 하나 이해 못하나?

아니, 그런데 왜 반말이지?

하지만 나리가 좋아하는 유민정과 대거리를 하고 싶지 않았다.

"어디로 가야 합니까?"

— 102동 B, 2101호.

"30분 정도 걸릴 겁니다."

통화를 끝낸 재하가 한숨을 내쉬었다. 축하만 해 주면 되는 자리에 왜 그렇게 술을 마신 건지.

나리가 맘에 들지 않았지만 그래도 빨리 보고 싶은 마음에 급하게 연화의 집에 도착했다.

재하와 연화가 서로를 못마땅한 시선으로 바라봤지만 기본적인 인사만 나눈 채 재하는 나리를 업고 자신의 집으로 들어왔다. 술에 취해 누가 업고 온지도 모르는 나리를 침대에 눕히고 이번에는 그녀를 못마땅하게 바라보았다. 그리고는 그녀의 옷을 갈아입혀 주었다.

곧 욕실에서 따뜻한 물에 적신 타월을 가지고 나온 재하는 그녀의 얼굴을 닦아 주었다.

"이런 건 보통 아내가 술 취해 들어온 남편한테 하는 건데……."

구시렁거리면서도 꼼꼼하게 그녀의 얼굴 닦아 주고 입을 맞추었다.

"우리는 갑과 을이 확실해. 뭘 해도 다 용서가 되고 예쁘다니까."

나리에게 시트를 덮어 주고 욕실로 가려는데 나리의 목소리가 들렸다.

"깼어?"

하지만 그에 대한 대답은 없고 잠꼬대를 하는 것처럼 중얼거리기만 한다.

"술주정인 거야? 잠꼬대인 거야?"

나리의 그런 모습이 귀여워서 그녀에게 다시 다가갔다. 그리고 무슨 말을 하는지 귀 기울였다.

"세영아, 나도 너처럼 살면 안 되는 건가? 아이도 낳으면 안 되고…… 결혼도 하면 안 되고……. 재하 씨하고 그렇게 살고 싶은데…… 돌아가고 싶지 않은데…… 나 계속 신나리이고 싶어, 세영아."

간절한 것처럼 거의 같은 말을 반복하고 있었다. 재하가 그녀의 얼굴을 부드럽게 쓰다듬으며 속삭여 주었다.

"그렇게 살자, 나리야. 나하고 결혼하고 아이 낳고. 너하고 그렇게 살 거야. 걱정하지 마."

잠에서 깨어난 것 같지는 않은데 그의 말을 들은 것인지 나리가 편안한 얼굴로 고개를 끄덕였다. 그리고는 몸을 돌리고 새근거렸다.

"나리가 아니어도 괜찮다니까. 조금만 참자, 나리야. 내년이면 서른일곱인 너 때문이라도 아이는 서두를 테니까."

재하는 나리가 그와 똑같이 결혼으로 가정을 꾸리는 것을 간절하게 원한다는 생각에 흐뭇하기만 했다.

그렇기에 그녀와 다르게 남은 6개월이 빨리 가기를 원했다.

한 달 뒤, 글램핑인 드림시티의 오픈 날짜가 잡혔다. 그에 대한 홍보 스케줄과 오픈 행사에 대한 구체적인 일정을 확인한 재하가 결재 서류에 사인을 했다.

"오픈 당일 S구역에 있는 1번 카바나는 제가 이용할 겁니다."

실제적으로 이용할 수 있는 날짜는 오픈식 다음 날부터다. 예약도 그 날부터 받기도 되어 있었다. 오픈 날은 초대 인사들에게 투어 형식으로만 공개되는 걸로 끝이었다.

사실 재하는 일부러 오픈 날이 아닌 다음 날부터 예약을 받으라는 지시를 내렸었다. 그날은 나리와 단둘이 그곳에 있고 싶은 마음에서였다.

"바비큐 장비 모두 준비할까요?"

"네."

벌써부터 그날이 기대되었다.

❖

재혼이라 조촐하게 치르겠다던 세영의 결혼식은 강남의 큰 카페를 대여해 파티형식으로 진행했다. 우아한 화이트 원피스에 작은 부케를 든 세영은 신부답게 수줍어하며 결혼식 내내 행복한 얼굴을 했다. 턱시도를 차려입은 신랑 역시 세영을 바라보는 시선에 사랑이 가득했고 입가에 미소가 떠나지 않았다.

나리는 그 모습을 부럽다는 듯 바라보았고, 연화는 그런 나리에게 애처로운 시선을 보냈다. 재하만이 맘 편하게 두 사람을 향해 축하의 박수를 보냈다.

신랑 신부가 서로에게 사랑을 맹세하고, 하객들을 향해 잘 살겠다는 다짐을 한 후에는 식사와 함께 축하연주와 공연이 이어졌다. 나리는 연화와 재하 사이에서 불편하게 식사 중이었다. 그나마 오늘 연화는 재하에게 호의적이었다. 반말도 하지 않고 미소만 보였다.

나리가 잠깐 세영과 사진을 찍으러 나간 사이, 연화가 재하 옆자리로 옮겨 앉았다.

"윤 대표님."

한 번도 본 적 없는 위엄 있는 표정과 목소리가 재하를 불편하고 긴장되게 만들었다.

"네."

"우리 나리, 많이 사랑하죠?"

"그렇습니다."

"끝까지 사랑해 줄 거죠?"

"물론입니다. 그런데 왜 갑자기 이런 질문을 하는 건지……?"

"잘 부탁해요, 우리 나리. 많이 사랑해 주고, 많이 예뻐해 주고, 애도 많이 낳고, 그렇게 다복하게 살아 줘요."

평소 유민정답지 않았다. 가끔 이중인격인 것처럼 다소곳한 모습을 보기도 했지만, 지금은 그것과 또 다른 느낌이다. 중년 여인에게서나 나올 수 있는 우아한 아우라가 풍겼다.

"그렇게 하겠다고 약속해요."

"……약속하죠."

"됐어요, 그럼."

민정이 한 자리 건너에 있던 자신의 자리로 돌아갔다.

'뭐지? 갑자기 왜 저렇게 나오는 거지?'

늘 수상했던 그녀가 오늘은 더 많이 수상하면서도 뭔가 불안해 보였다.

그 느낌이 다시 떠오른 것은 결혼식이 끝난 후 나리와 함께 침대에 누웠을 때였다.

"유민정 씨 말이야…… 신변에 무슨 변화 생겼어?"

"아니요. 왜요?"

"오늘 나를 대하는 태도가 예전하고 많이 달라서. 교육 잘 받은 재벌가 사모님 같은 느낌이 들던데? 게다가 나한테 예비사위 대하듯 이상한 말도 하고."

"원래 그런 분이었어요. 자상하고 따뜻하고, 나한테 친언니나 다름없는 분이니까, 재하 씨하고 이제는 친해지려고 하나 보죠. 그러니 재하 씨도 언니한테 좀 잘해요."

"그런데 왜 난 그 변화가 불안한 거지?"

"언니에 대한 선입견을 아직 깨뜨리지 않아서 그런 거 아닐까요?"

나리의 말이 맞을 수도 있다. 그래서 재하는 연화에 대한 마음을 바꿔 보기로 했다. 그럼에도 그녀가 했던 말들이 지워지지 않고 머릿속에 맴돈다.

'왜 갑자기 나한테 그런 말들을 한 걸까? 잘 지내보자고 하는 말들은 아닌 것 같던데…….'

드림시티의 글램핑 오프닝 행사는 무사히 잘 끝났다. 행사는 물론이고 글램핑장을 투어하던 많은 인사들의 극찬이 끊이지 않았다. 뿐만 아니라 이미 3개월 한정으로 받은 예약까지 모두 끝난 상태다.

다음 예약을 하려면 한 달을 기다려야 하고, 이용하기 위해서는 내년 봄에나 가능하다. 행사 후 임직원들과의 회식도 마다하고 재하는 미리 준비해 둔 카바나로 나리를 데리고 왔다.

"진짜 좋아요. 날씨가 추워도 이렇게 좋은데 봄이면 얼마나 좋을까?"

"봄에도 오자. 그때는 둘만 있는 게 아니라 좀 불편할 수 있겠지만."

"전혀 불편하지 않아요. 오히려 북적거려서 캠핑 분위기 나고 더 좋을 것 같아요."

"4월 어때? 아니면 5월 초?"

나리는 그 질문에 대답할 수 없었다. 그때의 나리는 이 세상에 없다. 민정이만 있을 뿐.

무엇 때문에 그녀가 대답을 못하는 것인지 알아챈 재하가 나리의 어깨에 손을 얹고 안심시켜 주었다.

"그때는 다른 여자하고 오는 기분 들어서, 내가 더 좋을 것 같은데."

그럴 일은 없겠지만 나리는 웃어 주었다.

"자, 그럼 고기부터 구워 볼까?"

지난여름의 어느 날처럼 그가 셔츠를 걷어 올리고 구기를 구워 그녀의 입에 넣어 주었다.

맥주가 아닌 와인을 마시며 두 사람은 초겨울로 가는 운치 있는 밤을 즐겼다. 고기와 와인으로 저녁을 해결한 두 사람은 캠핑 의자에 앉아 커피를 마셨다.

알 수 없는 풀벌레 소리, 그 누구도 없는 캠핑장에 단둘이 앉아 깊고 까맣기만 한 하늘을 바라보니 세상에 단 두 사람만이 존재하는 느낌이다. 멀리 도시의 불빛이 보이지만 그건 그 둘과 다른 세계처럼 단절되어 보였다.

"뭐가 빠진 것 같지?"

넋 놓고 하늘을 바라보던 나리에게 재하가 물었다.

"아니요. 빠진 거 없어요. 너무 완벽해요."

"역시, 신나리는 참 무드가 없어."

그리고는 어딘가로 전화를 걸었다.

"시작해 주세요."

나리가 무어냐고 물었지만 재하는 대답해 주지 않았다. 다시 한 번 그를 재촉하려는데 갑자기 '펑' 하는 굉음과 함께 밤하늘에 불꽃이 피기 시작했다.

눈앞에서 펼쳐지는 황홀경에 나리는 정신을 차릴 수가 없었다. 아름답고 멋지다는 단순한 표현은 초라할 만큼 아찔하게 부서지는 빛에서 눈을 뗄 수가 없었다. 너무나도 찬란해서 눈이 시릴 정도였다.

찬란하게 불꽃을 피우다 사라지는 빛이 안타깝고 아쉬워서인지, 그렇게 아름답게 사라져 가는 불빛의 모습이 자신과 같아 보여서인지, 아니면 아름다움을 보여 준 재하의 마음에 감동해서인지, 나리에게서 눈물이 흘러나왔다.

"또 우네? 울라고 보여 준 거 아닌데. 웃으라고…… 이거 사실은 오프닝 행사 때 사용하고 남은 걸로…… 완벽하게 준비한 게 아니라 미안한데, 이렇게 울면 더 미안하잖아."

불꽃놀이가 다 끝난 후 재하가 눈물을 닦아 주고 품으로 안아 주었다.

"행복해서 우는 거예요."

진정으로 나리에게 있어 눈물겨운 행복이었다. 놓치고 싶지 않을 만큼 완벽하지만 이대로 놓을 수밖에 없는 사랑과 행복이 눈물겹기 때문에.

재하가 입을 맞춰 왔다. 눈물에 젖은 입술을 맛보는 것인지, 아니면 입술을 적신 눈물을 맛보는 것인지, 그녀의 입술을 부드럽게 감쌌다. 그의 키스가 약인 것처럼 그녀의 눈물이 멈췄고, 눈물이 아닌 서로의 타액으로 입술과 입안을 적시며 뜨거워지기 시작했다.

호텔 룸만큼이나 호화롭고 완벽하게 꾸며진 카바나 안으로 재하가 나리를 안고 들어왔다. 난방까지 완벽한 그곳의 침대에 그녀를 눕혔다. 그리고 두 사람은 온전하게 서로의 숨결을 섞었다.

12시가 되어 나리가 사라지면 재하는 혼자가 된다. 그를 혼자 두고 사라질 나리도, 남아 있을 재하도 그 황량함이 싫어 12시가 되기 전 두 사람은 글램핑장을 나와 호텔 룸으로 옮겼다.

"오늘 불꽃놀이는 평생 못 잊을 거예요."

"다음에 한 번 더 해 줄게."

"그래도 오늘 본 이 불꽃놀이가 제일 기억에 남을 것 같아요."

재하가 시간을 확인했다.

11시 57분.

"사라지기 전에 굿나잇 키스."

그리고 그녀에게 키스를 건넸다. 그녀가 사라지고 나면 우스운 폼으로 남겠지만 그래도 키스를 멈추고 싶지 않았다. 헤어지고 싶지 않은 강렬한 마음만큼이나 뜨겁게 그녀와 키스를 나누는데, 이상하게 그 시간이 길다.

항상 안타깝게 사라졌던 때와 다르게 오늘은 마음껏 누릴 만큼 누린 것 같은데도 그녀가 사라지지 않고 있다. 그걸 나리도 느꼈는지 그녀가 먼저 입술을 뗐다.

"아직 12시가 아닌가요?"

그러나 12시는 이미 넘었다. 그런데 나리는 사라지지 않고, 모습이 변하지도 않은 채 그의 눈앞에 있었다.

"어떻게 된 거야?"

"모르겠어요."

"저주, 아니 저주 같은 축복이 풀린 건가? 이제 안 돌아가는 건가?"

나리는 다시 한 번 휴대폰으로 시간을 확인했다. 분명히 자정은 넘어 있었다. 하지만 그녀가 알 수 있는 건 아무것도 없었다.

'연화 할머니는 어떻게 되셨을까?'

그녀의 몸이 변하지 않았으니 연화도 민정으로 그대로 있는지 궁금했다. 그리고 재하의 말대로 저주 같은 축복이 완전한 축복으로 변한 건 아닌지도 궁금했다.

생각이 많은 나리와 달리 재하는 긍정적으로 받아들였다.

"우리 사랑을 신에게 인정받은 게 아닐까?"

그렇다면 다행이지만 그래도 뭔가 알 수 없는 찜찜함이 나리를 답답하게 만들었다.

다음 날 아침, 나리는 곧바로 연화를 찾아왔다.

"할머니! 할머니!"

하지만 집 안 어디에도 연화의 모습은 보이지 않았다.

"아침 일찍부터 어디 가셨지?"

집 안을 둘러보는데 연화가 써 놓은 듯한 편지가 눈에 들어왔다.

【나리야, 보아라. 민정으로 돌아오지 않아 좀 놀랐겠구나. 놀랄 것 없다. 이제 넌 진짜 나리로만 살면 된다. 잊지 마라, 인생은 한 방이다!】

아무것도 이해할 수 없는 내용이다.

무슨 이유로 완전하게 나리로 변한 것이며, 연화는 어디로 간 것일까? 또한 나리에서 민정으로 변하지 않는다면, 연화도 완벽한 민정으로 사는 것인지…….

연화의 편지에는 그녀가 이제 나리로만 살아갈 수 있다는 내용뿐이었다.

"뭐가 어떻게 된 거지?"

여전히 그녀가 알 수 있는 건 아무것도 없었다.

1년 전 오늘, 그녀가 별장에 가서 나리의 모습으로 변한 날이었다. 그 날 이후로 매일 자정에서 새벽 6시까지 민정으로 돌아가고 나머지 시간을 나리로 살았다.

하지만 이상하게도 연화가 사라진 날부터 그녀는 민정으로 돌아가지 않고 24시간 내내 나리로만 살고 있다.

앞으로 나리로만 살라는 연화의 편지처럼 오늘 그녀는 민정으로 돌아가지 않고 나리로 있다. 기쁘고 행복하지만은 않았다. 연화는 어떻게 된 것인지 알 수 없어 괴롭고 힘든 마음도 컸다.

'저승에는 가신 걸까?'

다른 날과 똑같이 재하와 함께 출근해서 카페에 내렸다. 카페 문을 열고 들어온 나리는 오픈 준비로 분주하게 움직였다.

"할머니가 인생 한 방이라고 했어. 이렇게 열심히 즐겁게 살면 되는 거지."

카페의 조명을 모두 켜고 커피 머신의 전원을 올렸다. 음악을 틀고 테라스로 나와 국화 화분에 물을 듬뿍 주고 있을 때, 낯선 여자가 카페로 다가왔다.

커피를 주문할 손님으로 보이지 않았다. 화려한 퓨전 한복만큼이나 요란한 메이크업을 한 얼굴이 부담스러운 중년의 여인이었다.

"어서 오세요."

하지만 나리는 일단 반갑게 인사를 건넸다.

"민정이?"

낯선 여자에게서 나리가 아닌 민정의 이름이 나와 흠칫 놀라고 말았다.

"누구……?"

"연화 할매 심부름 왔어."

"네? 할머니 심부름이요? 할머니를 어떻게 아세요? 그리고 지금 어디 계세요? 언제 만나셨어요?"

하지만 나리의 질문에 대한 답은 그녀에게서 나오지 않았다. 딱 해 줄 말만 꺼냈다.

"오늘이 신나리 생일이라며? 이거, 네 생일선물."

그녀가 서류 봉투를 내밀었다.

"이게 뭐죠?"

"신나리 신분증. 앞으로 살아가는 데 이거 없으면 안 되니까. 민정의 명의로 되어 있던 재산도 다 신나리로 바꿔 놨다. 그 서류들이야. 그리고 유민정은 캐나다 이민 간 것으로 했다고 했어. 그러니 민정이도 아주 잊으라고."

"어떻게 된 일인지 말해 주세요."

"잘 몰라. 아는 거라고는 그 할매가 저승 가는 거 포기하고 그냥 도로 나무 안으로 돌아가기로 했다는 것밖에. 그래서 네가 민정이 아닌 나리로 영원히 살 수 있게 됐다는 것밖에는."

"나무요?"

하지만 여자는 정확한 대답을 해 주지 않고 가려고 했다.

"잠깐만요. 자세하게 말씀 좀 해 주세요."

나리가 붙잡았지만 여자는 매몰차게 뿌리치고 카페를 벗어났다.

오랜 생각 끝에 나리는 그녀를 위해 연화가 그 답답한 나무 속으로 다시 들어갔다는 걸 깨달았다.

가슴이 아파 왔다. 연화에게 죄스러운 마음이 들었다. 그러면서도 나리로 살게 해 준 연화에게 고마웠다.

'난 아무것도 못해 드렸는데…… 오히려 나 때문에 다시 그 안으로 들어가시고 이러는 건 반칙이잖아요, 할머니. 나 평생 죄송해서 어떻게 살라고…….'

한참을 아무것도 하지 못하고 앉아 있던 나리가 테이블에 놓인 서류 봉투의 내용물을 확인했다. 나리의 신분증이 있었고, 건물과 아파트의 등기권리증과 통장이 들어 있었다.

그런데 그 안에서 작은 쪽지 하나가 바닥으로 떨어졌다.

【네가 행복하면 나도 행복하다. 네가 웃어야 나도 웃는다. 네 삶이 달콤해야 내 맘도 달콤하다.】

연화의 사랑에 눈물이 흘러내렸다.

흰 소복의 여인과 검은 도포를 무장한 것처럼 차려입은 남자가 서로를 마주하고 있다.

"어쩔 것입니까? 그 정도는 해 줘도 되지 않습니까?"

여인이 엄하게 꾸짖는 목소리를 냈다. 그녀는 바로 연화다.

얼굴 하얀 남자가 난감한 표정으로 연화의 시선을 피해 먼 산만 바라보았다. 저승사자인 그는 안타까운 목소리로 물었다.

"진정으로 그대가 바라는 것입니까? 그 긴 시간, 그 안에서 어찌 견뎠는지 내 다 아는데……. 저들의 사랑이 무어라고 그 안으로 다시 들어가 그 고통을 견디겠다는 겁니까? 난 못하겠습니다. 그대를…… 그냥 데리고 갈 테니 다시는 이런 부탁하지 마십시오."

"그럼 그때 실수하지 말고 나를 데려갔어야지! 그랬으면 서로 편했을 것이 아닙니까?"

그의 실수로 인해 그녀를 데려갔어야 할 때, 그 나무에 목을 맨 남자를 그녀 대신 잘못 데리고 간 적이 있었다. 한 번 더 온 기회는 나무에 묶인 부적으로 인해 영원히 그녀를 데리고 갈 수 없는 상황이 되어버렸다. 그로 인해 연화에게 늘 죄지은 것처럼 미안했기에 그녀를 자주 찾아와 이야기 상대가 되어 주었다. 그리고 손녀로 인해 나무에서 나오게 되었을 때 그녀는 손녀의 소원을 이뤄 주길 바랐고, 그것으로 자신의 실수와 죄스러운 마음을 치렀다고 생각했다.

"그래서 그대 소원대로, 그리고 저 아이 소원대로 해 줬잖습니까! 난 내 실수에 대한 대가를 치러 줬으니 그만 하시지요!"

차사가 떠나려 하자 연화가 도포 자락을 붙잡았다. 노여운 것 같던 얼굴이 애잔하게 바뀌며 간절하게 애원했다.

"저들의 행복을 보지 못한다면 당신 따라 저승에 가 봐야 무슨 의미가 있겠습니까? 나무 안에 있는 것보다 못하게 괴로울 터인데. 지난 500년은 끔찍했지만, 앞으로는 저들 때문에 내가 행복할 텐데, 그 안에 못 들어갈 이유가 없습니다. 그러니 제발 내가 원하는 대로 해주셔요. 제발……."

단단하고 꼿꼿했던 여인이 눈물을 흘렸다.

"저들 목숨이 영원할 것도 아니고 길어 봐야 40년이고, 50년입니다. 그 짧은 시간을 위해 저승 가기를 포기하고 그 나무 안으로 다시 들어가겠다니……. 그리고 그곳에 가면 저들에 대한 기억은 지워질 것이니, 그대야말로 이러지 마십시오. 제발……."

처음 보는 연화의 눈물에 저승사자의 눈가도 촉촉해졌다.

나무 안에 갇혀 있을 때도 인상 한번 찌푸린 적 없는 그녀다. 그녀 대신 다른 영혼을 데리고 갔어도 그에게 원망 한 마디 내뱉은 적이 없었다.

그 좁은 나무 안에서 친구도 없이 힘들고 답답하고 괴로웠을 텐데도 그녀는 그를 벗 삼고 그를 통해 세상을 바라봤다.

그게 더 미안해 그녀를 챙겼고 어느 순간부터 그녀에게 마음이 갔다.

그런 그녀의 영혼이 이제는 진정 편해질 수 있는 곳으로 갈 수 있는데, 이 무슨 날벼락 같은 부탁을 하는 것인지.

손녀의 삶을 지금의 모습으로 살게 해 달라고 하도 졸라대기에 홧김에 나무에 갇혀 그 영혼을 영원히 가둬 버리면 그렇게 해 주겠다고 했다. 그 안으로 들어갈 마음이 없을 줄 알고. 그 힘든 시간을 영원히 견딜 수 없을 것이라 생각하고. 하지만 그건 오산이었고 오만방자한 생각이었다.

그렇게 해서라도 손녀의 삶이 달라지길 바랐던 그녀는 매일 그를 잡고 애원하고, 사정하고, 협박까지 했다. 하지만 눈물을 보인 적은 없었는데, 오늘 끝내 그녀에게서 눈물이 나왔다.

더 보고 있을 수 없어 차사가 자리를 떠났다.

그런데 다음 날부터 그녀는 나무 안에 갇혀 매일 눈물만 흘리고 있다. 이제는 반대로 그가 가서 그녀에게 사정하고, 애원하고 협박을 하고 있지만, 그녀는 꼼짝도 하지 않은 채 하염없이 눈물만 보일 뿐이었다.

"아무리 손녀라지만 이렇게까지 하는 이유가 뭡니까?"

"사랑이라는 것이지요. 차사님은 그게 어떤 것인지 모르겠지만요."

그게 무엇인지 모른다. 하지만 그녀를 생각하는 자신의 마음이 그것인지도 모른다는 생각이 들었다. 그렇다면…… 그녀가 원하는 대로 해 주고도 싶다. 그녀의 눈물을 더 이상 보고 싶지 않기 때문에.

"다시 그대가 나무로 들어가면…… 난 이곳으로 오지 못합니다. 예전처럼 이곳에 와서 세상 이야기를 해 줄 수 없습니다. 더 많이 고독하고 외롭고 고통스러울 텐데도…… 원하십니까?"

그의 질문에 연화는 주저 없이 대답했다.

"난 상관없으니 부디 해 주셔요."

차사가 한숨을 내쉬었다. 그리고 괴로운 목소리로 답을 했다.

"그렇게…… 해 드리지요."

연화가 눈물이 가득 고인 채 미소를 보였다.

"차사, 당신이 나를 위해 이렇게 해 줄 것이라 믿었습니다."

"그대를 위한 것이라는 건 알고 있는 겁니까?"

"당연한 거 아닙니까? 망자에게 이렇게 친절하고 깍듯하게 존대를 하는 차가는 없으니까요."

"……."

"감사합니다, 차사님."

연화의 두 눈에서 눈물이 흘러내렸다.

민정이 계속 나리로 살 수 있다는 기쁨만으로 흘리는 건 아니었다. 차사를 향한 고마움과 미안함 그리고 애틋함도 함께 그 눈물 안에 녹아 있었다.

그녀를 보는 차가의 가슴에도 뜨거운 눈물이 흘러내리는 것 같았다.

24시간을 나리로 살다 보니 어설프게 민정이 껴 있던 때와 달랐다. 이를테면 그를 위해 폭풍 애교를 몰래 연습하거나, 그에게 섹시하게 보이려고 노력도 한다는 것이다.

오늘은 그를 위해 준비한 비장의 폭풍 애교를 보여 주는 날이다. 나리는 애교만 준비한 것이 아니었다. 애교보다 더 어려운 걸 준비했다.

어떤 상황에서도 그녀를 이해해 주고, 마음으로 품어 주고, 사랑을 표현해 준 그를 위해 큰맘 먹고 준비한 것이 있다. 그녀를 버리고 온전히 그를 위해. '어두운 밤 섹시하고, 짜릿하게 빛나게 해 줄 그대만의 센스' 라는 문구에 마음이 쏠려 인터넷에서 구입한 요사한 속옷을 챙겨 놨다.

거울 앞에는 완벽하게 섹시한 스물넷의 신나리가 서 있었다.

그 야한 속옷이 전혀 어색하지 않았다.

'모든 준비는 끝났어. 오늘 윤재하 씨 코피 좀 터지겠는데. 호호호.'

[퇴근 후 초인종은 누르지 말고 들어오세요. 조명도 켜지 마시고, 주방에도 들르지 말고, 곧바로 침실로 오세요.]

재하가 나리가 보내온 메시지를 다시 한 번 읽어 보았다.

"무슨 꿍꿍이일까? 보통 이런 경우는 깜짝 이벤트를 해 주던데……."

이제 예전의 모습으로 돌아가지 않아도 된다고 한 때부터 그녀는 조금씩 변했다. 최근에 들어서는 먼저 와서 안기기도 하고, 진하게 입을 맞추기도 한다. 또 가끔은 뜬금없이 사랑한다는 말을 꺼내기도 한다. 그러다 보니 이벤트에 대한 기대감이 높아졌다.

재하는 그녀의 말대로 초인종을 누르는 대신 비밀번호를 누르고 집 안으로 들어왔다. 조명을 켜지 말라더니 거실에 있는 스탠드 조명은 켜져 있었다. 재하는 급하게 침실로 향해 문을 열었다.

그의 눈에 먼저 들어온 것은 요란하게 움직이는 미러볼 조명이었다. 흡사 노래방이나 클럽에 온 것 같은 조명이 그의 침실에서 반짝이고 있었다. 그리고 그 화려한 불빛과 함께 끈적거리는 음악이 들렸다.

"무슨 이벤트를 이렇게 요란하게……."

그런데 막상 모습을 보여야 할 나리는 보이지 않았다.

"신나리!"

그녀의 이름을 불렀다. 그랬더니 욕실 쪽에서 그녀의 다리 한쪽만 척 하고 나오는 게 아닌가.

그런데 그 다리를 본 재하의 입이 딱 벌어졌다. 맨살의 다리도 아니고, 파자마를 입고 있는 다리도 아니다. 까만 망사 스타킹에 빨간 하이힐을 신고 있었다.

'저 다리가 신나리 다리?'

길고 늘씬한 걸 보면 신나리의 다리가 맞는 것 같지만, 나리가 과연 이런 과감한 이벤트를 한다는 게 믿어지지 않았다. 그럼에도 재하의 심장이 터질 듯 쿵쾅거렸다.

다리만 보여 주던 그녀가 욕실에서 서서히 걸어 나왔다. 이번에는 손에 들고 있는 브리프 케이스를 떨어뜨리고 말았다.

레이스로만 되어 있는 속옷만 입고 있는 것도 놀랄 일인데, 그를 향해 윙크를 하며 몸을 한 번 비틀며 꼬는 것이 아닌가.

관능과 거리가 먼 나리의 얼굴 때문인지, 그녀의 움직임에서 퇴폐적이고 육감적인 느낌이 아닌 산뜻한 섹시미가 느껴졌다. 야한 속옷 역시 볼륨 없이 그저 날씬하기 만한 나리의 몸매에 완벽하게 어울리는 느낌은 없다. 그럼에도 그 부조화가 주는 묘한 느낌이 오히려 더 자극적이다.

열심히 몸을 이리저리 움직이는 그녀의 모습에 재하는 넋이 나가 그 댄스를 다 볼 수 없을 것 같았다. 벌어진 입을 다물지 못하고 헤벌레 그녀를 보던 재하가 더 이상 참지 못하고 슈트 재킷을 벗어 던졌다.

"신나리, 나를 죽이려고 작정했지. 같이 죽자!"

그리고는 그녀를 덮치듯 침대로 넘어뜨렸다.

오늘 이벤트는 대성공이다.

신나리의 신분증이 생겨서 좋은 건 운전을 할 수 있다는 것이었다. 나리는 차를 몰아 드림시티로 향했다. 재하가 외식을 하자며 호텔로 불러냈기 때문이다. 타워 스위트룸으로 올라오라는 메시지를 받고 룸으로 올라가 보니 낯이 익었다.

그러면서 그날의 기억이 떠올랐다. 그의 청혼에 거절할 수밖에 없던 그날 밤이.

"여기 기억나?"

재하가 물었다.

"기억나요."

"일단 저녁부터 먹자."

재하가 나리의 손을 잡고 야경이 한눈에 들어오는 창가 테이블로 데리고 와 의자를 빼 주었다. 이미 음식이 차려져 있는 테이블 위에는 샴페인까지 준비되어 있었다.

'오늘 또 청혼을 하려는 건가?'

하지만 재하는 별말 없이 샴페인을 따라 주며 음식에 대한 이야기를 꺼냈다.

"이거 우리 호텔 수석 셰프가 준비한 스페셜 디너 세트야."

스테이크를 썰어 맛본 나리가 감탄을 했다. 수석 셰프는 그냥 되는 게 아닌가 보다. 먹어 본 중에 제일 맛있는 고기 맛이었다.

"맛있어요."

"이 샴페인은 아르망디야."

아르망디는 현구로 인해 맛본 적이 있다.

부부 동반 모임에 가기 전, 무식한 티 내지 말라며 알려 주었던 샴페인 이름이라 정확히 기억하고 있다. 그때는 맛을 보지 못했던 그 샴페인을 한 모금 마셨다.

"이것도 맛있어요."

"피로연 음식으로 괜찮겠지?"

"피……로연이요?"

"우리 결혼식 피로연."

이 말이 프러포즈인가?

물론 작년에 반지를 받았고, 그 반지는 그녀의 손가락에 껴져 있다. 그렇다고 결혼하자는 말도 없이 이런 식으로 대충 결혼식을 치르자는 것인가.

이제는 그때와 상황이 달라져서 결혼하자는 말에 주저 없이 그러자고 대답할 수 있는데, 이렇게 결혼을 당연한 듯 결정짓고 진행하려는 재하에게 서운하고 섭섭했다.

"우리 결혼해요? 난 결혼하겠다고 한 적이 없는 것 같은데……."

나리가 일부러 새치름하게 물었다.

"난 결혼하자고 했는데? 그럼 이번에도 거절인 건가?"

"거절은 아니고요……."

그냥 하자고 대답해 주고 싶지 않았다. 이제 다시 못 올 순간인데 얼렁뚱땅 넘겨서 후회를 남기고 싶지 않다.

"음…… 이런 프러포즈는 너무 심심하잖아요. 평생에 한 번 받는 청혼인데. 재하 씨 회사에서, 재하 씨 직원이 해 준 음식으로 식사하고, 피로연 음식으로 하자는 이런 프러포즈 말고……. 재하 씨만의 마음과 정성이 들어간, 남들과 차별화된, 그래서 내가 재하 씨 아니면 안 될 것 같은 마음에 매달리게 만들어 줘 봐요."

생각지 못한 나리의 주문에 당황한 것인지 재하가 아무 말도 꺼내지 못하고 그녀만 바라보았다. 그렇다고 그녀의 주문을 거절할 마음은 없는지 어찌해야 할지 고민하는 얼굴로 변해 갔다.

늘 여유로웠던 그가 당황스러워하자 나리는 그런 그의 모습이 귀엽다고 느껴졌다.

'이런 맛에 상대를 놀리고 짓궂게 구는 거구나.'

그래서 나리는 재하를 더 놀리고 싶어졌다.

"예전에 나한테 요구했던 것처럼 폭풍 애교로 프러포즈를 해 줘도 좋고요. 동영상 보내 줘요?"

"신나리! 이 나이에 내가……."

"열 살이나 어린 신부를 맞이하려면 그 나이에 그 정도는 해 줄 수 있는 거 아니에요?”

“뭐? 신나리, 너무한 거 아니야? 어떻게 그런 말을…….”

나리는 그를 더욱더 궁지로 몰아넣었다.

“그렇다고 너무 오버스러운 애교는 사절이에요. 남자의 혀 짧은 소리는 많이 불편할 테니까.”

재하에게서 깊은 한숨이 흘러나왔다. 하지만 나리는 마음속으로 쾌재를 불렀다.

‘나이스!’

형식적인 결혼식을 굳이 올릴 필요가 있을까? 서류에 사인을 해야 진짜 부부가 되는 것이니, 식을 생략하는 건 어떨까? 어차피 결혼식에 초대할 하객도 많지 않은데.

나리가 원하는 고난위도의 프러포즈를 하기 위한 재하의 머릿속이 복잡하기만 하다.

‘차라리 애교를 부려?’

재하는 고개를 절레절레 저었다. 그녀에게 제대로 당하는 기분이었지만 그녀의 소원대로 해 주고 싶었다. 결혼식은 성스러운 예식이다. 더욱이 여자에게는 일생에 가장 아름다운 모습으로 남을 순간인데, 그걸 무시하는 건, 신부를 무시하는 일이다.

나리를 최고의 신부로, 가장 행복한 날을 만들어 주기 위해서라도 결혼식은 꼭 해야만 한다. 그 전에 프러포즈를 먼저 해결해야 하는 숙제가 있기는 하지만.

“하!”

고민에 고민을 해도 나오는 건 한숨밖에 없었다.

"어떡하지?"

인터넷 검색을 해 보면 모두가 거의 똑같다. 이벤트 회사의 도움으로 촛불을 하트 모양으로 만들고, 꽃길을 만들고, 와인과 반지를 준비해서 무릎 꿇고 청혼하는 게 대다수였다. 간혹 상황극을 만들어 감동시키는 경우도 있고, 거금을 들여 건물 전광판이나 역의 광고판을 이용해 공개적으로 청혼을 하는 경우도 있었다.

하지만 재하는 둘만이 그 감동을 느끼고 싶다. 그 마음은 나리도 마찬가지라고 생각했다.

날은 하루하루 지나가고 마음은 바짝바짝 타들어 갔다. 그러다 하늘이 도왔는지 호텔 사업부에서 올라온 기획안이 재하의 눈에 들어왔다.

룸이나 소연회장을 이용한 프러포즈 패키지 상품이었다. 룸에서 하는 프러포즈 패키지는 기존 이벤트 회사에서 진행하는 것과 비슷한 콘셉트였다. 하지만 소연회장을 이용한 상품은 가격은 고가이지만 누구나 한 번쯤 꿈꿔 볼 만한, 하지만 쉽게 할 수는 없는 내용이었다.

처음으로 호텔 사업부 본부장이 아주 맘에 드는 순간이었다.

'상품으로 나가기 전에 내가 먼저 해야겠군.'

하늘이 무너져도 솟아날 구멍은 있었다!

"신나리, 기대해 봐."

함께 살고 있으니 결혼식은 필요 없다고 생각하는 걸까?

무리한 요구를 한 건 인정하지만 이런 식으로 피하고 모르는 척할 거라고는 예상 못했다. 재하를 향한 서운함이 생겼고, 그 서운함은 재하의 사랑이 식은 게 아닌가, 의심하게 만들기도 했다.

'나도 눈 딱 감고 했는데, 그게 뭐 어렵다고. 사랑하면 그 정도는 해 줄 수 있는 거 아닌가?'

그를 더 압박해야 하는 건지, 아니면 이대로 더 인내하며 기다려야 하는지, 답을 찾지 못하는 그때 재하에게 메시지가 들어왔다.

[저녁에 최 비서가 데리러 갈 거야. 그 차 타고 와.]

그가 비서를 보낸 적은 처음이다. 그것도 목적지나 이유를 말해 주지 않고 비서를 보낸다고 하니 뭔가 있는 것 같다.

"드디어 오늘인가? 그런데 뭘 어떻게 하려고 비서를 보내는 거지?"

어떻게 준비했는지는 모르지만 오늘이 그날이라는 감은 확실했다. 벌써부터 설레고 떨려 왔다.

퇴근 시간에 맞춰 최 비서가 카페 앞에 차를 댔다. 나리는 떨리는 마음으로 그 차에 올라 바로 물었다.

"어디로 가는 거예요?"

"죄송합니다. 말씀드릴 수 없습니다."

"대표님이 함구하라고 지시했겠죠?"

"네."

어디서 그녀를 기다릴까? 혹시 첫날밤을 보냈던 청평의 그 별장이 아닐까, 살짝 기대를 해 봤다. 하지만 최 비서가 그녀를 데리고 온 곳은 드림시티였다.

"따라오십시오."

최 비서를 따라가지만 일반인들이 다니는 길이 아닌, 직원들만 다니는 곳으로 데리고 가니, 어디로 가는지 알 수가 없었다. 그렇게 최 비서만 따라온 곳은 아트센터의 메인 공연홀이었다.

"안에 계십니다."

최 비서가 홀의 문을 열어 주었다. 나리는 일단 안으로 들어갔다. 그러자 문이 닫혔다. 그리고 곧바로 피아노 소리가 들리기 시작했다.

"문이 열리네요—"

이어지는 노랫소리.

'설마……?'

하지만 피아노를 치며 노래를 부르고 있는 주인공은 재하가 맞았다.

처음엔 생각지 못한 상황에 어리둥절해서 멍하니 서 있던 나리의 눈에 통로 한가운데 놓인 꽃 장식 의자가 눈에 들어왔다. 그곳이 그녀의 지정석이라는 걸 알고 그 의자를 향해 천천히 걸어갔다.

노래를 부르고 있는 재하보다 그녀가 더 떨리는 기분이다. 마치 그녀만을 위해 그가 공연을 하고 있는 것 같다. 그의 목소리가 이토록 감미로운 줄 몰랐고, 그가 이렇게 노래를 잘하는 줄 몰랐다. 피아노마저 잘 치는 그에게 빠져들지 않을 수가 없었다.

울렁증이 생긴 게 아닌가 할 정도로 가슴이 떨리고, 심장이 두근거려 제대로 걷는 것도 힘들었다. 준비된 의자에 앉아 그를 황홀하게 바라보았다. 그가 그녀와 시선을 맞추고 피아노 연주와 함께 노래를 했다.

그 순간이 계속 이어지길 바랐지만 어느새 연주와 노래가 끝이 났다. 그러자 그가 피아노 앞에서 일어나 무대 중앙에 있는 마이크 앞에 섰다. 그리고 그녀를 향해 아주 정중한 목소리로 물었다.

"신나리 씨, 저와 결혼해 주시겠습니까?"

나리는 망설임 없이 고개를 끄덕거렸다. 그가 무대에서 내려와 나리 앞에 섰다.

"도저히 이것밖에 생각이 안 나더라. 미안해, 네 말대로 남들과 차별화된 프러포즈로 네 맘에 쏙 들게 해 주지 못해서. 살면서 네 말 안 듣고 맘에 들지 않을 때 또 있을 거야. 그래도 결혼해 주는 거지?"

울 듯, 말 듯한 얼굴로 나리가 대답했다.

"어떡해요? 앞으로 내가 더 말을 안 들을 때가 많을 것 같은데……. 그래도 나하고 결혼할래요?"

재하가 고개를 끄덕거리며 나리에게 손을 내밀자 그녀가 그의 손을 잡았다.

"잘 살자."

"그래야죠!"

그는 그녀의 말대로 하지 못해 미안하다고 했지만 괜찮았다. 그의 모든 것에서 사랑이 보이는데 뭘 더 어떻게 그녀를 감동시킬 수 있을까.

노래를 불러 주고 진심을 말로 표현해 주어 고마웠고, 더 감동이었다. 매달릴 수밖에 없게 만드는 그와 함께할 수 있다는 사실에 눈물이 흘러내렸다. 아주 잠깐 살다가 사라질 줄 알았던 나리의 인생, 한 방 달콤하게 살아 보겠다고 한 것이, 이제는 윤재하와 함께 영원히 함께할 수 있게 되었다.

완전한 나리의 생으로 재하와 결혼을 하게 되었으니 남은 바람은 하나였다.

'남은 인생도 달콤하게!'

외전

⚜

프러포즈로 결혼을 약속한 지 두 달이 지났다. 재하는 그 이후로 결혼식에 대한 언급이 없다.

형식적으로 치러지는 예식은 굳이 하지 않아도 된다. 하지만 두 사람이 부부의 연으로 살게 되는 것에 성스럽게 맹세하고 미래를 약속해야 하는 둘만의 의식은 있어야 한다.

그녀가 아는 재하라면 그녀보다 더 서둘러 진행해서 이미 식을 치르고도 남았다. 그런데 재하는 그마저도 형식적이라 생각하는지 어떤 계획도 없어 보였다.

나리의 서운함이 커져 가려 할 때, 그녀는 결국 마음을 표현했다.

"재하 씨, 결혼식은 생략할 생각이에요? 설마 같이 살고 있으니 굳이 식은 올리지 않아도 된다고 생각하는 건 아니죠?"

편안한 표정으로 차를 마시던 재하의 얼굴이 갑자기 심각해졌다. 그리고 그녀의 눈치를 살피며 조심스럽게 말을 꺼냈다.

"결혼식을 좀 미루자."

"미룬다고 하면……?"

"두 달만."

나리는 그에게 무슨 일이 생긴 건 아닌가 걱정되었다. 사정이 있어 미룬 것인데 눈치 없이 기다리지 못하고 보챈 건 아닌지 미안해하며 물었다.

"혹시 하는 일에 무슨 문제나 고민 생긴 거 아니죠?"

"왜?"

"갑자기 표정도 안 좋아지고, 우리끼리 간단하게 할 결혼식을 미루려고 하는 게 이상해서……."

"중요한 프로젝트가 생겨서 그래. 그게 두 달 뒤에 끝나거든."

"진짜 별일은 없는 거죠?"

"없어. 걱정하지 마."

다시 편안해지는 재하의 얼굴을 보며 나리의 걱정과 서운함은 사라졌다. 작지만 성스럽고 아름다울 둘만의 결혼식을 상상하며 그날이 빨리 오기를 기다렸다.

한 달 앞으로 다가온 결혼식에 나리가 준비할 만한 것들은 아무것도 없었다. 재하가 장소 세팅부터 모든 걸 맡아 하겠다며 초대 손님 리스트만 넘겨 달라고 했다.

나리에게 있어 초대 손님이라고 해 봐야 세영 부부밖에 없다. 너무 단출해서 재하 보기 민망할 정도였지만 재하도 형우 부부 외에는 초대하지 않겠다는 말을 꺼냈다.

"그래도 아버님은 모셔야 하지 않을까요?"

"나한테 아버지는 없어. 신경 쓰지 마. 네가 신경 쓸 건, 오늘 선택해야 할 드레스야."

퇴근 후 집으로 가는 줄 알았던 나리가 재하의 말에 놀라며 물었다.

"지금 드레스 보러 가는 거예요?"

"응."

"혹시 그때 그 드레스 숍?"

"맞아."

"드레스 말이에요…… 그거…… 내가 알아서 하면 안 돼요?"

"알아서?"

나리는 그와의 결혼식에 입을 드레스를 직접 만들어 보기로 마음먹고 있었다. 그래서 미리부터 디자인을 선택하고 바느질 연습을 하고 있는 중이다. 그런데 예고도 없이 재하가 드레스 숍에 가고 있다고 하니, 당황할 수밖에.

"거기 말고, 생각해 둔 다른 곳이 있는 건가?"

"음…… 사실은…… 내가 직접 만들려고요."

"직접?"

재하가 나리의 말에 놀란 표정을 지었다. 그리고는 더 놀란 얼굴을 하고 물었다.

"그 솜씨로?"

단순한 한 마디였지만 그의 표정과 말투를 봐서는 단순하게 묻는 걸로 보이지 않았다. 나리의 눈에는 그녀의 솜씨, 마음, 도전, 그 모두를 우습게 알고 무시하는 걸로 보였다.

물론 그녀가 기본실력도 없이 마음만으로 달려드는 도전이 무모할 수도 있다. 그렇다고 대놓고 무시하는 건 너무한 거 아니냐는 말이다.

자신을 바라보는 나리의 시선이 심상치 않은 걸 눈치채지 못한 것인지, 재하가 드레스를 직접 만들겠다는 그녀를 말렸다.

"그냥 전문가가 만든 드레스를 입는 게 낫지 않을까? 자주 입는 것도 아니고 특별한 의미가 있는……."

드디어 나리의 날카로운 시선을 알아챈 재하의 말꼬리가 흐려졌다.

"뜨개질 실력 때문에 하는 말인 건 알겠는데요, 어차피 만들다가 망치면 숍의 드레스를 입어야 하는데 격려부터 해 주면 안 되나요? 처음부터 이렇게 기를 꺾어야 해요?"

그때서야 자신이 어떤 실수를 한 것인지 깨달은 재하가 수습에 나섰다.

"아니, 나리 솜씨 나쁘지 않아. 그런데 그 어려운 걸 만드느라 힘들까 봐……."

"됐어요."

이제 와 수습하기에 그는 너무 솔직한 마음을 드러내고 말았다. 나리는 많이 화가 난 것 같은 얼굴로 자리에서 일어났다.

"집에 가요."

"나리야. 맛있는 거 먹고 갈까? 뭐 먹고 싶어?"

그녀는 그의 질문에 대답을 하지 않을 뿐 아니라, 집에 도착할 때까지 침묵을 유지했다. 물론 표정 또한 좋지 않았다.

'저 화를 어떻게 풀어 주지?'

재하는 집에 도착하고 자기 전까지 나리의 화를 풀어 주려 애썼지만 끝내 다음 날 출근할 때까지 나리의 화는 해결되지 않았다. 각자의 차로 출근하는 사태까지 벌어졌으니 재하의 한숨만 깊어졌다.

❖

시간이 갈수록 나리의 서운함이 커져 갔다. 당장 드레스에 대한 문제보다 그녀가 정성으로 떠 준 조끼를 무시한 것 같아, 그 섭섭함이 쉽게 회복되지 않았다.

'그래, 생각해 보니 겨울에 그 조끼를 입은 적이 없어. 한여름에 자랑하겠다고 입었던 것도 그냥 어쩔 수 없이 봐준 거였어. 결혼을 확 깨 버릴까?'

마음이 좋지 않아 인상이 찌푸려졌다. 그 표정으로 커피숍 손님들을 응대하지 못할 것 같아 나리는 세영의 미용실로 올라왔다.

육아에 지친 세영 역시 좋지 않은 표정으로 앉아 있었다.

"신나리, 너도 어째 오늘은 행복해 보이지 않다?"

"맞아, 행복하지 않아."

"넌 왜? 애도 없이 한창 좋을 때인데."

"그러게. 아직 애도 없고, 한창 좋을 때인데…… 벌써 윤재하 씨의 사랑이 식은 것 같아."

"염장질하러 온 것 같다? 윤 대표 사랑이 보통 사랑이냐? 별것도 아닌 거 가지고 유난 떨 거면 그냥 내려가. 나 오늘 엄청 우울하니까."

"넌 왜?"

"아니, 애를 나 혼자 만들었어? 왜 애는 나 혼자 키우냐고? 왜 지는 퇴근 후에 할 거 다 하고, 나만 왜 일할 때 빼고 모든 시간과 정력과 마음을 애한테만 쏟아야 하냐고!"

봇물이 터진 것처럼 육아와 가사노동으로 쌓인 세영의 울분이 쏟아져 나왔다. 듣고 보니 자신의 상황은 괜한 투정인 것처럼 세영의 상황이 심각해 보였다.

위로를 받아야 할 사람은 나리 자신이 아니라 세영인 것 같았다. 그녀가 세영을 위로하기 위해 제안했다.

"세영아, 술 한 잔 사 줄까?"

"술?"

잠깐 고민하던 세영이 화색 도는 얼굴로 대답했다.

"마시자! 오늘은 나도 자유다! 아무도 못 말려!"

그리고는 남편에게 전화를 걸어 비장하고 단호한 말투로 '늦을 테니 오늘 저녁은 아이를 맡아 보라.'는 말을 건넸다. 그리고는 더 단단한 말투로.

"나도 자기처럼 오늘은 친구하고 끈끈한 우정의 시간을 보내야 하니까, 오늘 밤 기다리지 말고 애 재우고, 먼저 자."

남편의 대답을 듣는 세영의 미소가 짓궂게 변해 가더니 알았다는 말로 마무리를 하고 통화를 끝냈다. 그리고는 나리에게 물었다.

"지금부터 마시면 안 될까?"

"안 될 거 뭐 있어? 나가자!"

보채는 세영과 함께 나리는 조기 퇴근을 했다. 그리고 두 사람은 분위기 좋은 일식집에 앉아 사케로 낮술을 시작했다.

"이게 얼마 만에 마셔 보는 술인지. 반갑다, 알코올아!"

임신과 출산, 그리고 육아로 인해 술을 마시지 못했던 세영이 채워진 술잔을 감격스럽게 바라보았다.

"자, 오늘은 아이도, 남편도, 집안일도, 미용실 일도 다 잊고 편하게 마셔."

두 사람이 건배를 했고 잔을 단번에 비웠다. 동시에 '캬' 소리를 내며 바라보던 두 사람에게서 행복한 미소가 번졌다.

부어라, 받아라, 마셔라, 시간 가는 줄 모르고 두 사람은 양껏 술을 마셨다. 그러면서 서로의 남자에 대해 뒷담화를 할 때까지는 즐거웠다. 그러다 사고가 터지고 말았다. 세영이 주량을 이기지 못하고 옆으로 쓰러졌다.

"세영아! 신세영!"

당황한 나리가 세영의 남편에게 전화를 걸었다. 함께 있는 곳의 위치를 알려 주고 세영의 남편이 오기를 기다리는 동안 나리는 재하에게 걸려온 전화를 받았다.

받기 이전에 이미 재하에게서 10통도 넘는 부재중 전화가 와 있었다.

"여보세요?"

— 어디야? 왜 이렇게 전화를 안 받아? 걱정되게. 삐친 건 삐친 거고, 전화는 받아야 할 거 아니야? 얼마나 걱정한 줄 알아?

재하의 목소리는 걱정을 하는 것이 아니라 분노를 터뜨리는 것처럼 뜨거웠다.

"세영이하고 있어요."

— 그래서 어디냐고. 데리러 갈게.

"세영이 보내고 갈게요."

— 술 마셨니?

"좀 마셨어요."

휴대폰 너머로 재하의 한숨 소리가 들려왔다. 그리고 이어서 낮지만 엄한 목소리가 들려왔다.

— 데리러 갈게.

'아니, 왜 자기가 화를 내?'

괜히 더 화가 난 나리가 시큰둥하게 대답했다.

"그러시든지요."

그리고는 그녀가 어디 있는지 알려 주고 전화를 끊었다. 그렇게 통화를 끝낸 지 얼마 되지 않아 세영의 남편이 도착했다. 아기 띠로 백일도 안 된 아기를 안은 채.

나리는 그 모습에 고개를 숙이고 말았다. 아이 엄마에게 과음을 하게 만든 것도 모자라 아예 정신을 놓게 만든 상황에 죄책감마저 들었다.

"죄송해요."

"아닙니다. 언젠가 이렇게 터질 거라고 예상하고 있었습니다. 이걸로 마음 풀었으면 됐습니다."

쿨하게 받아들인 세영의 남편이 직원의 도움을 받아 세영을 차에 태워 집으로 데리고 갔다. 룸에 혼자 남겨진 나리는 남은 술을 홀짝였다.

'우리도 아이를 낳으면 저렇게 육아로 힘들어할까? 재하 씨와의 결혼도 시간이 지나면 남들과 똑같아질까?'

홀로 앉아 술을 마시고 있으니 결혼을 앞둔 예비신부의 흔한 마음으로 미래가 걱정되고 불안해졌다.

'그냥 결혼하지 말고 혼자 살까? 내가 결혼을 안 해 본 것도 아니고. 능력도 있는데 혼자 살아도 되지 않을까?'

고민과 불안함에 남은 술을 다 마시고 또 한 병의 술을 주문하고 반쯤 비웠을 때, 재하가 도착했다. 룸에 들어와 혼자 앉아 술을 마시는 나리를 보며 인상을 썼다.

"가자."

재하가 나리를 일으켜 세웠다.

"술 남았는데……."

하지만 나리는 그의 손에 이끌려 조용히 따라나왔다.

"우리 잘 살 수 있을까요?"

조수석에 앉아 운전을 하는 재하를 보며 물었다. 하지만 그에게서는 대답이 없었다. 못 들은 것인지, 아니면 화가 나서 무시하는 것인지 알 수가 없었다. 그는 그냥 운전에만 집중하는 걸로 보였다.

"윤재하 씨는 결혼생활 동안 변하지 않을 자신 있어요?"

이번에도 그에게서 대답은 나오지 않았다.

'해 보자는 건가?'

그 후로 나리도 입을 다물었다.

'그래, 누가 이기나 해 보자고!'

하지만 그녀는 쏟아지는 잠을 참을 수 없어 잠이 들고 말았다.

앓는 소리를 내며 나리가 눈을 떴다. 늘 옆에 있던 재하는 보이지 않았다. 자신이 어떻게 집에 들어왔는지 기억을 더듬어 보아도 떠오르는 건 아무것도 없었다. 재하의 차를 타고 오는 중에 잠들었다는 것밖에는.

침대에서 빠져나온 나리는 주방에 차려진 해장국과 반찬들을 발견했다.

"설마……?"

식탁 위에 작은 메모가 보였다.

【해장하고, 숙취가 심하면 약 먹고. 호텔 1202호로 나와.】

그가 끓인 것 같은 콩나물국과 옆에 놓인 숙취 약에 가슴이 뭉클해졌다.

"이렇게 화해신청하는 건가? 감동만 주면 어때서…… 음흉하게 호텔룸으로 불러들이다니……?"

그의 노력에 재하를 미워하는 마음은 사라졌다. 이렇게까지 챙겨 주고 신경 써 주는 그에게 괜한 심술을 부린 것 같아 오히려 미안해지려 했다.

"내가 나이를 거꾸로 먹고 있는 게 확실해. 별것도 아닌 거에 삐치고. 딱 스물넷이나 할 행동을 하고 말았네."

재하를 찾아가 미안하다는 말을 먼저 해야겠다는 마음으로 그가 챙겨 준 아침을 먹고 호텔로 향했다. 그녀도 그에게 화해신청을 하는 뜻으로 꽃 한 다발을 샀다. 그리고 호텔 룸으로 올라갔다.

1202호 앞에서 벨을 눌렀다. 문을 열어 주는 그에게 꽃다발부터 내밀었다.

"어서 와."

재하가 그녀가 건네준 꽃을 받으며 웃어 주었다. 그런데 안으로 들어온 나리의 눈에 호텔 룸에 어울리지 않은 물건이 보였다.

"저건……."

"널 위해 준비한 거야."

"재하 씨……."

룸 한쪽에 그녀를 위해 준비했다는 재봉틀이 놓여 있었다.

"10분 후면 선생님이 오실 거야."

"선생님이라고 하면?"

"양재 선생님이라고 해야 하나? 재봉틀을 다룰 수 있어야 드레스를 만들 수 있을 거 아니야. 기초부터 탄탄하게 배워야 최고의 작품이 나올 것 같아서, 최고의 선생님도 모셨으니까 열심히 배워 봐."

이 남자, 왜 이렇게 감동만 주는 것인지.

"고마워요."

"재봉틀 만지다가 손 다치는 경우가 많은가 봐. 조심하고……."

재하의 말이 끝나기도 전에 나리가 그의 허리를 껴안았다.

"화 풀렸어요?"

그의 품에 얼굴을 묻은 채 나리가 물었다.

"난 풀렸는데, 넌?"

"이렇게 해 줬는데 화 풀지 않으면 못된 거죠. 아침에 재하 씨가 차려 준 밥상에 감동 먹어서 화는 이미 풀렸어요. 그리고 지금은 또 다른 감동이고…… 진짜 고마워요."

재하가 그녀의 어깨를 끌어안으며 정수리에 입을 맞추었다.

"수업 시간 좀 뒤로 늦출까?"

나리의 엉덩이를 슬며시 움켜쥐며 그가 귓가에 속삭였다. 아침에 끓여 준 해장국과 지금 보여 준 재봉틀의 감동을 되돌려 줄 마음으로 그의 은밀한 제안을 받아들이려 하는데, 룸에 벨 소리가 들렸다.

"강사가 온 것 같은데…… 없는 척할까?"

나리가 고개를 끄덕였다. 그녀의 의외의 반응에 재하가 급하게 휴대폰을 꺼냈다.

"최 비서님, 어제 섭외했던 양재 강사님께 전화하셔서 수업 시간 1시간 딜레이 부탁드린다고 전해 주십시오. 기다리시는 동안 아트센터에서 열리는 DIY 인테리어 전시회나 영화관에서 상영 중인 영화 보실 수 있게 조치 좀 취해 주시겠습니까?"

최 비서와 통화를 하는 동안에도 벨 소리가 또 들려왔다. 하지만 통화를 끝내고 얼마 되지 않아 바깥이 조용해졌다.

"수업 미루자는 건 그냥 한 소리였는데. 나리한테 거절당할 줄 알고. 그런데……?"

"말로만 고맙다고 하면 재하 씨가 서운해할까 봐……."

나리가 입꼬리를 올린 채 재하의 넥타이를 잡아당기며 침대로 이끌었다.

"자기 때문에 행복하다는 걸 표현하는 거예요."

그녀의 말에 재하의 표정이 더욱 행복해 보였다. 더욱이 말로만이 아닌 온몸으로 대담하게 표현하여 주니 오늘 그가 한 이벤트는 대성공이었다.

❖

'그 솜씨로?' 라고 물었던 재하의 말이 맞았다. 웨딩드레스 만드는 일을 너무 우습게 알았다. 재봉틀을 익히는 것만으로도 어렵고 힘들었다. 결국 나리가 원하는 디자인에 맞춰 강사가 패턴을 만들었고, 혼자만의 작품이 아닌 두 사람이 합작으로 드레스를 완성시켰다.

혼자의 힘으로 만들지 못해 아쉽지만 생각한 것보다 아름다운 실루엣으로 완성된 드레스로 인해 만족감은 컸다. 드레스 완성으로 나리의 결혼식 준비는 끝났다.

그녀를 놀라게 하겠다며 재하가 결혼식 자체를 비밀리에 진행 중이었기에 준비할 게 없었다. 하다못해 신혼여행 가방도 재하가 챙겼다.

그렇게 드레스만 달랑 준비한 나리가 결혼식 전날 재하에게 물었다.

"이제는 살짝 알려 줘도 되지 않아요? 내일 무슨 이벤트로 날 놀라게 해 줄지."

하지만 재하는 그저 잔잔한 미소만 보일 뿐, 대답해 주지 않았다. 그가 어떤 결혼식을 준비했는지 궁금했지만 그를 보채 그 대답을 들을 생각은 없었다.

달랑 4명의 하객이 전부인 작은 결혼식이지만 크게 떨리는 마음과 설렘을 달래 보기 위해 그에게 물어본 것이었기 때문이다. 결혼식이라는 것이 형식적이기는 해도 많은 의미가 있는 행사인가 보다.

며칠 전부터 나리는 설레고 떨렸다. 엄격히 말해서 처음 결혼식을 올리는 것도 아닌데, 어린 새신부답게 긴장되기도 했다. 자신과 달리 재하는 처음 하는 결혼인데도 무척이나 여유 있어 보였다. 그에게서는 긴장이나 설렘 같은 감정은 보이지 않았다.

“재하 씨, 안 떨려요?”

“떨려?”

“많이.”

“이리 와 봐.”

재하가 나리를 자신의 무릎에 앉히고 그녀의 손을 잡았다.

“사실은 나도 떨려. 내일, 네가 내 진짜 아내가 되는 날이니까. 그리고 반대로 내가 네 진짜 남편으로 네 앞에 서는 날이라서. 우리, 잘 살자.”

나리가 고개를 끄덕거렸다. 단순한 대답의 의미로 고개를 끄덕이는 것이 아니었다.

지금보다 더 행복할 수 없을 정도로, 재하와 완벽하게 행복하고 평화로운 미래를 간절하게 바라는 마음으로 답하는 것이었다.

“잘 살 거예요, 우리는.”

선물로 받은 기적과 마법 같은 삶인 만큼 나리는 재하와 함께 잘 살 수 있으리라 확신했다.

보통 결혼식 당일은 신랑보다는 신부가 바쁘다. 메이크업을 위해 이른 아침에 숍으로 향하고 손에 든 짐들도 많은 편이다. 그러나 재하는 신부인 나리보다 먼저 이른 새벽에 집을 나섰다. 오히려 신부인 나리가 느긋하게 아침을 챙겨 먹고 세영의 미용실에 도착했다.

“윤 대표가 결혼식에 대해 너한테 한 마디도 안 했지?”

질문을 하는 세영은 결혼식에 대해 무언가 아는 표정이었다.

“너, 뭐 알고 있지?”

“아……니.”

"아닌 게 아닌데? 뭐야? 알고 있는 거 말해 줘."

"내가 알고 있는 건, 네가 전생에 나라를 구한 게 분명하다는 거야."

듣고 싶은 대답이 아닌 엉뚱한 말로 궁금증만 더욱 키운 세영에게 더 물어봤지만 끝내 세영은 대답을 해 주지 않았다.

메이크업이 끝난 후 세영이 나리의 헤어를 직접 손질해 주며 농담을 건넸다.

"신부는 미모보다는 나이로 승부하는데, 넌 스무 살 때보다 지금이 더 예쁘다. 무려 다섯 살이나 많은데."

그러자 옆에서 세영의 보조로 있던 스태프 여직원이 놀란 눈으로 두 사람을 번갈아 봤다.

"얘가 16년 전에 스무 살이었거든. 그때 결혼했었는데 그때보다 지금이 더 예뻐서 한 말이야. 신나리, 너도 그렇게 생각하지?"

"응."

나리가 농담에 동참하자 어린 스태프의 표정이 어이없다는 듯 야릇하게 찌그러졌다.

그걸 본 나리와 세영이 웃음을 터뜨렸고, 그로 인해 어제부터 이어진 나리의 긴장감이 조금 풀렸다. 하지만 그 긴장감과 떨림은 모든 준비를 마치고 드레스를 입었을 때 다시 찾아왔다.

그런 그녀를 달래 주듯 세영이 나리의 손을 잡아 주었다.

"내가 부러워서 죽을 만큼, 잘 살아. 지금도 부러워 죽을 거 같지만."

어떤 마음으로 해 주는 말인지 잘 아는 나리가 고개를 끄덕이며 대답했다.

"그럴게."

"자, 가 볼까? 윤 대표가 준비한 그 대단한 결혼식 장소로!"

세영의 남편이 운전하는 차를 타고 드림시티에 도착할 때만 해도 호텔의 연회장에서 식을 올릴 줄 알았다. 하지만 세영과 그녀의 남편이 나리를 데리고 간 곳은 호텔의 연회장이 아닌 옥상이었다.

"걱정 마, 옥상에서 식을 올리는 건 아니니까."

세영이 불안한 마음에 눈동자만 굴리고 있는 나리에게 안심시키듯 말해 주며 옥상의 철문을 열었다.

"설마 저걸……?"

"맞아. 저거 타야 해."

웃고 있는 세영 부부와 달리 나리의 표정은 멍해졌다. 나리가 멍해질 수밖에 없는 이유는 옥상에 딱 버티고 있는 헬기와 그걸 타고 이동해야 한다는 사실 때문이었다.

헬기로 이동해서 결혼식을 올릴 만한 곳이 어디일까?

'혹시 청평 별장?'

하지만 차로도 이동하기에 불편함이 없는 그곳까지 헬기로 이동할 리는 없다.

"머리 굴리지 말고, 타자. 윤 대표 눈 빠지게 기다리고 있을 텐데."

세영에게 등 떠밀려 헬기에 올랐다.

'도대체 결혼식을 어디에다, 뭘, 어떻게 준비해 놓은 거야?'

1시간 좀 넘는 시간을 궁금해하니 서해의 어느 작은 섬에 헬기가 다가갔다. 가까이 다가갈수록 그곳이 재하가 결혼식을 준비한 곳이라는 걸 알 수 있었다. 푸른 잔디가 예쁘게 깔린 정원에 꽃장식과 테이블, 의자, 그리고 몇 명의 사람들이 분주하게 움직이는 게 보였다.

프로펠러의 바람 때문인지 헬기는 그곳에서 많이 떨어진 곳에 착륙했다. 그리고 얼마 후 턱시도를 멋지게 차려입은 재하가 헬기로 다가왔다.

"어떻게 된 거예요? 왜 이런 데서……?"

"나리도야."

"네?"

"이 섬 이름이 나리도라고."

'나리도'라는 섬을 찾아 전국을 다 뒤진 후 이곳을 결혼식 장소로 잡은 것일까?

그에 대한 대답은 세영이 해 주었다.

"이 섬, 재하 씨 섬이래."

"네?"

"내가 산 건 아니고, 할아버지가 개인 소유로 가지고 있던 이 섬을 유산으로 받은 거지. 별장하고 정원 손보느라 결혼식을 좀 미룬 거야."

이런 것이 바로 재벌의 스케일인 것인가.

황당하고 기가 막혀 아무 말도 하지 못하는 나리를 재하가 예식이 준비된 정원으로 이끌었다. 단 네 명만이 하객으로 앉아 조용하게 치를 줄 알았던 결혼식은 상상과 달리 활기찼다.

정원에서 연주 중인 4중주 악단과 그 음악, 그리고 한쪽에서 셰프로 보이는 몇 명의 인원이 요리 중이고, 포토그래퍼까지 두 사람을 따라다니며 사진을 찍고 있으니 어느 야외 결혼식 못지않았다.

재하는 나리를 별장 안으로 데리고 들어가면서 속삭였다.

"허니문도 여기에서 단둘이 즐기려고 하는데, 괜찮지?"

괜찮지 않을 리가 없다. 풀빌라 리조트와 같은 인테리어와 서해의 해지는 풍경은 물론이고 서해 바다를 볼 수 있는 별장에서 단둘이 보내는 허니문이 어찌 안 좋을 수가 있을까.

눈가가 붉어지는 나리를 보며 재하는 자신의 이벤트가 그녀에게 제대로 된 감동을 안겨 준 것 같은 만족감에 미소 지었다. 하지만 나리는 그녀를 위해 준비한 호화스러운 결혼식이나 전경이 뛰어난 별장에 감격하고 감동한 것이 아니었다.

곁에 서 있는 선물이자 축복과도 같은 재하에게 고맙고, 그와 함께 있음에 행복해서 감동하고 감사한 것이었다.

'허니문이 아니라 이 섬에서 고기 잡고 살아야 한다고 해도, 재하 씨만 있으면 모든 게 다 괜찮아요.'

결혼식이 아닌 가든파티 같았던 예식과 피로연이 끝난 후 모두가 섬을 나갔다.

이제 막 결혼한 신혼부부 두 사람만이 섬의 별장에 남아 와인을 마시며 다정하게 앉아 있었다.

"오늘 일어난 모든 일들이 다 꿈꾼 것 같아요."

피곤한 듯, 나리가 재하의 어깨에 기대며 말을 했다. 그러자 그녀의 머리를 쓰다듬으며 그가 물었다.

"좋은 꿈인 거지?"

"그럼요. 그런데 밤이 되니까 이 섬에 우리 둘밖에 없는 게 좀 무서워요."

"난 좋은데? 세상에 우리 둘만 남은 것 같아서."

"낮에는 같이 고기 잡아 연명하면서 우리 둘만 여기에 살라고 해도 행복할 것 같았어요."

"여기 있는 동안 그렇게 살아 볼까? 내가 낚시로 고기 잡아 오는 걸로 끼니 해결하면서. 낚시 솜씨가 영 젬병이긴 하지만, 나리를 굶기지 않기 위해서는 뭘 못하겠어. 어때? 냉장고의 음식은 도로 가져가고 잡은 물고기로만 먹고 사는 거?"

그녀의 대답을 기대하며 재하가 나리에게 시선을 내렸다. 그런데 그녀의 눈이 감겨 있다. 잠깐 조는 것인지, 아니면 잠든 것인지 알 수 없지만 그녀를 깨우고 싶은 마음은 없었다.

자신의 몸도 피곤이 몰려 천근만근인데, 여린 나리는 오죽할까?

재하는 그녀를 그대로 두어 완전하게 잠들게 한 후 침대로 옮겼다.

'사랑하는 내 아내, 좋은 꿈 꿔.'

그녀의 입술에 가볍게 입을 맞추고 그도 잠들었다.

그날 밤, 나리의 꿈에 연화가 나타났다. 처음엔 연화인 줄 몰랐다. 늘 민정이었던 모습만 보았기 때문에. 그런데 조선 시대, 사대부가의 마님답게 곱고 단아한 한복을 차려입고 다가오는 모습에 나리는 곧바로 연화임을 알아챘다.

『할머니…….』

『드디어, 나리가 결혼을 했구나. 축하한다.』

나리에게서 눈물이 흘러내렸다.

『어떻게 되신 거예요? 저 때문에 저승도 못 가시고…….』

『이미 죽은 몸, 저승에 가 봐야 뭐 달라질 게 있겠니? 여기서 이렇게 네가 행복하게 사는 거 보는 것도 좋은데. 울지 마라, 아가.』

연화가 나리의 눈물을 닦아 주었다. 그 따뜻하고 애틋한 손길에 나리의 눈물이 더 많이 흘러내렸다.

『그래도…… 오랫동안 기다리셨는데…….』

『아니, 아쉬울 것 하나도 없다. 뭐…… 커피가 조금 아쉽다면 아쉬울까?』

그녀의 마음을 편하게 해 주려 함인지 연화가 농담을 건네며 환한 미소를 보여 주었다. 그리고 그녀의 눈물을 한 번 더 닦아 주며 그녀를 안아 주었다.

『그리고 그렇게 미안하면 잘 살면 된다. 지지고 볶고 싸우면 내가 미치고 팔딱 뛸지 모르니까, 달달하게 잘 살아.』

그리고는 연화가 사라졌다. 동시에 나리가 눈을 떴다. 아직도 그녀의 몸에 연화의 체온이 남아 있는 것 같은 생생한 꿈이었다.

'할머니…….'

침대에서 나오려는데 옆에서 잠들어 있는 재하의 모습이 눈에 들어왔다. 나리가 그를 물끄러미 바라보았다.

'할머니, 이 남자 때문에 신나리 인생은 이미 달고 행복해요. 앞으로도 그럴 거예요.'

그리고 나리는 재하의 뺨에 가볍게 입을 맞추었다.

'사랑하는 내 남편, 변하지 마요. 부디…… 지금처럼만 사랑하면서 살아가요, 우리.'

'나리도' 라고 이름 지어진 섬에서 지낸 둘만의 달콤한 신혼여행은 3일로 끝이 났다. 또한 일주일의 휴가를 끝낸 후 재하가 먼저 출근했다. 재하보다 출근 시간에 여유가 있는 나리는 천천히 집을 나섰다. 하지만 그녀는 카페가 아닌 다른 곳으로 차를 몰았다.

그녀가 2시간을 달려 도착한 곳은 현구의 별장이었다. 연화가 있는 은행나무를 보기 위해 왔지만 안으로 들어갈 수 없어 대문 입구에서 멀리 보이는 나무를 바라보고 있었다.

결혼 전에도 몇 번 왔었지만 그때 역시 지금처럼 멀리서 나무만 바라보다 돌아갔었다. 그러나 오늘은 쉽게 발길이 떨어지지 않는다.

결혼식이 있던 그날 밤, 꿈에 나타난 연화로 인해, 나무 아래 커피 한 잔이라도 놓고 가고 싶은 심정이다.

"누구십니까?"

등 뒤에서 들리는 남자 목소리에 놀란 나리가 뒤돌아보았다. 얼핏 한 번은 본 것 같은 인상이 별장 관리인인 것 같았다.

"아, 저는…… 여기 별장 주인 며느님하고 아는 사이예요. 여기 함께 왔었던 적이 있어서…… 지나는 길에 잠깐……."

"새 며느님이요?"

새 며느님?

결국 이현구가 아이를 가졌다던 그 여자와 결혼을 한 모양이다.

"아니요. 구 며느님하고 아는 사이예요."

그러자 무뚝뚝하게 굳어 있던 관리인의 얼굴이 금세 펴지더니 믿을 수 없는 말들을 하소연하듯 털어놓았다.

"그럼 그 며느님하고 연락이 되시겠네요? 그분한테 연락 좀 하셔서 큰 사모님 바뀐 연락처 좀 알려 달라고 해 주십시오. 큰 사모님하고 연락이 안 됩니다. 이 별장을 파실 분이 아닌데 왜 이걸 부동산에 내놓았는지 모르겠습니다. 이 원장님은 작은 사모님이 하는 대로 내버려 두라고 하는데……. 아무래도 이상해서요."

관리인 말대로 민 여사가 이 별장을 팔 이유가 없다. 더구나 직접 부동산에 내놓은 것도 아니고, 현구와 재혼한 아내가 내놓았다는 게 수상했다.

그런데 왜 민 여사와는 연락이 안 되는 걸까?

"어머니, 아니 민 여사님 휴대폰이 안 되는 건가요?"

"그렇다니까요. 없는 번호라고 하더라고요. 한번 알아봐 주세요. 주기적으로 오시던 분이 오시지도 않고, 연락도 안 되니까 걱정도 되고. 이 원장님하고는 연락이 되니까 별일 없으시겠지, 하기는 하는데……."

관리인의 표정에는 민 여사를 향한 걱정이 가득했다. 며느리인 민정에게는 고약해도 주변 사람들에게는 우아하고 교양 있는 사모님이었기에 관리인의 걱정이 이해가 되었다.

"알아보겠습니다만…… 저도 많이 친한 사이는 아니라서……."

나리는 관리인에게 묵례로 인사를 하고 그 자리를 벗어났다. 그리고 카페로 출근을 한 후 곧바로 세영에게 올라갔다.

"세영아, 이현구가 우리가 갔던 그 별장을 팔려고 내놨대. 그걸 사야겠어."

"진짜? 그럼 사면 되는 거잖아."

"뭘 어떻게 해야 할지 몰라서. 이현구한테 내가 사겠다고 전화를 해야 하나? 그러기 싫은데……. 이현구도 내 얼굴 아는데."

"일단 별장 근처 부동산에 알아봐. 매물로 나왔으면 부동산 통해 거래하면 되는 거니까."

"그렇구나. 그런데…… 여러 가지로 이상한 게 있어."

나리는 관리인에게 들었던 이야기를 세영에게 해 주었다.

"진짜 수상한데? 혹시…… 네 전 시어머니…… 이현구 부부한테 쫓겨난 거 아니니?"

"설마? 우리 어머님이 얼마나 강한 성격인데 며느리한테 쫓겨나? 쫓아내면 모를까?"

"네가 순하고 착해 빠졌었으니까 그런 거지! 더 못되고 강한 며느리 만나면 꼼짝없이 당할 수도 있지."

"그분보다 더 강한 며느리를 만나는 것도 쉽지 않고, 아무리 강한 며느리라고 해도 쉽게 쫓겨날 분도 아니야."

"남의 아이 가지고 결혼한 여자잖아. 그 정도 강심장에, 뻔뻔한 양심이면 가능하지 않을까?"

나리는 절대 그럴 일은 없을 거라 생각했다. 16년을 옆에서 봐 왔던 민 여사는 그렇게 쉽게 누구에게 질 성격이 아니다.

하지만 고부간의 문제가 일어난 것만큼은 확실해 보였다. 강한 두 사람이 부딪치는 것도, 그 사이에 껴서 쩔쩔맬 이현구도 볼만하겠다는 생각이 들었지만 볼 수 없어 안타까울 뿐이었다.

변호사의 도움을 받아 현구의 별장을 매입했다. 잔금을 치르고 열쇠를 받아 든 그날, 나리는 곧바로 별장에 도착해 은행나무 아래 섰다.

"저 왔어요. 안에 계시죠, 할머니?"

바람에 살랑이고 있는 은행잎들이 그렇다고 대답을 해 주는 것 같았다.

"이거부터 받으세요."

나리는 오면서 뽑아 온 자판기 커피를 나무 아래 놓았다. 그리고 그녀도 나무에 기대어 커피를 마셨다. 연화에게 기대어 앉은 것 같은 편안함이 느껴졌다.

"재하 씨하고 저 너무 행복하게 잘 살고 있어요. 아시죠? 이제는 할머니께 기댈 수 있고, 제 속을 털어놓을 수도 있고, 커피도 드릴 수 있고, 외롭게 계시지 않아도 돼서 더 맘 편하고 좋아요."

친정 엄마의 품에서 잠든 것처럼 나리는 나무에 기대어 편하게 낮잠까지 즐기다 집으로 돌아왔다.

한차례 폭풍이 지나간 것처럼 바쁘고 정신없던 시간을 보내고 카페 안이 한가해졌다. 나리가 달달한 화이트 카페모카 한 잔을 들고 테라스 테

이블에 앉아 한숨을 돌릴 때, 매니저가 다가왔다.

"사장님, 손님이 찾아오셨는데요."

매니저가 홀 제일 구석 자리를 가리켰다. 정장을 잘 차려입은 중년의 남성이었다. 나리는 재하의 부친을 본 적은 없지만 본능적으로 그 중년 신사가 그의 부친일 것이라는 예감이 들었다.

민 여사를 대할 때와 같은 긴장감으로 테이블로 다가갔다.

"안녕하세요? 신나리입니다."

"내가 누군지는 알고 인사를 하는 건가?"

"……재하 씨…… 아버님……."

"아는군. 앉게."

치훈의 못마땅한 시선을 받으며 나리가 그의 맞은편에 앉았다.

"딱 할 말만 하고 가지. 아무리 내가 재하와 사이가 안 좋다고 해도 결혼해서 우리 집안에 들어왔으면 며느리로서 기본 도리는 해야지. 부모 없이 자라서 그런가? 남편이 부모하고 사이가 안 좋다고 똑같이 행동하면 되겠냐고?"

나리는 재하에게서 어머니 이야기를 들으며 치훈에 대해서도 들었었다. 아내를 두고 밖에서 여자를 만난 것도 모자라, 암 투병 중인 아내에게 이혼을 강요하고 떠났다는 것을 알고 있다.

그로 인해 재하와 그의 모친이 받았던 상처가 얼마나 컸는지, 그 이야기를 들으면서 눈물을 흘렸었다. 가정에 대한 최소한의 책임감은 물론이고 기본적인 의무감도 없었던 재하의 부친이 이현구와 같다는 생각을 했었다.

그렇게 아들에게 씻을 수 없는 상처를 주고서는, 시부라고 며느리에게 대접을 받으려는 치훈이 나리는 이해가 되지 않았다.

"며느리로서 기본 도리는 물론이고 그 역할을 다 해야죠. 하지만……

제 남편이 아버지로 인정하지 않는 분에게 제가 며느리 도리를 해야 하는 건지 모르겠습니다."

"뭐, 뭐야?"

험상궂게 변하는 인상이 민 여사와 같아 보였다. 나리는 기죽지 않고 자신의 생각을 끝까지 털어놓았다.

"아버님께서는 재하 씨와 돌아가신 어머님께 아버지로서, 그리고 남편으로서 기본 도리를 하지 않으신 걸로 들었습니다. 오히려 상처만 주셨죠."

"똑같이 못됐구나."

"재하 씨가 아버님을 용서하고 인정하면 저도 며느리로서 아버님을 잘 모시고 받들겠습니다. 하지만 남편이 용서하지 못하고, 인정하지 않는 아버님을, 가족들에게 상처만 주신 아버님을 위한 며느리는 되고 싶지 않습니다."

나리의 말을 들은 치훈이 물컵으로 테이블을 내리쳤다. 다행히 컵은 깨지지 않았지만 그 강렬한 소리로 인해 사람들의 시선이 집중되었다.

"오만방자하고, 되바라진 것이 없는 집안에서 자란 티가 나는구나!"

'있는 집안에서 자란 아버님처럼 천륜을 무시하고, 불륜을 저지를 만큼 오만방자하고 되바라지지는 않았습니다.' 라는 말은 내뱉지 못하고 속으로 삼켰다.

"내 두고 보겠다. 너희 둘이 얼마나 잘 사는지. 그리고 언젠가 네 그 눈에서 눈물 빠질 날 있을 게다. 무릎 꿇고 싹싹 비는 날 있을 거라고. 그때 너한테 베풀 자비는 없는 줄 알아라."

치훈이 다시 한 번 물컵을 내려치고 밖으로 나갔다. 긴장이 풀어지면서 온몸에 기운이 빠져 자리에서 일어설 수가 없었다.

'가여운 사람…….'

직접 치훈을 상대해 보니 재하에게 들었던 것보다 훨씬 더 나쁜 아버지라는 생각이 들었다. 그리고 재하의 상처가 자신의 상처인 것처럼 아프게 느껴졌다.

어릴 때 아버지에게서 받았을 그 깊은 상처를 생각하자 그가 가여워 눈물이 고였다.

'오늘 가서 따뜻하게 안아 줘야겠다.'

한가한 시간에 커피를 마시며 나리는 테라스에 놓을 화분에 대해 고민하고 있었다.

'율마를 가져다 놓을까? 꽃보다는 허브화분이 나을 것 같은데…….'

여유로운 고민을 하고 있을 때, 세영이 커피숍으로 들어왔다.

"완전 대박 뉴스! 초초초대박!"

호들갑을 떨며 나리의 맞은편에 앉은 세영은 심한 흥분 상태였다.

"뭐가 그렇게 대박인데?"

"나 지금 엄마하고 요양원에 계신 외할머니한테 다녀오는 길이거든. 그런데 거기에서 누굴 봤는지 알아?"

"누구?"

"네 전 시어머니."

"뭐? 진짜?"

"더 기가 막힌 건, 요양원에 네 전 시어머니에 대한 소문이 쫙 났는데, 그게……."

손자를 낳아 준 며느리가 기특해 재산 좀 떼어 줬는데, 알고 보니 그 손자가 그 집안 핏줄이 아니라는 사실을 알게 되었다는 것.

그건 나리도 알고 있던 사실이기에 놀랄 것도 없었다. 하지만 다음으로 이어지는 이야기는 기가 막혔다.

"네 전 시어머니가 그 양심도 없는 못된 며느리를 쫓아내려고 했는데, 그 여자가 오히려 시어머니한테 대들면서 뒷목 잡게 만들어서 그 충격에 쓰러진 거래. 그래서 정신도 오락가락하고 몸도 온전하지 못한 거라더라."

"진짜?"

"더 웃긴 건, 이현구야. 아들이 거기 요양원에 데려다 놓고 얼굴도 안 비친대. 돈도 많은 인간이 그런 일반 요양원에 저 때문에 쓰러진 제 엄마를 보내는 게 말이 되니? 아주 콩가루가 됐어, 그 집안."

마음을 곱게 쓰지 못한 민 여사가 받아야 할 벌인지 모른다. 그래서인지 나리는 딱히 안됐다는 생각이 들지 않았다. 다만 부족함 없이 화려하게 누리고 산 민 여사가 그렇게 볼품없이 무너졌다는 게 좀 안타까울 뿐이었다.

그리고 이제야 별장이 매물로 나오고, 관리인과 연락이 되지 않은 이유를 알 수 있었다.

"너한테 잘했으면 말년이 이러지 않았을 텐데. 벌 받은 거지. 그런데 왜 이현구는 벌을 안 받지? 그놈이 제대로 된 벌을 받아야 하는데."

세영의 그 말에 나리도 동감했다.

"언젠가 그 인간도 무너지겠지. 무너질 거야. 그렇게 허랑방탕하게 사는데 잘될 리 없어."

장담할 수는 없지만 나리는 그렇게 되리라 믿었다.

그리고 몇 달 후 그녀는 현구의 소식을 뉴스에서 접했다.

프로포폴 불법 투약 혐의로 조사를 받던 톱모델이 잘 알고 지내는 강남의 한 성형외과 원장으로부터 주기적으로 불법 투약을 받아 왔고, 그 원장에게 수면유도제 처방도 수시로 받아 왔다고 자백했다.

게다가 성형외과 원장은 프로포폴 불법 투약으로 인한 그녀의 약점을 잡아 원치 않은 성관계를 가짐으로 지속적인 만남을 요구했다는 자백까지 하는 바람에 그 의사는 구속되었다.

그 주인공이 바로 현구였고, 뉴스에 그의 병원 간판이 나와서 알게 되었다.

'내가 너 망할 줄 알았어. 부디 교도소에 가서 갱생되어 나오길 바라.'

결혼 3년 차. 매일 깨를 볶고, 꿀 떨어지는 신혼과 다를 바 없는 날의 연속이다. 하지만 오늘은 두 사람의 첫 부부싸움이 벌어졌다.

나리는 결혼 후 요리학원에 다니며 한식, 양식 조리사 자격증을 취득했다. 처음 시작은 재하를 위해 맛있는 음식을 해 주고 싶다는 단순한 마음이었다. 요리 솜씨가 없었던 건 아니었지만 배우는 재미를 느끼고 싶었다.

그런 재미는 시간이 지나면서는 자격증에 대한 욕심으로 더해졌고, 한식 자격증을 취득하면서 맛본 성취감으로 양식에까지 도전했다. 게다가 배운 것을 응용하며 퓨전 음식을 개발하는 재미가 쏠쏠하다. 그래서 이제는 아예 음식점을 차려서 자신의 새로운 역량을 발휘하고 싶어졌다. 그 자신감과 도전 정신으로 재하에게 음식점을 하고 싶다는 뜻을 전했었다.

그 당시 재하는 그녀의 뜻이 가벼운 마음이라 생각했는지 확실한 대답을 하지 않았었다. 그러나 나리는 오늘 그에게 확답을 받고 싶은 마음에 그녀의 뜻을 강하게 전했다.

"나, 퓨전 레스토랑 해 보고 싶어요. 꼭."

"레스토랑은 커피숍하고 차원이 달라. 일단 셰프들 관리가 쉽지 않아. 커피숍 알바들과 일하는 것하고 하늘과 땅 차이야."

"괜찮아요. 주방은 내가 맡을 거니까."

"주방을 맡겠다고?"

"당연하죠. 홀에서 서빙하고 계산만 할 거면 안 하죠. 내가 만든 음식으로 승부할 거예요."

나리의 말에 부드러웠던 재하의 표정이 순식간에 굳어졌다. 그리고 딱 잘라 일축했다.

"하지 마!"

"그냥 재미로 하려는 거 아니에요. 열심히 해서……."

"열심히 할 만한 거, 다른 걸로 찾아봐. 음식점을 한다는 게 얼마나 힘든지 알아? 운영만 할 것도 아니고 직접 셰프로까지 일하겠다고? 허락할 수 없어. 절대 반대야!"

"자신 있어요. 꼭 하고 싶고."

"안 돼!"

단호하게 잘라 내는 재하를 나리가 쏘아보았지만 그녀의 시선에도 그는 끄떡없었다. 나리는 그런 그를 두고 벌떡 일어나 침실로 들어와 문을 잠갔다.

'잘할 수 있다는데…….'

그렇게 시작한 싸움이 결국 각방을 쓰는 결과까지 만들었다. 그리고 그 냉랭한 분위기는 다음 날 아침까지 이어졌다.

나리는 결혼 후 처음으로 재하의 아침을 챙겨 주지 않았고, 재하 역시 처음으로 나리에게 모닝 키스를 하지 않고 출근을 했다.

나리의 첫 부부싸움의 사연을 들은 세영은 오히려 킥킥거리며 웃었다.
"남의 부부싸움에 너무 좋아하는 거 아니니?"
"이제야 너희 두 사람이 부부다워 보여서."
"응?"
"무조건 서로한테 져 주고 맞춰 주는 게 너무 비인간적이었거든."
"오히려 이런 문제에서 져 주고 맞춰 주지 않으니까 인간미가 없는 것 같아."
"신나리가 아주 호강에 겨워 요강에 똥을 싸지, 그렇지?"
세영의 말에 나리의 표정이 샐쭉해졌다. 그녀를 가장 많이 이해해 주고 있는 친구가 이럴 때 남편의 흉을 같이 봐 줘야 하는데, 편을 들고 있는 것 같아 서운했다.
"네가 힘들까 봐, 널 위해 반대하는 거잖아. 그게 인간미가 없는 거냐?"
"어떻게 보면 처음으로 부탁하고 허락을 구하는 건데…… 열린 마음으로 내 말을 좀 들어 줄 생각은 않고, 단번에 안 된다고 하니까 그렇지."
"들어 주고 안 된다고 했으면 더 서운했을걸? 내 맘도 몰라준다고."
"넌 지금 누구 편을 드는 거야?"
"누구 편은 없어. 다만…… 니들 부부의 이 싸움이 어떤 결말을 낼지 좀 흥미롭다."
이 싸움의 결말이 어떻게 날지 나리도 알지 못한다. 하지만 자신의 고집을 꺾을 생각은 없다. 그리고 굳이 결말을 내자면 자신의 승리로 이루어져 꿈꾸고 있는 퓨전 레스토랑을 꼭 할 수 있기를 바랄 뿐이다.

부부의 냉전 3일째, 나리는 숨이 막히는 것 같은 답답함을 느꼈다. 이보다 더하게 살던 민정 때도 이 정도는 아니었던 것 같다. 재하와 대화는 커녕 시선조차 마주치지 못하고 지내고 있다.

'아니, 와이프가 꿈 좀 펼쳐 보겠다는데, 그게 그렇게 잘못인가? 어떻게 이럴 수 있지? 드디어 현실 부부의 시작인 건가?'

아침식사를 식탁에 차려 놓았지만 그는 오늘도 손도 대지 않은 채 출근했다. 거친 손길로 식탁을 정리한 나리는 집을 나와 커피숍이 아닌 연화가 있는 별장으로 향했다. 답답한 마음을 연화의 품에서 위로받고 싶은 마음이었다.

믹스 커피 한 잔을 나무 아래 놓고 그 옆으로 나리가 자리를 잡고 앉았다.

"할머니, 외롭지 않으세요? 옆에 수나무 하나 심어 드릴까요?"

자신이 해 놓고도 실없이 느껴졌는지 나리가 허탈한 웃음을 흘렸다. 그리고 연화에게 하소연하듯 중얼거렸다.

"너무 우울해요. 그 사람 마음이 변한 건 아닌가, 이대로 마음이 풀리지 않으면 어떡하나. 그러면서 지고 들어가고 싶지는 않고…… 하고 싶은 건 꼭 하고 싶고. 유민정은 안 그랬는데 신나리는 좀 이기적이네요. 어떡해야 서로가 마음 상하지 않게 이 냉전을 끝낼 수 있을까요?"

멀리 하늘을 바라보던 나리는 나무에 기대어 와인을 마시던 그때를 기억하며 잠이 들었다.

누군가 뺨을 어루만졌다. 따뜻하고 부드러운 손길이 자신을 찾으러 온 재하라고 생각한 나리가 눈을 떴다. 그러나 눈앞에 있는 주인공은 재하가 아닌 연화였다.

"할……머니!"

믿을 수 없었지만 연화의 모습이 너무 반가워 와락 껴안았다.

"어떻게 된 거예요? 그동안 어떻게 지내셨어요? 나무에서 나오신 거예요?"

연화는 대답 없이 그녀의 등을 다독거리기만 했다.

"할머니, 너무 보고 싶었어요. 저 때문에…… 너무 감사하고 죄송한데…… 그 인사도 못 드리고……."

나리에게서 눈물이 나오자 연화가 닦아 주며 그녀를 달랬다.

"너 잘 살면 되는 거다. 그래서 나도 행복하다."

"죄송해요. 오늘은…… 싸우고 왔어요."

그러자 연화가 그녀에게 크고 붉은 대추 2개를 손에 쥐여 주었다.

"부부싸움은 칼로 물 베기라고 했다. 가서 이거 둘이 나눠 먹고 화해해라."

그런데 연화의 손에 있던 대추를 나리가 손에 쥐려고 하자 대추가 한 손에 하나를 들고 있지 못할 만큼 커졌다. 손목이 부러지는 게 아닐까 걱정될 만큼 커진 대추를 보며 놀라는데 눈이 번쩍 떠졌다.

자신의 앞에 있던 연화는 보이지 않았고 손에 대추도 있지 않았다.

"꿈이었던 거야?"

너무 생생해서 꿈같지 않았다.

"나왔다 들어가신 거죠? 내가 재하 씨와 화해하길 바라시고."

나리가 자리에서 일어서며 엉덩이에 묻은 흙을 손으로 툭툭 털었다. 그리고 연화 바라보듯 애틋하게 나무를 바라보며 말을 이어 갔다.

"일단, 화해는 할게요. 레스토랑에 대한 결과는 좀 더 미루더라도……."

나리는 아쉬운 마음으로 나무를 바라보다 별장을 나와 커피숍으로 늦은 출근을 했다.

"아직도 결론 없이 냉전 중?"

세영이 부부싸움의 결과를 궁금해하며 커피숍으로 들어왔다. 나리가 고개를 끄덕거렸다.

“이런 부부들이 싸우면 무섭다니까. 일단 점심 먹으러 가자. 뭐 먹을까?”

배가 고프지는 않았지만 명란 파스타가 먹고 싶었다.

“파스타 먹으러 가자.”

“그래.”

세영과 함께 근처에 있는 파스타 전문점에 가서 먹고 싶었던 명란 파스타를 한 그릇 깨끗하게 비웠다.

“빨리 가서 커피도 마시자.”

세영이 발걸음을 재촉하는데.

“커피 말고 차 마시자. 나 대추차 마시고 싶어.”

뜬금없는 나리의 말에 세영이 멈춰 서서 물었다.

“대추차?”

“응.”

“노인네도 아니면서 갑자기 웬 대추차야? 가서 따뜻한 레몬차나…….”

레몬차라는 말에 나리가 진저리를 쳤다.

“어우, 생각만 해도 셔. 그냥 달달하고 진하고 건강에 좋은 대추차 마시자.”

“그래, 그럼.”

두 사람은 대추차를 팔 만한 찻집으로 들어갔다.

나리는 갑자기 대추차가 마시고 싶어진 이유를 꿈에서 본 연화가 건네줬던 대추 때문이라고 생각했다. 하지만 차를 주문하면서 약과도 함께 주문하고 그 약과 한 개를 다 먹고도 또 하나 사 먹는 그녀에게 던진 세영의 말에 생각이 달라졌다.

“애 가진 사람처럼 왜 이렇게 뜬금없는 것들을 먹고 그래?”

그 순간, 나리의 머릿속에 섬광처럼 스치는 생각이 있었다.

'설마……?'

재하와 나리 사이에는 아직 아이가 없다. 일부러 갖지 않는 것이 아닌데도 임신이 되지 않았다. 다행히 재하는 아이에 대한 욕심이 없었지만 나리는 아이를 낳고 싶었다.

둘만으로도 행복했지만 아이를 낳아 완벽한 가족을 이루고 싶은 욕심이 있었다. 하지만 아무리 노력해도 임신은 되지 않았고, 기대와 실망이 거듭되다 보니 절로 욕심과 집착을 버리게 되었다.

아직 젊고 어리다지만 2년의 끈질긴 노력으로 안 되는 일이기에 포기하고 있었다. 그런데 세영의 말과 연화가 나온 꿈으로 인해 희망과 기대가 생겼다. 나리가 급하게 일어섰다.

"나가자."

"신나리. 왜 이래, 오늘? 부부싸움으로 인한 불안증세 같다?"

하지만 나리는 세영의 말에 대꾸하지 않고 나와 커피숍으로 돌아왔다.

'만일…… 진짜 임신이면……?'

그동안 막연한 기대와 설렘으로 그 결과를 기다릴 때와 달랐다. 나리는 혼자 조용히 임신 진단 키트를 사 왔다. 아니더라도 실망하지 말자는 마음이었지만 결과 확인을 앞둔 순간에는 긴장하며 숨을 죽였다.

"부디…… 제발……!"

신나리의 마음이 이토록 강할 줄 몰랐다. 고집이 세다기보다는 레스토랑을 하고 싶은 의지가 강하다는 걸 알고 있다. 하지만 그녀가 힘든 일을 하는 게 싫다.

주방에서 일을 하다 보면 불에 데고, 칼에 베이는 일이 비일비재하다. 그녀가 그렇게 다치는 것도 싫고, 그녀의 정성이 들어간 음식을 그가 아닌 다른 사람이 맛보는 것도 싫다.

그런 이유로 그녀가 서운해해도 그의 고집을 내세우고 있다. 그리고 그녀가 포기하기를 바라며 마음 독하게 먹고 세게 나가고 있는데, 신나리도 만만치 않다.

며칠 동안 말도 섞지 않고, 시선도 마주치지 않고 있는 것이 무척이나 곤욕스럽기만 할 뿐이다.

'져 줘야 하나? 이런 식으로 해서 내가 나리를 이길 수 있을까?'

조금씩 마음이 흔들려서 한숨이 흘러나올 때, 비서실에서 인터폰이 들어왔다.

— 대표님, 사모님 오셨습니다.

사모님? 신나리? 연락도 없이 갑자기 집무실로 찾아오다니.

오랜만에 느껴지는 긴장감이 더 큰 한숨을 만들어 냈다. 재하는 직접 밖으로 나가 나리를 맞아 주었다.

"어쩐 일이야? 연락도 없이."

"얘기할 게 있어서요."

그녀의 입가에 보이는 미소가 두려워 보이기는 처음이다. 마치 그를 한 방에 꺾을 수 있는 대단한 무기를 가지고 온 것 같은 회심의 미소로 보였다. 그럼에도 그녀의 목소리를 듣고, 미소를 볼 수 있고, 냉전의 끝이 보이는 것 같아 다행이라는 생각도 들었다.

집무실로 데리고 들어온 나리에게 재하가 급하게 물었다.

"할 얘기가 뭐야?"

"약속부터 해 줘요. 딱 5년 후에는 내가 뭘 하든, 반대 없이 동의해 주고 최대한 도움을 주겠다고."

5년 후라?

왜 5년 후인지, 그리고 5년 후에도 같은 일을 하겠다고 조를 것인지, 재하는 묻지 않았다. 그걸 따져 묻다가 화해할 타이밍을 놓칠 수 있다는 불안함과 지금 당장 그녀와 화해하고 싶은 간절함 때문이었다.

어쨌든 그 정도면 나리의 마음이 바뀔 수 있는 시간이다. 더 이상의 냉전을 원치 않는 재하는 잠시 고민하다가 고개를 끄덕여 주었다.

"그럴게."

너무도 간단하게 대답한 재하를 보며 나리가 인상을 썼다.

"영혼 없는 대답 같아요. 일단 상황을 모면하기 위한."

"아닌데?"

"그럼, 왜 5년인지 안 물어요? 그리고 왜 급하게 찾아와서 이 말을 하는 건지 궁금하지도 않죠?"

"그 이유보다 우리가 화해하고 다시 이렇게 대화하고 시선을 마주칠 수 있다는 게 중요하니까."

"하여튼…… 말은……."

나리가 샐쭉해졌다.

재하는 그런 나리를 보며 5년 후와 급하게 찾아온 이유에 대한 대단한 대답을 준비해 놓은 것 같다는 생각에 그녀를 위해 질문을 던졌다.

"왜 5년 후야?"

"됐어요. 말 안 할래요. 못 들으면 당신만 손해지, 뭐."

갑자기 나리가 빙글빙글 웃기 시작했다. 그 웃음에서 숨길 수 없는 기쁨이 느껴졌다. 그러자 재하는 진짜로 그 이유가 궁금해졌다.

"뭔데? 말해 줘 봐. 응?"

그리고 맞은편이 아닌 그녀 옆으로 자리를 옮겨 앉아 대답을 재촉했다.

"뭐냐고?"

"내가 당신한테 아주 귀한 선물을 줄 거니까요."

"귀한 선물?"

재하의 시선이 자연스럽게 그녀의 핸드백으로 향했다. 그런 그의 시선을 본 나리가 그 안에 없다는 뜻으로 고개를 저었다. 그리고 재하를 뚫어지게 바라보았다.

그녀에게서는 좀 전의 기쁨 넘치는 미소는 보이지 않았다. 오히려 눈가가 붉어졌다.

"나리야…… 왜……?"

자신이 잘못 짚었나 하는 생각에 불안이 몰려오려 할 때, 그녀가 그의 손을 잡고 제 배에 올려놓았다.

"선물은 여기에……."

넋이 나간 것 같은 멍한 표정으로 나리를 바라보던 재하의 눈이 커졌다.

"혹시……?"

나리가 고개를 끄덕거렸다.

"대추예요."

"응?"

"태명은 대추라고요."

재하의 가슴이 떨려 왔다.

그는 아이를 특별하게 기다리거나 원하지 않았다. 나리가 원하기 때문에 바라기는 했지만 아이가 빨리 생겼으면 하는 마음은 없었다. 그런데 막상 나리가 임신을 했다고 하니 그 감동이 너무 크게 다가왔다. 그 자신도 놀랄 만큼 두근거리고 설레었다.

'대추' 라는 조금 우스운 태명을 지었지만 이런 감동을 알게 해 준 나리에게 고맙기까지 했다.

"고마워."

"나도요."

두 사람은 곧바로 병원으로 향했다. 태아와 산모에게 별 이상이 없는지 확인하기 위해.

다행히 임신 6주 차에 접어든 나리와 태아는 이상 없이 건강하다고 했다. 다만, 태명을 대추 원, 대추 투, 또는 한꺼번에 대추들이라고 불러야 하는 기가 막힌 사실을 알게 되었다.

"임신 한 방! 그것도 쌍둥이로!"

재하의 표정이 뿌듯했다.

그리고 5년 후, 나리는 '주주브〈jujube〉' 라는 퓨전 레스토랑을 드림시티 백화점 내에 오픈했다. 그리고 그때까지도 두 사람은 여전히 신혼부부처럼 행복하고 달콤했다.

『인생 한 방! 달콤하게!』 완결

작가 후기

글의 소재는 느닷없이 떠오르는 경우고 있고, 고민한 끝에 나오는 경우도 있습니다. 그리고 일상에 대한 고민 중에 얻는 경우도 있죠.

이 글은 친구들과의 수다 중에 생각났습니다.

일을 해 보고 싶다는 친구, 그러나 하고 싶은 일을 하기에는 나이, 경력에서 밀려 서글프다는 말을 듣고 누군가 그랬습니다.

완벽한 스펙과 외모를 갖춘 모습으로 변해 낮 동안은 일하고, 밤에는 제 모습으로 돌아와 일상에 복귀하면 좋겠다고.

일도 하고, 가정도 지키고, 돈도 벌고, 꿈도 실현하고…….

그 수다가 결국 '인생 한 방! 달콤하게!'를 만들어 냈습니다.

모든 작업이 그렇듯, 글을 쓰는 동안 행복하면서도 힘들었지만, 그 끝은 부끄러우면서도 뿌듯합니다.

더욱이 두 권짜리 종이책 작업은 처음이라 그 부끄러움과 뿌듯함이 두 배인 듯싶습니다.

하지만 이 글로 인해 독자님들께 조금이라도 달콤한 시간이 되었다면 더없이 행복할 것 같습니다.

늘 함께 해 주는 가족들, 그녀의 서재 식구들, 독자님들 감사합니다.

환절기 감기 조심하시고, 행복하세요.

가을바람 불기 시작한 어느 새벽

guree 성희주 드림